泉才
Izumi Kashiko

私のプラトン

文芸社

はしがき

今更「はしがき」でもないが、何十回目かのあの方の追悼を終えたあと、いろんな思い出話に花が咲いたのだが、たまたまある友人がぼくを非難してこう言うんだ。プラトン、それは違う、そんなの事実に反する。たとえ立派な話でも、あの方をただ飾り立てればいいというもんじゃない。いやむしろ、いたずらに偶像化して世の人々をあやまらすことになるのではないか、と。で、ぼくは、なるほど君の言い分はもっともだ。しかし、だったらあの方のすばらしさをどんな事実にのっとって世間にご披露すればいいのかね？　とたずねると、日常そのままに則して語ればいい、とさりげない顔して突っ返した。で、ぼくがさらに、では、ソクラテスは朝起きて、顔洗って、メシ食って、屁をひって、と言ったり書いたりして、あの方の何を伝えられるというのかね？　と食い下がると、彼は大声で、だから俺は貴様がきらいなんだ、あの方を冒瀆するのも甚だしい、と怒り出した。いや、これはぼくが悪かった、と素直に謝った上で、丁寧にこう聞いてみた。そう怒らないで、ぼくをなんとか納得させてはくれまいか、ぼくはどうしてもあの方について、世間に語りかけずにはおられないのだ。とくにあの方への誤解については、その真相を訴えたい情熱に駆られて夜も眠れないでいる。ひとつ、ほんのちょっとしたヒントでもいいから、どういうふうに工夫したらよいか、教えてはくれまいか。すると、やっと声をやわらげて、彼は言った。難しく考えることはない、あの方の傍につき添ったことのある弟子ならば、何度でも耳にした珠玉のお言葉が数え切れないほどあるではないか。例えば、「ただ生きるのではなく、よく生きることが大切だ」、などというのはどうだ？　で、ぼくは、それはあの方の言説のなかでもっともすばらしいものの一つだ。ほんとうに君には頭が下がる、見事にかんどころをおさえている、君はたくさんあると言うが、ぼくは、それ以上のものはないとさえ思っている。で、さあ、それはいったいどんなことか、早く話してくれたまえ、と催促すると、彼は眼をぱちくりさせて、そうソクラテスは仰有《おっしゃ》った、それで充分ではないかと言う。そこで、ぼくはびっくりして腰を上げて立ち上がり、そんな子供騙しみたいな話、ないでしょ、そのなかみを披露してくれなくちゃ。すると、馬鹿言いたまえ、あのお言葉を弟子の勝手であれこれいじくり回していいと思うのか、と逆に食ってかかられる仕末であった。今度は顔を真っ赤にして怒っている。ハハアー、これでお里が知れた、とぼくは思った。それで、ゆっくり腰を下ろし、つとめて静かに、彼に向かってではなくみんなのほうを向いてこう言った。ぼくとしてはその珠玉のお言葉ひとつにこだわるのです。つまり、他のことはわからなくてもいいから、このことだけは自分でとことん納得がいくまでわかりたいと日夜くるしんでいるのです。言い方がぶしつけで拙《つたな》かったので、こんなふうに訂正いたしましょう。その大切なお言葉を、ソクラテスが、そう仰有ったと言うだけでは、なんでも知ってあの方を理解している人にとってはそれで充分でしょうが、よく生きるということは、顔を洗ったり、あくびをしたりすることだけのものではないとすれば、どうすることがよいということなのか、知識の乏しいぼくのような子供にもわかるようにつけ加えてくださらなければ、と申し上げたつもりなんです。たしかに、パルメニデスやゼノン、プロタゴラスやゴルギアスを引き合いに出してあの方にからめるなんてことは、明らかに事実とは違いましょう。でも、あの方の言い分をより正しくあぶり出すためにぜひとも必要だとしたら、どうでしょう？　そうむきになって怒られなくてもいいと思うのですけれど。プラトンの語るソクラテスは八〇パーセント修飾だと批評されても、ぼくはそう神経に留めはいたしません。ホメロスを見ろ、一〇〇パーセントつくり話ではないか、と自分をへんに励ますのです。だから、エレアの客人などを引っぱってきて、ソクラテスを代行させたりなどしても良心にやましいとは感じないのです。むしろ、どんな架空の事柄をもってきてもいい、あの方の掘っても掘っても尽きない真実《たからもの》を掘り返して、なにがしかでもそのかけらを取り出すことができればと。はやお亡くなりになった今となっては、そうでもしなければあのぼう大な全貌をどれっぽち明かすことができるというのでありましょうか。ソクラテスはわたしたち今の時代にも後々《のちのち》の世にもよく生きるということはどういうことかを語りかけて止むことはないからであり、それを受け取るひとりひとりが、その方一人のソクラテスをもつことによってその人の生きる糧を得ることにもなるだろうからです。だから大いにソクラテスを思う存分につくり描いて当のあの方が怒られるどころか、大いに歓迎なされるのではないでしょうか。ただ一つ、注文があります。ふざけたりためにしたりでそうするのではなく、我が友クレオンブロトス（注）のように、誠実をもってなさるように——。

（注）アテナイからすぐ近くの島アイギナの生まれで、プラトンの「パイドン」を読んだのち、みずから海に身を投じて死んだと伝えられる人。拙著、第二章「パイドン考」でプラトンの対

話相手になる人物。

私のプラトン◎目次◎

第一章

ソクラテスの弁明・クリトン考

前記

クセノフォンの「ソークラテースの思い出」一の四にアリストデーモスという男のことが記されている。彼は神々に犠牲も奉らず、祈りもせず、また占いも行わないのみか、こういうことをする信仰厚き人々を嘲笑さえしていたのであるが、ソクラテスはそれを知って彼と問答を交わし、敬神と徳義の道に相手を誘ったという話である。プラトンの記述とちがって、クセノフォンのは歴史上のソクラテスに最も近い実像を描写《うつ》しているとされている。

この中にソクラテスのこういう一節がある。

「君は土というおびただしい存在の一微少量と、おなじくおびただしい存在である水のほんの僅かと、またそのほかのたくさんな要素のおのおのの一微少量とを身体のうちに受けとり、そして君の身体が組み立てられているのを知っているが、しかも精神のみはひとりどこにもないのを、君が何か偶然の幸運でさらいとって来たものであり、そしてこの宏大と無辺無限とは一つの無思慮によってかくも整然ととのえられていると、君は思うのか。」

これに答えてアリストデーモスは、

「そうです、だってその主《あるじ》が見えません。ところが、現在この世に存在している物の造り主は目に見えます。」

以下、その問答の成り行きは世界の造り主が結局は神であることへの誘導尋問なのであるが、今、そのことに直接の関心があるのではない。

問題にしたいのは、哲学的に神格化されたソクラテスがごく日常的な知識人として、平明に的確にその考えを述べているということそのことである。それは、いま記した僅かな言葉の中に具体的に表明されている。即ちわれわれの身体の構成と、直接にはつかめない精神のありか、世界の生成に関する偶然性と必然性、ならびに存在の根源についての要請。今日で言えば、生理学、心理学にはじまって物理学、天文学から哲学、神学につながり、そしてつまるところは宇宙論と倫理についての壮大な学問的展開、その現代への示唆である。

示唆という意味はこうである。

実在のソクラテスは、かつて尊称された世界の四聖（釈迦、キリスト、孔子、ソクラテス）としての聖者のイメージとは程遠く、かつまた、特にプラトンによって哲学的に造形された権威には決してそぐわない人なのだ。しかも、当時の最も先鋭な学者であることもこれまた疑いない。むしろ、私見をもってすれば、史家がソクラテスを誤述したのである。誤述の中には過少評価と過大評価と的《まと》外れの三つが含まれている。

まず過少評価というのは、過大評価と関連するのであるが、その哲学という学問に占める位置がプラトンとアリストテレスの権威によって、実の思想内容以上に典型《ドグマ》化されたためにかえって、クセノフォンには気の毒だが、そのせっかくの実人物としての言説が必ずしも充分には表現されきらず、むしろ、美化された思想とくらべて相対的に貧弱な内容となっているきらいがある。はっきり言って、ソクラテスはもっと明晰でもっと深い思想家であったと思われる。

次に過大評価というのはプラトンの著作に尽きる。はや明らかなように、プラトンにおけるソクラテスはほとんどプラトン化されたソクラテスである。その正否や権威をことさらに云々するのは、これまた明らかな見当違いであるが、ただ、はっきり、ソクラテスはプラトンが語ったようには実際は語りもしなかったし、またその彫琢された思想内容は明らかにソクラテスのものではなくプラトンの創作《もの》であろう。そういう意味ではむしろソクラテスの実像のためには逆に悲しむべき飾冠《おかざり》をかぶせられたというべきか。とはいえ、哲学において最大な者とされるプラトンに最大の衝撃をもたらした者がソクラテスであることは決して間違いはないと思われる。

第三には、これがもっとも注目されるべき点であるが、アリストテレス以下、史家がソクラテス評価の大小は別として、彼の人間をひとつの典型として固定化したという罪である。生きている間はそうでなくても、亡くなってしまえば、善し悪しにかかわらず、その人物の事蹟にかかわってその人格を鋳型に嵌め込んでしまうというのはいたし方ない傾向であるとはいえ、真実、当の人間自身にとってはいかに耐えがたいことであろうか。悲劇上の人物は生まれてから死ぬまで泣きっ通しであり、こっけいな人間は赤ん坊から墓に入るまで笑いっぱなしででもあったかのように描かれがちだが、泣くこともあり、笑うこともあるのが正直率直なところ人間である。

ソクラテスについていえば、泣き笑いしたのは論外として、例えば自然哲学を否定して哲学を人間へと向け変えたなどといわれるけれど、当時、既にギリシヤの文化は自然への関与や関心だけではなく、制度や国家、政治や戦争、交易、市場、経済、道徳、宗教等さまざまな社会的人間関係によじれ混じっていたのである。単に一人のソクラテスが新しい思想をもたらしたのではなく、ソフィストと称される人々が既に人間の主観に深い関心と究索を深め、かつまた、タレスからアナクサゴラスまでの自然哲学者と称される人たちの思想は、その一人一人を少しく詳細にしらべてみれば、単なる自然への研究をはるかに高くこえて、むしろ人間的にも今日われわれに改めて深い再考をうながされるところ少なしとしない。大ざっぱにいって史家が常に人間を誤るというより、業績そのものはともかくとして肝心な人間を誇大化か矮小化かするという意味で的《まと》外れな見当違いを犯すのが一般だ、といってそう言い過ぎにはなるまい。

そういう反省に立って、切に願わしいことがある。

はるか二千数百年前に生きた一人の人間ソクラテスについて、資料のゆるすかぎりで今日彼をあたかもそこらに歩いている人物のように扱い、われわれ自《みずか》らがめいめい自由に想像力をのばしてその息吹きに触れ、かつ濶達自在な示唆を、関心の赴くままに彼から仰ぐことができるならば、どんなにわくわくさせるものを彼はわれわれに提供してくれることだろうか。

話を初めに戻せば、アリストデーモスに語った彼の僅かばかりの言葉から、こんな途方もない空想すら湧いてくる。

もしそのとき、その時代なりの生理学や心理学等の正しい研鑽に取り組む若者たちがいたならば、諸々《もろもろ》の科学はその最盛期をずっと古い時代に迎え、その当然の成果としての技術はとうの昔に現代文明に優るとも劣らぬ一大殿堂を構築して、しかるのち、滅亡《ほろ》び去ったか、あるいはケンランたる異彩を放って今もなお人々は世界を謳歌しているかもしれない。更に興味をひくのは、かりにそのとき、単なる形而上学の幻夢に惑わされることなく、せめてもう少しでも「真実」と「存在」とが手を繋ぐことに成功しておったなら、どんなに控え目に見積もっても、現今の思想や体制はこんなていたらくではなかっただろうことは確実であろう。

だから切なる願いとは、ソクラテスに帰れなぞといった陳腐な決まり文句ではなく、果敢なそして真剣なアリストデーモスになって師ソクラテスに挑《いど》みかかれと言いたいのだ。すれば彼は必ず教えるだろう、あなたが学問に志すなら学問の原点の示唆を。あなたが文学者であるなら彼はもっとも魅惑的な人間としてあなたの創作欲をそそるだろう。ただし、もしあなたが誠実に生きたいと、真に今、願い、苦しんでいるのならばであるが。

そしてそのために、まずソクラテスを「史的」神話から開放して「裸」の人間にすることが必要なのだ。

「あの方《かた》」をただの人にしよう。

この記録は、だから全くの架空の物語（論文）である。

ただ、動かせない「文献」の尊厳のため、本文の内容の輪郭をあらかじめ披露（おことわり）しておく虔《つつ》ましさが求められるだろう。

ソクラテス、プラトン、クリトンその他、登場人物の所作はすべて全くの架空のことがらであり、お芝居の脚本である。それゆえ、つまり、「哲学」への冒瀆にはあたらない創作であることを諒承賜わらねばならない。

ソクラテスの弁明 考

正直、ありのままを報告してくれたまえ。

メレトスがどう主張したのか。

アニュトスが何と言ったのか。

クリトンがどんな立ち合い方《かた》をなさったのか。

ごらんの通り、こんなにおおぜいの者たちが集まって、いろいろと善後策を協議しているところなんだ。

何しろ、あの方《かた》は政治には絶望していると自《みずか》ら公言され、裁判についてのごく常識的なやりとりの技術についても、そんな「掛け引き」じみたことと言わんばかりに、われわれの心配を、「法廷に立つのは生まれて初めてだし自分流に言いたいだけのことを言うだけさ」と、まるで、例によっての子供相手の遊びごとくらいにあしらっておられる仕末なのだ。そのくせ、ちゃんと、市民の多くから中傷やねたみをかねがね蒙っているという点は重々承知の上でなんだ。

大道《だいどう》の辻《つじ》談義とはことと場所が違うことを知っていて知らないふりをなさっている、そのことが、われわれとしては気がかりなんだよ。だからわれわれも二手《ふたて》に分かれて、一方は法廷へ、一方はあちこち街《まち》のそこここを走り回っては、打つ手を打ち、ここにこうやってみんなで対策を練っておる。思いがけず、君が真っ先に法廷から駆けつけてきたというなら、さあ、肝心なところを、順を追って、正確に述べてくれたまえ。さあ、みんな、膝を交えて車座になろう。

なんだって？

自分を忘れて聞き入るほど、メレトスらの言い分に説得力がある、と褒め上げておきながら、その口の下から、彼らは本当のことはほとんど何も言いはしなかった、などと仰有ったのか。説得力を持つということと、本当のことを言うというのは、確かに必ずしも同一ではない。単に議論のための議論というのは、もっとも卑しいソフィストの技《て》だ。

なるほど。だから、

「わたしの言うことが正しいか否かということだけに注意を向けて欲しい。なぜなら、そうするのが、裁判をする人をよき裁判官たらしめるものであり、真実を語るというのが弁論をする者のよさを決めるものだから」

と、仰有ったのだな。

あの方らしい論法だね。

だが、いつもそうはいかない。

理想を言えば、真実を語ることがそのままもっともよく説得することになるのでなければいけないのだ。世間は、よくそのあたりの難しさを誤解する。真実がそのまま説得力となって、相手をいつでも承服させるとは限らないというのを知った上で、あの方はそれを敢えて平気でおやりなさる。だからあの方から褒められたといい気になっていると、途端に逆手を取られてぎゃふんと参ってしまうのだ。論理の技法といえばそれまでだが、あの方の無邪気な、そんなやり口が、結果において真実を引き出すことになったとしても、それをよろこんで受け容れる人よりも、逆に、ひどくしてやられたと不快になったり、何しろ真実などどうでもよく、ただただ自分の意見が通ることだけに関心をもついわゆる普通の人々は、不快の上に、誇りを傷つけられたなどと逆《さか》うらみして、むしろ反感を募らせる連中のほうが多いのだ。大道での辻論法でならまだしもだが、何といってもいかめしい法廷の場でならもちっと慎重な語り口をなさったほうがいいんじゃないのかな。いや、あの方のことだ。世間が思ってるほど実は利口な方ではないのが身上《しんじょう》なんだ。技巧をこらすなど、てんで思いつく人じゃない。で、次には何と仰有られたのか。

なんとまあ。

ホラ、

あの方の癖がもう出てきた。

告訴人は二通りあるのだなんて。

しかも、当の眼の前にしている敵をアト回しにして。

その告訴人を取り巻いている大勢の人たちを先に引っ張り出し、前の奴よりアトの奴らをとっちめてやろう、などと。当の相手でさえ一筋縄《ひとすじなわ》ではいかんアニュトス一派を軽蔑するだけならまだしも、真実のために、あるいは証人にこそ成り行き次方ではなっていただかなければならんかもしれない一般の人々の中に、わざわざ敵を作り出すとは、常識離れもいいとこ。それじゃ初めっから無茶というものだ。飛んで火に入る夏の虫より愚かとしか言いようがない。そこがあの方の真骨頂《しんこっちょう》だなどと誰かが弁解したとしても、私が取り上げないのはもちろん、それはあの方を弁護するのであるどころか、あの方をそこらあたりの低脳《バカ》扱いすることになるではないか。

そして、何と言われた、と？

「わたし……。」

え？　もっとはっきり、どう仰有ったって？

「わたしの弁明が成功することを希望したいと思う。」

？　ほんとにそう仰有ったのか？　アリストファネスが「雲」であの方をからかった随分と昔のこと、誰もかれもが自分を中傷し嫉妬してきたなんて、この際、不特定多数の人々にまるで押しつけなさってるみたいに取られかねないではないか。あの方はいかなる人にも憎しみを感ずることができない方なんだ。

そうか、そうか。

アニュトス一派へ、憎しみどころか、どだい、「敵」意識がないというのだな。それなら、敵に向かって、いずれもみな厄介至極な連中だなんて悪態《あくたい》をお吐《つ》きなさらぬほうがましなのに。へらず口だけは当たり前みたいな平気な顔して仰有る。とにかく、お話にならん出だしだね。え？

「しかし、自分の成功はむずかしいと思う」

とも仰有ったって？

やっぱり知っておいでなのだ。

そんなに「弁明」の仕事が生やさしいものではないということを、ちゃんとね。

君。

頼むから正確なお言葉を伝えてくれよ。

あの方ともあろうお人だ。

深いおもんぱかりがなくて軽口《かるくち》を叩かれるようなことは、川が逆さに流れてもあり得ぬことだ。少なくともわれわれはそう信じている。

そうか。

その件《くだり》の終《しま》いのところでは、こう仰有ったのか。

「そのことの成否は神のみこころにおまかせして」

とな。うん。

さすが。立派でいらっしゃるではないか。

え？

「ただ、法律の規定に従い、弁明しなければなりません」

と。？

なんと。そのへんの常識がおありなら、規定に従って、まず相手の告訴人メレトスに向かって駁論を始めなさるのが順序ではないか。いずれにしても、いったいどういうおつもりなのか、なんともはや、はかり知れぬお方だ。さ、とにもかくにも、それからどういうことになったのか、君だけの個人的な遠慮やおもわく抜きに話してくれたまえ。

で、そうか。

「さあ、それでは最初から出直すことにしようではないか」

と仰有って、いよいよ本論に入られたというのだね。

え？

また、

第一のではなく第二の、その衆《しゅう》に向かってだって？　法律の規定に従ってと言いながら、それじゃ、こっちのほうから法律の規定を拡大なさってということになるではないか。

あきれた。

ま、仕方がない。

その、「出直す」という文句は、とくにひんぱんにあの方が用いられる決まり手の一つだ。そこのところ、実に複雑なんだ。慣れない者たちにとって、それが一度や二度ならいいが三度も四度とも重なると、やっと辿《たど》りついてきた今までの道のりが遠ざかるばかりか、何《なん》だか無駄骨折らされたような気になる。行きつ戻りつした揚げ句の果て、せっかくの自分の居場所がわからなくなり、もう内心あくびが出るほど退屈になって、うかうかすると、なんてしつこい言い回しをなさる方《かた》なんだろうと嫌《いや》気《け》がさすことにもなりかねないのだ。ま、今のところそれほどの心配はなさそうだが、しかし、実はまさにあの方の真髄はそのことにかかってある。四度五度どころか十ぺん百ぺん繰り返しても飽き足りない。なぜならば、初めに還ることこそ、真実探求の最後の扉だからだ。俗に言う「初心にかえれ」といった具合の言葉と安易に取っ替えられるような、そんな浅い意味とは質がちがうのだ。その本意がなかなか了解されにくいから世間はあの方を誤解もするし、うるさがりもする。それは、だから、あの方の罪ではないし、だからといって、いちがいに俗耳《ぞくじ》のほうばかりを責めるわけにもいくまい。というのは、むしろその本元《ほんもと》は「真実」なるものにあるだろうからね。特にその「わかりにくさ」という点にね。こんなこと言ったらあの方から大目玉《おおめだま》を頂戴する破目になるかもしれないが、知性がそもそもその名にふさわしからぬ「ろくでなし」、でなければ「役立たず」の筆頭だ。だって、「知性」がそんなに「やり手」なら、「人間が何であるか」までは証明できなくても、せめて「豚は人間に食われるために生きている」というまことしやかな真実の「エセ真実」くらいは見抜けそうなものではないか。ましてやその豚も人間と一緒に神がお創りになったなどとうそぶいている「知性」とはそもそもいったい、どこを褒めてやったらいいのかね。いいか。おおかた、その「知性」こそは神が人間に与えたもうた最高の贈りものだなどと言って、最高に神を冒瀆して、そのおそろしさに気付かぬどころか得々《とくとく》としている連中がいわゆる知者とか学者とか呼ばれている奴らなのだ。あの方こそ、その知性なるものの本性《ほんせい》を見抜き見据えていらっしゃる。だから「無知の知」というこれまた容易にはわからんことを敢えて掲げられるのだ。だからね、私が言いたいほんとうのところは、このたびの件にかかわっては、ただ黙って然《しか》るべき法の定める席に座ってさえいられれば、それが一番あの方にとってふさわしいやり方だし、かつまた、この裁判をわれわれにとって成功に導く唯一の方法だということ。だってそうではないか。あの方が何も自分で自分の弁明なぞなさらなくても、アテナイの多くの人たちの中にはその言行の正しさを証言してやる人間は、それこそ君らが知っての通り数えきれないほどいるし、みんな我先にと争ってそれを望んでさえいるではないか。周知のことだってたくさんある上に、加えて、これら証人たちが、まだ一般には知られていない行跡の洗いざらいを法廷に出したなら、アニュトスはじめ告訴人一派の面々の誰一人だって顔を赤らめ恥じ入ることなしに法廷に留《とど》まりうる者があろうか？


だから君。

そこまでの話は、それでよい。

あの方ご自身、仰有ったっけな、それ、

「もう少し時間が与えられるなら、もっと詳しく納得してもらえるように言葉を費やすことが出来るだろうに、一日で弁明のすべてを尽くせとはね」

と。

つまりあの方の弁舌をもってしても自《おのずか》ら限界があることをちゃんと心得ておられるのだよ。わかっていながら敢えてなされようとするところにわれわれとても首をかしげざるを得ない、つまり心配があるということだ。ついでながら実のところは世間が嫉妬《やきもち》焼くほどに弁舌がお上手とはお世辞にも言えないのよ。なぜかというと、自分が知らないことはびた一厘《いちりん》も口には出されないが、自分が知っていることないし信じていることは、それこそ遠慮会釈なしに吐いてしまわずには頭の毛が疼く方《かた》なんだ。相手の微妙な猜疑心や自尊心にはなんのお構いもなしにね。たとえ相手のそれにお気付きになったとしても、俗に言う年寄りの冷や水ってな頑固さの一面をむしろ承知の助《すけ》で押し通される風《ふう》がある。だから、理では通っても情では壁を作ってしまわれる結果になることも度々なのだ。もちろん、それでこそあの方であり、ほかの誰にも真似のできることではない。ただ、今度の場合は、いつものように損得や成否を抜きに「真実」だけが通ることを、かりに内心確信を持たれ、今、君から聞いたようなことの言葉の端々《はしばし》に充分成算ありげに仰有っておられるのを聞けば聞くほど、われわれとしては反面危惧の念を抱かざるを得ない。なんとなれば、あの方は本気でその生涯を賭けての持論「魂の不死」を地《じ》で立証されようとなされていられるのではないかと、ふっと予感が走ってくるからだ。あの方を死なせてはならない！　いや、あの方はぜったいに死んではならない方だ。なぜなら、魂の不死についてまだその核心をわれわれに教えてくださっていないからだ。少なくとも私にとってはあの方を失うほどならアテナイを失いたい。びっくりするか、君、実はあの方はただのお方なのだ。たった一人、「ほんとう」についてわれわれすべてにほんとうを言い残してくれる、たった一人きりのただの方《かた》なんだ。そのほんとうの一《ひと》かけらをがちんと聞くまでは他の人はいざ知らず、私はあの方にすがりついて決して離しはしない。

さあ、どうなったのか？

さあ、

して、

え？

その、票決とは？

その結果は？

急いでくれ。

いや待て、待て、待ってくれ。

その票決は私が下してみよう。

なんと言った？　君。

二度も騒《ざわ》めきが起こったって？

たしか、そう言ったな。

今が今まで君が語ることをそのままあの方のお言葉通りとしてすらすら聞き流してきたが、何やら急に胸騒ぎがし始めたのだよ。あの方らしい論述の進め方にはわれわれは慣れている。また、君の写《うつ》しのまっとうさも素直にそのまま受け取れる。だが、そこだ、それは逆に見れば、慣れていない人々にすんなりと、その通りに、受け取られたかどうかが問題なのだ。

第一の騒ぎは「デルフォイの神託」の件《くだり》で起こったというのだな。うん、たしかに、事実だ。事実通りに仰有ったに違いない。

「ソクラテスはただ一人の知者である」

というあの神託を、自分でも解《げ》せない、あるいは間違った神託ではないか、なぜなら自分は自分が他人よりこれっぽかしも知恵がある人間だとはたったの一度も思ったことがないからと仰有ったのもありのままで、ウソもつけ足しもない。だから、ほんとに正直なあの方は自分より賢い者をなんとか一人でも探そうとそれ、おそれ多い神託の反証をなされようと、次々と偉そうな知者たちを訪ねて問答を交わされたというのもそのままの事実。ただ、どの問答相手も満足に値しない、いわばエセ知者《もの》呼ばわりをなさると、「じゃ知者はやっぱりわし一人」とでもひびきかねない傲慢さがチラッと人々に影を落とし、あの方をかねがね心よく思っていない連中はむろんのこと、そうでない人たちだって、あたかも自分がその知者の仮面をかぶってその実《じつ》まったくの「ウソこけ者《もん》」と罵しられているみたいにひびいたとしたら、直接攻撃の相手ではない人たちが取っ違えられて身に覚えのない雑言《ぞうごん》を浴びせられているような錯覚に襲われたとしたならば、咎《とが》は公平にいって一方だけにあるとは言えなくなるだろう。しかもあの方の仰有りようが、君が述べた通りだとしたら、その槍玉に挙がった連中が憎しみを感じていたと仰有るぶんにはそれでよいとしても、それが自分に対するいわれなき中傷のすべての原因であると断定なさるに至っては、初めにも指摘したように、直接のメレトス一派ではなく、第二の告発者に対しての弁明だとはっきり前置きなすっての言論だから、そういう名指しに対してだけでも不快感を抱いていた一般の人たちは、二重に思いがけぬ石のつぶてが自分たちの顔いっぱいに投げつけられる理不尽さに、戸惑いの、あるいはそれ以上の驚きと怒りすら覚える結果になったのではないだろうか？

そのことが、あたりに騒々しさを生む空気になったと言っては的外《まと》れになるのか、君たち。

自らはそれこそ神かけて正しいという信念が強ければ強いほど、そのことの証明ないし主張は、それを訴える相手の教養とか人となりとか、その場の状況とかを充分考慮してなされなければ、額面通りには通らないのではないか。そんなことくらい重々ご承知のはずなのになんと下手《へた》な雰囲気をかもし出されなすったことだろう。

いや、あの方は、事実、しばしば、そういう通し方をなさってこられたのだった。だから、いわば敵に回さぬでもよかった人々を敵に回したり、中傷やもの笑いの種を数々と蒔かれておいでになったのだ。内心そう思っていても、敢えて「師よ、あなたが誤解される原因は、あなたにも幾分かあります」と命を張って苦言を呈する者は一人もいなかった。なんとわれわれもだらしない面々ではないか。

こういうことだから、師を超える気概が生まれる土壌が既に養分を枯らし始めていると極言《きょくげん》してもわれわれ自身に向けられた戒《いまし》めとして甘受すべきではないか。

いつまでもこういうていたらくならば、あの方はただの偶像になり果ててしまいはしないか。

ああ、君たち。

私が言っていることが私にもわからなくなってしまっている。ただの偶像とただの人間とのけじめがつかなくなろうとしている。

私ともあろう者《もん》が。いや、私としたことが。

そうじゃない。

そうじゃない。

あの方の仰有ることは、信条にしても学問的な分析にしても、ことごとくが人間にかかわってのみなされているかに見える。

それにしても、夜、星を見なさるあの眼。

タレス以来アナクサゴラスにいたるまで。

およそ現存する限りのすべての言説にわたって、あの方ほどの博い知識をもったお方は一人もいない。あらゆる詩作や神話伝承の類《たぐい》、その研究と解釈にいたっては全く驚嘆に値するというよりほか、評しようがない。そればかりか、現通俗《げんつうぞく》の芝居や文芸についてのあの通りの厳しい批評家なのだ。「雲」については「わたしはなにをアリストファネスが言っているのやらとんとリクツがわからない」とそっぽを向かれたそうだが、巷間《こうかん》では、「雲」は作者《アリストファネス》より批評家《ソクラテス》のほうが三枚も四枚も上との辛辣な評判だ。

願わくは、こんどの件についても、アリストファネスならぬメレトス一派なんかたかを括って黙りを決め込み一笑にふされていなされれば、アトはわれわれが一切のお膳立てと収拾策をもって、早々《はやばや》とケリをつけたろうに。

君たちは知っているか。

なんと、巷間、噂して、

「見ろよ、老い先短いハゲアタマ、サンダル片っぽどこ行った、とうの昔に『雲』の中、どんぐりころころドングリ眼、お棺《かん》がくる前、死んじまえ。」

だってさ。あくたれ童《わ》っぱどもまでが。

あの高貴なお方、ソクラテスを！


そうか。やっとまともな告訴人に向かって弁明が始まったのだな。

「青年を腐敗させる」という訴状についてのメレトスとのやりとりだったたな。

理の通り方が違う、相手はたじたじというわけか。

だが、正直言って、いつものあの方の論の切れさばきに比べて少し鈍いようだね。メレトス自体が大した奴じゃないから、仰有る意味を充分理解した上で受け答えしたとは思えぬにしても。そんなことよりも、裁判委員や政務審議会、加えて、あろうことか一たん放免なすったはずの一般傍聴人さえも、またぞろ引き合いにつれ込みなさるとは。

もう、愚痴は繰り返すまい。

あの方とてやっぱり三つ子の魂百まで、癖は死ななきゃ直らんものかと、誰とは知らず苦虫《にがむし》かみしめて笑った者も四人や五人にとどまらなかったかもしれん。

メレトスを黙りこまして、こう仰有られたとな。

「ここ法廷なるところは法律の定めにしたがって、こらしめを必要とする者が呼び出されて来るところなのであって、教えを必要とする者の、来るところではないのだ」

と、な。

クリトンやプラトンはじめ、こちら側の者としては、やっとどうやら胸のすくような気分になれたかもしれんが、さて、そのユーモアと皮肉がどれだけ相手に痛く刺さったか、こらしめを受ける者は被告ではなく当の告訴人メレトスならばまあまあとしても、つまり肝心の「その者」が厳正な判定をなすべき任務を担《にな》っておられる裁判関係者、それにさきほどから少なからぬ反感を募らせている一般市民だとでも受け取られ、しかも教えるのはメレトスならぬことははっきりしていて、ソクラテスご自身が大説教者としてでんと構え胸を張ってなさるみたいな図なら、皮肉もユーモアも台無しどころか、逆効果だぞ。おい、君、ほんとに君が言った通りだったのか？　私には甚だもって疑わしい。ま、仕方あるまい、現場に居なかった者のひとりごとだ。

はぁー。

さっきは胸騒ぎがし、今は溜息ばかり。

これでは私の裁定もどうやらあいまいになってくるようだな。やっとメレトスをおつかまえになったほかは、実のところ相手でない相手にむやみと突っかかりなすっていらっしゃるかにさえ見える。場所のわきまえを心得ていなさらない、いやむしろ心得え過ぎて、大勢を相手に八つ当たりというところか。正直言って私なぞは師のどんなやり方についても不満を洩らしたことはないが、折につけては反対の考え方があるのも事実だ。説得の相手をある程度見定めてかからなければ、せっかくの意図が猫に小判《かね》では意味がない、わからん奴は結局わからんのだ。それをも少し広げれば一人の力よりも集団の力、何か大きな仕事を成し遂げるためには組織的に力を整え結集して、例えば、あの方をぼろ着と垢《あか》だらけのまま、辻立ち説法などさせておかないで、立派ではなくとも少しはましな暮らしの手立てと、何よりもどっか定まった会堂みたいな建物を提供して、有為《うい》の若者をひろく募り、あの、師の高邁にして高潔な思想と学問を吹き込むことに成功したならば、この腐敗したアテナイを堕落と頽廃から救い、アテナイを中心としたギリシヤ文化の名を後世に留《とど》め——なんて夢想、いや現にわが師に対しても殊のほかの関心を示され、また諸学についての理解も並みならぬとの噂高い大富豪カリクレスのような方もおられること、その筋《すじ》をとおして協力をかちとることは決して夢ではない。

おや。

とんでもない横道に外れるところだった。

そうだ。出来ることと出来ないこととの浮わついた空想《からおもい》をはねのけての厳しい現実の眼、いや、それはこちとらのこと。

そんなこと、ちゃんとお読みとおしの上でのこのたびのお覚悟ではないのか。

もしそうだとすれば、われわれのこの甘さはどうだ？　むしろ。

はや、既に終わったはずの裁判に何のお手助けもする能のなかったこのこけおどしのぐうたら集団なぞ疾《と》くとすぐ今解散しなければならんわい。

だが、今から慌てふためいて法廷にすっ飛んだとて何の甲斐があろうか。

まず、とにかく終わったのだな。

とにかく。

あの方は少くとも今は、まだお元気だな？

うん、そうか。よかった。

いのちが一番だ。

打つ手はまだ、そうだ、うんとまだ残されているぞ。いるはずだ。

もういい。

アナクサゴラスの書物のことなぞ。

あの方も、月が土で、太陽は真っ赤に焼けた鉄の塊《かたまり》だという説をてんから否定なさっているとは見えない。自然についての物質論を超えた上での宇宙をこそ、あの方は、神とむすんで理解しようと底ではなさっている。あの方はただ、自然学者たちとちがって、土が何であれ、火が水が星々が何であれ、たんに眼に見えるものへの視点と同時に見えないものへとかわし、しかもそこにあるものへの探求こそが、他ならぬ神への崇敬であり、なによりもわれわれ人間の、飲んで食っていくだけの存在から、よりよく生きていくための原義をさぐる唯一の学問だ、と固く信じておられるのだ。

ここでだ。

そのお考えが、俗世に超然として、意図はともあれ、結果がもしあの方のいのちにかかわるとすれば、そのときは、

「師よ、あなたはそれでよいとして、われわれ残された者はいったいどうやって真理を求めていったらいいのですか？」

と、あの方の裾《すそ》を捉らえ、あの方が返事をなさらないなら、

「師よ、あなたはご自分だけの魂の不滅にあずかればそれでご満足なのですか？　無知の知のなんたるかはうすうすともわからせていただきましたが、魂についてのほんとうの言説はいまだにわれわ

れにお明かしになってはいられないのです」

と、お胸に武者ぶりついてでも訴えなければならないのだ。君の話だけではと待ち切れなくてさっきヘルモゲネスを伝令にやった。もう帰ってくるだろう。

またも気がいらいらする。それから、あれから、ど、どうだったのか？

いや、

そ、

それ、

裁判のところまでだったな。

して、

二度目の騒ぎは前の騒ぎよりひどかったと言うんだな。

おやおや。

これはまた諸君、何としたことだ。ここまで騒ぎが移って来るとは。

いや、悪かった、そうではない。そうではなくて私がうろたえているのだ。なるほど、まずは私が落ち着かねばならぬ。君、その騒ぎがひどくなったのは、それとて当たり前の話。みんな、一緒に冷静になってありのままを見詰めようではないか。というのも。

　というのは。

言わずもがなのことをあの方が一つ二つ三つどころか、幾つもこれ見よがしに仰有っていられる。メレトスへの訊問のくだりでは、人を善《よ》くするのを馬を良《よ》くするのに例えたりなんかしなさって。当のメレトスならぬ裁判官たちの心証はいったいどういう反応を示すだろうか？　更に、悪に交われば悪に染まり、善に近づけば善の所業に与《あず》かるという、一見、もっともなたとえではあるだろうけれど、前のにしても、今のも、青年を腐敗させないことのための理由とは合点がいっても、当の敵は逆にまるで自分たちが馬にたとえられたり、あるいはあの方の本意に反して、あたかも青年をそうするのは自分たち、つまり「悪人輩《ばら》はお前たちだぞ」と言われてるみたいな、なんとも奇怪で不愉快な感じを、裁判官たちはじめ、あの方を出来ることなら無罪へとあるいは願っておられるかもしれぬ人たちは、その善意を、いったいどこへ逸《そ》らしたらいいのか？　それればかりではない。青年を腐敗させるというのは国家の認める神を認めず、ほかの新しい鬼神のたぐいを教えすすめているという訴状に対する見事な論駁にもかかわらず、その引き合いに出てくるかずかずが、全く思いもかけぬ唐突さで、驢馬《ろば》とか騾馬《らば》とかまたも奇妙で奇《き》っ怪《かい》なしろものばかり。しかも耳を塞《ふさ》ぎたくなるような下品で猥雑な言葉の連発。あの方がそんな言辞を弄されようとは！　それこそメレトス一派の謎遊《なぞあそ》びとふざけ方になに変わろう。一般の信心深い人々はわが耳を疑って仰天《ぎょうてん》されたのではなかろうか。いやもう、あの方に魔がさしたのか、それとも底の底では実は神の存在を疑っていられるのでは？

いやとんでもない。

とんでも、そんな、おそろしいこと、とんでもないことだ。

君たち、

ちょいとだけ息を吐《つ》かしてくれ。

――そして、そのあと仰有ったのだな。

「もし自分が罪をきせられるとすれば、その場合、それを負わせる者は、メレトスでもなければアニュトスでもなく、多くの人たちの中傷と嫉妬がそうさせたのだ」

と。

じゃ、裁判官はじめ一般のみんなの人たちが「告発者」であって、メレトスなんかあってもなくてもよい、ほんのつけたしにすぎんと、そういうことになるのか。

そこだ。そこを私は心配しておったのだ。

あの善意の多数の人々にわざと泥水ぶっかけるような、子供の悪たれ口にさえ比ぶべくもない愚かなお言い草だ。強いて、それを自己顕示のいやらしさなぞと私たる弟子の口から言えようか。君、君にはわるいがヘルモゲネスはなにを愚図愚図してるんだろう。彼から一部始終聞き直して見なくちゃなるまい。いや、言葉の前後や綾艶《あやつや》の、君の聞き違いか、それとも私の気急《きぜ》わなかんぐりのせいか、なのだよな、きっと。

それにしても、だ。
もっと沈着に、お言葉のつながり具合を吟味してみなければいけないのではないか。
して、
裁決は。
もう私から言う気力はない。

なに？

三十票？　六十票？

？

もちろん敗訴。それはわかっている。

しかし、たったの三十か？　分かれ目は！

それは異変だ。

ようまあそのくらいの差で票決が済んだもんだと吃驚《びっくり》した。だって、あのようなあの方の傍若無人な論述にもかかわらず、予想外に多くの方々が冷静に良識を示されたというよりほか言いようがない。

君、それなら、あとは量刑の選択だけだもの。どうにでもなる。望みが出てきた。早くそれさえ聞いておれば、取り越し苦労や謀反《むほん》がましい批判なんてせずともよかったんだ。凡愚のいたらなさとはいえ、私は恥ずかしい。

しかし、
待てよ。

それなら、うーんと。

いや。私は落ち着いたはずだ。

そうだったね。

だから、かりに自分が罪を受けて、たとえ最悪の事態になろうとも、おそれはしないということを、あのテティスの子アキレウスの死や危険はものの数にも入れないで友のために仇討ちをしたというトロイアの故事にならって決意のほどを示されたというわけだな。それはそれなりにあの方らしい立派な態度だ。

加えて、自分が決していい加減にそんなことを引き合いに出しているのではないとして、ご自分の、あの、死をおそれぬ勇敢で沈着なポテダイヤ、アンピポリス、またデリオンでの戦場経験をもってなされたのだね。うん、なるほどなるほど。もし、

「死を恐れて、命ぜられた持ち場を放棄したとすれば、それこそ神を認めず、知を愛し求める生き方もせず、神託の意にそむいて知者ぶりする仮面もそのままのソクラテスであったでしょう」と。

その語り口たるや控え目でかつ少しのけれん味もない、そういう風であってこそあたり前のすばらしいあの方らしい論述だ。つづいて、そうだ、こんな風に述べられたのだな。

「死というものが一般世間では害悪の最大のものと考えられているようだが、自分は死んだことがないのでそれが果たして害悪かそれとも反対か知るよしもない。それにひきかえ、神でも人でも、自分よりもすぐれているお方があるのに、このすぐれたかたに服従しないということが、為《ため》にならぬ悪であり醜《しゅう》であるということは知っている。だから、つまり知らないものは知らないと言い、知っているものが悪よりも善いものなら、善いものに従い悪には決して従わないだろう」

と。

たとえようもない美しいお言葉だ。

ただし、次のお言葉はどうであろうか。

「放免するには放免するが、お前が今まで通りのことをしようものなら見つけ次第今度はすぐ殺されるだろう、とならば、その条件を自分は決して受け容れない。」

そして次のお言葉、

「わたしは、アテナイ人諸君よ。君たちに対して、切実な愛情をいだいている。しかし、わたしが命《めい》に従うのは、むしろ神に対してであって諸君にではないだろう」

と。

いや、
私は確信をもって神かけて言うが、なんと崇高で誇り高くもりりしい吐露《とろ》であろうか！

願わくばこのクライマックスをしてあの方の弁明を終わらせたかった！


というのも、ね。

君たちだってそう思うだろう？

そのあとは仰有らないでもわかり切っていることではないか。

かりに無罪放免になられたからとて、あの生き方をどうしてみじんたりとも変えて生きなさることができようか？　それこそ、あと、何度告訴され、何度獄につながれ、たとえ何度殺されなすったとしてもだ。あの方は、ぜったい、自分の信条を変えられない方だ。変えるなんてことは決して決してお出来にはならない方なのだ。そのことは心と心の琴線が通い合うたくさんのお方々の胸に伝わっていたろう。もし、そのクライマックスのときの、今、今のその票決が夢でないならば、おお。

この狭っくるしい部屋にこんな沈うつな顔して苦い空気を吸ってるなんてことがあろうか？
どっか、あの広場の青い空の下であの方を讃え、躍り上がって無事をお祝いしていることだろう。
そして、あっちからもこっちからもたくさんの人たちがぞくぞくと駆け寄ってきて、
われわれはその人たちの整理に追われっぱなしで、肝心の師は遠く見えぬところに押しやられ、
むれかえる人息《ひといき》の中、窒息しそうなよろこびに頬《ほ》っぺたを濡《ぬ》らしていたろうに。
君たち
悲しいかな
それは願望の夢の中
頼りない孤島の
影でしかなかったのを
現《げん》にこうして認めなければならない、
とすれば
事実は
われわれに背を向けて
あらぬ方へと
行ってしまうのか！
いや

高望みはすまい
望みは　あの方のいのちだから。
あ、あの音は何だ？
あ、
同志だ
ヘルモゲネスだ
おい、この汗は
こ奴《いつ》、汗かいてるくせに、真っ青な顔してやがる。
プラトンは
クリトンは
他《ほか》の連中は？

なんて、こった、
なんて、こっだ！

聞きとうない、
聞きとうない。

ご先輩、
同志のみなさま。
お怒り、お腹立ち、
ごもっともでございます。ごもっともでございます。
とにかく最悪の結果になりましたが、どうぞ、おしずかに。

なに、ふざけてやがる！

聞く耳持たん！

ヘルモゲネスに当たってどうするんだ！

馬鹿な、そんなことってあり得るのか？

よう、まあ！

騒いだってしょうがない。

聞くべきじゃないか。

ひと通り聞くべきだ。

このわたくし奴《め》、口不調法《くちぶちょうほう》のヘルモゲネスのひと通りの報告をどうぞお聞き取りになってくださいまし。プラトンどのはじめ同席のみなさんは、それぞれの役目を分け合いなさいまして、ほうぼうへ出向いて行かれました。

われわれには相談なしでか！

クリトンさまは、まずは奥方《クサンティッペ》さまへのお知らせを。

要領よく話さんかい！

ハイ、ハイ、申し上げます。三十票だけなら、ソクラテスさまにはお気の毒ですが、逆に無罪をかち取るだけの、あからさまには言いにくうございますが、算段《かけひき》といいましょうか、方法手立てはいくつもあったというのが、クリトンさまやほとんどのみなさんの感懐でした。と言いますのも、わたくしたちの目指すところの、有罪になった以上、より軽い刑をと願うのは当然のことだからでございます。

それで死刑とは！

何たることぞ！

ちょいと待て、ヘルモゲネス。君を伝令にやったのはお前さんの記憶力が抜群との評判と聞いていたからのこと。いまさら、そんなことどうでもよいが、あれほど理性にたけたお方の言葉、さすがに理は立つし、心情は純正。とはいえ、考え方は、取りようでは、ポリス否定につながりかねない面もあった。どんな理想的な政体といえども法によって治められる限りは、公的な機関と、それを司《つかさど》る役人が必要なのだ。ポリスが成り立つ最小限の条件も知らない素朴な田園物語でない限り、私人だけからなる正義なんて途方もない時代錯誤でなくてなんであろうか。現に、今なるアテナイは夢の中に立っているのではない。それこそ俗臭ぷんぷんたる市井《しせい》なのだ。あの方はご自分のためではなく、諸君のためだと、よく仰有るが、今日《きょう》の一連の論述の中でなされたことと言えば、少くとも一般の聴衆にとっては、実際の日常とは、ちと桁《けた》がはなれた、即刻実行とならおそらく実現性乏しいお題目が多すぎたのではなかろうか。だから証言台に立ちこめる空気は皮肉にもあの方の意図とは裏腹に白けかえり、あの方を不利な立場や状況に追い込むことになったのではないのか。

いったい、クリトン、クリトブロス、リュサニアス、アイスキネス、アンテイポン、エピゲネス、ニコストラス、パラリオス、アディマントス、プラトン、アイアントドロス、アポロドロス、いったいぜんたい、彼らはあの方のためにどんな証言を行ったのか？　ただあの方に追従《ついしょう》するためだけの役目で法廷へ出かけたんじゃないはずだ。事と場合によっては、あの方の手を押さえ、口を封ずるくらいの勇気と信念がなくて、どうしてあの方を守れようぞ。一人もそんな奴はいなかったんだな。みなの善意を疑うのではない、その善意を一つの的に絞り切れなかった愚を鳴らしているのだ。ほかではない。あの方のいのちになぜ的を絞り切れなかったのだ！

そうだ！

先生の仰有る通りだ。

先生をクリトンの代わりにやっとけば良かったのに。

負け惜しみだ。

ちょっとお待ちください。

あの方だって心得ていらした模様でして、国外追放という言葉もほのめかされました。それでも、敢えて、と、申しましょうか、実際にはそんなの一切無視されまして、やっとのこと、クリトンさまのすすめに、しぶしぶ三〇ムナの罰金を申し出なされたのです。これだけではみなさまご納得なさらないでしょう。つまりそれまでの間、自らの弁明を滔々《とうとう》と述べられました。その弁舌のくだり、わたくしたちにとっては、いとも理に叶《かな》い、仰有り方も、そうトゲの立つような運びではなかったのですけれど、告訴人《あいて》や一般の方々にとっては全くの逆効果になりました。ハイ。まるで自殺行爲とでもいった結果を招いてしまったのです。

そこだ、ヘルモゲネス。もし、自殺行為としか映らぬ場合には、われわれ弟子どもが刑吏となって、あの方を縛り上げ、勝手な振る舞いをなさらぬよう、その身をがんじがらめに拘束しなければならんのだ。そうじゃないか。そう思わぬか。あの方からわれわれはまだ聞いておらんぞ。大事な大事な「魂」についてのお話を。肝心要《かな》めの芯《しん》どころをな。

ハイ、先生。

それにつきましても、ハイ、わたくし、正直、ソクラテスというお方が、すっかりわからなくなりました。自分が不利になることをわざとなさってるみたいで。かと思うと、とてもおやさしい、まるで母親の子守唄みたいに、うっとりとなるような美しいお話に変わるのです。それが、そのことが一つや二つ三つと、ええ、変わり方もお顔や肩のお仕草《しぐさ》も、まったく別人のようにおなりになるのです。

郵便はがき

恐縮ですが
切手を貼っ
てお出しく
ださい

1600022

東京都新宿区
新宿1－10－1
(株) 文芸社
ご愛読者カード係行

書名			
お買上書店名	都道府県　市区郡　書店		
ふりがな お名前		大正 昭和 平成　年生　歳	
ふりがな ご住所	□□□-□□□□	性別 男・女	
お電話番号	(書籍ご注文の際に必要です)	ご職業	

お買い求めの動機
1. 書店店頭で見て　2. 小社の目録を見て　3. 人にすすめられて
4. 新聞広告、雑誌記事、書評を見て(新聞、雑誌名　)

上の質問に1.と答えられた方の直接的な動機
1. タイトル　2. 著者　3. 目次　4. カバーデザイン　5. 帯　6. その他(　)

ご購読新聞　新聞	ご購読雑誌

文芸社の本をお買い求めいただき誠にありがとうございます。
この愛読者カードは今後の小社出版の企画およびイベント等の資料として役立たせていただきます。

本書についてのご意見、ご感想をお聞かせください。
① 内容について

② カバー、タイトルについて

今後、とりあげてほしいテーマを掲げてください。

最近読んでおもしろかった本と、その理由をお聞かせください。

ご自分の研究成果やお考えを出版してみたいというお気持ちはありますか。
ある　ない　内容・テーマ（　　　）

「ある」場合、小社から出版のご案内を希望されますか。
する　しない

ご協力ありがとうございました。

〈ブックサービスのご案内〉
小社書籍の直接販売を料金着払いの宅急便サービスにて承っております。ご購入希望がございましたら下の欄に書名と冊数をお書きの上ご返送ください。（送料１回210円）

ご注文書名	冊数	ご注文書名	冊数
	冊		冊
	冊		冊

うん、ヘルモゲネス。いや、みんな。ホラ、君たちの眼が、わしに向かって奇異な光を放っているのがわかる。今は、わしのことではない。

ソクラテスのことだ。

勘違いしないで、よく聞いてくれ。

ほめたり、けなしたり、いったいソクラテスという人は、一人なのか、二人なのか、それとも三人いるのか？　あるいはそんなはずがないとすれば、ソクラテスは一つでない幾つもの顔を持った人物なのか？　とでも尋ねたげにね。答えよう。まさに君たちが訝《いぶか》しがるとおりなのだ。ただし、かんじんなところはだ。いいか。ここを押さえておきたまえ。

あの方、ソクラテスを除いては、だ。

クリトンはじめわれわれみんなは七面鳥なのだ。時と場と相手と雰囲気次第で七変化するのがその身上《しんじょう》だ、とね。

それがいかに冒しがたく真実であるかを確かめるためにそう手間はかからない。ある特定の友人なり、誰なりをえらんで、その人間に四六時中付き添って、細かく観察してみたまえ。いかに喜怒哀楽に応じて、彼あるいは彼女が変化《へんげ》するか、すぐ合点がいくだろう。既に先ほどからわしの顔が語り口そのままに幾度《いくたび》変貌したか、君たちがとくと見定めたとおりだ。本能と言って、当たらずとも遠からずか、あるいは性《さが》ともいうべきか、人間の。

ところが驚くなかれ、そのことを逆に言えばこういうことにもなるのだ。われわれは誰しも、ある人物とかかわる場合には、常に、その人がそうであるところの人物ではなく、その人はそうだと思えるところの像を描いてその人物と交じわっている。原因は相手にあるのではなく、こちらにあるのだよ。つまり、われわれは相手とではなく、われわれが自分でこうだと勝手に決めた相手の像とだけ向き合って対話を交わしているのだ。なんのことはない。彼とわたしではなく、私と私が争ったり馴染んだりしているのにすぎないことになる。お互いがお互いにそうだとすれば、われわれは霊長族ではなく、むしろ七面鳥族と呼ばれて相当だといわれなければならない。哀れというもなかなか愚かなり、ではないか。

その意味の深さをどれほどの者が覗き見し得るか、あの方を措《お》いて、ほかに。その種族の中でたったの一人、愚かでない人がいるとすれば、その一人の方のいのちがどんなに大切かわかるだろう。しかもその一人の方は決して特別な方ではないのだ。即ち木石《ぼくせき》から生まれたのでもなく、家族もあるからには、いのちをおろそかにするはずもない。とにかく、その方をお助けしなければならぬ。

おや、みんな、どうやら、この男ヘルモゲネスの報告を聞く気になってくれたようだな。さ、ヘルモゲネス。落ちついて、いや、われわれが、改めて落ちつき直して、ひと通りいきさつを聞いておかねばならん。やることはそれからだ。

ありがとうございます。――ほんに、水をうったようにしずかになりました。次は、はて？　どこまででしたでしょうか。ハイ、たしか、こんな風《ふう》なことでありましたかと思います。

「さて、ところで、この男メレトスはわたしに対して、死刑を求刑している。よろしい。それなら、これに対して、わたしは、いかなる刑を申し出るべきか、アテナイ人諸君」

云々と仰有った揚げ句、

「自分は貧乏暮らしでご馳走というご馳走にあずかったことがない。これではどうかね？　かのオリンピアの競技で栄誉として与えられる、国立迎賓館における饗宴《めし》を！」

と言ってのけられたのです。

え？

なんと！

これには大きなざわめきが起きました。法廷を揺るがすブーブーです。ハイ、もちろんその大半はあの方への喝采《かっさい》ではなく、まる反対のソクラテスに対する反感と罵声の怒号でした。

なんと？　ヘルモゲネス。もう一ぺん言ってくれ。

有罪の身でありながら！

「オリンピアの競技で勝利者に与えられる栄誉、すなわち、国立迎賓館における饗応《きょうおう》」

です。

おお、
なんと諸君！
われわれは腹を抱えて洪笑《おおわらい》しよう。
われわれは拳《こぶし》を振り上げて泣こう。
なんと高貴なお方だろう！

ま、さきを聞いてください。

「わたしはわたし自身に何も悪いことはしていないのに、わたしがわたしに罰を加えるなど、思いもよらぬことです。いったい何を恐れてそんなことしなければならないのでしょうか。禁固刑を申し出て刑務所の奴隷か、国外追放か、それとも罰金か。実は今、プラトンがきて、クリトン、クリトブロス、アポロドロスなどとともに、三〇ムナの科料を申し出るように言っているのです。わたしはそれに応じましょう。」

ここで、刑量の票決が行われたのです。

みなさん、
あなたがたが危惧された通り、さきの有罪票二百八十一票に上乗せされて八十票も増えたのです。

原因は明らかにあの方の容赦ない市民批判なのです。でも、

「わたしの敗訴はわたしの諸君に対する説得力のなさの結果だと思われるのか？　とんでもない。わ

たしが敗訴になったのは、不足は不足でも、言葉のそれではなく、厚顔と無恥の不足のためなのだ。つまり諸君が聞くのを最も好むようなことを諸君に向かって言うつもりになれなかったからだ。諸君が求めるのは、わたしが泣いたりわめいたりすることである。だが、わたしは後悔はしていない。死を免れるためには何でもやるというような工夫はなすべきではないからだ。」

立派なお言葉ではないか。

見事な真相暴露だ。

「諸君はわたしの死を決定したが、わたしの死後まもなく諸君に懲罰が下されるだろう。というのは、もし諸君が人を殺すことによって、ひとが諸君の生き方を間違っていると非難しているのをやめさせようと思っているのなら、その考えは間違っている。なぜなら、そういう仕方で片づけるということは立派なことではないし、また完全にできることでもない。むしろ、他人を押さえつけるよりも、自分自身を、できるだけ善い人になるようにするほうがはるかに立派で、ずっと容易なやり方《かた》だ。」

どうにもわかりにくい話ではないか。

いや、おれには、わかる。

わたくし奴《め》の言い方、いいえ、聞き取り方が、あのお方の言葉を取りそこねているのかもしれません。わたくしはみなさんが思っておられるように記憶力のすぐれた者でもなく、まして、賢い人間などではさらさらないからです。取り違えがあったらみんなわたくしヘルゲモネスの咎《とが》だとご承知おきください。

いいよ、いいよ、そんな弁解。

いや、あの方は、しつこいときは徹底してしつこく仰有るクセのある方だ。

あの方に向かってそんな言い草はないぞ。

まあまあ、せっかく一《ひと》しきり静かになっていたのに。みんな、さあさ、文句があるなら外《そと》で言いたまえ。ヘルゲモネス、さあ、そのあとを聞こうじゃないか。

ハイ、ありがとうございます。何しろわたくしの役目は伝令ですから、伝令としてのかぎりで自分の聞いたことをそのままにお伝えするのが、いわば義務なのです。だからといって、とうてい、百%ありのままなんてわたくしに出来るはずもありませんし、出来たとしても、時間がうんとかかることでしょう。今はもうみなさまも、どうせ、結末はおわかりになっての上のことですから、どうぞ、曲がりなりにも、下手な役目を務め上げさせてください。

すまん、すまん。

いいぞ、ヘルゲモネス、つづけてくれ。

ありがとうございます。

「わたしに無罪の投票をしてくれた諸君。言っておきたいことがあります。わたしにいつも起こる例の神ダイモンのお告げというのは生涯いつもたいへん数しげくあらわれて、わたしを導いてきたもの、それが奇妙にも、今朝《けさ》からここにやってきて法廷にはいるときも、弁論の途中でも、どのような場合にもわたしに反対しなかったのです。何が原因なのでしょうか。つまり今度の出来事は、どうもわたしにとっては、善いことだったらしいのです。例の神の合図が、わたしに反対しなかったということは、わたしのまさにしようとしていたことが、何かわたしのために善いものでなかったなら、どんなにしても、起こりえないことだったのです。」

つづいて、また、

「考えてみようではありませんか。つまり死ぬということは、次の二つのうちの一つなのです。まったく何もない『無』といったようなもので、死んでしまえば何も少しも感じないといったものなのか、あるいはこの世からあの世へと場所をとりかえる魂のことなのか。もしそれが前の何の感覚もなく、寝て夢ひとつ見ないような場合の眠りのごときものなら、死とはびっくりするほど儲《もう》けもの。なぜなら、普通の人はむろんのこと、ペルシヤ大王といえども、おそれや悩みのないはずはない昼夜とくらべたらうんとそのことが望ましいにちがいなかろうから。それにしても、後のように、死とは一種の旅であるならば、オルペウスやムウサイオス、ヘシオドスやホメロスなどといっしょになることを、どんなに多くを払ってもわが身に受け入れようと願わない者がいましょうか。これは昔からの言い伝えにすぎませんが、もし言い伝えがほんものだとすれば、魂ってのは死ぬことがないのですからね。でも悪い人にとっては大いに迷惑でしょう、あの世でまで悪者《わるもん》になるなんて。」

そりゃないだろう、ヘルモゲネス、しまいの文句は君のシャレ文句だろう。わしはソクラテスからそんな一句は聞いたことがない。

ごめんなさい。シャレではなく聞き間違いでしょう。とにかく、こうも仰有いました。

「もしわたしの息子たちが成人して、自己自身をよくすることよりも、金銭その他のことに、まず心を用いていると思われたりしたならば、わたしが諸君にしたのと同じように、心を用うべきところに心を用いず、何の値うちもない者なのに、ひとかどの者《もん》のように思っていると言って、かれらの非をとがめてください。」

もう少しあります。

「しかし、もう終わりにしよう、時刻ですからね。もう行かねばなりません。わたしはこれから死ぬために、諸君はこれから生きるために。」

「しかし、われわれの行くてに待っているものは、どちらがよいのか。」

「――誰にもはっきりはわからないのです。」

そしてこれが最後のお言葉です。

「神でなければ。」

クリトン 考

アンチステネスがきて、いろいろと心配してくれていたそうだな。彼とも近いうちに会ってお礼を言っておこう。

ところで、この三十日間、あんたがたに向かっては身の置きどころとてない針のむしろじゃった。だが、告白する、わしとソクラテスとプラトンにとっては、まことに心なごむおだやかな日々であった。

プラトンの苦悩は敢えて、おや、これは、わしとしたことが、――。

プラトンだって？　と、みんな吃驚《びっくり》するだろう。ご無理ごもっとも。まずはこの通り、内密にしていたことをお詫びしなければならん。実は、デロスの神のお引き合わせでしばらくの余裕が見込まれることになったとき、ソクラテスのたっての所望で、こっそりプラトンを獄舎に招《しょう》じ入れることにしたのだ。そのためにはいろんな分別が必要だった。公《おおやけ》の眼につかんようにするには、面会の日取りや時刻《こくげん》なぞの取り決めの他、第一に刑吏を買収しなくちゃならんかった。これとおぼしい役人を選んで目星をつけるために半月ほどを費やした。そんなことどうでもいいが、刑吏に賂《まいな》いするなんて、全く若いもんには学んでもらいたくない分別だよ。

プラトンにしてみれば、なんてたって、他の同僚や先輩がたをさしおいて一人だけあの方とじかにお話ができるなんて、飛び上がりたいほどだが、半面またうしろめたい気もするということだった。

何はともあれ、ま、今となっては事実は事実だ。

一方、刑吏買収について打ち明けたとき、彼《（ソクラテス）》は別だんわしを咎め立てしようとはしなかった。もちろん、直接脱獄のための買収ではなかったからでもあろうが、とにかくクリトン、君の配慮と親切には感謝するよ、と言ってくれた。勘ぐれば、よほどのことを、つまり凡人には到底解せない、何かを、プラトンにだけは伝えたかったのではないか、とね。何しろ、君たちの前では、なんだが、目に入れてもとかいうあれだ。愛弟子《まなでし》といえばあ奴《いつ》のこと。それに、才智にかけては随一ときてるからな。「苦悩」と言ったのは純粋に学問的なことについてのこと。わしなんかにわかるようなもんじゃない。

さて、余談は別として。

そのときは、わしとしては褒められない悪事について、ことさらには疚《やま》しく自分を咎めることはしなかったが、今にして思えば冷や汗ものだ。というのも、彼がどう受けとりどう考えたかではなく、わし自身が分別の善し悪しについて全く無知蒙昧の甚だしさに気付きもしないで、さも分別ありげに片方では彼の脱獄への手はずを押しつけがましくすすめていたからだ。

それにしても、若いものになら、厳しく言い、諭《さと》しもしなくちゃならん不徳を、相手が友であるにしろ老人であるにしろ、わしに向かって、不正は不正だと同じように厳格に咎め立てしなかったのだろうか、なぜ？

相手次第で理を曲げたり、ことをあいまいにしたりするのはもっとも彼にふさわしくない。かりにことと次第では、つまり、わしがまァ彼の身の振り方について多少とも尽力してくれていることだからと、一応の手控えや遠慮をしたとすれば、それは全く彼らしくないことなのだ。そのくらいの大目《おおめ》や見て見ぬふりの融通が利くような人間なら、法廷で、なんであのような、誰の眼から見ても自らに不利になる直言や、あたり憚《はば》からぬ非常識じみた弁明をして、敢えてわれとわが身を窮地に追い込むようなことを最初からしてのけようか。

その、そこのところが腑に落ちぬ。もちろん、腑に落ちぬどころか、合点がいかないのは、年齢《とし》ばかりなんのためにとってきたのか分別しかねているこのわしの愚かぶりなんだが。こ奴《やつ》が、智者ソクラテスの竹馬の友か、と自分を叱りつけたくなる。ただ、しかし、わしは急に、彼、ソクラテスなる人物の底がわからなくなった。というより、文句の一つもぶっつけてみたくなるのだ。おい、当世随一の知者よ、誰よりも永い間君と交じわってきたわしを、こんな無能な男に仕立て上げてきた知恵とはいったい、お粗末でなくて、なんと褒め上げたらよいのかね、青年どころか老人まで惑わしてしまうなんて、とね。

ふふ、こんな不平を洩らそうもんならパイドンはじめ、若いもんたちは飛び上がって驚くだろうよ。だが、わしの気持ちは正直のところなのだ。

日《ひ》にち毎日、ごく当たりまえに交際合《つきあ》っている仲間にとっては、別段、桁の外れた人とも思えんのだよ。普段はそこらに見かけられないような言行や風態《ふうてい》が目について、それらが、賞賛にしろ、中傷や物笑いの的になったにしろ、彼にとっては生まれつきの性分《しょうぶん》だからこれといって一一《いちいち》気にとめることでもなかろうし、外部《はた》だけで勝手に騒いでいるだけのことかもしれないな。だって、彼は、木や石から生まれたんじゃあるまいし、とむしろ特別あつかいされることには逆に奇異の感を洩らすことしばしばなのである。全く、彼とて抓《つね》れば痛み、ひもじければまずは飯のことを一番に気づかおうじゃないか。ただ、同じく痛みにあっても、世間のように仰々しく受けとめて泣いたり喚いたりはしないし、めしが欲しくても欲しがり方に多少のちがいがあるだけだ。強いて言えば、喜怒哀樂の受けとめ方に他とくらべて品格があるとでも、神経《すじ》が別に針や蔓でできているというわけではない。泣くなんてことは決してと言っていいほど見たことはないが、ひとの親切や、ひとの不幸に遭えば、それがわしなんかにはほとんど気が付かぬささいなものであっても、もうあの眼はうるんでいるし、美しいものに触れると、それこそあの大きな眼一《いっ》ぱいがなんとも言いようのない光に輝くのだ。つまりは、とりたてて尋常の人々と変わるところはない。その証拠に、クサンティッペにとっては、その辺界隈《へんかいわい》の、どっちかと言えばうだつの上がらぬろくでなしの宿六《ていしゅ》にすぎない、だって、隣の主人《あるじ》は朝から晩まで額に汗して働くのに、亭主《うち》ときたら朝から晩まであっちこっちをぶらつきまわるだけが能で、びた一文稼いでくるわけでもないし、息子たちに技芸や銭になる説話術の一つも仕込んでやるではなし、してやるのは赤の他人にばかり、それも無料《ただ》で。

だから彼女としても人並みの女房のように、汗や垢に汚れた衣物《きもん》を洗ってやろうなんて気にもならんのだろう。無理もない。いい加減におしよ、と、たまにはひっぱたかれることもあった由《よし》。これは噂。現場をわしが見届けたわけではない。

だから、実のところ、かりにもわしが永く彼と交わっていたおかげで特に善良な人間になったとか、彼のおかげで世間に抜きんでるほどの人物に仕立てられたとか公言したなら、そのきざっぽさに、わし自身がわしに恥ずかしいばかりでなく、そんな言い方をしたら、彼はさぞかし迷惑顔でしかめっ面することだろう。ソクラテスとはそういう男なのだ。

彼は正真正銘正直一途なのである。真底《しんそこ》から自分は何にも知らないと言う。その「無知の知」は世間一般、とくに彼につきまとう自称弟子どもが、まるで彼の真骨頂十八番の看板みたいに担《かつ》ぎまわるんだが、当人は本気で自分は無知だと信じもし、知ってもいるのだ。そこがまた、なんとも言えぬ魅力だけどね。善きにつけ悪しきにつけ、世間や、特に彼の取り巻き連中が、あながちに間違った見方を彼についてしているとは言わないが、少なくともわしの実感にいつわりがないかぎり、ほんとうのことを言って、別段、疚《やま》しい思いもしないし、彼を並み扱いしていい気分になろうとも思わないのだ。というのも、彼が自らを無知だと言うからには、何を知らないからそう言うのか、本気で考えてみたことがあるのか。彼はありとあらゆる学問に通じている、これは全く疑いのないところ。ところが、そのおびただしい知識のなかに、ほんとうに、これ、という真実を彼は見つけてはいない、と言うのである。つまり何を知らないかというと「真実」をこそ、それだというのだ。だからもし、それなるものの切れ端でも手応えあってつかんだとしたなら、それこそいっそう狂人扱いされるだろう。

なぜって、あの自ら望んだ「国立迎賓館における饗応」どころか、「アテナイ王国の支配者」はこのソクラテスなり、と公言して憚からぬことになるに違いなかろうから。願わくば、そういう狂人になってもらいたいというのが、これまた正直なところ。というのも、そうなったら、友人としてのわしの鼻はどこまで高くなったら止まるのか。わしばかりではない、そのような凄《すご》い王が国家を築くとしたなら、アテナイ中の誰が一人として歓喜して迎えない者があろうか。しかるに、どっこい待った、というのは、つまるところ、われわれが希い求めるものは「我が身の幸せ」なのだ。それに反し、彼が希い求めるものはたった一つの「真実」なのである。彼は喋舌《しゃべ》ってきた。お喋舌りにかけては古今随一の者と称して決して言いすぎにはなるまい。全生涯を巷《ちまた》に呼ばわりつづけてきた。だが、買いかぶってはならない。彼は一言もまだ「真実」は語っていないのだ。だから死の間際まで喋舌《しゃべ》りまくるに違いない。面映《おもは》ゆさをおして言うが、わしの愚鈍さをもってして、誰よりも彼を理解していると確信していることが一つだけある。

それは、彼のかなしみを知っているということだ。そのかなしみは「人間」へのかなしみなのである。救いようのない愚かな人間の業《さが》、それをほんとうに救えるのは「真実」より他にはない、それこそ彼が生涯を賭しての悲願なのだよ。

このことを理解しないのは彼に極刑の票を投じた人々だけではない。好意を示し、無罪を願った人たちだって同断なのだ。

耳馴れたダイモーンや夢の知らせも、いっかな彼に呼びかけも現れもしなかった、と告白した彼の心の奥の裏をほとんどみんながわかっていないんだよ、その兆しがこの度《たび》に限ってはなかったというのは、彼にとって、常々、神のみ旨《むね》に従うという信条に照らし、刑を受け法に従うことの正さを示す証拠だと言うのだが、それは表向きであって、裏には、はや、神に見放されたことの孤独がひそかに彼の底を流れていったに違いない、とわしには感じられるのだ。だが、たとえそうだとしても、彼は孤独を怖れたり、ましてや、それにまけたりするものか。むしろ、孤独や絶望は逆に彼を振るい立たせるものだ。

実を言えば、最初の日から既にわしにはわかっていたのだよ。みんなが、ソクラテスの救出と説得についての最適任者としてわしを選んだあのときから、もう如何なる手立てを施しても、その意とするところを翻《ひるがえ》すことは不可能だろうということはね。かのデロスの船が帰りつくまでの、短かくも永い時をわしは彼とほとんど一緒に過ごしてきた。獄門が非情の鉄で閉ざされたあいだを除いては。

それはもう、誇張はしない、いつもと少しも変わらぬ日々だった。彼を救えなかったことを決してわれわれの敗北だと思ってはならない。ただ、神のおぼしめしにしたがって、アテナイのために殉じた、彼は稀有《けう》の旅人なのだ。彼のために悲しんで、孤独と絶望を、その贈りものとしてはなるまい。

わしにもし文芸に通じる才か能が少しでもあったなら、彼をじかに見て暮らしてきたから、心に留《とど》めたいくつかを書きとめて、彼を偲ぶよすがにもと思ったのは毎日のことだったが、いまさら詮無《せんな》いこと。しかし、彼の教えを受け彼に親しんだ人たちは大勢いることだから、巷間に時永く口伝《くちづて》にも彼の言行は伝え残されていくだろう。いや、彼自身は書かなかったが、プラトンやパイドンはじめ秀でた若者たちがいるのだから、そのうちの何人かによって彼についての記録も多少は残されることになるかもしれぬ。あ、そう言えば、クセノフォンも適任だろう。

ただしかし、くれぐれも心して、それらの言行がそのまま彼だと錯覚されることだけは何としても避けて欲しいと思う。彼は正直にありのままのアテナイについて語り、神ならぬ生身《なまみ》の人間が、ただ生きるだけではなく、少しでもよりよく生きるにはどうしたらいいのかを、難しい言葉ではなく、子供でも年寄りでも、学者から文盲にいたるまで、上下貴賎を問わず、誰彼の区別なく相手にして語りあっただけなのである。教えたとか導いたとか、そんなふうなもんじゃなかった。たましいと言えば難しく聞こえるが、こころと言えばだれだって通じる。その心はみんな持っているが、持っていても、さて、となると心をどこにどうふり向けたらいいのか、はたと行き詰まる。所詮は一人ひとりが自分で探さねばならぬ。

だから、彼はまだ一言《ひとこと》も「真実」は言っていないと言うのだ。

おや、

今夜はこれからクサンティッペと息子たちのところへ行って、明日《あした》の段取りも決めておかねばならんのを、ついうっかりするところだった。そうゆっくりはしておれない。

じゃ、肝心な点をかいつまんで要々までというところでゆるしてくれたまえ。

え？　その話か？

そりゃ話せば長くなる。

いや、そんなことはない。

話がずいぶんアベコベになってるようだな。困ったな。ま、順序が多少ひっくり返ってたって、どうということないじゃないか。わしが覚えていることだってどれほどそっくりそのままやら、とんと自信がないよ。物事は何でも大事なところだけ覚えておけばいいんだよ。わしに一言で言えというなら、メレトス一派には掛け引きだらけ、引っ換え、わがソクラテスにはそんなの存外といったところだ。俗世だ。勝ち負けは最初からわかっているよ。とは言っても、しかと定められた法にもとづいての裁判だ。三十票とな。うん、そこらあたりが峠どころだ。そのあとは急坂《きゅうはん》を下りるようなありさまだった。ただ急坂といっても大事なところはむしろじっくり構えて、よい景色をじっくり見ながらゆっくり下っていくべきところだよ。少なくともわれわれや、公平な見識を持つ人々や、まじめに生きている方々にとってはね。ソクラテスの味はそういう者たちにしかわからんのだ。

とにかく有罪と決まったからには、刑の裁定ができるだけ軽くなるようにつとめるべきなのだが、彼の弁明たるや、その効果は逆で、かえって反感を買い、ああいうこと（死刑）になった。だが、そう、そう、なんのことはない、彼にとっては。微塵の動揺とてない。むしろ、昂然《こうぜん》として市民を諭《さと》したのだよ。見事というなんてもんじゃない。

時がきたら、そこのところを充分みんなで吟味しよう。改めて言えば、「弁明」というより「所感」というのがこの弁論の味だ。

どう受け取るかは君たちの自由だ。わしとしてはわしなりの流儀で、それも、ソクラテスの教えにしたがって、ほんとらしくではなしにほんとを、自らひるむことなく言い募るだけなのだ。ぎこちないところはわしの能のないゆえだと心得おいて聞いていただきたい。

どうせ失敗したんだからいまさら秘密扱いもないだろう。テバイから来たシミアスや、またケベスの名もあげて、金銭上、告訴人連中の買収には充分成算があること、国外ではさしあたりわしの客分がテッタリヤにもいるし、ま、何よりも彼を失いたくないわれわれみんなの心情をからませての説得というより懇願だよ。

もちろん、内心ではそんな取り引きみたいな話そのものが、彼に対しては言うだけ野暮とは知りながらも、なんてたって日にちはいよいよせっぱ詰まってくるし。

「ね、ソクラテス、君が行おうとしていることは正しいことではないように思われる、君は助かることが出来るのに自分自身を見捨てようとしている、また、息子たちを置き去りにすることは扶養や教育の親としての義務を放擲《ほうてき》することにもなりはしないか。愚痴っぽいようだが、あの裁判にしたって、なにも、黒白《こくびゃく》を法廷にもちこまなくてもすんだし、法廷自体がわれわれに言わしたら全くお話にもならん目茶苦茶なありさまだったではないか、実のところ、あれからずーっと、いろいろと君を救い出せる条件はそろっているのだから、やりさえすればできたのに、それをわれわれはしなかったことになる。われわれに勇気がないというだけではなく、むしろ、われわれにとっては恥辱になる。加うるに、君も自分で自分を助けようとしなかったとすれば同罪ではないか。ね、わしの言うとおりにしてくれ。いや、みんなの願いを聞き入れて、いやだなんて、どうか言わないでくれ」と、ね。

答えて、

「クリトン、ありがとう。でもね、ぼくという人間は、自分でよく考えてみて、結論として、これが最上だということが明らかになったものでなければ、ぼくのうちの他の感情や欲望などいかなるものにも従わないような人間なのだ」と、こんな調子。おそらくこの流儀でなら、理詰めはもとより、心情（泣き落とし）なんぞ通じようもあるまい。彼、曰く、「だから君の言うようなことをなすべきか否か、ぼくたちは調べてみなければならない」と。

わしは胸のなかで、「むだだよ、ソクラテス、川が逆さにでも流れない限り、わしの流儀が君の流儀によって、それこそ原型をとどめぬまで木っ葉みじんに打ち砕かれないで済むもんか」と、はやほぞを固めざるを得なかった。

しかしそれではみんなにとってまるで子供の使いより頼りないではないかと、あとで散々な目にあうのが怖くなり、食い下がれるだけは食い下がったつもりだが、さっきも言ったように今夜はそうしてもおれないのだから、いつか、期《き》をみて、詳しくは話を始めっから順を追うてし直すとして。

とにかく、なんでも、こんな風《こと》だった。

「おもわく」について、それを尊重すべきものとそうでないもの、あるすぐれた人のそれとそうでない人のそれ、ためになるそれとそうだとは思われないそれ、かみ砕けば、思慮ある人のそれとそうでない人のそれ、例えば、体をよくしようとするならば専門家たる医者のすすめに従うべきであって、それ以外の人たちの意見はこれを全部合わしても医者一人に及ばないのだ。名だたるソフィストも彼には刃が立たん正邪、善悪、美醜、みな然り、と。ピシャリと当てはまる。名だたるソフィストも彼には刃が立たんはずだよ。つまるところ、多数者の「おもわく」を恐れて、一人の正しい人の思いなしに従わないとするならば、われわれはどうなるのか。身体もそうだが、もう一つのものには当てはまらいのかね、と、こうくるんだ。これで、どうやらわしの理屈も心情をも、止《とど》めを刺されたことになる。もう一つのものとは「たましい」のことに決まっているからね。

さあ、もう、これで勝負ははっきりしたが、彼はしつこいのだ。大切にしなければいけないのは、ただ生きるということではなくて、よく生きるということなのだ。うむ。彼のもっとも彼らしい、彼のシンボルとも言うべき、この金料玉条で駄目押しがなされたということだ。もう、ぎゃふんと参っているのに、彼はご親切にも、いっかなわしをつかまえて放そうとしない。ところで、その「よく」というのは、美しくとか、正しくとかいうのと同じなんだね。それなら、つまり、ぼくがアテナイ人の許しを得ないで、ここから出て行こうと試みるのは正しいか正しくないかという問題になるようだ、と畳みかけてくるんだ。もういいよ、勘弁してくれよ、とこっちから土下座して平伏し拝み上げる恰《かっ》好《こう》じゃないか、奇妙でこっけいな主客転倒、なんとまあ、おそろしいご仁《じん》たることか、ソクラテスという人は！

だからして、

そのご仁《じん》の、坂に玉をころがすような弁舌に対して、わしのほうはと言えば、うん、いい、とか、うん、そうだ、とか、それに違いない、とか、そりゃそうだ、とか、まだあるぞ、むろん、そうでなければならん、とか、それはその通りだ、とか、どうしてそんなことがあり得よう、むろん、——結局、大いにそうだ、動かないよ、と、ざっとまあ、こんな相槌《あいづち》を打つより他《ほか》つけ入る隙《すき》とてあらばこそ。ベソかいてるわしの皺《しわ》っ面《つら》が見たいなら、さきほど、約束したように、一部始終を必ず復元するようにプラトンに言いつけておいたから。おや？　これは内緒《ないしょ》にしておくべきところ、とうとう口に出してしまった。

いや！

いずれわかることだからも少し秘密をうち明けておこう。

それにしても、わしという奴《やつ》はユーモアっ気《け》のない男だな。わしのベソっかいた面《つら》を、君たちに笑うなり面白がるなりして楽しんでもらうために、後日詳しく話して聞かせましょうと、そこで止めておくべきところ、言わいでよい余計ごとについ舌がすべってしまった。

実は明日《あした》、最後の面会をする人の名簿の中にプラトンの名前が落ちることになったのだ。その理由は、わけあって、わしの口が裂けても言えないことになっているのだから、がいがい言ったって駄目だよ。そう、金輪際《こんりんざい》、駄目と言ったら駄目だ。おそらく、プラトンは卑怯だとか、仮病《けびょう》つかって師をこけにしたとか、さんざん酷《ひど》い噂が立つだろう。本人もわしも覚悟の上のこと、これ以上追求しないでくれたまえ。というのも、これが、真の意味で秘密と称する所以《ゆえん》だからね、つまり、このことは、彼《かれ》ソクラテスの要請による、ということだよ。

さて、もう、いよいよ時間もない。このままではどっちつかずの尻切れトンボになってしまう。どうにか、形ばかりでも報告のしめ括《くく》りだけはしておかなくちゃと、気は先にと焦せるばっかしなんだが、さっきのつづき、お聞きのとおりのいきさつであって、実はもう相槌を打つ力も消え失せんばかりにしょげ返っていたんじゃが、彼も、いちはやく、そんなわしの心のなかを見透《みす》かしてのことだろう、例の対話を、わしとではなく、あの、巨人相手に取っ組んだわけだ。

「巨人とは『国法』つまりそれが国家共同体と共にやってきて、わしらの前に立ちふさがり、ソクラテス、お前は何をするつもりなのだ、わたしたち国法と国家全体をお前の勝手で一方的に破壊しようともくろんでいることになりはしないか、それとも、一国のうちにあって、一旦定められた判決が少しも効力をもたないで、個人の勝手によって無効にされ、目茶苦茶にされるとしたならば、その国家は顚覆《てんぷく》をまぬかれて依然として存立《ぞんりゅう》ができると思っているのか、と、こう言ったとしたならば、クリトン、ぼくたちはなんと答えたものだろうか。意地を張って、こう答えてやろうか。それは国家がわれわれに対して、不正を行ったからです、不当の判決を下したからです」と。

釣《つ》られてわしは不覚にも、いや、ゼウスに誓って、それこそわれらの言おうとするところだ！　ソクラテス、と、相槌を打ってしまった仕末なのだ。

では、もし、相手「国法」が、こう言ったらどうだね。ソクラテス、そんなことまで、わたしたちとお前のあいだで、もう取り決めができていたのだろうか、それとも、むしろ、国家の下す判決は忠実に守るということが約束されていたのではないかね、云々と。

その問答の理詰めの成り行きについては、わしの下手な口を借りるよりも、多分、正確にも上手にもプラトンが披露《ひろう》することになるだろう。とにかく、ソクラテスがソクラテスと渡り合うのだから、文句のつけようも、かつまた、非の打ちどころもあろうはずがない。

あとは、お蔭で、相槌は、ほんの少しで済んだが、なんとも奇妙な感慨に打たれたよ。蚤《のみ》にも比すべき「赤ん坊ソクラテス」と、見上げようもない「巨人ソクラテス」との取っ組み合いなんだからね、君たち。

いわば

天の宮殿《みやい》の大広間
色のあやめもわけかぬる
国家論
祖国論
愛国論
法律論
教育論
正義論
金銀まぶしや、綾錦《あやにしき》
と、見る間に
翼は天から獄へと真っさかさま
父とか母とか娶《めと》るとか
対等、仕返し、気嫌とり
打《ぶ》つ、打《ぶ》たれる、縛られる、傷がつく
気に入るの、入らないの
咎《とが》、持ち物、じたばた、約束、踏みにじる
果ては差別語
びっこにめくら

恥に律儀に不様《ぶざま》
とうとう
この世とか、あの世とか
それこそ、ざらの世間の投げ言葉
これぞ、言葉の礫《つぶて》がぶち鳴らす
まさに一大交響曲。
天と地を織りなす見事さは、正直、何が何だか、夢のよう、うつつか束《つか》の間。
陶酔のなかにわしを消し込んだのだ。

やっと、かすかに覚えている。

彼が、こう囁くのを。


「親しい仲間のクリトンよ。ぼくの耳のなかでも、いま言ったような議論がぼんぼんとこだましていて、それ以外のことはなんにも聞こえないようだ。とにかく、いいかね、君がぼくと違ったことを言っても、それは無駄なことばになるだろう。」

わしはしずかにこう言ったと思う。

いや、ソクラテス、わしには、言うことがない、と。

そしたら彼は、

「それなら、
これで勘弁してくれたまえ、
そして、
これまで通りにしようではないか、
それが神のおみちびきだからね。」

そう言って、二人は知らぬまに、濡れた、びじょびじょの掌《て》を握り交わしながら別れたんだよ。

今日《きょう》は、法廷ならぬ獄門を出て、君たちが首を長くして待っているだろう。ここまでの足取りは言うすべもなく重かった。

あの裁きの日もそうだったが、
今日は、それにも増して、
あのとき、味わった一種甘美な感動の酔いから、三十日も経てば少しづつ醒めていく間《ま》に、
しかも、明日という、
ああ、現実という冷たくも厳しいものがのしかかってくる！　この耐えがたい重くるしさを、どう君たちに話したらわかってくれるだろうか？

ただ生きるのではなく、よく生きよ、と言っても、しかし、ただ生きるためだけでも、いかに多くの人々はその糧《かて》や手立てを探すのにその一生をぎりぎり費やさねばならぬことか。飢えて死ぬ人だっ

て仰山《たんと》あるのだ。また、かりに、よく生きたとしても、よしとたれかが認めるか認めないかは別としても、よいということが幸福《しあわせ》と同じものとされて疑われることのほとんどない時代《(いま)》。それ《(時代)》は何時《いつ》くるのか。

貧乏だが、これほど豊かな者はいないという人間ソクラテスの幸福（豊み）を理解する者が何人いるだろうか。

ソクラテスの説は難しすぎる。他から害を加えられても、他に害を加えてはならぬ。つまり、どんな理不尽な目に遭っても、相手に仕返しをすることは許されないという。なぜなら、仕返しだって相手に害を加えること。つまり彼が主張するのは、害を加えることそのことが不正である限り、いついかなる場合でも、たとえ正当な男らしい復讐であっても不正だ、と言われて一般庶民が納得するだろうか。

もしそうであるなら、

世の中は、それこそ悪者だけがはびこることになり、しかもそのままつづくとなれば結局、強くて悪い奴が弱くて善良な者たちを亡ぼし、もはや悪い者どもだけしか残らなくなってしまい、揚げ句の果ては最後の悪くて強い奴一人だけになって人類は滅亡してしまう。

終わり、

と、なったら、

おそろしいというよりも、こっけいということになりはしないか、と。

これくらいの反論は、いかにわしが生来鈍い出来だといっても、やろうと思えばできるんだが、実は駄目なんだ。

　こちらの思い込みでは一切《ひときり》り急所に追いこんだつもりでも、向こうはこちらの底を読む。「だが、クリトン、ひとつ気をつけてもらいたいのは、これらのことに同意を君がぼくに与えて行くうちに、心にもない同意をすることがないように」と、逆にピチンとやわらかい釘を刺すのだ。

　心にくいまでの、公正な配慮、実はこれが彼ソクラテスの話術のポイントの一つであって、つい催眠術にかかったみたいに、彼の理路に迷い込んでしまい、気が付いてももう引っ返しが利かないところに嵌《はま》り、すっかり彼の捕虜《とりこ》になってしまう。

　不思議ではないか。ソクラテスのようにやわらかい説はない、いつしかわしがひとりでに、解《わか》らいでか、解らいでか、そんな解りやすい理《ことわり》が、と彼を有頂天にさせているとも知らいで、このクリトンが悦《えつ》に入《い》ってる仕末になるのである。

　冗談は別として、つい、ふっと、いわばいい意味でではあるが、ひとをたまにはたぶらかす彼の詐術のなかに、さっきもちょいと洩らしたように、彼、ソクラテスなる人物の底がわからなくなることもある。神秘といったら、おかしいか？　とたずねたら、鋭い眼を一層鋭くしてプラトンが言ったっけ。

　謎です、と。わしには学問の術語なんて解りっこないからプラトンの言うソクラテスの思想なんて半分も理屈はわからんよ。ま、大切なところなんだから空《から》覚えのまま伝えればこういうことだ。曰《いわ》く、

「大きな声では、まだ言うには早過ぎる。よいかプラトン。法は原理の中のごく一部分である。考えても見たまえ、天のことも地のことも、何一つとしてはっきりこうだということはわかってはいないではないか。ぼくはどこからきたか。親から。親はその親から。辿って行けば切りがない。加えて、水がなければ、空気がなければ、土がなければ、火がなければ、つまり、草でも木でも、虫でもけものでも、みんながその恩恵にあずかって生きている。よくなるものならみんな一緒によくならねばならぬ。そんなこと、子供でもわかろうではないか。空を見上げてごらん、くらべてなんと小っぽけなことよな、ぼくらの世界は時代は。タレスからなんて言うでない。その前の前がわからいで大きなこと言うな。アナクサゴラスの月の話なんてお伽噺だ。何千年前の深さと、これから何千年後《あと》の新しさ、両方とも誰も知らなければ、また予測もつかぬ。ぼくは、だから、今はただ一人に注目する、一人だ、ぼくだ。そして、わかり切ったことしか言うでない。しかも、どんなつまらなくても誰の言うこともおろそかにしてはいけない。そのくせ、ぼくは信用しない、信用できない、少なくともコトバでは。なぜなら、コトバはウソも吐《つ》けるからだ。だから、コトバを超え、人間《ひと》を超え、ぼくらが知っていること、知りつつあること、知るであろうこと、みんなくるめて、よいか、プラトン。不文の法が国家の成立よりも古いのだ。法は大切にしなければならない。しかし、見よ、われら、ポリスから生まれたか？　否《いな》、ポリスで生まれたのだ。から、と、での違いを嚙みしめよ。原理的なものはかえって成文化されない。なぜならコトバ、――コトバないコトバでしか、原理の原《げん》たるものは語れないからである。ここを押さえておけ。コトバの前にあるものによって言葉は語られなければならぬ。コトバの底にあるものによって言葉は理解されなければならぬのだ。そしてまだ早過ぎると言ったのはこういうことだ。神をなみする者こそ、もっとも神に嘉せられる。なぜなら、そこ（真実）でこそほんとうに神はそのお姿をお現しあそばされるだろうから。」

プラトンでさえ、謎と言う。しかしプラトンの顔も凄さを増すばかりだ。

だが、わしはわしだ。ソクラテスが言ったではないか。一人だと。学問はわからんが、一人の意味はわしにだってわかるぞ！　だからわしはソクラテスの徒《と》だ。最後にプラトンが伝えたように、わしはソクラテスに刃向かう。それがソクラテスの教えではないか。

そこに生まれ、そこで育ち、赤ん坊のときから墓に入るまで世話になる、いわば親よりも広くて大きく頼りがいのある国家の言いつけに従うというのは、約束なんてものをはるかに超えて、原則であることに間違いはない。もし、気に入らなければ、どこかもっといいところへ移る自由も与えられ、なおその上にも、不服があればそれを訴え、訴えが通ればなにも他国《よそ》へ行く必要もないと法律は言っているのだから、むしろ、こちらよりも相手のほうが寛大とも考えられる。それを自分一個の都合で一方的に破ったり、暴力を使って叛《そむ》き、国を破壊するような自由や権利はこの原則の中に含まれてはいないというのは、ソクラテスの言説を借りるまでもないだろう。

しかしながら、もし、誰びともそれがわかっているとするなら、法や国家が出来る前はいったいどうだったのかと、なぜたずねてみないのか。ずっとずっと昔、ヒトがはじめて人間になったとき、お互いのあいだに既に不信や嫉視があったというのか。素朴でつましやかな人だってたくさんいただろう。その人たちにとっては、ごく当たり前の習わしやしきたりを守っていれば充分。何もわざわざ取り決めたり審議したりして法をつくることも国を立てることも不必要ではないか。

どんなひどい悪党でももとはかわいい赤ん坊ではなかったか。

ソクラテス。その赤ん坊をねじれひねくれさせて悪党にしたのは誰だ？　どこのど奴だ？　わしはまだあんたからそれは聞いていないよ。そうではないか、立派な法律が生まれ裁判の制度がきちんとして、国法が公正に行われさえすれば、誰も、誰にも、もともと文句のありようがないはず。なのに、どうだろう？　昔や未来は言わぬ。今日、今、アテナイを見ろ。狂っているのは決して法ではなく人間どもなんだ。

その人間どもについてソクラテスは言った。

「原則に忠実なものほど少数なのだ。ぼくはよく知っている。いいかね、クリトン、こういうのはただ少数のひとだけが考えることなのであって、将来においても、それは少数意見にとどまるだろう」と。

のどまで出てきたが、わしは言わなかった。またやりこめられるのはこっちだからね。だが胸のうちではこう言ったぞ。もし、いつの世も、正しいのが少なくて不正がはびこるとするならば、太陽にぶつかるか、呑み込まれるかして、この世が無くならない限り絶望ではないか。だれよりもそのことを知っている君が、なんのために自ら極刑を選んだのか。

ソクラテス。貴様は傲慢だぞ。貴様はなるほど貧乏だが、貴様ほど豊かで高貴な人間はほかには一人もいないのだ。ああ、君は心（魂）の貴族だ、――と。

彼が孤独である理由があるとすればそこにこそあるのではないだろうか、君たち。

最後に、君たち。
何もかも終えて、明日《あした》を待つばかり
わしは、道、道
彼の底の底の声を聞きとろうとして泣いた
なんて奴なんだろう
なんて馬鹿な奴だろう
ソクラテスという赤ん坊は、と、ね。
そして、すぐ、わしはわしにこう言った。
ソクラテスのためにお前は泣いているんではないんだぞ、お前のために、人間のために涙がひとりでに出てくるんだ、とね。君たち、アイスキネスにアンティステネスはじめ、みんなの衆よ。わしが言いたいことはこうなんだ。
ソクラテスは大馬鹿もんだ
馬鹿につける薬はない
あいつは世界唯一人《ただ》の謀反者だ
あいつの言うことは一切聞くな
もしあんたがたが、大切にしなければならないのは、ただ生きるということではなく、より「悪く」生きることであると信ずるならば。

そうでないなら
馬鹿者を笑うまえに自分を嗤《わら》え
馬鹿者を笑ったあとで自分を罵《ののし》れ
そして、
ソクラテスのため、地上のすべてに向かって、怒り泣き喚け！――もし、あなたがたが少しでもこの地上に希望をつなぎたいならば。わしもその一人だ。

後記

プラトンの書簡によれば、自分は書物を一冊も書いていないと言う。その逆説めいた記述については古来さまざまな説がなされたに違いない。現在残されあるいは特に近代のプラトン研究家たちによってなされた、その点に関する究索はあまりにも貧しい。おそらくプラトンの権威が、その逆説をいじくりまわすには巨大すぎたからであろう。しかし、プラトンは哲学の祖とさえ見なされていたがゆえにその研究は訓話注釈を一歩もはみ出すのを許されなかった。そのことが哲学そのものをマンネリ化させてしまったといわなければならないのではないか。彼以降、アリストテレスからカント、ヘーゲルにいたるまで学に大きな進展はなく、みなプラトンの亜流とされ、のみならず、彼以前の偉大な巨匠たちすら単にギリシヤ古代自然学者の一群として片付けられている。そのことから見ても、ヘーゲルのあとハイデッガーやサルトルにしても一時の流行思想の域以上に超えることができず、ニーチエに震源をもつといわれる、いわゆる現代哲学の反形而上学的諸論も今ではもはや深味のない空《から》まわりの感を免れない。哲学のマンネリズムという所似である。その因由をプラトンの権威に押しつけるというのでは何とも能がない話ではないか。むしろ、その権威にむかって切り込む蛮勇が求められはしないか。言う意味は、彼の書簡の特に第二、第七に示されている「不言の教説」について、大胆な解釈研索がなされてしかるべきではないかという点である。

「クリトン」は「ソクラテスの弁明」と「パイドン」の間にはさまれる三部作の一部とされている。本拙文「クリトン」考は、古典「クリトン」(岩波全集、田中美知太郎訳)を台本にして、ソクラテス像、つまり、プラトンの書かれざる著作(「善について」一名「不言の教説」)のなかのプラトンを新しく発見しようという僭越な試みの発端をなすものである。一般に、「パイドン」においてソクラテスの最後に居合わせたとされるクリトン、ケベス、シミアスらの他に、実は当のプラトンが、クリトンの獄吏買収工作によって、ひそかに処刑当日の未明、師と面接し、かつて誰にも口外しなかったソクラテス自身の真意を伝授される、という創作のプロローグの一部にあたる。

敢えて言えば、哲学の貧因は哲学史の貧因ともいうべき余りにも教科書的な枠に哲学を押し込めた結果とでも評すべきではなかろうか。なによりもその窮屈な柵から開放されなければならない。シェクスピアすらプラトン劇の亜流といって私ははばからないと思っている。大作家(文学)なるもの一人としてプラトンを読まずして作家たり得たろうか。東洋世界は別として。

哲学は文学である。極言すれば哲学は自然科学ですらあらねばならない。いや、正確には、哲学は哲学という名目を、文学は文学という名目を、科学すら科学という名目を破棄して、一つの「真実」追求に結集される時代が要請されているのではないか、今日は。

私ははげまされる。「パイドン」の語りはじめ60のEから61のAにかけて、知を求めるいとなみ(哲学)こそは最高のムウサイの術(文芸・音楽)と、ソクラテス自身によって語られているのである。――〈岩波書店『プラトン全集』、第一巻、「パイドン」165頁から166頁にかけて〉。

第二章

パイドン考

（はじめのうちは二人とも、やわらかく話し合っていたのに、急にまなじりを尖らしてまるでわたし目がけてといった風で言葉を荒らげたのにはおどろいた）

クレオンブロトス「あの方はいつもあんなたとえ方をなさる癖がある、他のことなら別だが、み名（神）にかけては畏れが足りぬ。

『われわれ人間というのは神々にとっての所持物《もちもの》（牧畜）のひとつに過ぎない』なんて仰有って。人が飼っている家畜の自殺に腹を立て、懲罰するのに引き当てられるとは。」

プラトン「もっともだ。しかし、あの方の言葉は一語も半句も聞き洩らしてはいけないよ。あそこで、神々、と言ってはいられるが、神とは言っておられない。」

クレオンブロトス「いや、すぐそのあとで言っておられると聞いている。

『必然を神がおくりたまうまでは云々』と。つまりそのたとえと同じように、勝手に自分を殺《あや》めてはならないというのは決して理由のないことではない云々。君は、病気でおそばにはいなかったそうだね。」

プラトン「うん、ま、……ね。」

クレオンブロトス「アポロドロスに会ったのか、えらい見幕だったよ。」

プラトン「なんでまた、――なるほど、彼はそんな男だ、まるで、ぼくが仮病でもつかったように。

……邪推してるんだろう。」

クレオンブロトス「それは逆だと思わないかね。プラトン。どんな大病だって、足を引きずってでも行っただろうね、アポロドロスなら。」

プラトン「アイギナ島から泳いできたと言いたいのかね、君だったら。」
クレオンブロトス「空を飛んできたかったよ、知っていたなら。」
プラトン「立派な心がけだ、きみもアポロドロスもね。ソクラテスが聞かれたらなんと仰有ってくださるだろうかね。おそらくお賞めはなさらぬだろう。出来ないことをしたり、為《な》さずに為《な》したのと同じ言い方をする人をばね。」
クレオンブロトス「君は冷たい男だな。」
プラトン「結構。冷たいのがほんとうならね。」
クレオンブロトス「僕は反対だ。冷たいなら生きたくない。」
プラトン「ぼくはクリトンから聞いた。君はパイドンから聞いた。同じところは同じ。違うところがあるなら、二人でよくつき合わせて、ソクラテスの教えをしっかりつかんでおこうというので、こうして話し合っているのではないか？　それも君のほうから申し入れてきたんだよ。始めっからこんな調子なら、このあとつづけても得るところはあまり期待できないようだね。それとも、君は、友人たちを信じてそのままを受けとって自分の血や肉にしたら充分だと考えるのか。そして、ぼくは年寄りの言うことを真《ま》にうけてね。いずれにしても、どうやら、今日の話は見込みがうすいようだ。だって、ぼくは年寄りとか若い者とかを一向に気にかけない性《たち》でね、それにひきかえ、君は、相手が冷たい性《たち》かあたたかい性《たち》かで、えり好みしているように思えるんでね。」
クレオンブロトス「君は蛇のような感じのする男に見える。」
プラトン「蛇が人より賢いなら、ぼくは人の言うことより蛇の言うことを信じたいね。」

クレオンブロトス「何というしい奴だ。ソクラテスの最後のお話はいったい何についてのお話だとクリトンは言ったのかね！」
プラトン「魂さ。」
クレオンブロトス「君が開き直るなら、僕だって開き直るぞ。わざわざ君のところへ訪ねてきたのは、魂について、僕が、ただケベスやシミアスの議論をパイドンが伝えた以上に、随喜するためだ、と思っているのか？　もし、そうだったら大間違いだ。あの方が生きていられるなら、他の誰も必要とはしない。僕はソクラテスご自身に聞きたくて、プラトン、ほかならぬ君のところに駆けつけてきたのだ。君こそ一番有能で師を伝え得る弟子だと信じていたからね！」
プラトン「――大へんな見当違いだね。ぼくこそ、きみをもっとも忠実な弟子だと信じていたのに。」

（こうしてわたしら二人は暗黙のうちに魂について本題に入っていったのである）

クレオンブロトス「魂が死につながるものとして取り上げられたのも、至極、当然のことであったわけだ。もはや、数刻ののちにそれはあの方に迫っていたのだからね。」
プラトン「ぼくはそうは思わないよ。魂はむしろ生につながるものだというお考えがいつもあの方にはつきまとっていたと思う。だっていつも、こう仰有っていたからね、日々はこれ死の練習だ、とね。練習をするもの、それは生でなくて、なにかほかに名をもっているのなら、きみから聞いてぼくの浅い知見を埋めたいものだ。」

クレオンブロトス「他人の癖はすぐ気が付くが、自分の癖はおいそれとは気付かぬもんだね。ソクラテスのそれに加えて、またしても君のその癖がぴんとくるのに、僕自身はと言えば、すぐに相手の言葉尻をつかまえてからでないと相手の話に乗って行けない、とこんな嫌悪すべき癖を君から暗に指摘されたことを君に感謝するよ。つまりだ、魂が日々の仕事として死の練習をするとすれば、日々はまさにこれ死ではないのかね？　とすれば　ソクラテスにとってその日はことさらに死刑執行の日でなくてもよかったわけだ。だから僕がソクラテスの特別な日と魂とをくっつけた、いわゆる僕の当然さを、君はもっと確固とした必然性即ち日々これ魂だと直結したわけだよね。ところで、結局、どういうことになってしまうのかね？　魂は日々の生、かつ死。え？　不毛で無味乾燥、言葉の遊びではないか。」

プラトン「君の眼は醒めている。不気味なほどだ。だから皮肉とはうけとるまい。君のぼくから指摘されたという癖は、そのまま、ぼくが君の言葉尻をつかまえているのを、逆に見事につかんでいるということを、ぼくが自らに顔赤らめて承認しなければならないとすればね。感謝しなくちゃならないのは、クレオンブロトス、君じゃなくてぼくのほうだよ。ところでね、問題になった言葉というやつのことなんだが、同じ赤い物を二人が眺めて同じように赤いと言ったとしても、そのうけとった赤が二つともまるっきりの同じだという証拠も目安もありはしないよね。つまり十人十色、プロタゴラスの説を充分に反駁するのは容易なことではない。あの方さえいつかぼくにこう仰有った。『言葉でつなぐ一切の言説は厳密にはみな一人よがりだ』とね。きみの鋭い指摘にしたがって、せめて、なるべく相手の言葉尻をつかまえて議論するという悪い習癖を避けるようにしよう。せめて同じ一人よがりになるとしても、ゼウスに誓ってそれが不毛に、かつまた無味乾燥にもならないように心しようではないか。」
クレオンブロトス「仰せの通りだ。しかしその仰せの通りの『――一切の言説はみな一人よがりだ』とほんとうにあの方が仰有ったとするなら、ぼくらが何を喋舌ったたって、結局は意味ないってことにはならないのかね。だって、あの方のすら、言説の一つという運命を免れるわけにはいくまいからね。じかにソクラテスから聞くも聞かぬもない以前てなことになっちまってね。」
プラトン「そら。今しがた、お互いに言葉尻をつかまえるようなことはしないと戒め合ったばかりではないか。仰せの通りとぼくの言い分を認めた口の塞がらぬ先に、仰せをソクラテスの言葉に引っかけるなんて。」
クレオンブロトス「仰せは仰せでも、それは言葉尻には当たらんよ、第一、」
プラトン「第一、プラトンとソクラテスでは桁が違うというわけか。」
クレオンブロトス「ほら！　言葉尻の犯人はそっちではないか。」
プラトン「やっぱり一枚、君が上だよ。ソクラテスさえプロタゴラスに完全には太刀打ちできないとすれば、もって、われら冥すべし、か。たとえ師が言説みな迷妄と宣告したとして、いったい、それで、それが、どうしたというのだ？　そのことによって師から離脱したとすれば、その弟子はプロタゴラスに鞍替えして、よってもって冥したということになる。ところがどっこい、プロタゴラスは、そんな弟子ははなから門前払いするだろう、なぜって、知っての通り、人は万物の尺度とはほかならぬ当のプロタゴラスの説なのだから。つまり万人万説なら、まさに君が主張するとおり、誰が何を喋舌ろうと結局は無意味となるよりほかに運命が言説にあろうはずもなかろう。君が一枚上だというのは、ソクラテスもプロタゴラスも跳び越えて、つまり、先達の尊い教えなんぞ、そんなもん、あってもなくてもどうでもいい境涯に達しているらしく思えるのでね。そうではないか。万人万説と一人よがりといったいどこがどう違うのか。当代並びなき二人の賢者ソクラテスとプロタゴラスを束にして捻じり上げて手玉にとるとはね。いやはや、一枚どころか、桁違いだよ。ただし、ぼくはこちらからお金払ってでも、そんな山師に弟子入りするなんてご免だ。前はソクラテスで背中はプロタゴラスなんて化物はホメロスからだって聞いたことはないんでね。」

クレオンブロトス「これは驚いた。息せき切って、顔色変えて、プラトンともあろう者が。僕にとっては君、その嵩《かさ》にかかった言い分は、皮肉とも冗談とも受止められないね。なぜといって、そもそも学者は君で、無学はこの田舎島《アイギナ》育ちのクレオンブロトスと相場が決まっているんでね。褒められても僕はプロタゴラスの説なんて聞きかじった覚えすらないし、あの方ソクラテスさまには、正直のところ首ったけと言うだけで、あの方の説ならそれこそ鼻の糞《くそ》でも頂戴して嘗《な》めたいくらいだ。だから、口下手でがさつな生まれつきの僕が、たまに、かりにも、あの方の言説とやらにかぶ《(抗議)》りついたとすれば、それはじかにあの方に接してのお言葉ではないせいだ。もし、面と目の前にしてなら、ほら、クレオンブロトス、水は下から上へ流れているのではないかと仰有られたら、はい、その通りでございます、もし上から下へだけ流れるならそのままつながってあるはずはございませんもの、ちょうど、坂が上りでもあり下りでもありますように、と、こちらで下手なへ理屈を工夫してくっつけても、素直に師のお言葉を受け容れるだろう。いいかね、プラトン、夢にも誤解や早とちりなどしないでくれたまえ。二人で最初確かめ合った通り、僕はパイドンから聞いた。君はクリトンから聞いた。僕はパイドンという他人《ひと》伝てにしか聞いていないし、君のだってあの場にじかに居なかったというなら、クリトン通じての話だ。ただ君は僕と違ってしょっちゅうお側にいたのだから、クリトン通じてにしろ、パイドンのより、よりあの方のお言葉に近いだろうと僕は気安に思っているのだ。だから、パイドンをクリトンを、ましてや君を毛ほども疑ってのことではない。ただじかのお言葉は君の先ほどの注意を待つまでもなく一言一句の言い回しや飾り抜きにして僕に叩き込んでくれ、それだけが願いだ。」

プラトン「驚いたのはこっちだよ。君という人間は。わかったよ、わかったよ。気負いたったのがわれながら恥ずかしい。勝手にあの方をプロタゴラスと味噌くそにまじり合せて一緒にするところだったね。君にぼくを押し着せてね。ただ、これ以上こいつを議論にするつもりはないが、ぼくとしては、これはあからじめ言っておくよ、前にも増してきみを驚かしては申しわけないからね、実は、ぼくの見るところでは、ソクラテスの説は世間でいわれているところに反して、実にプロタゴラスに近いと思うのだ。というのも、あの方にはプロタゴラスに限らず、タレスからアナクサゴラスまで、それこそなんでもかんでも。いや、大風呂敷をひろげるなと君からこっぴどく平手打ちを食わないうちに止《や》めておこう。」

（なるほど、わたしたち二人にとって、師の最後の説《おことば》はともに間接的なのである。パイドンとクリトンのどちらが、それを正確に伝え得ているかということを争ったとて、なんのプラスになろうか。今は亡きソクラテスの真意を体得することによって、「魂」がわたしたちの生きざまとして奈辺にあるべきかを探求するのが眼目なのだ。言葉の端々とか、つながりとか、順序のあとさきとかに、あまりにこだわり過ぎるのは二人にとってかえってマイナスにもなりかねぬのではなかろうか。わたしには公にしていけない秘《かく》しごとがある。その大切さのゆえに、仮病の汚辱に耐えるくらいのことはわたしにとって、ほとんど問題になるほどのものではないにしても、その秘事には全く触れることなくして、このように一途《ひたむき》に純粋な彼クレオンブロトスの希求に対して、どう、うけ応えしたが最善か、わたしとしてはとくと慎重にしかも真剣に心してかからなければいけない）

クレオンブロトス「さあ、もうこの辺で、道草食うのは、君の言葉をつないで、止《や》めておこう、ということにしてはどうかね。パイドンによれば、要するにケベスはこう尋ねたという。

『われわれを配慮したまうのは神であり、われわれはその神の所有物なのだとしますならば、つまり、およそ自己を監督する者としてはまさにあり得るかぎり最善のものすなわち神がみそなわす、この配慮のそとにやすやすとすすんで行って、自ら死をえらぶということは、いったい、思慮あるものにふさわしいやり方でしょうか。それとも思慮のないものにこそふさわしいやり方なのでしょうか。』」

プラトン「突然、そんなケベスの言い方をされたって、すぐにはその意味がうけとりにくい。つまり、知を求める者はやすやすとすすんで死をむかえる、と仰有った言葉に反して、勝手に自分で自分を殺《あや》めてはならぬ、という必然の掟との矛盾を、当の、あなたソクラテスは現におかそうとなさっているのではありませんか、とケベスは抗議を師に投げかけたと解釈して、それでいいのかね？」

クレオンブロトス「うん、ケベスの質問の仕方は、どうにも歯切れがいいとは言えないがね。」

プラトン「ひょっとしたら、ケベスじゃなくて、パイドンの口がそうだったかもしれないよ。」

クレオンブロトス「いや！　そうじゃない。僕のが一番歯切れが悪いんだ。」

プラトン「あの爺《クリトン》さんだって、いや！　このプラトンこそ。して、ソクラテスはなんと仰有ったのかね？」

クレオンブロトス「それがだよ、プラトン、こう仰有ったと言うのだ。

『こうなのだよ、ケベスは。いつもなにか議論となることを、彼はさがし出してくるのだ。そしてひとがなにを言う場合でも、すぐにはそれに承服しようとする態度は決してとならないのだからね』と。まるで、あの方はケベスならぬ、僕クレオンブロトスを目の前にして仰有ったみたいじゃないか。」

プラトン「いや、恐れ入ったね、さすがにあの方だ。君だけじゃないよ。ぼくプラトンにもまさしくじかにそう仰有ってらっしゃる。して、シミアスはなんにも言わなかったのかね？」

クレオンブロトス「言ったさ。すぐと横合いから相槌を打ってね。むしろ、師をなじるみたいに、

『ケベスの言うのはほんとうです。あなたはわたしたちを置き去りにし、かつまた、よき支配者であるとあなた自身が認めておられる神々のもとを立ち去るというのに、かくも、平然としておられるのですから！』と、ね。」

プラトン「いや、さぞかし、ソクラテスはそう二人から言われて、およろこびになったことだろうね！」

クレオンブロトス「まさに、しぶしぶ、にこにこなすってらしたそうな。クリトンも君にそう伝えているのかな。」

プラトン「そうだよ。もって冥すべしではないか。よき友よ、ぼくら二人して、あの方にかかったら子供扱いよ、な。ケベスらとて同じさ。そこで、ソクラテスが彼らに、あの裁判のときよりもさらに

納得のいくような弁明をなさる段取りになったというわけ。次にそれを話してくれたまえ。」

クレオンブロトス「それがね、どうも僕にはぴんとこないのだ、パイドンが話したあの方の弁明というのがね。あの方はこんな風に仰有ったというのだ。

『これから自分がおもむくかしこには、この世を統べたまう神々とは別の神々がいまし、加えて、この世に生をもつ人々よりも、さらにすぐれた死者たちがそこには待っている、という期待をもたないとしたらそうやすやすとは死ねないだろう』と。これはどういうことかね、プラトン、つまりつづいてこう言われたそうだ。

『この世の生をおえた者には何かが待っている、そして古くからも語られているようによき者には悪しき者よりもはるかにすぐれた何かが待っているのだ』とね。これが、納得のいく弁明になっているのだろうか？　シミアスならずとも言おうではないか。

『ソクラテス、それは、あなた切りのお考えでしょうか』と。つまり、よき者には悪しき者よりもはるかにすぐれているものが待っているとしても、それはよき者にとってだけのものでしかあるまいし、それがこの上もなく望ましい期待だとしても、一つの美しい幻想にしかすぎないかもしれぬ。なぜかといえば、まだ、そのことをソクラテスが確めているとは、まさか断言、いや、証明は、――。」

プラトン「少なくとも、ぼくがクリトンから聞いたかぎりでの文脈では、断言とか証明とかではなく、『よきひとには、生きているときも、死んでからも、悪しきことは一つもない、そのひとは何をなしても、つねに神々の配慮のもとにあるから』と。このお言葉は、期待ではなく、信条ですらなく、まさにあの方にとっては、生そのもの死そのものをつらぬく現実。」

クレオンブロトス「と、してもだ、君、それはあの方の現実ではあっても、例えば、クリトンやケベスやシミアスの現実でもある、と言えるのかね？」
プラトン「おそらく、あの方のものだけでしかあるまい。だが、それを、願わくば自分たちにもと、あの方から学びとる願望を、ケベスやシミアスならずとも他の誰からも除き去ることはできまい。」
クレオンブロトス「それはそうだろうね、ただ、生のなんたるかを知らず、まして死のそれも真っくらやみのなかで、しかも敢えて、それを探さなければならないとしたら、いや、探さずにはいられないとしたら、言葉や言説よりも、現実、その不可解さにこそ、眼を凝らすべきではないだろうか。現実というのは善きものというより悪しきものがはびこり、美しいものよりも醜いものに魅かれ、まことしやかなものからよりも、よっぽど、泣き笑いのなかからひとは疲れを癒されることのほうが多いという現実であってみれば。――いや、これは、どうやら、あらぬ方に道が外れたようだ。」
プラトン「いやいや、外れたなんてものじゃない。その現実をちょいと音色《ねいろ》を変えて事実と取っ替えてみるか。思い出した。それ、そのシミアスの問いにあの方はなんと答えられたのだ？　つまり、すぐなにか仰有ったのか？」
クレオンブロトス「？　えーと、そうだな、たしか、クリトンがひょいとなかに入ったとかいうことだった。なんでも、毒杯と熱のことで、うん、思い出すから、――。」
プラトン「いいよ、それなら、ぼくが話してあげよう。その『魂』のお話よりも、そのときのその場の状況が耳にすがって離れないのでね。クリトンが言ってくれた、そのときのいきさつがだよ。ケベスとミシアス対ソクラテスの、さきほどのやりとりの途中から、クリトンは室を行ったりきたりしていたそうだ。というのは、刑吏の一人が同じことを何度も催促してくるんでね。つまり、ソクラテスがあまり話に夢中にならないようにしてくれ、とね。そりゃそうだろう、お喋舌りをしていると静かにしているのとでは、身体《からだ》の作用が違ってくると言うのだから。身体に熱をもつと、薬の効き目が鈍くなる。つまりだ、かんじんのときに、毒を二度も三度も呑み直さなくちゃならんことになるのだ。刑吏もクリトンも、あの方を何度も息が耐えたり戻したりのなぶり殺しの目に遭わせるのに偲びない気持ち。かといって『あ、そうか』と話を途中で切るようなおひとではないと、クリトンにはわかっているものだから、はや、いらいらし出していたというわけだ。

『シミアス、ちょいと待ってくれたまえ、ここにいるクリトンがさきほどから言いたいことがありそうな様子なんだが、君、クリトン、なにが気になるのかね。』

『いや、ソクラテス、べつになんということではないが』——と、今さきの件を口ごもったんだそうな。そしたら、

『ほっておくがいい。刑吏はそれが役目なら、二度でも、必要なら三度でも与えることができるように薬の用意をしておけばいい。それよりも、いま、君たちという裁判官にこたえて、わたしは大切な弁明をしている。すなわち、真実に知を求めることのうちにこの一生をすごしてきた人間ならば、死に直面してなんらおそれをいだくことはなく、ひとたびこの生をおえたのちには、かしこで最大の善を受けるであろう——というわたしの、そのわけを明かしたいのだ、云々。』」

クレオンブロトス「うん、たしかに、そうだった、僕がパイドンから聞いたのも。——だが待ってくれ、プラトン。僕が筋道をちょっとと途切《とぎ》らした隙に、頼みもしないのに君が話の先を横取りして、

何を一体、目論《もくろ》んでいるのかい？　彼らの議論が何かの拍子でちょいとばかり中断したからといって、少なくともパイドンの報告が中断を余儀なくさせるほどのものではないと僕には思われるが。僕が言う『現実』を、君は勝手に君一流の、それも、『現実』を『事実』に、まるで手品師みたいに。いや、これは言い過ぎだ。訂正する。とにかく僕の語り下手が僕の意図を相手に通じる力量に大いに欠けていることだけは、知っての通りなんだろ？　だから、お手々をとって、ゆっくりとしんせつにあつかってもらいたいね、ねちねち食い下がりたくはないんだ。僕はこんな風に言いたいのだ。この生身の肉体は、愛欲とか欲望とか恐怖などのあらゆる種類の幻影と、数多くの愚かしさでわれわれを充たし、まさしく、このからだのおかげで、世に言うように、まことわれわれには考える機会すら何一つ片時も生じないのだ。というのも、事実、戦争にしても内乱にしてもいろいろな争いごとにしても、それらは、ほかならぬ肉体と、それのもつ欲望が生ぜしめているのだからねえ。なぜなら戦争はすべて財貨の獲得のために起こるのだが、その財貨を手に入れよ、と強いるのは肉体であり、われわれはその肉体の気づかいにまったく奴隷のように終始している以上は、どのみちそうせざるを得ないからだ。こうして、結局は、知を求めることへと自分を向ける暇をわれわれはほとんどなくしてしまう。そして、もっと悪いことには、やっとの思いで肉体をふり払い、さて、と――、ああ、プラトン、これはソクラテスの仰有られた言葉か、パイドンのそれか。いや、実に僕の言葉なのだ！　たとえ、かりそめの束の間、真実への探求が起きたとしても、またもや肉体は舌なめずりして僕の全身を匍《は》い回り、僕を、いや僕だけではない、君もだ、クリトンもパイドンもだ、みんなみんなわれら人間という人間の一人残らずをだ、匍い回りくすぐり罵り、陶酔させて正気を失わしめ、果ては喧燥と混乱のとりこにしてしまうのだ。魂が、そのような肉体にすっかり混じり合っている限りは、われわれが求めてやまぬもの『真実』を獲得することは、断じて不可能だ！　と、まさしくあの方は仰有った、とパイドンは言ったのだ。では、どうしたらいいというのか！　完全に肉体を振りほどいて、魂それ自身になるより他はないと仰有る、それを可能にするものこそ、『死』だと！　え？　プラトン、ソクラテスお一人をのぞいて、万人、誰か、一人でも、それが可能か？」
プラトン「わかる。まあ、落ち着きたまえ、友よ。いいかね。話を先取りしているのは、君ではないかね。君の主張はいちいちもっともだ。わかるとも。ソクラテスは余りにも高貴《たか》すぎる、と君が吐き出したい気持ちが同じおろか者同士にわからないはずもなかろうではないか。しかし、ソクラテスとて万全ではない。例え方は下卑ているが、王様だって糞《くそ》へっぴる。ソクラテスとて同じ。その議論がすべて金料玉条というわけにもいくまいよ。」
クレオンブロトス「！　なんてことを、こ奴め、言い出すのだ？」
プラトン「そうではないか。魂が肉体と離れたり混じり合ったりという話が成り立つためには、まず、魂というものと、肉体というものとが、二つ別々にある、ということが前提になっていなければならない。さあだれがいったいあると決めたのか？　ソクラテスかね？　かりに一歩ゆずって、あるとしてもだ、もしも、美しいと想うのは魂で、汚ないと感ずるのは肉体だとしたら、想うものと感ずるものとは二つなのか一つなのか？　もっとわかりやすく言えば、魂がまさか汚ないものを見るはずはないから、魂のその眼と、花を見て美しいと言う肉体の眼は、人間のどこについているのか。一つ、それとも二つ別々に。まだきょとんとしているね、クレオンブロトス。はっきり、こう言ったら、ぼくの言っていることがわかってもらえるだろうか？　魂と肉体がもともと一つのものなら、離れるも混じるもはじめっから言わないですむことだ。二つは違うから別の名前がついたんだろう。そうだとしたら、よく見たまえ、魂は心とみなされ、肉体は物とみなされているのではないか。さあ、ここまできたら、そのへんのおっさんおばさんでもわかろうじゃないか。心は重くも軽くも長くも短くも広くも狭くも、第一、計量《はか》れるというしろものじゃない。だが、あるよ、ないんなんて誰にも言わしゃしない。一方、物はどうか。こりゃもちろん、あるさ。はかれるもん、触われるもの。ないなんて、狂人にも赤ん坊にも言わしゃしないよってね。つまり、心と物は、両方ともあるにはあるのだが、そのあり方がまるっきり違ってあるのだ。これを問題にしてはいない、という意味で、ソクラテスは充全ではない、と言うのだ。」

クレオンブロトス「!? して、それは、プラトン、貴様の説か。まさか、タレスやヒッポクラテスの説ではあるまいな？」

プラトン「他ならぬ、あの方の説だ。」

クレオンブロトス「なんと！　さっきは、『言説、すべて、一人よがりだ』、というお説に、あわやけつまづいて転びそうになったのに、今度は王様の糞にひっかけて、こともあろうに、この無知蒙昧のクレオンブロトスだけならまだしも、ソクラテスさままでひっくるめて心中させようとたくらんでいるのか。」

プラトン「おっと待った。かんぐりが過ぎるぞ。言葉の綾ではないか。」

クレオンブロトス「綾も綾によりけりだ。程が過ぎたらぶち壊しになるぞ。」

プラトン「ぶち壊しかどうか、そのあとのお話も聞かないで。君とぼくがパイドン抜きで、勝手気ままにとっ組み合ってるみたいじゃないか。クリトンだって大いに機嫌を損ねなさるに違いない。」

クレオンブロトス「たしかに、少し、取り乱したようだ。」

プラトン「ぼくだって。うっかり、その続きを忘れるところだった。クリトンは、こう語ったよ。あの方の次のお言葉を、

『この肉体的なさがが充たされることのないよう、むしろつねにそれからの浄化の途をとりつづけ、かくして神みずからが、この絆からわれわれを解き放ちたまう時をまつというのが、おもうに真実とやらに近づく途となろう』とね。つまり、

『まことに、清浄ならざる身が、清浄なる存在にふれることは、神のゆるしたまうところではないだろうから』と、ね。いちがいにあの方が、この現世のなにもかもを否定なさっての上での、『死』や『魂』ではない、と解釈すべきではなかろうか。」

（わたしは、そう、つとめて声をやわらげながらも、実は、ぎくりとして、相手の顔色をうかがい直した。というのは、「清浄ならざる身が、清浄なる存在にふれる云々」の文句のなかの、その「存在」という言葉が、あの敏感な彼の不気味なまでに鋭い感受性をぐさっと刺しはしなかったか、とおそれたからである。彼、クレオンブロトスをおそれるのではない。師ソクラテスをさえおそれるがゆえではない。あることのあり方、つまり、それこそはソクラテスの、いや、哲学のいまだかつてあかされたことのない謎、「存在」、のおそろしさのためなのである。——つい、先ほど、うかつにも、魂と肉体、心と物、について、あわや、ソクラテスの心臓に当たり損ねの毒矢を放つ危険をおかしかねない

ところだったのだ。大丈夫か？　一気に、相手はわたしに刃《やいば》をつき突けてきはしないか——）

クレオンブロトス「言葉を返すようだが、他ならぬあの方のお言葉は一語も半句も聞き損じてはならない、と注意してくれたのは君だったと思うが、ある意味ではそれを再び確認し、ある意味では、それを取り消さねばならないかもしれないね。というのは、今、君が何とか僕のいら立ちを慰めてくれようとして触れた、あの方のお言葉、つまり、『絆から解き放ちたまう時』というなかに、君が落としていた句があってね、もっとも、もっとも……」

（？　刃は、どうやら逃れたらしい——）

クレオンブロトス「……もっとも、クリトンがそう語ったのなら別だが、僕はパイドンからは、こうはっきり聞き覚えているんだよ、『この絆からわれわれを最後的に解き放ちたまう時をまつ』という風にね。その、最後的、という言葉の重みだよ。その文句のあるなしで、ずいぶんと意味合いが違ってくるだろうからね。……」

（あー、ほっとした。それがどんな重みだろうと、かの秘説にくらぶれば、ものの数でもないだろう）

クレオンブロトス「……そのことは、僕をより酷く、ほとんど絶望的に刺すか、それとも、よりやわらかに刺すかの違いになるのだ。」

（みくびってはいけない、わたしは慌てて油断するな、とわれとわが身をひきしめた）

プラトン「わかったよ、実は、君の覚えのほうが正しいよ。ぼくは君が知っての通り、冷たい蛇みたいな男だ。クリトンはたしかにその句を抜きはしなかった。抜いたのはぼくのわざとだ。」

クレオンブロトス「だったら、ありがとうよ、だね。だって、言葉をやわらかにしようという配慮が冷たい蛇にあるはずもないだろうからね。それはともかくとして、僕の悪い癖は君との間で円満に了解ずみだから、お互いに言葉の端々にはあまりこだわらないようにしたいものだね。僕も君も、パイドンやクリトンの言ったことを通して受け取っているにすぎないとすれば、それにこだわって、ひとつひとつ気にしたら、かんじんなあの方は言うに及ばず、シミアスやケベスのそれだって、ずいぶんと余計な神経を使わねばならんことになるだろうから。」

プラトン「やさいし友よ、改めて手を差しのべよう。まこと、あの方の意がどこにあるかにこそ、ぼくらは全神経を集中すべきだろうからね。」

クレオンブロトス「不思議だね、ついさきほどは一時、息が詰まりそうだったのに、吐くきっかけができた途端に、何だかすーっと塊《かたまり》がほどけていくような——。迷いの百ヶ《が》一も吐いちゃいないのにね。君の眼と、この掌のあたたかさがくすりになったとみえる。」

プラトン「それはいけないよ。ソクラテスはまだちっとも、ぼくらによろこんではいらっしゃらないだろうからね。さて、早速だが、あの句はやっぱり重大だよ。最後的というのはね。それにだ、その句から的《てき》を除いてみたまえ。これまた、とんでもない違いになりはしないか？　最後とは文字通り『おしまい』だ。的《てき》をつけ加えたら、どうなるのかね。単に語句があいまいになるというだけではなさそうだ。あの方が仰有ったのは、的をつけた言葉だ。ぼくにはぼくの見解があり、君には君の受けとめ方があるだろう。率直に言えば、ぼくとしては、こう思うのだ。あの方のことだ、便宜やその場のお調子で言葉を選ばれるようなことはなさらない。とすれば、そこには重い意味が賭けられているとしなければなるまい。つまり、そのことはソクラテスの全言説にかかわることなのだ。最後と仰有らず、最後的と言われたのは、この世とあの世のつなぎ目をのこされたことだ。つまり、生と死をぶっつり切らないでね、生は死に、死は生にかかわり、魂は永くそれをつらぬくとね。」

クレオンブロトス「うん、それこそたいへんなこと。そのつなぎ目にこそ、大きなひび割れがある。そのとてつもない深い溝を稀有のお力であの方は飛び渡られたであろうが、われらはどうか？　渦巻く生死のしがらみを、どうやって、そのとてつもない深淵をいかにして？」

プラトン「だが、なんとしても渡らねばならぬ。あの方と君とこのプラトンが目ざすところは一つしかないというのは確かだ、と断言してもいい。」

（突然）、

クレオンブロトス「君の解釈なんぞどうでもいい！」

（彼は急に席を蹴立てて立ち上がり、ぐるぐる部屋を、足まかせに床を叩きつけるように回り歩いた）

プラトン「どうしたというのだ、クレオンブロトス、君、これ、ぼくが、なにか。」

クレオンブロトス「放っといてくれ！　関係ない！」

（あっけにとられているわたしに向かって、これは、まあ、どうしたことか、べそをかいたみたいな、やさしい眼つきになって）

クレオンブロトス「……馬鹿だよなあ、この頓馬の田舎っぺえが、……。僕の解釈がプラトンとはまるっ切り違うなんて言ったところで、どこのどなたが聞き入れてくれようか。」

（そう言って、それこそ、がんと吠えたてた犬がイソップではないが小羊に変身したかのように、女のような手つきで椅子を静かに引き寄せて、大いに共鳴するところだ、君は、プラトン、あったかい眼で見てくれるんだね、いつも、君はそうだった、と、覗き込むその眼がうるんでいるのには、わたしはなんとも解せないせんりつを感じた。全身で、じーんと。いったい、ぼくにとって決して一度や二度のそれではない。永いあいだの友なのだ。でも、はじめてだ、こんな彼に出合ったのは。いったい、せんさいな生まれつきの、それだけのぼくの理解だけでは解きがたい、彼の心のなかの細かいひだをどううけとめたらいいのだろう？　とにかく友情にかけて、ぼくが一番心配するのは、似た者同士アポロドロスにクリトブロス、アテネ汚染《まみれ》の都会の毒《ち》が人里離れた孤島《アイギナ》育ちのクレオンブロトスの純血に混じって破裂しはしないかということだった。はっきり言えば何かの予感が衝撃を受けて、気が狂《ふ》れはしないかと咄嗟にわたしは思った。どうか、そんなやさしいことばなんかかけないで、冷たい蛇だ、いやらしい奴だと、ぶっきらぼうに君から言われたほうが、うそではない、どんなにぼくとしてはうれしいことか。なぜって、赤ん坊のおりにも一緒だった仲ではないか、君とぼくとクリトブロスは。クリトンが、ぼくのことをあまりに目にかけてくれすぎるので、クリトブロスがひねるのも無理はない、――とぼくをなだめてくれたのも、君。そのやさしさをぼく以外のだれが知っていようぞ、クレオンブロトス。そのクリトンが息子のクリトブロスはさしおいて、プラトンに特別のはから

いを、いや！　これは、うっかりつぶやいてもならぬ秘事《ひみつ》だった。心せよ、心せよ）
クレオンブロトス「大いに共鳴するところだ、プラトン。」
プラトン「それはありがたいことだ。」
（また、突然）
クレオンブロトス「僕の解釈なんてどうだってかまやしない！」
プラトン「ほんとに、どうしたというんだい、君、ぼくみたいな生意気な奴の意見に共鳴してくれるなんて、ほんに、あったかい眼で、君は、世間を広ーい眼で見ているように、ぼくには思《おも》、思え、」
（狼のように眼を血走らしたかとみると）、
クレオンブロトス「あったかいなぞ、お世辞にも言わないでくれ。汚ないものをあったかい眼が、じっと見つめていられようか。見なくていいものさえ見て、猜疑に狂い、淫欲に溺れ、名利にかじりつき、従うかに見せていつも僕はあの方に背を向けてさえいるのだ。僕こそ蛇だ。君と違って、毒のある蛇なのだ。もっと真底、本音を吐き出してみようか。僕はソクラテスなんぞ、有り難くもなんともない！　あの方が高くなれば高くなるほど、ぼくはあの方へ嫉妬《やきもち》をつのらせるばかりだ！」
（！）
プラトン「ぼくも。——ぼくだけだと思っていたら、クレオンブロトス、君もそうだったのか。ぼくは、あの方を超える野望でいっぱいなんだ。——泣くな。いや、うんと泣け。それでこそ、君もぼくも、あの方の正真正銘の弟子なんだ。」

（永い間、――）

プラトン「お互いに、どうかしてたんだよね。みっともない。さいわい二人切りだからいいようなもんを。大の男が喧嘩みたいに組み合って泣きじゃくるなんて。」

クレオンブロトス「乳離れしたばかりの赤ん坊同士だ、まるで。」

プラトン「ちと、ばつが悪いから、話をちょっとそらそうか……」

（それはとにかくとして、先程から、わたしども二人して、どうかしている）

プラトン「……『悲劇』だ。駄作はともかく、傑作は何度観ても泣かされるね。中味といえば、大半、おぞましい、人間ならではの醜悪で満たされている。名優が演ずるときなど、舞台に飛び上がって、こ奴め！　となぐりつけたり、哀れな奴なら、その無知のゆえに、思わず抱きしめてやりたくなる。他人はいざ知らず、ぼくは、それらが醜悪で許しがたいほど、感動を覚えるのだ。君なら、驚くまい。一種の美すら感ずるのではないか。」

クレオンブロトス「クリトン対ソクラテスでもあるまいに、君と僕とは、妙なところでなんと馬が合うことだろう！　実はね、アリストファネスが好きでね。彼がアギナイに地所を持って縁があるなんて、全然かかわりなしでだよ。『雲』を観て、笑うどころか、泣き出してしまったんだ。あれは喜劇じゃなく、まさに悲劇だよ、傑作だ。三十年ぶりの上演だったそうだが、賞は一等賞ではなく三等だったというではないか。批評家って頼りないもんだな。」

プラトン「三十年も経てば世相も変わるさ。ただ、あの方が『雲』で損はなさっても得はなさらなかった、というのは自他ともに認めるところだよな。」
クレオンブロトス「そこだ、そこがずれのずれたるところだ。いいかい、あのお芝居の主人公は、馬狂いの馬鹿息子の哀れな親父さんストレプシアデスのはずだ。それが、どうだ、主人公はソクラテスだというのが自他ともに認めるところの、現実、おや、おい、事実、とか言ってた、さっきのあれ、ありゃ一体、どうなったんだい？　いや、そんなこたぁどうだっていいんだ、そうだ、今は、それ、アリストファネス、そうだったな？」

（ここらあたりから、再び彼クレオンブロトスの挙動一切が、おかしな方向にぶれ出したのである。彼はとうとうとまくし立てるのだった。「雲」だけではなく、「宴の人々」という初めの作品とされるものから「蜂」や「騎士」、「鳥」や「女の平和」から「蛙」にいたるまで、実に詳しい。同じアギナイ島のゆかりの人士とはいえ、そのアリストファネスへの傾倒は異常としか言いようのない域に達していた。まるで、その騒々しく猥雑な悪口雑言ぶりは作者顔負けのクレオンブロトス張りとしか評しようがない。ソフィストが元凶とされる、新様式の思想や生活態度に対する仮借《かしゃく》なきまでの攻撃、アイスキュロス、エウリピデス等の悲劇への嫉視ともまがう酷評、しかも、その表現たるや、倒錯と言おうか、悪ふざけと言おうか、とにかく正常な推理をもってする論理の枠にはとうてい収まり切れない、でいて、突然、真面目で辛辣極まりない豹変。おそらく、クレオンブロトスをして狂熱せしめたものは、「雲」においてソクラテスがアリストファネスの新世相批判の典型的な標的にされたことに象徴されるところの、作者アリストファネスの人間ではなかったのか。彼は作品に魅かれたのではなく、作者に惹かれたのではないか。おそらくは、作者も越えて、悲しさにひかれたのであろう。もう、いいよ、クレオンブロトス、その悲しみはアリストファネスのものでもなければソクラテスのものでもない、人間のものだ、と君は言いたいのだろうよ。わかっている。ぼくの知るかぎりでは、アリストファネスとソクラテスは決して世間が言いふらしているような仇天の間柄ではなく、たまには和気あいあいの恋愛談義なぞとり交わすこともあったと聞いている。とどのつまりは、喜劇も悲劇もほかならぬ人間が仕出かす業なのだ、と、わたしは、もう彼のまくしたてに閉口しながら自問自答のかたちで独りごちていた。ほんの気分転換のつもりで外らした演劇論が予想もしないつむじ風を巻き起こしかねない様子に、わたしは何度目かのおどろきを彼クレオンブロトスに見逃すわけにはいかなくなった。おい、事実、と言ったな！　と、ちょうど、あのさっきの突発事を、また再発して、彼は背を丸め手を縛られた囚人のようにうしろに組み、ぶつぶつと訳もわからぬ独り言を床にぶちつけている。わたしは咄嗟にこう閃めくものの声を聞いた。……あ奴は狂い出すぞ。……じゃどうしたらいいんだ？　お前も入れ、奴の仲間に入れ。——？　なるほど、わたしプラトンは今平静すぎてはいけない。レベルを彼並みに落とすのだ。そうすれば彼は独りでいらいらしなくて済む。そうだ、わたしが冷静であればあるほど相対的に彼を閉じこめる方向に力を加えることになる。これはへんな天啓だが、聞くより他はあるまい。ひょんな話だが、こちらが反対に少々狂《ふ》れて見せるのだ。——しかし、アリストファネスならぬ自作自演の狂劇を、そなたプラトンがやるはめになるとは、うしろめたさを通り抜けて、いやはや。突然、そうだ、なるべく唐突に、なんなら彼のほうなど眼もくれず、天井めがけて、頬一ぱい口を開いて、そう、あんぐりと呆けたみたいに――）
プラトン「おい！　事実と言ったな。」
クレオンブロトス「？」
プラトン「真実とはなんだ？　事実とはなんだ？　現実とはなんだ？」
クレオンブロトス「おい、プラト――、」
プラトン「プロタゴラス、糞《くそ》くらえ。」
クレオンブロトス「――。」
プラトン「アリストファネスも糞くらえ。」
クレオンブロトス「うん、」
プラトン「！」
（と、彼の胸ぐらを摑む）
クレオンブロトス「びっくりするじゃないか――？」
プラトン「きみの口真似をしたまでだ。」
（わざと、ふふふとにやけ笑いをしてみせる）。
クレオンブロトス「――よな。一流人士が何ほざいてるってんだ、よ、な。美しくても、汚なくても
な。」
プラトン「やつらのお説教は棚上げだ。」

クレオンプロトス「――生きることも、死ぬことも、な、どうせ、」
プラトン「高貴であろうと、おぞましきものであろうと、」
クレオンブロトス「してはいけないことをしても、しなければならぬことをしなくても、」
プラトン「信ずれば、さぞよかろうに、信じないで苦しむのも、」
クレオンブロトス「要するにだ、」
プラトン「要するにだ、」
（うん、この調子なら、正常に戻ること、請け合ってまちがいなし）
クレオンブロトス「ソクラテスも豚もだ！　いるからにはいるのだ。あるからにはある。これが問題だ！」
（おや？）
プラトン「はぁ――。」
クレオンブロトス「――。」
（――今度は、へんにあたまの片ほうがしびれてきて、もうろうとしてきて、わたしが妖しくも乱れはじめるのをおぼえた。正直、危ないのはクレオンブロトスではなくプラトンではないかと自問した）
プラトン「――永いあいだ、といっても二十八年。ぼくはひとりきりでそのことについてソクラテスに教えを請うた。なにをかくそう、今朝なのだ、夜が明け初《そ》めて、それは終わらず済んだ。終わったんではない。ただ時間が済んだのだ。」

クレオンブロトス「お、おい、何をぼそぼそつぶやいているのか？」
プラトン「今朝、いや昨日の朝、いや違っているぞ、一昨日《おととい》の朝だった。とにかく、あの朝だった。」
クレオンブロトス「――。」
プラトン「これから永いあいだ、ぼくはどうしたらいいでしょう。」
クレオンブロトス「僕には、何が何だか、すっかり、わからんよ、プラトン。」
プラトン「そして、これからの永い生涯をそれに捧げることになろうとあの方に誓った。」
クレオンブロトス「君、プラトン、僕が何か、とんでもないことを言ったお蔭で、君のどこかを傷つけたのではあるまいね？」
プラトン「――これは秘密なのだ。誓ってくれ、決してなにびとにも洩らしはしないと。」
クレオンブロトス「？」
プラトン「あの方は言われた。
『プラトン、そなたが死を迎える間際のときまで、決して、わたしが言ったことを公言してはならない。なぜなら、このことは、わたしにも解けないことだし、そなたも決して解くことは叶わぬだろうからね。もし、おわしますなら神のみが。しかし、勇気を出しなさい、もうとっくに解けているのだよ。だって、わたしもそなたも、ほら、ちゃんとあるではないか。』」
クレオンブロトス「おい、しっかりしてくれ、プラトン。」
プラトン「気づかってくれて、すまないね、クレオンブロトス。もう、なにも聞かないでくれ。さ、パイドンが語ったつづきを深めることが、あの方に誓ったぼくの約束の第一歩なのだ。君ということよなき友を得たことを、きみが崇めるみ名に感謝してね。」
クレオンブロトス「あのね、並みとは違う君のその顔、決して、僕は君を、どんな意味ででも、変だ、なんぞ疑ったりなんかはしてはいないんだよ。それこそ、何度も繰り返すが、僕は嘘をつかない。つき得ない性分《たち》だ。ほんとうに、死にものぐるいで魂の存在を求めている。」
プラトン「それだ。」
クレオンブロトス「ね、君がへんだなんてこれっぽっちも思ってやしないんだよ。だからどうか答えてくれ、1と2と足したら、3になるんだよ、な。5や4にはならないよ、な。」
プラトン「わからんよ、ほんとうはいくつになるか。ソクラテスも、わからぬと仰有った。」
クレオンブロトス「おい！　今朝だって！　あの方は今日死なれたのか？　昨日だって？　おい、夢を見ているのか。外を見ろ。太陽《ひ》はまだ真ん中には早い。なるほど、真っ昼間には白昼夢ってのがあるにはあるんだな。」
（彼はやや自嘲気味に、そう吐き出すように言ったが、ぼんやり、いまは主客転倒して、明らかに正常なのは彼であり、異常なのは、わたしであることはわたしが自認してもよいことだった。ミイラ取りがミイラになった、それでよい。わたしは、こと時空をかもしだしている構築のりんかくを徐々に自覚しつつあったから）
（再び、彼。昼間だぞ。真っ昼間だぞ）
プラトン「だから、気づかってくれるな、と言っただろ。」
クレオンブロトス「どういうことだ、これは、いったい？」

（わかった。わかっている。いや、はじめてのようにはっきりとわかったのだ。彼クレオンブロトスをいらいらさせ、不必要なまでに不安に追いやったものは、わたしがソクラテスについて、てきぱきさを欠き、なにやら奥歯にもののはさまったような語り口、それが猜疑のもとになったのである。また、わたしにとっても、決して口外してはならぬ師のいましめのあのおそろしい説への畏れと、おそれの強さに逆比例してどうにもこらえ切れず吐き出したい焦燥、そのジレンマこそ、わたしの小ざかしいお芝居の思い上がりを、いつの間にかぶっ飛ばして、わたしをしばしもうろうとさせた原因《もと》なのだ。いずれにしても、元凶はあのソクラテスの秘説「不言の教説」なのである！）

プラトン「朝ではないか。クレオンブロトス、君こそ、どうかしていたのではないか。」

クレオンブロトス「なんだって？　まだ寝呆《ねぼ》けているのか？」

プラトン「お話が始まって、いくらの時が経ったというのかね？　勝手に二人して傍道《わき》にばっかり逸《そ》れてさ。今、どこで、なにを、だれとだれが話し合っているのかね？　ぼくら、二人とも、耳に穴ほじくって、パイドン眼鏡《めがね》で、その場に居合わせているはずではないのかね？　え？　こう、あの方は言われたのではないか。

『――どうかな、シミアス、まさしく学びにひたすらな者であれば、以上のようなことを、だれもが互いに語りもし、思いもするというのが必然ではなかろうか』と。どうだ、すごいお方ではないか。まるで、きみとぼくが、まさしく今さきまでそういうことを語ってきたではないか。それなら、シミアスならずとも、ぼくらは同じように言おうじゃないか、『なによりもまして！　ソクラテス、そう思います』と、ね。」
クレオンブロトス「――なあるほど、だったのか。ほんとだ。あの日の午前《ひるまえ》に僕たちはいるのだ。クリトンやパイドン、シミアスやケベスたちと一緒にあの方をかこんでな。今朝でいい、今朝で結構なわけだ。いや、それがリアル《げんじつ》だ。」
（やっと、二人とも、もとの平常のふんいきにかえった、と、思えたが）
クレオンブロトス「それにしても、君はずるいよ、仮病を使ったふりまでして、みんなを出し抜くなんて。」
（？――はたして）
クレオンブロトス「だが、心配するな。秘密は舌が切れても守るから。でも、どうして忍び込めたんだ？　魔法でも使ったのか。」
プラトン「クリトンの魔法だよ。賄《まいな》いというありふれた悪徳のね。」
クレオンブロトス「呆れた魂の追求者があったもんだね。クリトンの魔法は知るには知っていたが、君が魔法使いの弟子入りしていたとはね。徳の風上《かざかみ》にもおけぬ奴、とは、はや、こんどは笑いで涙が止まらない。アリストファネスの種にしたいよ、全く。で、その不届き千万な二人の弟子を、あの方がようお咎めにならなかったもんだね。」
（まったく平常にもどってくれた、クレオンブロトス、ありがとう）

プラトン「それがねえ、お咎めになるどころか、いや、お褒めにあずかったとまでは誇張しないがね、とりたてて、どうのこうのと仰有られることもなかった。まあ、徐々に、君にもわかってもらえるだろう。そのまえに、静かに、あそこらあたりのところを振り返って、二つのことを、君に異存がなければ確かめ合っておこうではないか。肉体から離れて清浄な身にならなければ、純粋なるものを知ることはできない、ということ。その二つが今はぼくらの出発点であり、そしてまた目標なのだ。」
クレオンブロトス「その、プラトン、その肉体と魂を切り離すといっても、だよ、肉体はそれでよいとして、片方の魂なるものが、まず、あるのかどうかがまだはっきりしているわけではないんだからね。ケベスにしたってシミアスにしたって、いや誰にとっても、それを手に取るみたいに指し出されて示されている、というわけじゃないんだ、よね。そこで、もう僕はつまづいてしまうのだよ。」
プラトン「それはそうだ。もし二つを並べて、一方は腐った梨、片方は眩《まば》ゆいばかりの宝石であるとするならば、泥棒ならずとも輝いてるやつを引ったくろうではないか。そんな例え自体がはじめっからおかしいのであって、実は、くらべようにもくらべようがないものを二つ、そもそも、その出だし自体が問題なんだ。要するに、君がつまづいているのも、ぼくが戸惑っているのも、そのへんのところにあるらしい。」
クレオンブロトス「だから、」
プラトン「だから、言葉の上では、それ、肉体と魂は、1と、1だろう？　それを、算術みたいに足したり引いたりしろと言うんだろうか？　1+1=2《いちぷらすいちいこーるに》、この算術自体がおかしい。なぜって、山《いち》と山《いち》と足せば2になるとして、（もっともその大小は見て見ぬふりしての話だが）、さて、山《いち》と川《いち》と足して2になるとはおかしな話だからね。そのへんのところはゼノンにでも教わるとして、ぼくが言いたいことはこういうことだ。石《いし》と固《かた》いを同列に並べて平気でいるという事態なのだ。石というのは物だ、固いというのは感覚だ、「ゝ」は「。。」がなくったってあるしあり得る。ところが感覚は物なしには決してあり得ない。つまり、石はある、が、固いは宙ぶらりん、というわけだ。したがって、『石は固い』とは、厳密にはどういうことなのか？」

クレオンブロトス「なるほどな、とすれば言葉の問題ということになるのかね。」

プラトン「言葉だけの問題では収まりが利《き》かないんだ。」

クレオンブロトス「しかし、そういう破目になるとしたら、例のソクラテスの、『すべての言説は一人よがり』どころではなくなるぞ。だって、僕たち日常の言葉や言葉使いはすべておかしいことになってしまうからね。え、そうではないか。かりに、何でもいいから言ってみるとしようか。『私は朝目が覚めて一番に天気を気にする』と僕が言ったとして、相手が、『いや、僕は朝目が覚めて一番に腹具合を気にする』と言ったとして、それこそ、すべての言説は一人よがり、だからちっともおかしいことにはならない。ところが、私という言葉をまず言葉しているのはなにものなのか？　もちろん、私の声だが、声は咽喉《のど》から出してきたとすればのどの奥のどこかに、私と言わせるなにものかが潜んでいるのでなければならないことになろう。とすると、私を私と言わせるなにものかとは何か？　と私が問うとしたら、問われる私と問う私とふたつの私があることになりはしないか？　のどや声の持ち主、つまり身体は、まず第一の私であり、その身体なる私を私と認める私は、これまた必須で、なくてはならぬ私、その第二の私を一体なにものか？　と問う私は三番目の私ということになる。さらにその問題性を提起したのはだれか？　と遡ったらきりがない。プラトン、僕が、つまり、けげんに思うのはこういう意味からのことなのだ。『私はこうこうしてしかじかする』というごく平凡な日常会話において、使用されている言葉が物の名前であろうと、物だとは言えないものを指してであろうと、また、それらの名前やことがらを一定の意味づけるために繋ぐだけの役目の言葉にしろ、それらが語られる限りにおいて、その基底に私なるものがなくては叶わないということ。即ち、『私は朝目が覚めて一番に天気を気にする』のなかで私がこの文章《かたりことば》のすべてを支配しているのであり、その他の言葉は私のつけたしにすぎないということ。朝、誰がそれをそう確認し朝と言葉しているのか、目は誰が誰の目に目と名づけているのか、覚める、覚めているのは誰か、一番、二番、三番はそっちのけにして、天気、空や雲を見るのは？　気にする、私が気にするのではなくて誰が気にするのか、――と、こういう具合だ。どうも、僕は君のように頭が切れないので、われながらはがゆいんだが、結論はこうだ。『石は固い』の厳密性を問おうとして、言葉の限界に触れようとしつつも、言葉だけの問題では収まりが利かない、と君は主張する。僕も、その点、同感だ。ただ、違う点があるらしい。というのは、どうやら、石が先にあって、固いはつけたしみたいに聞こえる。なぜといって、石がなくして、固いも軟らかいもあるもんか。つまり石はあるが固いは宙ぶらりんというわけだ。それに反して、僕は、『石は固い』と、一体、誰がそもそものたもうているのか？　まさか、豚や草が言っているわけではあるまいから。」

プラトン「それはおかしい。『石は固い』とは、なるほどクセノファネスではないが、豚や草が言うわけはない。しかし、石は固かろうが軟らかかろうが、石にとっては、知ったこっちゃない。クセノファネスばりに、かりに豚がそう言ったとしても、だ、ね。さらにだ、参考までにつけ加えておけば、石は軟らかい、と誰かが言ったとしても、すぐ彼を人間じゃなくて、豚か牛ではないかと狂人あつかいするのは必しも正しいとは言えない。なぜなら、鉄とくらべて彼がそう主張したとしたら彼の言説は必ずしも間違ってはいないからね。」

クレオンブロトス「おかしいのはプラトン、君の方ではないのか。言葉だけには収まり切れないという点では君と一致していると僕は同意したはずだよ。その言葉の向こうの話を少しでも知っているのなら、手前味噌や冗談はクレオンブロトスにゆずって、簡単明瞭に僕の眼の前に差し出して見せてはくれまいか。僕は向こうの話ではなく、手前の話、つまり、言葉の性格についてだけ君の議論とつき合わせようとつとめていただけなんだ。『石は固い』の『、』と『。』は、いわば言葉の向こうの話ではないか。だが、われわれは言葉なくして一体どうやって、何で、その向こうを探すのか。それを問う前に、どうしようもないじゃないか、われわれ日常が言葉なしではほとんど生活も、もちろん、学問も、ほとんど成立しないということを認めずしては。その言葉、つまり、『石は固い』は、分析の対象となる前に既に言葉としてあるからには、『豚が言葉を持つ持たない』それこそ言葉の知ったこっちゃない。なぜって、言葉は人間だけの持ちものだからだ。」

プラトン「ごもっとも。要するに、向こうと手前の違いだな。その手前と向こうをすり替えているから、おかしいのは自分ではなく相手プラトンではないかとしっぺ返しをしたつもりだな。ものはすべてそうなんだが、表があれば裏があるのではないか？　上があれば下があるのではないか、見事な君の創意、つまり坂は上りであり下りでもあるに準じてね。では、どうかね、間《あいだ》というのは？」

クレオンブロトス「どういう意味かな？」

プラトン「向こうがあれば手前があり、そのなかにはさまるものという意味さ。」

クレオンブロトス「まだ、わかりかねる、それだけでは。」

プラトン「向こうと手前の間は言葉だといっているのだよ。だって、言葉の向こうが探求さるべきなにものかなら、日常というなにものかが手前であって、言葉がその間にはさまっているという構図になっているのではないか。つまり、言葉は充全ではないということがお互いに諒解されているのであれば、言葉の限界が、向こうを露呈するには力足らず、言葉の限界が日常を正確には表示できないということに帰するのではないか。」

クレオンブロトス「どっちもどっち、というわけか、言葉論議に関しては。」

プラトン「一歩ゆずっても、五十歩百歩というところだろう。」

クレオンブロトス「ひょんな言い回しだな。」

プラトン「勝ち負けじゃない、ということ。」

クレオンブロトス「負け惜しみでなけりゃ立派なもんだが。」

プラトン「負けるが勝ちということもある。」

クレオンブロトス「まだ、こだわっている。」

プラトン「どっちが。」

クレオンブロトス「どっちもどっち。」

プラトン「あいこか。」

クレオンブロトス「相討ち。」
プラトン「けんか両成敗か。」
クレオンブロトス「同病相憐れむ。」
（ソクラテスが仰有っていられる、「いい加減にしないか」）
プラトン「ふざけるな、か。」
クレオンブロトス「白けちゃうよ、だ。」
プラトン「さぞ、お笑いになるだろ。」
クレオンブロトス「さぞお嘆きなさるだろ。」
プラトン「あの方をお笑わせするのならまだしも、お嘆きさせるようなことは。」
クレオンブロトス「なんとしてもあってはならない。」
プラトン「——で、これまでのところをまとめたらどうなるだろう？　こういうふうになるのではないか。——肉体と魂が出発点でもあり目標でもあるという大枠のもとでやっと出航したかにみえた船が、港をあとに帆を上げかけた途端、言葉というつむじ風に巻き込まれて、予期せぬ出鼻をくじかれた恰好だ。このつむじ風を甘く見たら、時によっては転覆も免れぬ事態になる。慌てすぎて巻き込まれでもしたら元も子もなくしてしまうからね。幸運だった。お互いの友綱の引き方が力みすぎずにうまいことに嵐を雲のかなたに追いやったようだ。だが、安心はならない、風を巻き起こす根っこはひとまず通過しただけで、いつなんどき渦を巻き直して襲いかかってくるかもわからないからね。つまり、『石は固い』というのに『、』やら『。。』とへんてこな記号《ふりがな》をつけて問題にしたのを、きみは振り仮名なしで『石は固い』そのものの出自《たんじょう》を問題にしたわけだが、問題はその片一方の解明だけで完結するほど生やさしいものではあるまい、と、ぼくがえらそうにきみに押しつけるのではなく、むしろ、いったん保留してはどうか。だってわれわれにはもっとさし迫った問題があるんだから、ときみの顔に書いてあるようにぼくには映る。どうかね、こんなところで。」

クレオンブロトス「結構だよ、お察しの通りだと言って君をよろこばしておこうか。ただ、君にあやかって、参考までにつけ加えておきたいのだが、僕の話し下手は他ならぬ無学のせいなのだが、君の語り口の晦渋《かいじゅう》さは他ならぬ君の博学のせいだということだけは忘れないでおいてほしい。だって、プロタゴラスやクセノファネスなんて、特に後者は初めて耳にしたお方の名前だからね。君だけわかっていても、僕にはチンプンカンプンなんでね。」

プラトン「皮肉でなかったら、正直、薬にするよ。」

クレオンブロトス「とにかく、もう何べんもは繰り返したくないが、どうかお手やわらかにひっぱっていってくれたまえ。道案内してくれるのは君なんだから。」

プラトン「頼りない案内人に頼ってくれるのなら、さあ、パイドンはそこでどう話をつないだのか、きみからつづけてはくれまいか。」

クレオンブロトス「うん。

『では、以上のことがほんとうだとすると』、つまり、『肉体から離れて清浄な身になる希望が、まさにそこ、死してのち行くところでこそ果されるだろう』とね。シミアスが、おうむ返しに、全く、その通りです、と答えたのも彼の素直さのゆえだろう。さて、かんじんの浄化とはつぎのようなものであることにはならないだろうか、とあの方はつづけて仰有ったそうな。『魂を、肉体からできうるだけ分離すること、そして魂がまさにそれ自身においてあるものとして、肉体のいたるところからひとつに凝集し、結集するように、慣れさせること、かくして可能な限り、今においても来るべき時においても、魂が、いわば肉体という縛しめから解きはなたれて、ただひとりそれ自身において住まいうるように慣れさせること』、そして、すなわち、『魂の、肉体からの解放と分離が、死と名づけられている』と、あの方は、ほとんど断定的に結論づけられたというのだ。プラトン、ここまでに、君は異存はないか？　つまり、クリトンのもこういう具合だったのか？」

プラトン「ほぼ、その通りだった。」

クレオンブロトス「ほぼか？　いや、端々にはこだわらない約束だったな。大筋で間違っていないなら、このまま進めてみよう。さて、魂と肉体、この二つは混じり合うことはあっても、もとはといえば、生まれも育ちもまるっきり違うというのが前提になっているのだね、あの方の口振りからして。」

プラトン「そうだ。」

クレオンブロトス「まるで異質のものが、どうして時には混じり合うのだろう？　混じり合うといえば、水と油とではどうか。お互い同士をかき混ぜたら、水は濁り、油は油の役目を果たせなくなろう。肉体と魂をかき混ぜたらどうなるというのか？　もしいまの例えのように、両方とももともとの純粋なものにはかえらないとすれば、肉体はともかく、魂は傷つくということを認めないわけにはいくまいよ。そうとすれば、魂というのはもともとそう立派なものでもなさそうだね、肉体によって影響を蒙むるからにはね。じゃ、君の上手な例え、梨と宝石、でいくとするか。混ぜ合わせたあとで、その臭《にお》いや汁の汚れを拭《ぬぐ》いさえすれば、梨はともかく、石はもとどおりぴかぴかの輝きをとり戻すということになる。なにもとやかく勿体《もったい》ぶるまでもないことだ。僕が言いたい胸のうちは、こういうことなんだ。つまり、パイドンが語った限りでのあの方のお話はなんともすっきりしない。というのは、魂と肉体を全く異質なものとしておられながら、それらはこの世では混じり合うもの同士だとなされ、それが切り離されるのはあの世、つまり死を境にした全く別の世界でなければならないとされる。僕が察するに、なぜそういうふうになされねばならぬのかといえば、他ならぬ『知を求める』ということの意義を強調なされねばならないからだ。だから、出来うる限り、とか、可能な限りにおいて、とかただし書きをつけて、魂を肉体から遠ざけようとする不断の心がけを、知を求める者のこの世でのただ一つのつとめ、生き甲斐となされるわけだ。現世はそれとはっきり認めた上で、さて、完全なそれへの分離は死をもってを贖《あがな》うよりほかない、とするならば、そこには現世の否定がにじみでているのをかくすことはできまい。そのゆえに、死の練習が日々のいとなみということに結論がもってゆかれるということになれば、われわれに一番大切なのは『ただ生きるのではなく、よりよく生きる』というのではなく、『よりよく死ぬ』ということになるのではないだろうか。おそらく、これには深い深い意味がしまいこまれていて、その一つ一つを、これからシミアスやケベス、いやわれわれに明らかにしていかれることだろう。しかしながら、僕はまずはこんなふうに不満を申し述べておきたいのだ。

『あなたはほんの時たまより他は、ほとんどといってよいほど、魂を賛嘆なされ、反して肉体を卑しめられます。あなたのお説に触れれば触れるだけ私どもはこの世を厭い、あの世への憧れを深めるのは事実です。けれども、その半面、逆比例して、魂を押しのけ、肉体によりしがみつくのも事実です。僕はあなたの弟子になってからというもの、このジレンマに苦しみつづけてまいりました。はかり知れぬ学知を極めつくされていられるあなた。生意気な不平を申し上げることをお許しください。〝あなたのお説には何かが欠けている〟」

プラトン「ぎくっとさせるではないか、クレオンブロトス。その欠《か》けている『何』について、もっと具体的に説明してくれないか。遠慮することはない、あの方だからといって。」

クレオンブロトス「妻がある。妻とは女だ。持ちものが凹んでる奴だ。そいつが紅くちぢれている奴だ。子供が三人ある。閨があったのだ。しびれて天にものぼる感覚が一瞬彼をとりこにしてエロスの神を讃えなかったか。それは美しいのか醜いのか。おそらく汚いこの上もないものだろう。だから、花ならおっぴろげてよさそうなものを、禁断の園で夜暗闇に咲かせなくちゃならんのだ。少なくとも必要なだけは三度《(妊娠)》。そのとき、魂が、あるいは肉体が、交じり合ったろうと合わなかったろうと、どうでもいい。僕は、ただ、それを事実だと言うのだ。そして、事実であるからには存在の一部ではないか、と主張する。」

プラトン「――え。それきりか？　クレオンブロトス。」

クレオンブロトス「何が、クレオンブロトスだ、お高くとまりやがって。」

プラトン「事実なら、セックスにしてもなんにしても、もっと詳《つまび》らかに蟻が蜜を舐めるように、あの方なり世の男たちなりをつついてその汁の甘さをたんとひろうしてもらいたいもんだな。せめて、チクリとぐらいは刺してくれなくちゃ、事実どころか、たわ言にも値しないではないか。そんなもんが

『存在』の一部だなんて、笑うにも笑えないではないか。だって、ちっともこわくないんだもの。」

クレオンブロトス「白《しら》ばくれるのだな。」

プラトン「そうかもしれん。あの方はシミアスに言われたのだ。

『してみると、一生涯において、自分の生き方が可能なかぎり、死に近くあるようにと準備してきた男が、ひとたび死のおとずれをみて、いやがりむずかるとは、まことに笑止なことといわざるを得ないではないか』。答えて、君はあの方になんと言いたいのかね。シミアスのように、

『笑止なことです、たしかに』と言うのかね？　それとも歯をむき出して、

『しらばっくれて！』などと叫んで突っかかるのかね？　一生涯において、とあの方は仰有るのだよ、エロスの神は三度きりなんて、あんまり小《ち》っぽけすぎて、あの方のくしゃみの鼻毛にもつっかかるまいよ。あの方の生涯、その生き方のなかには、とても言葉には尽くせない日々刻々が埋められており、そのなかの美と醜、よろこびと悲しみ、光と闇、やがてわかるように、反対のものがひしぎ合う運命と必然のはざまに身をさらし、可能なかぎり、惑いと対決し切って死を学びとってこられたのだ。とても、それはきみの言う事実なんてものじゃない。きみはおおかた、こんなふうに言いたいのだろう。あの方だって妻をめとり子供をこしらえたからには、魂を肉体で汚したんだ、そのくせして、さも自分は品行方正で、およそ淫欲などに溺れたことはないぞと言わんばかりに、美とか正義とか善を他人《ひと》にばかり押しつけていられる偽善者だと。あるいはもっと言いたいのかね、苦痛を自ら求める馬鹿がどこにあろう、しかるに、最大の苦痛であるべきはずの死をよろこび迎えるなんて大ぼらもいいとこではないか、と。さらに、こう本音はつけ加えたいのだろう。あなたには、雲の上にこしらえた絵そ

らごとはあっても、非情で矛盾だらけの大地を見る眼はないのだ。さらに注釈してこう理屈をこねたいのではないか。醜はある。しかし美もある。美を求めてなにか文句があるのか。あなただって美しい少年をその年になるまで追っかけ回していなさるではないか。ひもじいとき欲しがってなにがいけないのだ。めしも色気も自然が与えた贈り物だ。人間のことどもを一から百まで、まるで生まれてから死ぬまで、汚泥にまみれてブーブー喚くだけの豚かどぶ鼠みたいにけなしなさるが、人間には星にもまがう美徳も、白鳥の舞いにも比すべき気高さ、また、いとしき者のためには死を恐れぬ獅子のけなげさ雄々しさもあるのだ。あなたはかすみを食って天上に生きるがいい。われら人間は地上を耕やし地上の土と化すればそれで本望だ。土こそわれわれを育くみそだてたものであり、肉体をいとおしむことこそ、神の命令ではなく自然の命令なのだ。まだ言い足りないか。そんならこううそぶけばいいだろう。願って生まれた人間は一人もいない。願わずに生じさせられたので、生じたからにはわれわれはいのちを世界に投資している。元金をとり戻すのが生涯だ。利息を天になどお返しするなんて勿体ない。死んだら利息は土の肥やしにしたほうがまし。それを真実といい、存在、と呼んでどこが笑止千万なのか！　と。」

クレオンブロトス「なんとまあ。それはプラトンが言っているのか？　あの方が駄弁《だべ》っておられるのか？　それとも、僕に代わってほざいているのか？」

プラトン「まさしく、誰が言っているのでもない。こう話し変えたらわかるか、少しなりとも。ソクラテスは天に借金も利息も放り上げなどなさらない。しゃがんで糞は大地にゆうゆうと垂れ落とされ、あの末だ哀えぬ強《ごう》のものを、草のないところで突っ立てなされて、いともこころよげに放尿なさる、青草の芽を枯らさないよう配慮なさってな。うん、そうだとも、美しい少年ばかりではない、露の一滴にも、美しささえあれば、よだれの涙を流されるのだ。」

クレオンブロトス「それみろ。僕が言っているのとどこが違うのか？　何もかも汚なく何もかも苦渋に満ちていて、どうして人は生きていけるのだ。豚だって草だってそうだ。泥だらけのなかで豚は跳ね、草はぴんと背を伸ばしているではないか。」

プラトン「――では、と、あの方は言われたと、クリトンはぼくに語ったが、君も同じようにパイドンから聞いたのか？　こんなふうに。

『死にのぞんで嘆きかなしむ男を、もし君が目にしたならば、そのことは、彼が実は知を求める者ではなかったのであり、むしろ肉体をこそ愛する者であったことの充分な証拠となるのではないか。でまた、その同じ男がまさに金銭を愛する者か、名誉を愛する者のいずれか一方であるか、あるいはその両方をかねそなえた者でおそらくはあることだろう』と。シミアスは、

『まったく、仰有るとおりです』と答えたそうだが、きみは違って答えることだろうね？

クレオンブロトス「僕なら、こう答えただろう。

『そのとおりです。ただし、その男が愛したのは健康な肉体であり、汗して貯えた金銭であり、正当にかち得た名誉であって、その反対のものではない。病んだ肉体、奪った金銭、騙してとった名誉なら、『死』に向かって早く冥土へ持ち去ってくれと逆に頼んだに違いない。たとえその男が、知を求めるなんてことに、生涯無縁であったとしても』と。」

プラトン「みたまえ。君はすでにその答えのなかで、あの方にとらえられてしまっているではないか。

なんとなれば、病んだ肉体を健康な肉体へ、盗んだりかすめたりするのではなくまじめに働いて金銭を貯え、不正によってではなく正義によってかち得る名誉、それをこそ愛し求め、およそそれと反対なものは、すぐにでも消え失せよと願う。このことが、より悪く生きる証拠となるだろうか、よりよく生きる証拠となるのだろうか？」

クレオンブロトス「子供にでもわかるさ。」

プラトン「大人でも、わからない奴がいるんだよ。文字通り、知なぞにはなんの関心も示さず、したがって、知を求めるなんて一生涯無縁である者の多くは、よりよいものとより悪いものとの区別がつかなくて、健康な肉体を愛するがゆえに、暴飲暴食をし、金銭を愛するあまり、手段を選ばず、名誉を愛するがゆえに正不正のけじめもわきまえずにね。そして結果は、子供でもわかるように悪しく生きるよりほかはないのだ。君がもし、『愛するものを君の愛するように』、つまり、結果としてもよりよく生きるように求めたとすれば、あらゆる善し悪しのけじめを知っているからではないのか？　見事にソクラテスの術中にはまりこんでしまっているではないか。」

クレオンブロトス「だがね、プラトン。生まれながらの痴呆というのがある。彼はどう生きればいいのか？　いや、まて、生まれながらではなくても、貧困や暴圧によってむりに悪く生きる道を強いられる奴らは一体どうなるのだ。それどころか、知っていて、わざとそうする奴どもは？　実は、そういう輩《やから》こそ、ごみ溜めに棄てるほど、たくさんたくさんいるのだ。」

プラトン「事実、そうだとすれば、おそろしいことだね。」

クレオンブロトス「だから、ソクラテスの言説には何かが欠けていると、僕は言ったのだ。その事実こそ、今日という時代だけではない、想像される限りの人間の歴史が例外なく刻印しつづけてきた。飽きもせずに、くりかえし、くりかえし。その愚かさに警告を発し、その蒙昧を破ろうとした賢者の戒《いまし》めも焼石に水。直視しろ、プラトン。僕らの目の前で、アテナイという焼け石が水の一滴ソクラテスを『パイドンの今日』、獄死させるのだ、もう数刻ののちにな！」

プラトン「そういう事実に対して、どうしようもない、とさじを投げてよいのか？」

クレオンブロトス「そうなれば、それはもう『救済』の問題だ。存在の問題ではない。」

プラトン「救済が求められるのは、その『存在』のゆえではないか。」

クレオンブロトス「おお、しめた！　見事に僕の手のうちにはまり込んだじゃないか、プラトン。まさしく、その現実、事実こそ、存在の確たる一部、ひょっとすると全部かもしれない、と、ね！」

プラトン「たしかに。そうしたら、『存在』とは、なんとまあおそろしいものではないか。」

クレオンブロトス「!?」

プラトン「だから、さあ、そのおそろしいものの一端は君が今しがた取りだしてみせてくれた。お願いだから、もう一端でよいから、ぼくに明かしてみてはくれまいか。クリトンもパイドンも、シミアスもケベスもぼくも、もうあと数刻のうちに迫ったあの方をとりかこんでいるのだからね。あの方もお解きになれなかった『存在』を、クリオンブロトスがちりほどでも明かすことができるなら、まずは君を、どんなに嘉《よみ》せられ、かつまた、われわれのみならず世界のために、どんなにおよろこびになることだろう。」

クレオンブロトス「めっそうもない！　プラトン。」

プラトン「けんそんしたもうな。少なくとも、君にわかっていることが一つある。君もぼくも『救済』を求めているということだ。いやみんながそれを求めているということだ。たとえ『存在』がなんであるにしろ。はじめ魂と肉体が出発点でありかつ目標でもあるといったぼくらの、いや、ぼくの言い分は少し訂正しなければならなくなったようだ。出発が肉体であり、魂が目標だとね。なんにもわかってはいないくせに、プラトン、大口《おおぐち》を叩くな！　だと、他ならぬ君が、それを示唆してくれた。」

クレオンブロトス「――戻ったようだね、君も僕も。あの方の弟子であることに変わりはないところに。」

プラトン「ずいぶんと迷い込んでいたもんだ。ぼくらはどうやらあの方の弟子であることを忘れて、身のほど知らず、とてつもない大きな問題を、血気にはやり、生意気にも先走っていたようだ。ひとつ、ゆっくり、順を追ってあの方の教えを請おうではないか。なにしろぼくらにとっては救いへの一歩。魂への踏み出しなんだからね。」

クレオンブロトス「魂について少しでも知ることは、救いへのたしかに踏み出しの一歩、ということはわかるような気がする。ここでプラトン、執念深いようだが、おぼろげにでも僕の気持ちのもやもやを整理する時間をくれたまえ。それはつまりこういうことなのだ。僕を僕の底からすっぽり包んでいる、えたいの知れない暗いもの、どうしてもそいつをふり払うことができない靄《もや》。それを何と名づけていいかわからない、強いて名前で言えというなら、『存在』というより他には名指しようがないが、そう明からさまに言えば、おそろしいなどと君から脅迫される。しかし、君から掌《てのひら》で口を塞がれたって、つい、こんなぎこちない言い方で、『魂であれなんであれ、およそ語られる限りのものは、その大小や遠近、はたまた好む好まぬにかかわらず、すべてがそれぞれ存在の一端を担っている』、と訴えずにはおられない。だって、ないものは語られも考えられもするはずはないのだからね。だから僕の悪い癖のなかには、すぐ相手の言葉尻をつかまえたがるというだけのことではなくて、その相手の一語一語がある重みを担ってひびいてくるからすぐその一語にこだわる、ということも含まれていると思ってくれ。だから、せっかくの素直な弟子になって、やっと神妙になったという矢先、許してくれたまえ。つい、あのお話の、例えば、

『それではどうだろう、シミアス。勇気と名づけられている徳も、それは上述のような態度をとりうる知の希求にこそ、とりわけふさわしく帰属するのではなかろうか』とは、パイドンから聞いたあの方のお言葉なんだが、シミアスのように

『まったくもって、そうです』とは、頭がすぐにはぴんと回転しないのだ。あの方の前のお言葉、つまり、死にのぞんで嘆きかなしむ男を見たとき云々につながるつづきなんだから、論のおもむくところの筋道はシミアスならずとも一応わかるんだが、例えば『勇気』と言っても、兵隊の勇気、泥棒の勇気、また、臆病者の勇気、向こう見ずの勇気、といった具合のいくつもの型の違ったのが重なってくるし、徳となると、そのイメージは、善い、正しい、立派、清潔、などなどいろいろ色合いが違ってきて、どれが知の希求者にふさわしい勇気かを選び出すのにひと苦労する始末。かといって、そのような語句のあれこれのこんがらがりようにも増して、僕をそれこそ奈落の淵にと誘い込むのは、実に、語句の、意味の、何と言ったらいいか、言いようのない、つまり、『実態』なのだ。手っとり早

いところで、『〝勇気〟を、取り出して見せろ』という気狂いじみた要求なんだ。」
プラトン「また、逆戻りする気か？　ぼくに、ぼくにさえわからずにぼくが先走っている例の「〽」と「。。」に、戻れとそのかすのか。」
クレオンブロトス「こわいんだよ。」
プラトン「――うむ。ソクラテスもこわいと言われた。そして、そのこわいものの正体をみきわめることこそ真の勇気だと言われた。そして、さらに、こうも言われたのだ。それが『知を求める』真の意味だ、と。」
クレオンブロトス「ともすると、挫けそうになる僕を引っぱり上げて励ましてくれる君には、ほんとに感謝するけれど、アポロドロスの二の舞いだけは僕にさせないでくれよ。」
プラトン「どんな意味でかね？」
クレオンブロトス「知っているじゃないか。」
プラトン「？　なにを？」
クレオンブロトス「彼が君に嫉妬《やきもち》やいていること。」
プラトン「それが、どうしたというのかい。」
クレオンブロトス「そのおそろしい問題について、君は抜け駆けの巧名をやったと彼アポロドロスは固く信じているらしいんでね。」
プラトン「大げさな誤解だ。それとも、きみまでが――。」
クレオンブロトス「これだけのことは言えるね。あの方は君とさしで対話を交わされた。誰一人見も聞きもしない密室の獄舎でね。これだけでも大事件だよ。それも最後のその朝。パイドンの日、はそのあとだ。そこには君はいなかった。公式にはソクラテスの最後の教説は、パイドンが語るところの『魂の説』とされている。僕は冷静だよ、プラトン。公式の直前の『愛弟子《まなでし》とのさしの対話』がもし事実あったとすれば、その愛弟子に嫉妬しない者があの方の弟子のうちに一人でもいるだろうか。正直、僕だって。しかし、君の生涯を賭けたという大切なお話を、僕のために、お安くは開かないでくれ。でないと僕はますますアポロドロスに似てくるような気がするんだ。君を妬《や》くなんてもんじゃない、きっとそのおそろしい秘説のために半狂いになりかねまい。パイドンの話は一通り僕は聞いたのだ。今、君のクリトンとつき合わせているのは、あの方のお話に、どうしても解《げ》せない点が、たった一つだけあって、それを解き明かしたいためなんだ。君にとっての秘説のように、無学で愚鈍の僕にとって、そのこと、このことこそが、大げさでもはったりでもない、僕の生涯の賭けなのだ。」

プラトン「――。」

クレオンブロトス「いいかい？　時間をくれるね。いや、僕はどこんところまで話しをしていたのかな？　そうだ、ソクラテスは、その勇気のあとで、節制にもふれて、『その二つの徳は、最大限に肉体を軽視して、つねに、知の希求者にとってのみふさわしく帰属する』、と仰有っていられる、とのパイドンの説は、クリトンのとどこか違うところがあるのだろうか？　ないね。だとすれば、あの方のお考えを辿ってみればこういうふうになるのだよ、あの方は仰有る。

『君も知ってのとおり、他のひとたちはすべて、死を、なにか大きな禍悪のひとつと信じているのではないか』。

『はい、たしかに』とシミアスは答えたが、僕ならこう答えるところだ。

『ソクラテス、死は、なにか大きな禍悪のなかの一つではなく、最大の、それのみが他にくらべようのない禍悪なのです。僕にとっても他の何びとにとってもです』と。だから、

『では、彼らのうちで勇気あるという人々が、死を甘受する場合には、その人々は、死よりもいっそう大きな禍悪への恐怖のゆえに死を、ともかく甘受するのではないか』とおたずねになられても、シミアスのように、『その通りです』とはおいそれと簡単に返答はできないのだよ。だって、死よりも一層大きい禍悪は人間にとってはあろうはずもないのだから。おおかた、死をおそれて、死を賭しても守らなければならないものを守らない不徳を指して、死よりも大きな禍悪だ、と仰有りたいのだろうが、どうひいき目にみても、言語明瞭、意味不明の感は免かれない。というのは、かりに、死を何かのために甘受したとすれば、もちろん、それはよほどの徳のあるひとでなければできないことだろう。家族を守って猛獣とたたかうとか、国のために進んで死地におもむくとかいっても、そのけなげさひたむきさを、理詰めで『死よりも大きい禍悪への恐怖』などと言ったたって、とても生活の実感に合わない。実感としてならかりに極悪の罪を犯し、処刑されるとき、彼が刑死を甘受したとすれば、法のために死を取り替えたのだから、犯した罪は罪として、その遵法はいさぎよしとしなければなるまい。ついでだが、それに引っかけて言えば、あの方を賛嘆する人々の多いなかに、いく人かの者は、罪を犯したなら別、罪を爪の垢ほども犯してはおらぬとご自分すら認め、またその通りなのに、なんて馬鹿なお方だろうとか、なんて、見栄っぱりなお方だろうとか、かげ口をたたく人もあるそうな。

そんなわけで、

『してみると、おそれることがひとを勇敢にし、つまりは恐怖のゆえにすべてのひとが勇気があることになる』と、そこまでは、まあまあと聞いていられるけれど、つづいて、

『——ただ、知を求める者を除いては、ね』と仰有ると、つい首をかしげたくなり、『とはいえ、ひとが、勇気があるのは恐怖や臆病によってだ、というのは、まったく理に合わないはなしではないか』と仰有った、となるともう黙ってはいられなくなるのだ。恐怖と臆病が勇気の原因だと強引に主張したいのではない。恐れをぜんぜん知らない者が死に飛び込んだとて、それが褒めたことだろうか。甘んじて死を受けとるというのなら、死がどんなものか、知っての上であろう。知っているとして、それは甘くて楽しい夢《もの》だ、決して苦痛でもなんでもない、と言う人がかりにもあるだろうか？　あったとして、その甘いものを求めるのを勇気だと言うのか？　さらに、その者が、知者だと？　あの方は、そんな調子で節制について、ある快楽を奪われるのをおそれ、他の快楽をしりぞけるのが当の節制の理由である、とか、つまりは節制があるのは不節制のゆえであるなどと、もちろん、知者が相手ではなく、一般の愚かな人々を奇妙な結論に追い込みなすっていられるように思われるのだ。だが、さすがだ。そのあとはだんだん説得力をもって、シミアスほかわれわれを引き寄せなさる。快楽を快楽ととりかえ、苦痛を苦痛におきかえ、恐怖と恐怖をとりかえる。それらの大と小を比較しながら、そんな取引で徳を正しく手に入れることができるだろうか。そうではなく、その取引の通貨があるとすれば、それこそは知であり、知のみを基準として、それとともにすべてのものが売買されるならば、そのときこそ、勇気、節制、また正義といった徳が生じてくるのだ、と仰有る。君のところにきて最初のころ、僕はソクラテスが不用意にも神というみ名を軽々しく引き合いに出さ

れすぎはしないかと不満を洩らしたように記憶するが、ここいらにも、その傾きが似たりよったりな形で表れていそうな気がする。かねがね、ご軽蔑まじりに仰有る市井の商売取引なんぞにかこつけて、なにも、勇気とか節制という大事な徳《もの》を、通貨（知）という卑しむべき銭金《ぜにかね》もどきによって売り買いするもんにおたとえなさらんでもよさそうなものを、とね。ちょいとばかり品《ひん》がなさそうには見えないか。しかも、それが魂というものにかかわるお話にしてはね。いや、そんなことは枝葉のことだ。庶民にはちんぷんかんぷんで専門学者でなければわからんような、高踏的な言葉や例えをなさるよりも、うんとましかもしれない。しかしいったん語られたとなると、言葉でも理屈でもそうだが、言った人の意図に反してひとり歩きすることは決して珍しいことではないからね。あの方といえども、ご自分ではお気付きにならないで、とんでもない誤解をお受けになることも、たまにはあろうではないか。かの裁判の弁明にしても、そのところどころではね。——これは、弟子の身分もわきまえぬ、これこそ、偉大なソクラテスへの誤解だろうか？」

プラトン「ずいぶんと短くはない時間をば、たいへんぼくのためになる話で埋めてくれたんだが、さあ、ぼくは君にどう答えたらいいだろう。おそらく、君のその気持ちを半分ほどにも君が納得するまでに解きほぐすことは、とうていぼくにはできないだろう。だから自分でひとつ自分に訊いてみよう。

『言葉にはなんとも焦れったい限界があるということは経験によってとくと承知の上だろう。つまり、思いの半分も相手に通じたらさぞよかろうにと思うことしばしばだろうからね。とすれば、こちらから相手に向かってばかりではなく、逆の場合も事情は同じだとしなければなるまい。』

『しかし、両者が的をしぼって問い答えをするとき、自分のものも2分の1、相手のものも2分の1

しか通じ合わないとしたなら、かりに的が一致したと両者が確認し合ったとしても、到達した結論、つまり、その的も、完全な1ではなく、半分にしかすぎないことになりはしないか。』

『言葉の限界をはっきり両者が認めての上なら、それでよいのではないか、いや、それで満足するしかないのではないかね。』

『満足したとして、的の残りの半分はどうするのか。真の的には未だ及ばぬ、残された分は？』

『もし、半分がまだ残されていると、両者のうち一方か、あるいは両者とも感じあるいは知っているなら、その的2分の1の結論に満足するはずはないのだから、残りを求めて探求は両者のあいだでつづけられるべきだと思わないかね。たいていの場合、言葉でなされる議論というものは、そういう経過を経てより広くより深く進展するものではなかろうか。タレスの水ですべてが満足であったなら、アナクシマンドロス以下アナクサゴラスまで、その名をとどめる人は一人もいなくて済んだことだろう。そしてもし、誰でもよいが、例えばヘラクレイトスが的を完全に射たというならば、パルメニデスも消え、ゼノンも黙ったままでいたに違いない。ソクラテスとてその例に洩れる者ではない。大切なのは、いいかね、プラトン、言葉ではなく、それが目指す相手《なかみ》なのだ。』

『つまり、的、「真実」なのか？』

『そうだよ。』

『だったら、おかしいではないか。』

『ちっともおかしくはない。』――さあ、クレオンブロトス、君だったら、このあとつづける気になるかね？』

クレオンブロトス「どちらでもいいよ。でも、何だか君のお相手はあの方らしいな。」
プラトン「お相手があの方だったら、遠慮してもの言えというのかね？　ちょうど、君のように。」
クレオンブロトス「なんだって？」
プラトン「そうではないか。相手がソフィストだったら、今しがたの勇気や死のおそれの問題だって、もっと舌先が尖っていただろう。」
クレオンブロトス「思いやりがあるようでないのだな、君、プラトンという男は。ソクラテスはかけがえのない師なのだ。君にとってはあの方のほかに、タレスを筆頭にアナクシマンドロス、アナクシメネス、ピタゴラス、ヘラクレイトスに、たしかクセノファネスに、メリッソス、たしかヒッポクラテスのお師匠さんのアルクマイオン、お気に入りのパルメニデスと、仰山仰山《たんとたんと》いらっしゃるらしいが、僕にとってソクラテスはたった一人のお方なのだ。君の言い草かもしれんが、僕はあの方だけに賭けている。そんな大切なお方に向かって、ずけずけとものが言えると思うのか？　僕がおじおじしながらあの方に『何かが欠けている』とか、シミアスについていけないで僕ならあの方に向かってこう言うとか、そんなふうに言うのは、僕があの方によって、いかに自分があの世はともかくこの世について、それこそこれっぽっちも思いもつかなかったことを仰山仰山《たんとたんと》掘り起こしてくだすったからなのだ。僕はぜいたくは言わない。僕はただ、もうほんの少しだけあの方から聞きたかったのだ。そのお方はもうおられない！　なんということだ。僕にとっておかしなことといえばこのことだけだ。こんなに、こんなに、あの方から聞きたい、知りたいのに、そのお方がいないとは！　これほどおかしいことが、君とは別、僕にとって今あろうか？　いいとも！　君のつづきを引き受けよう。相手はソフイストだとして、な。なんだって？
『ちっともおかしくない』と相手は言ったって？
『おかしいとも！』と僕は答える。
『なぜって、言葉に限界がある、ということを両者とも前置きしているとすれば、すべての言論は一切合切意味を失ってしまうではないか。それでも未練がましく、誰それが名を留めるの留めないの、消えるの消えないの、黙ったままだのそうではなかったのと、無駄口を叩いたって、結局、届くものには決して届かないとはじめに断固として宣言しているのであるから、結論の持って行き先がないではないか。これがおかしくなくって一体なにがおかしいのか？』」
プラトン「見事だ。さあ、それからどうなるのか？」
クレオンブロトス「だから、いまさら、大切なのは『言葉ではなくそれが目指す中身なのだ』と開き直ったところで、もう手おくれだよ。」
プラトン「止《や》めないでくれ。」
クレオンブロトス「君が仕掛けてきたんだぞ。答えたつもりだ。おしまいだ。」
プラトン「ちょっと待ってくれ。威勢よく、いいとも！　と引き受けた当のお相手は、たしかソフィストだと君は言ったはずだが。もうこれでおしまいだ、ということになると、ぼくがその当のソフィストになってしまうことになるようだが。だって仕掛け人はプラトンということになるならね。どれほど君が気が短いといったって、そんなあらぬ汚名を友に着せるような男ではないと思うんだが。」
クレオンブロトス「そんな遠回しな言い方はしないで、はっきり受けて立ったらどうかね、プラトン。

僕は、おかしい、と言って、その理由を下手《へた》なりに主張したのだよ。さあ今度は君の番ではないか。『ちっともおかしくはない』という君の意見を聞こうではないか。」
プラトン「実のところ、問題は、おかしいおかしくない、の水掛け論ではなく、「真実」にどう迫っていったらいいのか、とぼくは仕掛けたつもりだったんだよ。」
クレオンブロトス「それは、ずるがしこいよ。『おかしいか』、『ちっともおかしくない』、――さあ、クレオンブロトス、君だったら、このあとつづける気になるかね？　と僕に誘いをかけたではないか。僕はそんなつまらん押し問答なんて興味がないから、『どちらでもいいよ』、と軽く受け流したはずだ。」
プラトン「いいかね。ずるがしこいのはぼくでけっこうだが、早とちりは君のほうのマイナスだよ。言葉の限界はずっとさっき一度お互いに触れるところがあって通り過ぎてきたはずだ。それを性こりもなくむし返そうなんて、ぼくだって気乗りしないよ。そうではなくて、そもそものきっかけが、君がソクラテスに対しての正直な胸の内、それについて、ぼくはぼくで率直に、とても君の気持ちを解き明かすなんて柄《がら》ではないという形で、ぼくなりに、なんとか本筋をあの方のお考えに近いところまでもっていこうと努力して自問自答になったわけだ。その問答の表だけを取って、皮肉っぽく、相手はあの方らしいな、などとにやにやして、早とちりもいいとこではないか。」
クレオンブロトス「早とちりは君の方じゃないか。いきなり『お相手があの方だったら遠慮してもの言えというのかね？』なぞと、皮肉を通り越してまるでかみつく剣つくではないか。」
プラトン「また、むし返しか。なるほど、久しゅうアテネとアイギナと離れ離れしていたあいだに、ぼくという男は、ひどく思いやりの薄い人間になってしまったようだ。ぼくが折れよう。ただねえ、あの問答のつづきをぼくとしてはこんな具合にもって行きたかったんだよ。タレス以来のたくさんの先達の言説が、あの方ソクラテスの該博な研鑽のなかに、まさに集約している。いかに真実をつかまえるのに言葉があいまいで不充分だとしても、だからといって言葉の不行届きを責めたって、なんの効き目があろうと思い直してみたら、どっこい、あの方一身にうち寄せている大波のとどろきがひびき渡ってくるではないか。クレオンブロトス、まさに、ぼくにも君にもかけがえのないただ一人のお方。」

クレオンブロトス「しっぺ返しの見事さ。言葉のせいにして、大切な、一番大切なものを不毛の砂漠に追いやるとは！　これほどおかしいことがあろうか。まさにそのおかしさに気づくということは決してちっともおかしくはないことだ、と、君の主張は鋭い、まさに神技《かみわざ》だ、とのど元まで出てきそうだが、今度は、どっこい、こっちの言い分だ。え？　君ともあろう頭脳明晰、若手門下随一の優等生が、なんという分析不足ぶりだ。よく内容を検討してみたまえ。君が言っていることと、僕が言っていることと、一体、どこが違うのかね？」

プラトン「それは気付かなかった。明晰も神技もそっくりきみに返上するとしよう。ことわっておくが、自問自答といったはずだよ。」

クレオンブロトス「なるほど、見せかけだけ一歩退いて、また、しっぺ返しか。その手は食わんぞ。さあ、はっきりきしてくれ。」

プラトン「いいかね？　押し問答ぬきでだよ。君にとって、本音でおかしいのは、ソクラテスがいないということではなかったのかね？」

クレオンブロトス「また、例によって誘導尋問か？」

プラトン「もう、決着はついているのではないか？」

クレオンブロトス「ごまかす気か。」

プラトン「『僕が言っていることと、君が言っていることと、一体、どこが違うのか』というのを、こんなふうに言い換えてみたまえ。『ぼくが言っていることと、君が主張していることと、いったい、どこが違うのか』とね。」

クレオンブロトス「――？」

プラトン「さ、ゆっくり考えてみてくれ。違うかにみえるのは言葉だけであって、お互いが主張しているのはひとつではないか。すなわち、なにもかにもが頼りない絶望に近い崖っぷちで、唯一、あの方だけが、」

クレオンブロトス「言うな！　わかった。」

プラトン「――。」

クレオンブロトス「おかしいのもおかしくないのも、一つ、あの方のせいだ。」

プラトン「言っていることと、主張していることのちぐはぐで、君とぼくのわだかまりも解けるという寸法。」

クレオンブロトス「ただ、レトリックの上達を決して僕は望んではいない。」

プラトン「よき友よ、空しいレトリックをぬけ出して、早く、あの方を追っかけよう。」

クレオンブロトス「そうだ。あの方のおいのちが、もうあといくばくも残されてはいないのだからねえ。」

プラトン「とにかく、素直に次のお言葉を受け入れて、先のほうへ進ませていただくことにしようよ。『まさしく、勇気といい、節制、また正義という、一言で言えば、徳が生じてくる場合、そこに快楽とか恐れとかそんな類《たぐい》のものがつけ加わろうが、とり去られようが、実は真の知にとっては実物まがいの仮像にすぎぬ。それらを拭い去って、清浄なる、つまりカタルシス（浄化）がオルペウスのカタルモス（秘儀）にまがうなら——祭杖をたずさえる者は多くあれど、真にバッコス神のともがらはかず少なし——という、その少ない者にあやかろうとて、力のかぎりわたしはつくしてきた。そのわたしの熱望が的に向かっていたものかどうか、かしこに到れば明晰になろう。もちろん、神のおぼしめしのままにだが。そのことはわたしには、もう間近だからね。以上の弁明がまがりなりにも君たちに納得されたとしたら、幸いとしなければならないだろう——。』」

クレオンブロトス「うん。ところが、ちょいとばかり納得しかねたんだね、ケベスは。お可哀そうに、そこらでしばしのお憩いをあの方にお上げできたろうに、おいたわりするどころか、こんなありふれた問いをしかけたそうではないか。

『魂というものは、ひとたび肉体から離れ去ると、つまり肉体の外に出ていくやいなやちょうど気息や煙りのように飛散して、もはやどこにも存在をとどめなくなるのではないでしょうか。もし、肉体の悪から解き放たれたのちに、魂自身がそれ自身においてあるものとしたら、それはあなたが仰有られたように大きな美しい希望がもてることでしょう。しかし、そのためには、それを保証する議論が必要となるのではないでしょうか。』

じっさい、これは多くの人々が今日までいだきつづけてきた当たり前の疑問だけれど、いかにも上っ面だけのつまらんたずね方ではないか。もはやおいたわりする時間すらないとなら、ケベス、もっとむき出しに真っ向からぶつかるべきではないか。煙の玉みたいにして、すーっと出ていってしまうなんて、魂にしろ、肉体にしろ、そんな単純な文句でけりがつくように簡単なもんじゃない。見るのは眼、聞くのは耳、喋舌るのは口なんだけれど、頭のてっぺんから足の爪先まで、身体は、触れたら感ずる皮膚で覆われているのであり、顔をとってみても、眉という林の蔭で、水晶の池が二つ、時には輝やき、時には憂いのさざ波を立てて濁るのだ。耳だって、なにもそこらの木の葉っぱを二つに切って、両側にくっつけてるんじゃない。その門には細い道が通じていて、きれいな音も、怒りや罵りの嵐も、じんじんひびかせて入ってくる。鼻だって伊達《だて》に小高い丘を築いているのではない。そこには気息という命にはなくてはならぬ風を出入りさせる大切な穴が、二つの胸の中まで通っているのだ。可愛いい唇とて、開きようによって、へらず口やくだらぬお喋舌りも吐き散らすけれど、押さえることのできない怒りも、堰《せ》き止めがたい情熱の炎も、ときには高貴な箴言も、そこから迸《ほとばし》る。手や足の驚くべき器用さ、衣を脱げば女の乳房、いちめんの真珠の艶、ふくよかなお尻のまるっこさ、神秘な森のふくらみ。男なら逞しい胸の筋肉、肢体の荒々しくも力強い運動。男女の蠢《かれら》きの神聖なる宴。しかも、それらの内部にかくされた肝や蔵が血をつくり、飢餓《ひも》じいときにぐうーっ、満ち足れば溢れんばかりの充実が潮となって、よじれ曲がった血管《くだ》を流れるのだ。その見事な調和と生気を創り出す工房こそが、肉体と名づけられるものの全貌なのだ。まさに、正義も勇気も節制も、善といえども、そこで製造されているのだ。もちろん、醜悪も過ちも犯罪も。いと高く望ましいものもいと低く唾棄すべく卑しいものも。そのつくり主がなにものであれ、つくり出されるのはそこでよりほかに場所はない。感覚や心情がそこにねぐらをもつとするなら、知能もそこに生まれるのではないか？　常識というもの、つまり世間の大多数の見解というものは、底を割ってみれば、まるっきり別の器物みたいに肉体と魂を離し比べようとする、いわゆる学者どもへの、本能的な抵抗ではなかろうか。魂と肉体は、もともと切り離されぬ一体のもの、とでも言いたげな。いや、片方に、肉体と魂は別という主張があるとして、もう片方に、肉体と魂は別ではないという考えがあって、ちっともおかしくはない。なぜなら、両方とも、いわゆる、ケベス、君が言うとおり、そのことを保証する議論はまだ完結してはいないのだから。――これは？　一体、僕は、誰と話をしているのか？　ケベスと？」

プラトン「そのケベスも、さすがだよ。

『人間が死んだのちも、魂は存在し、しかも、そのものの何らかの能力と、知のはたらきをもちつづける』ということが証明されるならば議論は完結するでしょうと、ソクラテスに、一本、釘をさしたことになる。」

クレオンブロトス「それが証明されたとして、その正体は？　煙の玉変じて、肉体、つまり身体そっくりそのままで、ただし眼には見えない透明人間とでも想像したらいいのか？　新奇な衣裳を着せ直しただけの幽霊では、かちんと板に釘は刺せまいよ。」

プラトン「君や一般の人々の、なるほどと諒解できるそれら一連の懸念も、期待通りの解答を待ち望むのは、当分は無理であろう。なにしろ、あの方とケベスやシミアスとの議論は、片や魂、片や肉体、

二つの並立の上で運ばれてきたのだからね。だから問い答えの成り行き上、ケベスの、その釘に対して、

『ケベス、君の言うのはほんとうだ。ではいったい、事柄はそうであってしかるべきかどうかを、これからじっくり話し合っていくことにしようか』と、あの方は受けて立たれたのだ。」

クレオンブロトス「うん。だとしても、では、僕の不満もこのましばらく保留《おあずけ》だ、というわけになるのかね？　――ああ、もう、時はいくばくもないというのに。」

プラトン「もっともだ、ぼくの憾《うら》みもね。しかし、君も先ほど言ったではないか。『魂のお話』はひと通りはパイドンから聞くには聞いた、と。ぼくも同じようにクリトンからうかがっている。にもかかわらず、君とぼくがこんなにもしつこく、いらいらと不安を募らせ、しかも、わくわくしながら、ときにはとっ組み合いせんばかりに熱を入れているのは、いったい、なんのためであろうか。今にはじまったことではない。『魂とは本来いかなるものであるか』という、つまり、あの方の最後の教説とされる『魂の不死の論証』が、愈々、今、ケベスの問いからはじまったと、ぼくは考える。そういった意味で、彼がソクラテスに一本釘を刺したとぼくは言ったのだ。だが、クレオンブロトス、これからがいよいよ本番だが、パイドンのもクリトンのも、ぼくらにとってはただのテキストにすぎない。稀有のお方に向かっていのちがけで切り込んでゆくのを、ほかならぬあの方が、クレオンブロトスとプラトンに要請されているのだ。」

クレオンブロトス「うむ。しかし、そういうことになれば、プラトン、ぼくらは二人とも、どんなに大きな跪《つま》づきに遭い、どんなに酷《ひど》い傷に耐えなければならぬことになるか、君はともかく、僕が果た

して、運よくしのげるかどうか。」
プラトン「血みどろになるのを覚悟しなければなるまい。」
クレオンブロトス「あの方に賭けるからには、な！」
（文字どおりというか、予感どおりというか、わたしたちにはまさに容易ならぬ事態《ありさま》が襲いかかり、その剣ヶ峰は二つあった。一つは『輪廻』、もう一つは『生成』。このまかり間違えば一挙に奈落の底につき落とされかねない崖に直面するまでの経過《いきさつ》は大凡《おおよそ》つぎのとおりであった）

プラトン「その証明について、

『――ひとの死後、その者たちの魂は、ハデスに存在するのか、しないのか――』という、いきなり本番の考察で始められることになったが、おそらくピタゴラス派の説を引かれてであろう。

『魂は、ここよりかしこに到りて、かしこに存在し、さらには再びここに到り、死せる者から生まれいず』ということがほんとうなら、

『生きる者が生じてくるのは、実は死せる者からなのであって、その他の起源はなに一つない、ということを重ねあわせて明らかにすることによって、われわれは、魂が死後（ハデス）にあると証拠づけることになるだろう』と仰有り、

『それでは、この事柄の考察は、もしも君（ケベス）が、より学びやすくとのぞむのなら、ただ人間の場合のみ、そのことはどうかというのではなくて、むしろすべての動物や植物にわたって、さらに

は包括的に、およそ生成をもつかぎりのすべてのものについて、はたして万物の生成はそのような仕方においてなされるのかどうかを、みてみることにしよう』と言われた、そのお言葉の、噛んでふくめるようなお言い方、というより、なんと覚めた眼で、広い視野に立たれてのことだろう。深い深いご洞察が、既にもうぼくたちをどきどきさせてくれるではないか。」

クレオンブロトス「まったく。だからわれわれは、多少の不審がちらついても、いつの間にかすっかり、あの方のとりこになってしまうのだ。」

プラトン「だからといって、ぼくらは、ケベスやシミアスみたいに、いちいち、ごむりごもっとも、ぺこぺこ頭を下げてさえいればいいというものではない。」

クレオンブロトス「では、空元気《から》を出して、ひとつ食い下がってみるとするか。

『およそ万物の生成については、一般に、それら相互の間に反対関係というのがあるのではないか。美しいものには醜いもの、正しいものと不正なもの、つまり、それAが生ずるというのは必ずその反対のものBからなのであって、これ以外の生成の起源は他に決してありえないのではないか。たとえば、なにか大きなものとなるというのであれば、どうしてもそれ以前に、小さなものであったものから、大きなものになるのではないか。さらに、弱い者となるのは、前に強い者であったからなのであり、速い者となるのは遅い者であったからではないのか』と、こう仰有る。対して、僕は、

『ソクラテス、あのう、ゼノンは棚に上げての話ですが、子供のアキレスは大人のアキレスになるためには、遅い者から速い者になったとしても、亀はどんなにもがいてもアキレスより速くはなれません。もちろん、赤ちゃん亀が大人亀になってより速くなるのはアキレスの場合と同じだとしてもです

ね。でもアキレスと亀とくらべっこしたら勝負は目に見えています。つまり、速いものは速い素質から速くなるのであり、遅いものは生まれつき遅いのです。人間だって変わりないでしょう。愚かな者は死ぬまで愚かで、賢い者は死ぬまで賢いのが一般ですし、そして何よりも、はじめよりあとになるほどよりよくなるでしょう。亀もアキレスも、小さい頃より大きくなるにしたがってそうなるのは、反対のものからそうなるのではなく、同じものからそうなるのではないでしょうか？　つまり素質の低い段階からだんだんと高い素質の段階へと』と生意気言ったとする。そしたらあの方、

『そりゃそうだ。しかし、アキレスが、はじめより速くなったのは盛年の盛りに達したときであり、やがて老いぼれとなっては、アキレスといえども亀に追いつけないかもしれないよ。なにしろアキレスはそのとき足腰も立たず、一歩も走るどころか匍《は》うことすら叶わぬとすればね。しかも、悪いことには亀は万年も生きるというではないか。せいぜい五、六十年がやっとのアキレスの及ぶところではないだろうよ。それに、第一、素質はかりに変わらぬとしてもだ、その素質も、鍛え方や練習によって、よりよくもわるくもなるとすれば、やっぱり、誕生から老後までの一生を山と見れば、壮年の峠を境にして、より小はより大となり、かつまた大はついには小となり果てるだろう。アキレスや亀ならずとも、一般に万物のリズムはね』と、やり返しなされると、僕はベソをかくよりほかはない。」

プラトン「なにも、べそをかいて引き下がることなぞないではないか。ぼくなら、開きなおって、こう食い下がる。

『ソクラテス、あなたの真意はどこにあるのか。ケベスらをわかりやすく議論にもち運ぼうとなさって、平坦な道だけをお歩きなされようなどとはなされないでください。あるとすれば、あなたの真意

はこうだ。』

『すべて生成は何ものかから、何ものかに成るのではないのか。小も大も、ほか一切そうだとすれば、現に、今、目の前にある物、なんでもいいから一つだけ取って、つぶさに見てみたまえ。小とはいったい何を指して小というのかね、かつまた大は何を基準にして大と称するのか？ 小はつねに、より小かつより大、を両肩に担っているのだよ。大もまた、より大とより小、とを同時に担っているのだ。横に並べて見れば、アキレスが速いという保障はどこにもない。豹を引き合いに出すまでもない、知らない国に彼より速い人間がいるかもしれないのだ。亀の遅さもそうなのである。よりという比較上の但し書きをつけないところの、固まった小、一定の大、というものはない。すべて比較のなかで括弧に入れて、見たり、考えたりしているにすぎない。あるいは反論して言うだろう。なるほど、横に並べたら、たしかに、そうとも受け取れるが、縦に並べたらどうなるのか？ と。答えよう。おおかた、ある物を固定して、物でなくても人《アキレス》も動物《カメ》でもよいが、その始めと終わりの間に盛《さか》りという峠をおき、それを基準にして、始めのほうへより小、また終わりのほうへより小と、はっきり大小、強弱を決定できるではないかと主張したいのであろう。だが、始めを誰が決めるのか？ 終わりをなにものが決めるのか？ 始めの前には始めがあるはずであり、終わりのあとはまさかないとは言い切れないではないか。横も縦も同じなのである。即ち時間《ながさ》にも空間《ひろがり》にもきりがないとすれば、そのきりのないものをいったん括弧に入れるほかはない。いったん括弧の中に入ったからには、よりという物差しの仮の基準でしかものははかれないのだ。まだ、すっかりは納得がいかないのか？ おおかた、峠《さかい》にこだわっているのであろう。その縦の疑いなら、こう言ってあげたらわかるか。アキレス《(親)》の子はアキレスの盛《とうげ》りの速さより、速くなるともならないとも、いずれの保障もない、ということ。速さそのものに定《き》まりがないのは、遅さそのものに決まりがないのと同然。大きさそのもの、小ささそのもの、強さそのもの、まだわからないのか？　弱さそのものがないということは、強いものも弱いものも厳密にはないということであり、裏返しすれば、「より」さへ導入すれば、強弱大小遅速、あらずば叶わじ、ということになる』と。いかがでしょうか、ソクラテス、と。」

クレオンブロトス「おそらく、そうだよ、プラトン、と、甘いご返事はなさるまいよ。『すべて（比較の中で括弧に入れて見たり考えたりする）と、ソクラテスの仮面をかぶってプラトンが言っても、おそらく言葉の域は出まい。言葉の不可解さは、僕ら二人の手に負えず、いわば棚ざらしにしておいたままだったからね。君のお話は〝より〟という糊でもって、大小強弱をくっつけたり剝がしたりの、いわば、言葉を言葉が言葉するとしか評しようのない小細工、あの世とやらでならともかく、この、透明ならぬ現世では、君には気の毒だが、結局はナンセンスだろうね。もしもだ、僕のいわゆる透明人間をナンセンスの霧から見事切り晴らしてくれるならば、今度は、あの方には悪いが、浮気の流し目をプラトンの方へとすぐにも向け替えるよ。なんてたって年は若く高貴の生まれ。お世辞ではないよ。眉目秀麗にして弁舌さわやか、いやいや、もっと言わしてくれ、自他ともに認める、アテネの子女をして、讃仰と嫉視、――。』」

プラトン「止《よ》さないか。怒るぞ。」

クレオンブロトス「怒るなら、あの方のために怒ってくれ。――ひき替え、ソクラテスときたら、男の盛りはとっくに過ぎて、はや老いぼれの境にあられ、そうでなくても生まれつき、両の眼ときたら、おでこと競《せ》りあってぎょろぎょろ出ばっちょ、睨めっこしたらふくろうの方が逃げ出すだろう。鼻は鼻で、獅子も食わぬという団子鼻。穴は穴で、床より天井のために向いてなさる。あたり前だったら惚れるさきにくしゃみが出ようという容貌《しろもの》。――ところがどっこい、当分、浮気する気にはなれないね。というのは、君はどうやら、括弧という枠に眼を向けているふうに見えるが、あの方は枠よりも中味のことを気にかけてらっしゃるようにみえるからね。つまり、言葉が何であれ、語られるのなら、その意味があるはずだ、とね。君にこんな言い方すれば失敬にあたるかもしれないが、大があるというのなら大そのもの、のそのものは当然魂そのものに通ずるだろうから。君ほどの将棋指しではない僕が、へぼのくせして、読みがどうのこうのと言うのではなくてね、まさに、どきどきして、事の成り行き次第では、おそろしい存在《やつ》がひょいと顔を覗かせるのではないかという予感にくらべれば、美男子よりも醜男の、つまり外っ面《つら》よりも内なるものが僕にとっては魅力的なのだ。だって、その内なるものとは、『魂とは本来いかなるものであるか』ということらしいからな。枝葉は多小気になっても、思いっ切りばさばさ切り捨てて、幹のずいの一汁《ひとしる》でも早く手にとってなめてみたい一心だ。」

プラトン「さて、どんな風《ふう》に定石を打ってゆかれるか、興味しんしんというところだね。ぼくは当分、観戦の席にまわってお手並み拝見といくか。意地悪く、ぼくの保留条件を一つ二つと、あれば貯えておくことにしよう。」

クレオンブロトス「冷たい弟子よ、と、ぼくは言うまい。言ったとたんにしっぺ返しに遭い、逆に君のあたたかさを嘆《たた》えなくちゃならないのは、もうこりごりだからね。」

プラトン「なんとでも、お気の向くままに。」

クレオンブロトス「あの方は一段落のつもりで、こう言われた、と僕はパイドンから聞いている。『それでは、この点はもう充分把握されたとしよう。すなわち、およそものの生成はこのように、すべて反対であるものはそれと反対のものから生ずるという仕方であることになる』『たしかにそうです』と、ケベスは同意したそうだ。だが、僕らは充分納得してそれを受け入れるわけにはいかない。とくに、君は異議を差しはさんだ。正直、僕もすっきりしてここを通り抜けようとは思わない。一見して、この考え方は、僕の生《なま》かじりからすれば、ヘライクレトスの反対物の転化を借りているようにも思えるからだ。あの方のことだ、ヘラクレイトスとは限らない、パルメニデスもあの方なりに消化なさった上でだと僕は信ずる。だから、AがBに、BがAに、単に転化するのは外見上のことであり、AとBをつなぐ底の流れを見落とされたり、故意にそっち除《の》けたりなさってのことではないのだ。僕流儀に言えば、こういう按配の拙《まず》いたとえ方になるのだが、プラトン、余談のつもりで参考にしてみてくれ。ここに一本の木（薪）がある。僕は実は二本用意したい。そして、一本に火をつける、他の一本には火はつけないでそのままにしておく。さて、火をつけられた木は、だんだん燃えさかり赤い炭となり、燃え尽くして、熱もすっかりなくなると灰になった。こう仮定しよう。この場合、明らかに木は転じて灰になったのだ。木は灰ではない。しかし、木が灰になったのである。固さや形、いろいろな性状も全く異なる物に転化した。敢えて、木と灰を反対物と呼ぶならば、生成は反対に生成したことになる。あながちこの変転を否定するわけにはいくまい。このとき、火をつけなかったほうの木をつかむ。その木はそのままの木であって、灰ではない。ここで明らかになることは、火という媒介だ。もっと正確には作用だ。プラトン、おそらく君の主張もここらに含まれているのではないか。すなわち、木に火の作用が及ぶと、木は少しばかり木ではなくなる。この木は、しかしまだ、より多く木であり、よりちっぽけには木でなくなっている。その二つの性状をその木が両肩に担っている。そして、燃えさかるにつれ、より大に木でなくなり、より大に灰に近づく、その移りの点々を時間においては連続して、ある人々が言うように、もし物が原子と虚空とであるのなら、断続的に空間の変転を遂げていく。これはしかし、時間と空間のいわゆるおそろしい問題だから、今すぐ触れるのは不可、だとしても、これまでの運び方にしてももちろん充分ではない。火をつけられない木が残っているから。ところで、しかし、この木も、永い時間と空間にさらされることによって、ついには腐敗という燃え方で灰と同じものに化してしまうだろう。燃えたものと燃えなかったものと、両者においてはその変転の過程における緩急の差があるにすぎない。プラトン、君でない僕の表現はどうしても舌足らずになる。もどかしい。もどかしいが僕が言いたいのはこういうことだ。木にしても灰にしても、木である限りにおいては木、灰であるからには灰、各々は各々の位に住してその名の、いわばそのものだ。しかるに、間《あいだ》にわけの、これまたわからぬ、経過というものがはさまって、それもまたそのもの（時空）、しかも、輪に輪をかけて、木《そのもの》が灰《そのもの》と成るのだ。そして、それらは、それこそ、必然的に、帰るところ出るところをあわせ一《いつ》に帰すのでなければならない。すなわち『存在《ある》』ということ。肉体は朽ち果てる。灰になる。肉体は木か？　単に木が灰になるだけなのか？　この生身が朽ち果てることの不安。僕がこう呼吸しているという愛惜。これが灰になるという非情。三つの説がある。1、魂なんぞない。肉体は死と共に土になる。2、心があるからには魂もある。肉体の死によってそれは煙のように四散する。3、魂は肉体を離れてかの世へ到り、かの世よりきたりて再び肉体に宿る。三つとも仮説であって未だかつて確証したものは一つもない。しかし、三つのいずれかであることだけは確かであろう。あの方の主張は、こうなのだ。曰く、ではどうかね。大きいものと小さいものとの間には、ひとつには増大、もうひとつには減少、また相互のあいだには分離する、結合する、あるいは冷たくなる、熱くなるというように、目覚めていることに対して、眠っていることがあるように、生きていることに対しては死んでいることが対応するのではないか。曰く、それでは、生きているものから生じるのは、いったい何なのか。死んでいるもの。よろしい。では死んでいるものからは、何が、なのか？　生きているもの、だ。え、違う？　では、生きているものは死ぬばかりだとしたら自然の生成は一方通行ということになる。一直線に一方から向こうへのみ生成して、決して回帰することがないとしたら、万物はついには生成を止めてしまい、すべてが死へと消費され、果ては生きているものはなにもないということになるのではないか？　花は死んで実になり、実は死んで芽になり循環運動をくり返す。人間も万物生成のことわりのなかに逃れがたくあるとするならば、生が死に、死が生に循環するというなんらかの証がなければならない。曰く、その証しの一端は想起。想起は、そのもの、すなわち形想。」

プラトン「待ってくれ、クレオンブロトス。枝葉を切るのにも程度があるよ。切りすぎてはせっかくの大樹が枯れてしまう。その大樹はそれなりの土壌から養分を吸い取り、だんだん大きくなるのにつれて、枝や葉を伸ばし、下からだけでなく上からは陽を、周囲《まわり》からは気を吸い込んで、ますます全体を繁茂させていく。クレオンブロトス、その樹はあの方が永年かかって大事に育て上げてきなすったものだ。君が君の土と気で育てたものなら、君の勝手で構わないけれど。」

クレオンブロトス「水を差す気か、プラトン。ずばり忠告してくれたらどうどうだね？　あの方の大樹に下手ないちゃもんをつけるなと、ね。よいか、プラトン。『魂の不死の説』は、実は、もう既にすぐそこにあるはずなのに、育てた方はもうここにいない。僕はパイドンから、君はクリトンから、それぞれしっかり手に持って預かってきたものなのではないか。僕は僕なりに、もう、その枝葉は問題ではない。枝葉ばかりいじくり回していたら、かんじんな本体《みき》を見失ってしまう、と、言って。」

プラトン「道理だ。枝葉についての君の主張が正しいとしても、それならば、しっかり預かってきたものを、文章か地図にでもして、はっきり並べておくのが先決ではないか。そうでないと、何度も言うように、言葉に欺《だま》されて、枝葉ばかりか本体まで、それこそ根こそぎ見失ってしまうことにはならないか。」

クレオンブロトス「おお、間遠《まど》おしい、間遠おしい。いかに慎重さが大事だといったって、石橋（道具）ばっかし叩いていたら、いつ向こう岸に渡れるもんやら。叩き過ぎて渡らんうちに川に落《どぶ》ち込んだら元も子もありゃしない。文章にしろというなら僕のが確実《（勝ち）》だ。だってパイドンの話はアソポス河の上流プリウスというところ、たまたま葡萄酒のことで余儀ない事情で僕がそこを訪ねていたとき、エケクラテスの邸に奇遇していたその場所で聞いたんでね。エケクラテスのほかピタゴラス派の連中が熱心に耳を傾け、しまいには涙をこぼさぬ者は一人もなかった。彼らがみんなパイドンの証人だ。くらべて、君の証人はクリトン一人。そのクリトンも、君の秘説とやらのため、証文台に立ってくれるかどうか。公平に見て、記録を二つ並べるとなら、パイドンに信憑性の軍配が上がるだろうよ。」

プラトン「勘ちがいしないでくれ。ついでだが、文字になったら思想は死んでしまう、とほかならぬ、あの方は仰有ったよ。」
クレオンブロトス「そんなこと聞いたことがない！　それも、秘説の一《ひと》こまか？」
プラトン「――。」
クレオンブロトス「さあ、どうだ。あの方が真理の出し惜しみなどなさろうはずはない！」
プラトン「ま、落ちついてくれよ。ぼくとしては、枝葉を切り急ぐ、切ってはならないものまで切り捨てたり、もともと無かった枝葉を接ぎ木したりする危険を黙って見過ごすなら、それはあの方ならず、君をさえ傷つけたり誤らす結果になりかねないと心配してのことだよ。」
クレオンブロトス「相変わらずのご配慮ご親切、ありがとうさま、だ。その枝葉とは、一体どこか。僕が、誤ってか故意にか、切って捨てたというその箇所は。いや、それよりも、無いものまで接ぎ足したというその場所は？」
プラトン「聡明なる君。その君があの方の説にふれて、賛同なり不満なりを、君のものとなった血肉で語るときは、実にみごとだし、また、なんとも温情にあふれている。しかし、それはきみの意見なのだ。いやしくも、名ざしてあの方の曰く、つまり言説として他に向かって表明するときは、まえにも触れたように、その一言一句を誤ってはなるまい。それがパイドンを通じてのものであれ、その要約であれ、かんじんなあの方の主旨をいささかも歪めることになってはならないだろう。大小、増減、分離、結合、冷熱等、なるほど文言はその通りだが、それらは単に対応として並置されているだけであろうか。それらの論議の行きつくところ、睡眠と覚醒が、生と死になぞらえてゆく段階にしても、ただ対応の二文字だけで片付けられるには、ことがらはあまりにも複雑ではあるまいか。生意気は大目《おおめ》にみていただいて、ぼくとしても、異論なり疑点をさしはさみたいのは一つや二つではない。もちろん、ぼくが言うことはぼくの意見で言っているとして。だから例えば、君の『木と熱と灰』というすぐれた説にしても、そういう君の考え方でソクラテスの『対応論』の細かい運びを枝葉あつかいして合点しているとしたら、それは一方的であり、かつ、あの方の説を曲げて語っていることにもなるのだよ。過程という問題について、ソクラテスとクレオンブロトスを並べ、その優劣をどうのこうのしようとしているのではない。君の説がソクラテスのそれよりも、ひょっとすれば説得力をもっているかもしれないではないか。その当否を決める、あるいは保証する基準は別にちゃんとあるはずだ。ついでだから、君の、あの方曰くの二番目のくだりをとってみようか。循環運動はまあいいとして、花は死んで実になり、実は死んで芽になりというたとえは、まったくの君の説であって、あの方のものではない。生が死につながるだけならともかくとして、死者が生者によみがえるという、あの方のこれからなさるべき議論の展開を先取りして、勝手につけ加えていいものかね。「木と灰」などと。それも、それじたい、ぼくには甚だ納得のいきかねる引例だが。というのは、なるほど、実は死んで土に芽を出すだろうけれど、白骨から赤ん坊は生じるはずもないだろうからね。人間は男と女から、胎内に芽をふいて誕生する。つまり親は死んでも子を残し、子もまたその子を、ちょうど、花と実と芽のようにくり返す。なるほど似合いの例えだ、と結論するのは、しかし、早すぎる。なんとなれば、死者が生者によみがえるのに、魂がなくて可能か否かが問われているのだからね。強引に木と灰のあいだの熱《ひ》をもってきたところで、おそらく魂をうんぬんするヒントにはなるまいね、今のところは。よいかね、ぼくが君にもし、君の言葉《いいかた》をかりて、忠告とやらをしているのであれば、率直にこう言ってあげるよ。ソクラテスに則して語れ、ぼくらに則してあの方を語ってはならない。なぜなら、きみも信ずるとおりあの方をおいてぼくらに師はおられないからだ。今は。だがもう一言つけ加えさせてくれたまえ。この大切な大切な『魂の不死』を語り終え聞き終えてからではなく、今、聞きつつあるこの刻々において、ぼくらは大いに異議を唱え、むしろあの方に向かって歯をむき出さんばかりに突っかかっていかねばならない。あの方をよろこばせるのにほかの手はない。かりにあの方をおこらせる始末になったとしても、それこそ万々歳だ。それこそ、あの偉大な方ソクラテスの真の願いなのだから！」

クレオンブロトス「あっぱれ、プラトン。死者が生者によみがえるのに魂がなくて可能か否《どう》かが問われている、と。まったく本家本元、みごとにあの方の本筋を先取りしているではないか！　こんなことが明々白々なら、何を好んで僕が枝葉を捨てたり拾ったり、あるいは無いものまで接ぎ木したりする愚を敢えて買って出ることがあろうか。だがね、プラトン、花が死んで実になり、実が死んで芽になるという例えが、クリトンにはなくてもパイドンにあったとしたらどうかね？　いや！　もちろん冗談だよ。パイドンならともかくあの方がそんな見えすいた下手な手立てを夢《まちが》ってもお出しになるものか。だがね、一方、クリトンのもパイドンのも、それこそ両者がぴたり一致して一言一句も聞き違いのない、これぞ正真正銘のお手本、君のいう地図があるだろうか？　お手本と言ったから君の言葉を借りて、ついでに触れておきたいが、つまり、きんきらきんのお手本を期待して、一言一句もとか、その主旨をいささかも曲げてならぬとかいったって、クリトンはクリトンのソクラテス、パイドンはパイドンのそれだし、シミアスにしたってケベスにしたって、お手本はじかに目の前にあるにしても、どこか少しづつ受け取り方が違うものとした上で、各人から各説を聞き取るのでなければ、ほんとうのあの方に迫ることはできないのではないか。だからといって、百人百説にこだわれということにはならないのも明らかだ。とすれば、どうにもへんてこりんなことになるようだ。お手本こそは唯一大切だが、聞き取るとなると百人百色。だったらどうしたらいいか。たしかにこの図は間が抜けている気がする。そのお手本すら『文字になったら死んでしまう』ことになるなら、なおさら、糠に釘。つづまるところ、僕としてはプラトンの威光《おどし》に、そう早々《はやばや》と兜を脱ぐこともなかろうと思う。だから、やせ我慢ではなく、僕は主張をくり返そう。枝葉にくらべれば幹根《みきね》っこが大事だ。極論すれば、前後や枝葉を取り違えてもいい、かんじんな的《まと》により近づくならば、とね。ありていに言えば、『魂の不死』は、結論から語られようと、途中のどの場所から噴き出ようと一向構わないていのものだ。」
プラトン「これは手痛い。まいった、まいった。が、あいては手強いぞ。城壁は高くて固い。やみくもに猪突猛進しては犬死にだ。名だたる芽城『魂』を陥《おと》しいれるためには、しかるべき秘策の門を探し、トロイの木馬ならぬソクラテスの胎《はら》の中深《おく》く匿《かく》れて潜入するより方法《て》はない。」
クレオンブロトス「妙に気取った真似するな。お芝居もどきにお遊び気分で事が運ぶと思うのか。」
プラトン「そう固くなるな。もっとも、喜劇を悲劇にすり替えなくちゃ気が済まぬ誰かさんにしてみれば、わざとではないにしても、世の中を窮屈一点張りに絡《から》めるのが、性か習いか、どちらか知らんが、一般大衆から見ればいかにも損なご仁だと同情を買うだけが関の山だろうよ。いいかね。可笑《おか》しければげらげら笑うがいい。悲しいならおんおん泣くがいい。」
クレオンブロトス「侮辱する気か！『雲』を見て泣けたと言った僕の真意をねじ曲げることは、僕に対してだけではなく、あの方に向かっても許せない侮辱だぞ。」

プラトン「反対物の対応ではないが、喜劇があれば悲劇もある。いや、しかめっ面ばっかりしていないで、世の中《せけん》をおちついてよっく見渡してみたまえ。美人もいればひょっとこもいる。け高いお人もあれば盗《ぬす》っ人《と》がんどもいる。勝つ奴がいれば負ける奴、運のいい者悪い者、悲憤慷慨があるかと思えば、下卑た駄洒落、つんとすまし顔の貴賓が吸う空気も別段、淫売窟の酔漢どもが吸う空気と違うわけでもありはしないし、お涙頂戴の傍《かたわ》らには粗忽や滑稽もあるというものさ。」

クレオンブロトス「だから、どうした？　え、プラトン。貴様は批評家気取りの冷たい奴さ。もっとも、悲劇を見て泣いてたり、喜劇に吸い込まれて笑ってばかりじゃ批評は書けまい。悲劇人必ずしも悲劇作家にはなれまいし、喜劇作家はより笑わせる作品を書くために、むしろ難しい顔のねじり針巻で、悪戦苦闘する様《さま》ったら、とてもげらげら笑えたもんじゃなかろうからね。それにね、何も悲劇を見たら泣けとか、泣かなくちゃいけないぞという法も規則もありはしないし、『雲』を見て笑えという決まりはどこにもないんだ！」

プラトン「ソクラテスだって、屁もひれば、啖も吐きなさる。あの不恰好なぎょろ眼も、相手を睨みつけてばかりいらっしゃるわけではない。おかしいときにには転び回って笑われる。」

クレオンブロトス「茶化せばおさまりが利《き》くというもんじゃない。もっと品《ひん》のあるものの言い方がありはしないか。」

プラトン「揚げ足とるわけではないが、忘れたのかい。もっとどうにか品《ひん》のある例えの仕方をなすったら、と。そら、『知』が通貨に見立てられて市井の商売取引に準《なぞら》えられたとき、たしか、その不平を洩らしたのは、ぼくではなかったように思うんだが――。」
クレオンブロトス「この際、一体、君は僕に何が言いたいのだ？　こんな、ろくでもないやりとりが、『魂』になんのかかわりがあるというのか。憎ったらしいだけの、可愛いっ気もユーモアっ気も、いや、むしろ、何やら含むものがあるみたいな挑発。」
プラトン「それだ。挑発だ。」
クレオンブロトス「？」
プラトン「『雲』に泣くクレオンブロトスから『雲』を笑う者たち全部を引き離すためだ。」
クレオンブロトス「なんだって？」
プラトン「君はお人好しだ。もっとすれっからしにしなくちゃトロイの戦《いくさ》はできないと言ったまでだ。」
クレオンブロトス「僕はソクラテスの弟子だが、哲学者ではない。君は弟子でありかつ哲学者だ。もっとわかりやすく僕の手を引いてくれないか。もし、僕が自惚《うぬぼ》れて、雲に泣ける数少ない一人として、君のお芝居の中の一役をふり当てられたと、自認してもだ。『雲』を笑うという一般大衆《ぞくしゅう》と、あざ笑うどころか泣いてしまう一人とを引き放すという、その筋書きの中で、お人好しはむしろ、すれっからしの仲間とお近づきになれなんて台詞《せりふ》を、どうやって喋舌れというのかね。まるで、僕には反対に聞こえるが、そんなしち難しい言い回しでなければ哲学は語れないのか？　プラトン、僕はお人好しだけで結構だ。ソクラテスのお弟子の一人という誇り以上の何ものも必要としない。」
プラトン「そんなら、ケベスとシミアスの尻《あと》ばっかし追いかけるのが精一ぱいというわけか。それじゃあの方が可哀想ではないか。」

クレオンブロトス「僕は、何か、暑気《しょき》にでもあたっているのか。窓は開いているというのに。それともなんとも気味の悪いプラトンの妖気《ガス》にあてられてもうろうとなっちまったとでもいえばいいのか。とにかく、頭の働きがぼんやりしてきて、並みじゃない。これは哲学のわかりにくさではない。そうではなくて魔法使いの意地悪だ。さあ、もういい加減にして、ひとつ、お義理立てにまとめ上げてけりにしようではないか。」

プラトン「何をまとめ上げるというのか？」

クレオンブロトス「決まっているではないか。このまま喧嘩別れするわけにもいくまい。こちらからわざわざ請い願って訪ねてきたのだから、一通り、パイドンはこうこうしかじかだったが、クリトンの一部始終はどうだったのかとつき合わせて、あ、そうか、多少ちがった点もあるにはあったが、取り立てるほどのことでもなかったね、と。今となってはね、プラトン、半分あきらめ半分あの方を決まり文句で褒めながら、右と左に袂を分《わか》つ、という按配《だんどり》さ。白けっちゃう。だが、さあ、あのあと、何だったっけ？　いや、こうも鈍いとは、われながら、自分に自分で愛想がつきるよ、少々待ってくれ、ええと――、曰く、

『その証の一端は想起……』。いや、もっと前だったかな、

『――ひとの死後、その者たちの魂は、ハデスに……』。

どっちでもいいや、白けっちゃう。」

プラトン「あとのほうだ。」

クレオンブロトス「雑音を入れないでくれ。そうだ、証明の件《くだり》だ。ふん！　魂を、ありかを証明なさ

る、とさ！　ケベスとシミアスの馬鹿もんが二人、揃いも揃って下らんひま潰しを長々とまあ、つづけたもんだ。すっかりあの方を疲れさせるばっかしということも知らんで。あ、おや、こんがらかったぞ。それで、貴様、プラトン、今しがた、何とか言ったな、そうだ、あの方がお可哀想に、とかなんとか。」
プラトン「言ったさ。可哀想な方だ、と。」
クレオンブロトス「そんなこと、どうでもいいさ。一体、あの方の話が何だったというのだ！『魂』のなにがわかったというのか？　蚤のきん玉ほどにも、ぼうふらの垢ほどにも正体が取り出せたとでもほざくのか！　ケベスやシミアスをけなしたところで仕方がない。パイドンやクリトンにがっかりさせられたとて、何としよう。」
プラトン「──。」
クレオンブロトス「──それにしても、礼儀というものがある。パイドンたちに恥をかかせっぱなしというわけにはいくまい、まして、彼らの一人でも、もし、傷つけるようなことがあっては、決して、ならないことだ。わかったか、プラトン。いや、このクレオンブロトスの田舎者め。田舎っぺとは言え、ソクラテスの弟子だぞ。気がふれてなんぞ、なってたまるか。ちゃんと言えるぞ、一通りの教科書並みには、な。聞くか、聞いてくれるか、竹馬《たけうま》の友よ。ちくばではなくもはやたけうまのがらん洞《どう》の空しいひびきしか通い合わぬたけうまの友よ。さ、君の立派なクリトンと、よっく、鵜の眼、鷹の眼、ひっ較べて、もしも、気に食わん餌物が見つかったら、さっと羽を広げ、爪を鋭《と》んがらかして、突っかかってきてくれ。パイドンのも、なかなかのものだぞ。最初は、エケクラテスを前にしてパイドンが語ったお話の内容だ。ざっと、その起承転結はこうだ。敢えて、君を立てて、クリトンを筆頭にしてケベスやシミアス、もちろん、わが若き髪うるわしきパイドンらを周りにしてソクラテスは、まず快と苦について語り始めた。——……して、おや、なんとこれは？　あの面白いおかしげな講釈屋みたいに、ふふふ、起承転結だなんて、おい田舎者めが柄《がら》にもない！　そのお家芸は、ほら、ここにまかり越したはプラトンさま、名人と呼ぼうか？　名にし負う論釈家《てつがくのと》のお株をひっ奪《た》くろうとでも野心《くわだて》るのか。身の程を知れ、このクレオンブロトスの頓馬。この不正直者めが。あっさり告白《げろ》を吐《は》かないか。——実は、ケベスの話もシミアスのやりとりも、いえ、総じてパイドンの講釈のその起承転結が、この無学者《め》には、とんと呑みこめませんのでございます。ただ、なんとかわかったふりをしないと何しろ聞いている周囲《まわり》の連中ときたら、エケクラテスをはじめ、プリウス《ここ》は名だたるピタゴラスゆかりの哲学伝承の地とて、それぞれひとかどの哲学家《ものしり》ばかりなので、わざと前方《かぶり》に出しゃばって、さも理解《わか》ったふりして、いちいちうなずいたり、溜息ついたりしていないと、アイギナ島《おさと》が知れてしまいますのでね。どうかおゆるし願います。起承転結どころか、どこが始めで、終わりやら、皆目《かいもく》見当さえついていない有様。だから、『魂』は、結論《しまい》から語られようと、途中のどの場所から噴き出ようと、一向、構わんてい、なんて、盲目蛇《へび》におじずていの暴言を吐いて、しかも、相手にまいった、まいった、なんておべっかの裏《うそ》も見抜けない、こっちがまいった、仰有る通りの『お人好し』にござんす。どうかお願いつかまつる。パイドンのものとクリトンのものとつき合わせるなんて、大ぼらはこちとらから払い下げといたしまするゆえ、この『魂』に飢えた乞食奴《め》を哀れと思召して、救いの一《ひと》雫《しずく》なりとお恵みくだされ。ぜいたくは望みませぬ。『死をおそれるな』と仰有ってもおそれないでは死と面《つら》あわせできない者。『おそれることなしにそれを、どうやって、迎えることができるか』、ただ、このことだけのてだてをお教えくださいませ。パイドンの話は、もう、これにて打ち切りといたしましょう。そうだよなあ、プラトン、僕がどうかしているのは、実は、これこそ真面目な気持ちで告白する。今にはじまったことではないのだよ。パイドンの話は始めから終わりまで実に充実した立派なお話であった。そこに費やされた時間のどの隅々までも実に感動的なものであった。それは魂が不死であるか、いや、魂がなんであるかさえ、それは実はどうでもよいものであった。実のところ誰一人その確たる解答を手にした者はいなかったから。パイドンの話は『魂』の解説ではなく、それはただただ、あの方ソクラテスの死という生きざまのお話というのがすべてだ。――と、僕は思う。ことに毒杯を仰がれて従容とおもむかれるあのなんとも言いようのないせかいのあいだ、アポロドロスよりも烈しく僕は泣いた！　みんな泣いた。泣かぬ者とて一人もなかったのだ。おそらく、そうだ。居合わせたアポロドロスやクリトン、多くの弟子たち、それを語ってくれたパイドン、そしてくり返すがエケクラテスと僕ら聞いているものみんな、おそらくおそらく今の時代を越えて、いやしくも人族《ひと》にこのお話が伝え残るかぎりすべての人たちが泣くに違いない！　ところが、どうだ！　その僕の涙がぴたりと止まったのだ！　え？　これが異常でないというのか!?　プラトン。こういうことが、一体、あり得るというのか？　あり得ていいのか？　ぴたりと涙が止まるなんてことが！　どうかしたのは、だから、そのときからだ！　僕は納得しないぞ。僕は僕に納得なんか決してしていない。だから、ここへ来たのだ。

プラトン「――。」

クレオンブロトス「黙っていないで、何とか言え！　言ったらどうだ。青瓢箪赤瓢箪のプラトン。言ったって、どうせ、無駄だろうがな。聞いたって、どうせ、パイドン以上に何をつけ加えてくれようぞ。腹ん底から、じんと応える解明も証明もない、いや、パイドンにはなかったのだ。だからプラトンを必死に頼ってきたのだ。きたのだ、というのに、なんてこった？　青くなったり、赤くなったりして、見苦しいぞ、プラトン！　え？　クリトンのも、そうか？　言ってのけてやろう。ここまできたら、破れかぶれだ。パイドンの話は、がらん洞だ。ソクラテスのほんとうを語っていない！　少なくとも、あのお話の限りでは、ケベスもシミアスも、あの方のほんとうに仰有りたいことを、ほんとうには引き出してはいない！　あの方は、もっと、別のことを仰有りたかったはずだ！」
プラトン「同感！　頼む。」
クレオンブロトス「何だ？　拝んだりなぞして。今度は、そっちがべそかく番か。」
プラトン「これ以上、ぼくを脅迫しないでほしい。」
クレオンブロトス「もう、これ以上、お芝居は止してくれ。土下座みたいじゃないか。僕の頭に後光が射してでもいるというのか。アポロンの神殿だったら方角違いだぞ。」
プラトン「まさしく、ソクラテスはぼくらにまだほとんどなにも語ってはいられない。それを語りかけられたのは、つい、さっきのことだ。拝んでいるのはあの方に向いてだ。」
クレオンブロトス「？——。」
プラトン「『魂は、ここよりかしこに到りて、かしこに存在し、さらには再びここに到り、死せる者から生まれいず』。さあ、クレオンブロトス、こう挑発なさったのはどなただ？　そこをうっかり素通りして、なにを勝手な手前味噌をならべ立てるのだ。ぼくら二人とも。」
クレオンブロトス「何だ？　それは。迷信もいいとこ、ピタゴラス流の輪廻《りんね》ではないか」
プラトン「その通り、輪廻だ。
『死者が生者に蘇るのに魂がなくて可能かどうかが問われている』。さあ、どういうふうに問われているか？　これが今、最大の問題だ！」
クレオンブロトス「釣りの名人！」
プラトン「喧嘩別れのお土産《みやげ》に、」
クレオンブロトス「餌《えさ》の食い逃げしてみるか。」
プラトン「餌は餌でも魂の、」
クレオンブロトス「成《うまい》か否《まずい》か餌《れいこん》次第ってわけか。真面目になったり不真面目《おどけ》てみたり、一体どちらが道化役《ぴえろ》だろう。腐っても鯛だ。その崩れかけた鯛《ゆうじょう》にかけて、もう一ぺん仲直りしよう。だが、正直、その『輪廻』とやらもそうたいして大げさな代物《しろもの》ではないらしいよ、プラトン《きみ》、パイドンの話の限りでは。だってその件《くだり》は、そのままあっさり素通りさ。ただ昔から霊魂不滅と輪廻が抱き合わせになって広く信じられているという、それだけの話で、それ以上深い追求や、まして、魂にかかわって輪廻がいかに重大な位置を占めるのかと、第一《たいせつな》、端緒の発想すらない。それともクリトンにはあったのか？」
プラトン「クレオンブロトスにあるということだ。」
クレオンブロトス「どうしてそんなねじ曲がり、ひねくれた言い回しをしなければならないのか？

プラトン《きみ》は。僕が極端な低脳であるか、それともプラトン以上の理解力《きれあじ》を持っているか。そのどっちかのつもりだろうが、両方とも見当外れだ。あとのほうは説明するまでもないとして、いかにぼんくらとはいえ、1＋《ぷらす》1が2になるくらいの算術を間違えはしないつもりだ。もし、霊魂《たましい》が輪廻するのであれば、人口はなぜ増えるのだ？　説明がつくか？　子供に向かってさえ、つくまい、つかないはずだ。十人死んで十《とう》の魂が、二十人生まれた人間にどうやって魂《そいつ》を配分するのか？　配分するとすれば、一つの魂が半分の魂になり、そのあとどうなるのか。ねずみ算で増えることになる。一体、魂はひとつというのがナンセンスさえ通り越して、残酷だよ。それとも、何か、生まれ替わるのは人間だけというのではなく、犬にも猫にもと広げて数を総体《そうごう》でごまかそうというのか？　この世始まってこのかた、人間の数が一定である場合だけに限って、あるいは成り立つかもしれんが、イソップだって、そんな馬鹿馬鹿しい子供騙しを話の種にすることとさえ思いつくまいよ。迷信という理由《わけ》はそれだけで充分さ。」

プラトン「きみ、迷信で片付けるのはちと早すぎはしないか。パイドンは、こんな話はしなかったかね？　きみの、そのぼんくらでない証拠という算術について。つまり、こうだ！　1はどれもそれぞれ1だが、その1ともうひとつの1とがだんだん近寄って合わさると2になると言うけれど、いったい2になるのは近寄ったほうの1がか、近寄られたほうの1がそう《2に》なるのか、どうやって決めるのかぼくにはわからん。さらに、1がわかれて2になるという。いったい、1が原因《もと》で2ができるのか、1が理由《もと》で2になるのか、さっぽりわからん。こんがらがることはない、原因とは合わせてという意味で、理由というのは分かれてという意味さ。さあ、1とはいったいなにを指して1と言うのかね。

ぼくはぼんくらでさっぱりだ、それにだ、犬と犬なら、合わせて二匹だろうが、犬と人間なら二匹か二人か？　山⑴と川⑴と足したらいくつになるのか、さっぱり、ぼくにはわからんのだよ。もちろん、ぼく、とはソクラテスのことだ。クリトンからは確かにそう仰有って笑われたと聞いたが、パイドンは、あんまりつまらん話なので、省略したか、それとも忘れたか、どっちだろうかね。」

クレオンブロトス「聞いたさ。パイドンも言ったさ、はっきりと。ただし、前半分は確かにその通りらしかったが、あと半分のぼくというのは、どうも、クリトンよりもプラトンのぼくみたいな臭いがするんだが、僕だって時たま、木や灰なんかでつけ足し犯にされることもあったから、プラトンのおまけは大目に見よう。しかし、どうやら、クレオンブロトスも、ソクラテスも、少なくともぼんくらではないらしい。だって、1＋1が2にならないとしたら、大工は家も建てられないし、市場で市民《おかみさん》は買物もできんことになりましょうからね、と僕が言ったら、まさかあの方が反対はなさるまいからね。だから、ぼんくら、というのはソクラテスもクレオンブロトスさえも完全には説得する能力に欠ける数学者ということになって、魂《りんね》の輪廻《さんじゅつ》はおしまいにしてはいかがかね？　プラトン。」

プラトン「その無能な数学者《ぼんくら》よりも数等ぼくのほうが歯切れが悪くてね。ついうっかり、それじゃなにかこの世《しゃば》では及びもつかん不思議な数学があって、魂を牛耳ってるんじゃないだろうか？　ひょっとすると、白ばくれなすっているが、あの方は、それを知ってなすってはいられるが、ぼくらに直接《ストレート》に説明してもなかなかすぐにはぴんとこないだろうと、その好機がいつか来はせんかと狙いを定めてらっしゃるのじゃないか？　と、さんざん君から注意をうながされる、その遠廻し《まだるっこさ》で勘ぐっているんだよ。」

クレオンブロトス「またおとぼけなすって。毎度のこと。歯切れがよすぎて困ってるんじゃありませんかってんだ。ソクラテスにかこつけて、挑発するなら正々堂々、プラトンとはっきり、名を名のって刃を向けたらどうだ？　逃げはしない。受けて立つ。僕はソクラテスの魂の不死説をパイドンの限りでは信じも納得もしていない。だから、輪廻も否定する。第一の理由は子供の算術からではない。歯切れよく考えても見たまえ。もしも人間の生が絶えて前後もなく一回きりならば、何十回何千回も同じではないか。この僕がこの僕だけの一生を僕だけしか感じも知りもしないで過ごしたとして、もし僕が豚のように悲惨であったとしても、それは前生で魂が徳を積まなくてもそう生まれ変わったと思えばあきらめがつく、と輪廻は運命という言葉で僕を納得させようとするのだ。なら、僕が高貴な王家の王子に生まれたならどうか？　同じ論法で僕を安心させようとするのか？　そんなら、善だろうが悪だろうが、人間だろうが豚だろうが、みな一回きりで前も後も知りも感じもしないから、輪廻とは誰にとっても一回きりの都合のいい替え札《ふだ》、まことに巧妙な手品にすぎない。あったってなくったって、すべてが輪廻《しゅくめい》で片がつく。が、そうなったら、正義も徳行も、人間も豚も、ソクラテスさえ吹っ飛んでしまうだろう。それぞれの価値も個性もおよそ無意味になってしまうからには。だから、プラトン、僕は素直な気持ちでこう思うのだ。ソクラテスにも、実は、輪廻という古い考え方が正しいのか間違っているのか、はっきりはおわかりになってはいないのだ。だからといって、プラトンのように、あの方がとぼけて算術の話などつけ足しがましくなさるはずはない。ほんとうに、1と1とはなにか、1と1と足して果たして2になるのかどうかを解きあぐねられつづけたに違いない。したがって、パイドンが悪いのではない。クリトンもそうだ。ご本人ソクラテスが、かんじんの魂が何であるか、わかってはいらっしゃらなかった。だからこそ、僕はほんとうのソクラテスが死の間際に何をあきらかにされたのか、それだけが知りたいのだ。」

プラトン「ほんとに君は歯切れがいい。さ、その歯切れのよさで、次の問題へと途筋《みちすじ》をつけてはくれまいか。君（ケベス）とあるのを、君（クレオンブロトス）と読み換えて聞いてくれたまえ。次いであの方はこう仰有った。

『それでは、この事柄の考察は、もしも君（ケベス《クレオンブロトス》）が、より学びやすくとののぞむのなら、ただ人間の場合のみ、そのことはどうかというのではなくて、むしろすべての動物や植物にわたって、さらには包括的に、およそ生成をもつかぎりのすべてのものについて、はたして万物の生成はそのような仕方においてなされるのかどうかを、みてみることにしよう』。」

クレオンブロトス「たしかに。パイドンから、まさしく、その通り、僕も聞いた。」

プラトン「二度も三度も聞いたはずだぞ。」

クレオンブロトス「歯切れよいだけでは駄目だ、と、言いたげな口振りだな。独り合点はするな。よいどころか、悪いのさえ、おだてに乗って逆納得《さかなっとく》させられる大頓馬《おたんちん》だ。二度三度どころじゃわかりゃしない。馬鹿は死ななきゃ治らんのだ。つける薬があったら、命に替えるから処方してみてくれたまえ、だ。何遍《なんべん》聞いたら解るという保証はどこにもない。ソクラテスさえ解けないものを！ 傲慢にも、それこそ、程があるぞ。」

プラトン「え、まさか、傲慢なのは、このプラトンだと言ってるのではあるまいな。」

クレオンブロトス「なんだと？」

プラトン「傲慢なのは、貴様クレオンブロトスだ！」
クレオンブロトス「お。ソクラテスが魂をわかっていないと、暴言を吐いたからか？」
プラトン「なんと鈍い奴だ。大よろこびなさってるぞ。そんな暴言《ちっぽけなもん》なんぞで、眉毛一本でも動かしになると思うのか。勘違いするな。君が傲慢だというのは、プラトンではないぞ。あの方が、はっきりケベスならぬクレオンブロトスに、より学びやすくとのぞむのなら、と、嚙んで含めるように、こう仰有ってくださっている。も一度くり返せというのか。君が言うとおり、何度聞いたらわかるという保証はないからな。いいか。
『ただ人間の場合のみ、そのことはどうかというのではなくて、むしろすべての動物や植物にわたって、さらには包括的に、およそ生成をもつかぎりのすべてのものについて、はたして万物の生成はそのような仕方においてなされるのかどうかを、みてみることにしよう』。——わかったろうね。」
クレオンブロトス「——。」
プラトン「君が傲慢だというのは、君が、ただ人間の場合のみ、ですべてを見ようとしており、しかも悪いことには、そのこと自体にも、どうやら気がついていない、とあの方が傲慢《おいましめ》を君に対してなさっているのだ。」
クレオンブロトス「——それなら、君も、いや誰だって同罪ではないか。人間に生まれて人間が人間を主張することが、不自然とでもいうのか？　人間を廃業して、豚になれとでも？」
プラトン「だから、万物の生成は、そのような仕方においてなされるかどうかを、クレオンブロトス、みてみることにしよう、と仰有っているではないか。つまり、そのことは、人間がはたして人間主義《ほんい》で世界を見て、世界は真実を人間の前に洗いざらい開いてくれるかどうかという、全く新しい問いかけだ。」
クレオンブロトス「言葉を返すようだが、それがあの方にかかわってなら、むしろ、まるで逆だ。ソクラテス以前の哲学者たちは、みんな、人間の眼からではなく、人間を越えた自然《ピュシス》の眼で世界を見、かつ探求なすった、と、僕はだれから聞いたのか教わったのか？　無学といっても、タレスは水と言った。アナクシマンドロスはト・アペイロンを主張し、アナクシメネスは空気であるとし、ヘライクレイトスは火であると、ピタゴラスは数、ある学者《ひと》たちは原子、アナクサゴラスは種子が世界の元《アルケー》だと言ったと伝えられている。ソフィストの連中と一緒にしたくはないが、世界の眼を自然から人間に引きずり下ろした元凶はあの方も同断だ。いや、ソフィストとははっきり区別して、ソクラテスこそ人間主義の教祖ではないのか？　同時に、人間の尊厳について語った最初の人間《ひと》だ！」
プラトン「そして、きみはその人間《ひと》の弟子か？」
クレオンブロトス「その弟子が、師をけなしたのなら、僕は傲慢と言われても甘んじる。しかし、実際、教わっても理解《わか》ってもいないことを、その通り正直言ったからとて、誰からも傲慢だと罵られる謂《いわれ》はない。」
プラトン「それでは、君は彼の弟子ではないことになる。」
クレオンブロトス「なぜなら、自分がわからぬと言うだけならまだいいが、あの方もわかってなんかいないと突き放す弟子を、誰が、あの方はともかく、一般の人々が、あれはソクラテスを離れた奴とこそ言え、弟子だなんぞと言いも認めもしようか、と主張《いい》たいのだな。だが、誤解しないでくれよ。

僕はパイドンからも、もちろんプラトンからもクリトンからも、その一番大事なものをじかには聞いていないと言っているんだよ。その裏を他の一般《ゃっ》人ならともかく、君ともあろう聡明な奴が読み損ないはしないだろうね？　じかにはと言ってるんだ。間接には耳たこほど聞いているさ。裏とはわかるだろ？　間接では我慢がならない！　とぶちまけているんだ。あの、その、かんじんなお方は、一体、どこにいらっしゃるのだ！　輪廻でもって、この不条理を、どう説明してくれるのだ？　プラトン！」

プラトン「では、こう言えば、わかってくれるか？　世間は全くあの方を誤解している。世界のために、人間を自然から引きずり降ろしたなんて、あの方がお聞きになったら、さぞ驚かれ呆れられて、あの大きな目玉は破裂もしかねないだろう。人間の眼だけで世界を見てはいけない、なぜなら、人間は自然の一部であって全体ではないのだから、と仰有っている。この平凡なお言葉が、いつ、誰によって、途方もない角度で逆立ちさせられたのか？　ソクラテス以前と以後など区別する者どもが、勝手に、あの方をソフィスト扱いしたり、人間主義者呼ばわりしたりしているのだ。タレスもアナクサゴラスもレウキッポスもみんなあの方に入って溶け込んでいる。簡単だよ、クレオンブロトス。人が痛いなら虫も痛いのだよ。人だけが痛いなんて言うのを傲慢だというのだ。空気も土も水も、人だけのためにあるのではない、そんな当たり前のことから、すべての生成をみてみよう、と言っておられるではないか。あの方がおられないとなら、あきらめたり、つっ放したりしていいというのか。それで、弟子と言えるのか。」

クレオンブロトス「そんなにやさしいのなら、なぜもっと早くから僕にやさしくしてくれないのか。だが、プラトン、僕はどうしてこんなに神経質なんだろう。うそではないぞ。僕は窒息しそうに輪廻では苦しめられたのだ。なぜ、今、僕がここに、あって、なぜ、百年前、ローマで、あるのではなかったのか。なぜ、今、君《きみ》と、語り、千年後、そこで、君と語る、ことが確かでないのか？　クレオンブロトスは何者なのだ？　どこからきて、どこへ行くのだ？　もっと不可解なのは、クレオンブロトスを僕と呼ぶぼくとは何ものなのだ？　プラトン、それだけのことさえ、輪廻は毛ほども解いてはくれないではないか。何がおそろしいと言ったって、そう、今、君のまん前で言っている僕《いしき》が無くなる、ということほどぞっとする怖れがあろうか。ソクラテスの死は、どうあかされたのか、それを。」

プラトン「さあ、やっと線が焦点を結んでがっちりと合わさったぞ。ソクラテスが言ったことを言ったままくり返して何がそこから出てくるのだ？　言わなかったことを言ったと言ってはならない、しかし、言ったことから言うであろうこと言いたかったであろうことを引き出してこそ、新しいもの、すばらしいものが沸き出てくるのではないか。それでこそ師は弟子を教えた甲斐があるというものではないか。あの方がよろこばれるとはそういう弟子になってこその話だ。」

クレオンブロトス「だが待て、プラトン。輪廻だけで目が眩《くら》みそうだったのに、見ての通り、まだ、ふらふらしている僕を、今度は次の崖に摺《ず》り上げようというのか。淵を見ただけで総身《みのけ》がよだつと今さっき白状したばかりなのに。血も涙もない奴とは君《おまえ》のことだぞ。」

プラトン「その血と涙が無くなってからでは遅い。あの方がお出でお出でをなすってらっしゃるのが、見えないのか、聞こえないのか。

『汝《プラトン、クレオンブロトス》、一心正念にしてこの道を来たれ《すなおなきもちであゆんできなさい》。必ず水火の難なけん《けっしておそれることはない》』。これが、あの方のお言葉だ。」

（だが、クレオンブロトスばかりではなかった。まさしく、二重にも十重にも、そのことは容易ならぬことであった。わたし自身がわれとわが身を切り刻みつつあることに他ならぬのである。ということはわたし自身が、かの秘説をひとつひとつ確かめながら戦々恐々として全くの闇を、それこそ命がけで綱渡りしているのであった。頭をかかえて蹲《うずくま》り、烈《はげ》しい頭痛に襲われているかに見えるクレオンブロトスを真向かいに眺めて、さすがに悪感にまがうせんりつが毛先まで走り、掌から冷汗がしたたり滲《にじ》んだ。存在、そのおそろしい秘説を言葉するにはわたしの思想は未だ余りに幼く脆弱であることを、クレオンブロトスの純粋さにわたしは恥じた。そして、ひたすらにあの方のお呼び声に祈念した。今からはただ、やっぱり、彼のパイドンに沿って、地道に、でき得るかぎりのささやかな発見のために、彼と歩もう、そうわたしは心に決めた）

クレオンブロトス「――そうだな、もう、敵も味方もない疲れきった兵士のように、君も憩いのときが欲しいのか。僕が察するところ、クリトブロスが君とかわっていたら、クリトンの熱の入れようは、それこそ世間《そこら》で言う、血道を上げるすごい肩入れだったろうし、何がなんでもソクラテスを獄から奪い去ったことだろうよ。クリトブロスが劣るというのではない、プラトン《きみ》が能すぎるということ。余計なお話だな。気のいいクリトブロスにわるい、ありそうもない話。なぜこんな無駄話を思いついたか、というと、全く君のせいだよ。」

プラトン「ぼくがクリトンの息子だったら、さあ、どんなふうに変わっていただろうね。おそらく君とこうして、お互いに慰め合ったり、傷手《いたで》を負った傷を舐め合うなんて、悲しい戦場を経験することもなかったろう。君のお察しの通り、クリトン《おやじ》の全財産で足りなきゃ、母方の親籍《きみ》を頼ってアイギナの島の半分をも担保にとって、それこそ、お褒めにあずからしていただいていいなら、プラトン《ぼく》の全知全能を傾けて、必ずあの方を説得し、説得が叶わぬなら、いわゆる財産《ちから》づくででも、しゃにむに出獄させただろう。そしたらなにも、ぼくがこんなにも身を焼き焦がすような秘密を胸の奥深くしまいこんで苦しむこともなかったろう。ほんと、クレオンブロトスよ、クリトンだって、ぼくの秘説《くるしみ》のひとひらも察していてはくれないのだ。君から見てさえ、月夜、海に銀貨を漂わせているようにまぶしげな秘説の波は、実はぼくの海では業火の渦巻く坩堝《るつぼ》なのだ。それを、いま、たった一人の間者《スパイ》から覗き見されようとしている。あの方にかこつけて、君をぼくのペースに誘い込もうと企てたのも、明敏な君が嗅《か》ぎ取ったとおり。そのとおりだが、それはひとえに、あの方のためというより、ぼくの業火をちとでも消したいためなのだ。」

クレオンブロトス「僕とて、所変われば品変わる、ではなくて、所変われど品同じ、つまり、同じくるしみが秘密という名の品物なんだ。くらべものにならぬ君の明察が、それを読みとることの素早さと確かさのゆえに、今、もう息が僕を麻痺させそうな窮地から、しばしの休息《のはら》に息を吹き返らせてくれたのだ。言わずと知れた、言わせてくれるな、言うもおそろしい僕の業火《ひみつ》、『ぴたりと止まった涙』。」

プラトン「やさしい君よ。それは大へんなものだろうよ。君がかかえている業火《くるしみ》のために、ぼくがかかえている業火《くるしみ》に、あえて触れまいと言ってくれているのだね。お互いに秘密は大切にし合おう。いつか、それもすっかり融け合う線《とき》がくるだろう。さきほど、輪廻と生成が二人を交《まじ》わらせたときとちがって、不安も激情も超えたやすらぎと大きなよろこびの、その二つの線《ひみつ》が交わるときがね。誰しも、一つは、決して他に洩らせない、洩らしてはいけない秘密はあるに違いない。たとえば、年老いて、誰の眼にも、いとも仲睦《むつ》まじく平安な夫婦であるとして、夫が妻に一度も打ち明けたことのない、たった一度の他の女性との交渉《ふれ》、一時の浮気《まよい》であれ、あるいは魔がさしたとしか思えぬ過ち、いずれにしても、それを明かせば生涯の信頼が一どきに吹っ飛んでしまうような秘密があるとして、その秘密を最後には敢えて打ち明けるのが人間の誠実なのか。いや、致命傷にもなりかねない刃をそれこそ敢えて突き刺すことをせず、相手への罪のつぐないを自責という厳しい良心《やいば》に委ねてこそ、最愛の相手の生えの真の誠実《おもいやり》なのか。そういった形での秘密のありかた、処しかた、それさえも、こうしたらいいとか、こうすべきだというきめ方をするのは難しい。ましてや、ぼくらにとって、お互いに、既に、それあり、とわかっており、しかも、それが致命的であるのは、それによって自分だけが破滅するのではなく、相手をも深く傷つけるものである場合には、いったいどうすべきか。そのことは、また。」

クレオンブロトス「そのことは、僕にとってはこんな風に想像される。僕がもし、僕のそれを打ち明けたなら、まず一番に傷つくのは君だろう。深い悲しみが、それこそ大渦になって君を襲うに違いない。しかし、君は溺れることはあるまい。なぜなら、君の秘密の巨大《おおき》さは、たとえ一年中の台風《つむじかぜ》を合わせて一挙に攻めよせたとて、揺らぎはしても崩れることはない岸壁に守られた王宮《しんり》であることに僕の見るところ間違いはないだろうから。だって、あの方の秘説だもの。あの方以上のものがあるはずがない。だからこそ、僕は輪廻と生成の戦場を忌避したのだ。おや、こりゃまた胸の動悸が速くなりすぎるぞ。」
プラトン「悪かったな、ぼくがまたろくでもない話をもち込んだりして。」
クレオンブロトス「いや、いつもこうなんだ。生まれつきだ。僕は心《しん》臓が弱くて母親をいつもどきどきさせ通しだった。ちょいとした坂道もおっくうで、いつも父親をがっかりさせてばかりいた。いわゆる虚弱児って奴だ。君のせいじゃない。——それで、さっきのつづきだが、そのことによって、君を悲しませ、なによりも、たくさんのソクラテスの徒の大きな怒りを買うことになろう。だから、打ち明けようにも打ち明けられないのだ。だが、ぼくは決してソクラテスの讃仰者たちの怒りを恐れはしない。僕が最も恐れるのはソクラテスを傷つけることですらない。わかりきったことだ。プラトンの保証を待つまでもなく、あの方がかすり傷だって負いなさるもんか。実はプラトン、それは僕を破滅しかねない。それが僕を殺す。いや、大それたこと。おくびにも出してなるものか。なるものか。」
プラトン「いいよ、いいよ。それでいいはずだ。そら、二人とも生きて、こうやって、あの方の弟子ではないか。それでは、ぼくの番だ。正直、ぼくは君のそのことを知らない。ぼくは悲しみに暮れたくはないけれど、君を信用しよう。なにがきても、なにが起こっても、揺らぐことはあっても致命傷になることはないと君が保証してくれるのだから。では、ぼくに言わしてもらえば、大げさではないぞ。こんな言い方は、してはいけない。第一、あの方からお叱りを受ける。大げさとか小げさとかいったものではない。そのことが明かされたなら、明かされたとて、誰一人破滅することはない。致命傷どころか誰一人傷つけられることも傷つくこともあるまい。だが、たったひとつ、おそろしいことがおきるおそれがある。それは、世界がひっくりかえる、というおそれだ。ひっくりかえるって？それはなにもエンペドクレスの魔術めいて、まさか、あの方が、アテネを海の底からひっくり返して天に持ち上げるなんてホメロスまがいの馬鹿《つくり》話をもじっての地震《おとぎ》なんてもんじゃない。なくて、眼が、そうなんだ。世界を見る眼がひっくり返ってしまう、そういえば近いか。がらりと世界《ようけい》が変わってしまう、ということ。だから、ぼくはうかつに明かせないのだ。」

クレオンブロトス「愚鈍な僕でも、うっすらとわかる気がする。わからいでか、わからいでか。君も僕もソクラテス生まれの赤ん坊同士だもん。間者《スパイ》なんか冗談にしても弟に向かって言ってくれるな。そうだ、言えることがある。それは、僕としては君が業火とやらに苦しんでいる、というのがうそのようだ。だって、ぼくから見れば、あの方とっておきの、そうだ、秘宝ではないか。月夜の銀どころではない、曰《いわ》く言い難く、おそらくは、苦しんでいるとすれば言葉にあらわしがたいまでまばゆいダイアの王冠《かんむり》の太陽《ひ》にプラトンの眼が灼かれての痛《せい》みではないか。焦るまい、騒ぐまい。せがんだりするのも気をつけよう。待てば待つほど、焦がるれば焦がれるほど、ひらかれたときの、打ち開かれたときの凄さ。眼どころか、あまりの神々しさに、心が凍ってしまいはせぬか、とそればかりおそれて、じっとじっとお待ちすることにしよう。ひきかえ、僕の業火のなんとまた取るに足らない、ちっぽけな、どぶにまみれた秘密《ちりあくた》であることか！　いや、ゆるしてくれ、放っといてくれ。この執念深い、毒虫のようにいやらしい奴を、どうか、もうしばらく静かにさせといてはくれまいか。今、すぐにでも吐き出せば、ひょっとすると命拾いするかもわからんのに。いや、そうはいくまい。あの方のおしまいのぎりぎりまでに、なんとか、秘密が解ける期待を棄ててはならないのだ。『そんなはずはない！』という解毒剤を呑み込むまでは。僕の敵は、誰人《だれびと》でもない、僕なのだ。しかし、それには証人がいる。要《い》る。プラトン《きみ》だ。」

プラトン「容易なことではない、なさそうだね、こりゃ、クレオンブロトス。たとえ、これからどんなことがあろうと、誓うよ、ぼくはきみの幼馴染《とも》だ。今までだってそうではなかったか。ちっとやそっとのいさかいなんて、それこそ、ほーら、輪廻も生成も、二人にとっては、つまるところ、二人の大事な秘密《たから》にとっては屁《へ》の粕《かす》みたいなものではなかったか。」

クレオンブロトス「たしかに秘密《たから》にかけて、君にとってはそう言えるかもしれない。しかし、僕にとっては粕どころじゃない。屁みたいに軽く吹っ飛ばせるものじゃなく、それこそねばねばねちねち素《す》性《じょう》のわるい奴なのだ。輪廻って毒虫《まむし》か蠍《さそり》みたいな奴なんだ。そやつが生成《からだ》を食い荒らして徊い回るさまはさながらに煉獄だ。そこでは臆面もなくおぞましくも震い上がるような言葉《うめき》が喚《よ》び交う。愛《かみ》の結晶《さずかりもの》だと？　上品抜かすな。淫欲《セックス》の塊《かたまり》が庇《ひ》れ出した臓物じゃないか、とか、忠節だと？　飯《めし》の種が主従をとりもつ、いつ、ひっくり返ってもおかしくはない下克上《げこくじょう》の飾り着《カムフラージュ》にすぎん。正義だと？　我が身が可愛いけりゃ相手を大事にしろって偽善《にせ》の教条《ドグマ》だ。――はや、聞くに堪えぬ罵詈雑言が耳の穴《おく》をつんざく。とてもじゃない、呪文に陶酔して狂い舞う舞《まい》は、ピタゴラスやオルベウスの秘義のなかに浮かびあがる幻想《りんね》の描像ではとても、光と闇の淵をつんざくおどろおどろの世界を想像することさえ叶うまい。プラトン、僕が忌避した理由だ。生成を探ることは並みの覚悟でできるものではない。人間の尊厳は人間の裏を覗いてでなければ本物じゃない。だから、あの方さえ輪廻から生成へのすじみちを一しょにみてみようと仰有られても、『人間の場合のみそのことはどうかというのではなくて』

とそこではたと困られたのだ。人間は人間をごまかしおおせても、虫や草をどうしてごまかせるのだ？　虫や草はうそはつかない。人間がかれらと同じ生まれなら、かれらと同じように人間も裸で歩いてよいはずだ。裸だったら、飾りもごまかしも要らない。道徳も国家も宗教さえも要らない。さあ、あの方はどんな答えを用意なさっているか、僕は疑うのだ。ひょっとするとあの方にもその用意がなかったのではないか、と。プラトン、君の誘いに乗ることは、あの方の深さに挑むことだ、と僕には思われた。僕はそれでふるえ上がってしまったのだ。大それた冒険に身の程も知らず誘惑されては命取りになるぞ。パイドンの限りではソクラテスのあの探求は尻切れトンボになっている。虫にも草にもおなりになってのお話は、ずーっとおしまいまでひと言もなかったから。僕を耐え難くも暗い深淵に追い込みかねないお話は、クリトンのプラトンがこれから語ることに、すべて委ねるべきである。それから答えが出てきたら、さぞ、臆病者の僕にとってはうれしい恵み（発見）になることだろう、と、ね。」

プラトン「なんということだろう。浅かった、浅かったぞ、プラトン、貴様の読みは。たった一つ、それでも当たった、当たった、大当たりだ。君が吐き出せば命拾いができるものを吐きだせないという、とてつもなく謎めいた告白が、そのまま、ぼくの言葉《せりふ》なのだ。ぼくが今秘説《ひみつ》を明かせばぼくも煉《くる》獄《しみ》から逃れられよう。しかし、逃げ出すことはできっこない。しかも、人間の眼をえぐり取ってどぶにでも投げ捨てて、虫や草のような裸になれとて、そんなことできるものか。できもしないことをやってみようなんて冒険どころの話ではない。そのへんも全く君と同様。も一つ、少なくとも、そのあと、その裸になっての探求がパイドンのだけでなく、クリトンのにも欠けていること、もまた同じ。

だが、当たりはそこまで。訂正といっては当たらない。両方がすこし違っている点があるといえば大過ないことになると思う。その一つは、尻切れトンボの件。たしかにクリトンとパイドンでその点大差はないのだが、もちろんクリトンにもパイドンにも咎があるわけではない。ないが、尻切れトンボなんてぼくが相槌打っただけで、ぼくの口はそれこそ大みみずくのそれより酷く腫れ上がってしまうだろう。真実の罰《ばち》に当たって。つまり早く言えば、『輪廻と生成』のまがうかたなき裸の説こそ、ぼくのいう秘説『不言の教説』であるからだ。だが、敏捷な君がはや読み解《ほど》いている通り、またもとに戻って、君と同じように、身の程もわきまえぬ空望《からのぞみ》は棄ててあの方のお最後にお恵み（発見）を期待するよりほかないのも、やっぱり君と同じことになると言えるだろう。しかしながら、だからこそ、今度は大きく君の場合とちがう、二つめを、もう、ひょっとすれば、君から詰め腹切らされるのを覚悟で強調しなければならない。クレオンブロトス、君が吐き出せない秘密は、言うなれば吐き出したら君を破滅させるものだからだ、と君は言う。よろしい。君の言う通り信じよう。そして、それがどんなに大切なものか、おそらく、おそろしいほどのものであろうことも、期待しかつ首を長くして持ち望もう。くらべてぼくが吐き出せない秘密は、言うなれば、ぼくを破滅させるどころか、誰一人、もちろん、虫君《くん》一匹も、草さん一本も、破滅なんて滅相もない。虫ならぴょんぴょん、草ならぴんぴん、躍《おど》って跳ね上がらせるほどの、言葉では、とても語りも記しも叶わぬもの、それが、どんなに、どんなに大切なものか、大事なものか、君も、ぼくも、ひょんな言い方、ぼくもというのは、それが絶するものであるゆえ、ぼくもそのすばらしさを想像だにすることはできないだろうということだ。わかりにくいにきまっている。敢えて、わかりやすくということなら、それは言葉では表現《あら》わし得ないから、強いて君だけに秘密のほんの一端を解いて言えば、言葉ない言葉でしか語りえないものという意味だと理解して欲しい。だから、ぼくの場合はいたってかんたんな理由によって秘密は明かせないということになる。なぜかと言うと、そのソクラテスの秘説をぼくが、ぼくだけが聞き留めているからである。しかし、それをあらわそうとすると、言葉がないのだ。くり返すように言葉ない言葉でしか言えない。つまりそれをぼくはまず探さなければならないというわけである。

クレオンブロトス「それを、『不言の教説』というのだな。」

プラトン「その通りだ。決して勿体ぶったり、お高くとまったりでないことは、君が理解してくれるものと、ぼくは信じている。」

クレオンブロトス「だが、どうやって、君はそれを探そうとするのか？」

プラトン「君といっしょにだ。」

クレオンブロトス「――わかったよ。」

クレオンブロトス「――わかったよ。しくじったからとて、愚痴《ぐち》ってばかしいてはなるまい。」

プラトン「どうにか立ち直れたんだもんなあ。」

クレオンブロトス「僕としては、君が知っての通りの鈍さなのだから、うっかり、肝心なところで肝心な点をつい見過ごし聞き過ごして、いきなり誰かさんにパンチを食らっちゃうような始末だから。」

プラトン「そんな言い方ないだろ。」

クレオンブロトス「ま、で、これからどうするんだね、プラトン。あの方のあのお言葉にひどくつまづいて、いわば立ち往生したままというのが正直なところだとすれば、ここはもう、身分不相応な背伸びはしないで、あの、ハデスに魂はあるかないか、の件からゆっくりと地道に、パイドンとクリトンをつき合わせ、なるべくケベスやシミアスと一緒になりながら、あの方の仰有るままに耳を傾けていく、というのが得策、と言っては表現が拙《まず》いが、僕らとしては、弟子にふさわしい素直さというべきではなかろうか。」

プラトン「一理だな。しかし、まず思っても見たまえ。快と苦から始まって、魂の不死の証明に至るまで、こんな筋道を通って、こんな段取りでと、まるで商人が大事なものの品調べをするように再現していじり回すようなことをしても、宝石の真贋ならともかく、大事なものの発見《みつけだし》にとっては、あんまり得にはなるまい。と言っては君と同じく表現が拙いが、僕らとしては、弟子としてはふさわしからぬ、むしろ、気概が乏しいとお師匠さまからお叱りを受けはしまいか。」

クレオンブロトス「お叱りを受けても、他にどんな方法があるだろうか。方法なんかにゃこだわるまいといったって、さっきの二の舞いはご免だよ。」

プラトン「ん、とにかくこれだけははっきりしている。登場人物が二人増えてるということ。つまり、あの方とケベスらの間にぼくらが割り込んでるって事実《こと》だ。じゃ、こうしてはどうだろう？　さっきの、あのハデスのところから、順序を追って、慎重に、それも商人の慎重さではなく、のろのろ道でも足踏みはしないでまっすぐな気持ちを失わないよう心がけながら、大事なものの発見につとめるというやり方で。」

クレオンブロトス「慎重さもまっすぐな気持ちもわかったが、身の程をわきまえない独りよがりだけはしないようにお互いに自戒して、賛成するよ、君のやり方で。さあ、どこから始めて、どこらに割り込みをかけるのかね、じっくりお伺いするとしよう。」

プラトン「僭越を省みず、では始めからやり直すつもりでやってみよう。お気に召さずばいつでもどこででも、待ったをかけてくれたまえ。切り込み隊員は一人ではないことを忘れるほど、傲慢でも自惚れ屋でもぼくはないつもりだから。

『――ただ人間の場合のみ、そのことはどうかというのではなくて、むしろすべての動物や植物にわたって、云々』。そのお言葉のその件で、あまりにもせっかち過ぎたのだ。もっと落ち着いて、じっくり。」

クレオンブロトス「またか！　驚いた。執念深いったらありゃしない。いや、それはもともと僕のことだったんだが――。プラトン、そこでしくじったのはこの僕、クレオンブロトスなんだよ。また、繰り返させるのか？」

プラトン「執念深いのは君だけのお株ではない。しくじったというのも君のほうではない。拙かったのは、はっきり、このぼくだ。もっと冷静に、こう見つめてかからねばいけなかったのだ。

――岐《わか》れるまえにはひとつだった。

たくさんになってからもたいせつなものは一つだった。

やがてそれらが大きく二つにわかれた。

分かれてからもたいせつなもののたいせつさは両方とも同じだったが、だんだん少しづつ違いができた。

一方はそれがどんなにたいせつか分かっていたので、そりゃもう一心にそれだけを守りとおして、おかげでその一団は本能という見事な才能を身につけて今日にいたった。みみず、タンポポ、蟻、とかげ、そう、みんなその末裔だ。

もう一方も、もちろん手放そうたって手放せるもんか、それ以上大切なものはないってことくらい、ちゃんと知っていたからだ。

気が付いたかい？

そう、違いというのは、「わかる」と「知る」とのあいだのほんのちょっとのね。

ところがどうだろう、みるみるうちに違いが大きくなってしまったんだねえ。

ライオンが鹿を追っかける。爪をひっかける。殺す。食べる。一匹は死ぬ。しかし大勢の仲間はそのために生き残る。食べたらライオンはお腹《なか》が空《す》くまでは、眼のまえに鹿《しか》がいようが馬がいようがあっけらかんとあくびなんかしている。ライオンを批難して鹿《しか》を哀れむか。それもよかろう。しかし、もしライオンが獲物を一匹もとることができなかったらライオンは死ぬということも忘れてはならない。もっと忘れてはならないことは、ライオンは自分に必要なだけしか殺さないということ。

森や野っぱらで動物《けもの》を追い、草や実《み》でけっこう満ち足りていた頃は、人間もライオンと同じように、まず強いのがはじめにありつき、弱いのがあとからおこぼれ頂戴して、なんとか丸くおさまっていたのではないか。それが、定住し穀物を植え動物を飼い慣らすことを知ってから、ちょいと変になってきだしたのではないか。蓄えができ欲がつのり、奪われる不安、より余計に持ちたい願望。それが彼らの眼の色を研《と》ぎ澄まさせ、わるいことに、不信というカマ首をもち上げさせることにもなった。しかも不幸なことに、そのあいてがけものたちではなく、実は仲間同士に向けられたものだったことだ。

人間がそんなに欲たれでもずるがしこくもなかった頃は善悪なんて大して値うちのあるもんじゃなかったんだろう。猜疑と不信が脳味噌に刻みつけられないですんだところの、虫やけものや草木はお互い同士競いあったりけんかし合っても、結構、文句なしで徳も法もこしらえないで生きてきたんだから。美醜だって彼らに用はあるまい、それはせいぜい目立ったり魅きつけたりするためだけの標的《しるし》であれば足りるだろうから、生きるというのがわかりさえすれば、こと新しく知るなんてことどうだっていいと思っているのかもしれない。

人間は知りすぎて、それゆえ、それにこだわらずにはおられない。自分が美しいか醜いか、富んでいるのか貧しいのであるか、運はいいのか悪いのか、こだわらずにはおられない。もぐらやみみずはそんなことはない。もぐらはもぐらがいちばん美しいし、みみずはみみずがいちばんであろう。だから愚痴もこぼさないだけ。けっして不幸だなんて思ってやしない。たとえ美しいとしてもやがて美しくなくなり、富んでいても捨てねばならないときがき、運がよくても老い果てねばならないことを、いずれ、いやでも味わわねばならない人間《もの》と並べたら、どっちがいいだろうか。そのことを否《いや》が応《おう》でも知っているから人間《かれ》には寂寥が降ってくるのだとしたら、その情感の甘さほろ苦《にが》さを詩《うた》や絵《え》に託するのもよかろう。芸術という特権が人間《あんた》にはあるのだから。だがこのことも肝《きも》に銘じておかねばならぬ。知るというのは頭だけのことらしく、わかるというのはからだぜんぶのことらしいということをも。

おそらく、知っているものより、わかっているもののほうが、哲学には近いだろう。

あるいはまた、美とて、数《知》よりは詩《情》に、秤《とみ》よりは絵《ゆめ》に味方するのではなかろうか。時間と空間を気にしないものは、随所に主《あるじ》となることができるのだから、タンポポやいも虫がよっぽど、時間と空間を気にしてばっかしている人間どもより、生きてあることの達者《たつじん》であるのではないか。

肝に銘じて欲しいのはまだいくつかある。虫は虫を、草木は草木を、決してお互い同士で裁き合うことはない。裁くのは風雨であり乾湿である。季節という名の厳しいが公正な裁判官が判決を下す。その裁きに文句を言うものはない。自然という合理の権威があまりにも卓絶して高いからである。それに引っかえ誰かさんたちはなんて悲惨で滑稽な愚行をくり返して止まないのであろう。我が身をつねってひとの痛さを知れくらいで、たかを括っている。ほんとうは自分の痛さは自分でしかわからないという事実をかくし立てしているのだ。すなわち、自分がやったことは自分しか知らないということだ。死刑をみろ。殺っていないのに殺ったとされて処刑される者の痛さを裁判官は知っているか。百人が事実殺ったから死刑になったのなら、それ以上、言うことはない。しかしもしそのなかの一人でも無実であったなら、それこそ裁判官が犯した罪はその一人に対してアテナイ全部よりも重いのである。だが、よく聞くがよい。もしも殺っていて、殺っていないと言い通して無罪となった死刑囚が獄門を出た途端、誰も見ていないときニッとヘクソ笑いしたとしたら、その怖さおそろしさはコトバでは言いあらわせないだろう。実は人間とはそんな奴だ。少なくともそんなおそろしい奴が人間という名をかぶって、いたし、いるであろうことが、なんとも、みみずやタンポポが知ったら彼らは身の毛がよだつほどぞっするに違いない。人間をおいてそんなワルは他には決していないのである。」

クレオンブロトス「なるほど。そんなかかわり方、割り込み法を工夫して、新しい発見に挑もうというのか。『知る』という言葉ではなく、『わかる』という言葉を発明して。」

プラトン「と言っても、旧《ふる》い言葉で探るより、それこそ、方法はないと確認した上で、いよいよ足踏みは終わりだ。さあ、

——さらには包括的に、——そこでわれわれの考察の当面の主題はこうなる。

——なんらかの反対関係がそこに見出されるものどもの間では、それ〔A〕が生ずるというのは、かならずそれと反対のもの〔B〕からなのであって、これ以外の生成の起源は他にけっしてありえないのではないか。たとえば、なにか大きなものとなるというのであれば、どうしてもそれ以前に、小さなものであったことがあって、そのものから、のちに大きなものとなるのではなかろうか——と、この論法で、強いものと弱いもの、速いものと遅いものと例を重ねられ、結局、

『すなわち、およそものの生成はこのように、すべて反対であるものはそれと反対のものから生ずるという仕方であることになるのである』と。」

クレオンブロトス「そう。『たしかにそうです』とケベスは答えたが、ぼくらはそのままには納得せず、多少の不満を挿しはさんだようだ。」

プラトン「挿しはさんだぐらいでは納まらず、いわゆる身勝手な、君に言わせれば、身分不相応に背のびして、ひとりよがりの理屈を知ったかぶりしてこね回したもんだったが、ぼくは殊更にそれらのことを恥ずかしいとは思っていない。むしろ、今となっては、言い足りないとさえ考えている。」

クレオンブロトス「僕に言わせれば、あんなこと、いくら、いつまで、やり取りしたって大した

発見《みつけもの》にはなるまいという感じのほうが強いよ。だって、先走りすぎると、早速君から待ったをかけられそうだが、実は内心、いや、今ではもう洗いざらいだ。何、蔵《かく》そう、パイドンの話全体が、そりゃもう何ともそれこそちっとやそっとでは言い表されない充実と感動で僕のこの全身を釣りたての魚みたいにこちこちさせたものだ。今になって、それがみんな糠よろこびだったの、ペテンにかけられた見当違いだったの、とそれこそ君ではないが口が腫れ上がるような罰当たりの雑言《ぞうごん》を吐こうなんて気は、誤解しないでくれ、毛頭《これっぽっちも》ない。ないどころか、僕と君、この不逞の輩《やから》を二人度外視すれば、ソクラテスの言説の中で、その偉大な生涯の最後を飾る金字塔とのち後《のち》まで残りそう、そう高言してもはばからない説《もの》であることに間違いはあるまい。何といっても、『魂』の『不死』の説だと銘打たれているのだから！　おい！　プラトン！　不逞の兄弟！　僕らはおそれおおくも、その神聖侵すべからざる金科玉条に一一《いちいち》ちょっかいを入れているんだぞ。ソクラテス全徒党にとってこれが驚天動地の現象でなくて一体何事であるか。思っても見るがよい。青二才の乳臭い向こう見ずの餓鬼が恐いもの知らずで嚙みついたって、何がしかのことがあろうぞと、黙殺されるか無視《あいてにされず》か、かりにそのいずれかにしても、問題はそんなところには決してないのだ。全ソクラテス学徒の問題ではない。実に、プラトンの問題であり、クレオンブロトス僕自身があの方を喪うかどうかの問題なのだ。先走りとはこういうことだ。パイドンの講釈も、クリトンの冗舌も、その始終も構成も推移も、論理も内容も、正否すら、どうだっていいものだ。僕に唯一、欠くべからざるもの、それは、あの方の最後のお言葉だけだ。それさえあったら、それを除《の》けたらパイドン説一切を吹っ飛ばして構やしない。そいつは全部僕《おれ》の臓腑《なか》に入っているぞ。」

（このじゃじゃ馬馴らしは、目に余って容易の業ではないぞ、とわたしは眼を瞠《みは》った）

クレオンブロトス「開き直って、この向こう見ずの恐いもの知らずが、驚天動地の連中に嚙みついて生意気やってみようか。反対なものの相互生成、それはもう済んだ。次には想起か。それが魂の先在の話になるというのだな。ちゃんちゃらおかしい。薬にしたくも証しになんかなるもんか。この世で知ったのは前の世で知ったのを思い出すんだって？　じゃ、前の世のその知ったことはいつ何で知ったのか？　その前の世ってことになる。いったい、それじゃそのもとのもと、魂って、生まれがいつかもわからん不明《おく》へとおかくれなさるお方ということになれば、お先まっ暗かお後まっ暗か、狐につままれたみたいだ。」

プラトン「――。」

クレオンブロトス「これは、これは、いい気になって。おい、君、頃合いを見て歯止めをかけてくれなくちゃ困るじゃないか。とにかくさっきも言ったように、あんなこと、いつまでやり取りっこしてたってはじまらんということさ。そういう感じなんだ僕は。発見《みつけもの》するには、ケベスとシミアスのいわゆるパイドン流では、少なくとも僕はもう興が乗らないだろうと言いたい。だからプラトン流で、そら、さっきの、――はじめは、いや、なんて出《で》だしだったっけ、そうだ、『岐れるまえはひとつだった』から始まって、うーんと、どこいらで終わったんだったか。そうだ、ニッと笑った死刑囚、あれは凄かった。とにかく、語りにかけては君プラトンの右に出る者はあるまい。お世辞じゃない。それに話の緒口《いとぐち》、つまり咄嗟の眼のつけどころがすばらしい。『ただ人間の場合でのみ、そのことはどうかというのではとなくて、――』にひっかけて、人間と動植物のはるか始源を問うことから割り込む、という発想、しかも永い永い、一一《いちいち》に学者に話をさせたとしたら、切りもないが退屈きわまりないであろう千年万年の経過を、見事な疾駆《はやさ》で語り抜けて、しかも人間の虚を死刑囚の笑いに落とすあたり、実に凄い。」

プラトン「おいおい、いい加減にしないか。」

クレオンブロトス「いい加減には問屋が卸すまいて。僕が強調《いい》たいのは、一一《いちいち》ご無理ごもっともの退屈なやりとりなんぞ糞食らえということ。肝心なところに肝心な眼を据えてかかるのでなくちゃ肝心の発見はおぼつかない。そのためには、はっきり、こう提言しようか。パイドンが語った主題『魂』の肝心な内容の項目《ふしめ》はいくつあったか。それは具体的に何と何と何であったか。しかも、それらが整然とどういうつながり方でつながるかが眼目ではなく、魂のあるとないとに一体どうかかわるかだけを問題にして秘密の解読《はっけん》を試みる。強引だが、僕はこう主張して君の合意を取りつけたいと思うのだが、どうだ？　掛け値なしで。諾《イエス》か否《ノー》か答えてくれ。」

プラトン「——うーん。」

（枝葉と幹の話、その他、今朝がたから彼と交わした受け答え《もんどう》が、はっきりとはしないが大づかみにどろりと固まったいくつかの項目《ふしめ》になって、思考《あたま》という咽喉《のど》をぐいっぐいっと通りぬける。しゃにむに通りぬける痛さ辛さは名状しがたいものであった。それらの塊《かたまり》がよじ捻じれるたんびに、奇快な想念がこめかみを圧《お》しつけてわたしを苦しめた。いったい、彼がわたしか、わたしが彼か？　彼が激すればわたしが静まり、わたしがしたり顔になれば彼は見事にわたしの裏をかく。それが間歇の潮のように二人のあいだを行きつ戻りつくり返しているのである。そして、しからば、二人の主題は何か？

肝心のその焦点が実のところ定かでないというのが最も悲劇的なのである。その原因《りゆう》が二人のそれぞれの秘密にあることはいうまでもない。が、どちらかと言えば、わたしのかの「不言の教説《ひせつ》」に重き《ウェート》がかかっていることははっきりしている。なぜなら既に形だけは二人にとって公然であるから。くらぶれば、未知の彼の「かくしごと」は、よし、想像《たとえ》しようもないものらしいにしても、「秘説」に対しては軽い、とわたしばかりではなく彼さえも認めている、ものとばかり決めていたのだ。そのわたしが、いま、いささかの強がりもいえないほど、ずきんとと惑い、ずしりと彼の重さにのしかかられてきた感じだ。彼が、そのたびに、総毛《そうけ》をふるい立てんばかりにおそれる、彼のその「秘密」とはいったいなになのか？　改めて、わたしはその異常なばかりの強さにたじたじの有様なのである。ここで、始めっからおさらいしろというのか。だって、いったい、わたしたちはなにを喋舌り合ってきたのかさっぱりわからないではないか。しかし決して軽いものではなかったはず。軽いならのどを通るとき痛むはずはないから。が、それとて始めっからご破算にしろと言うなら、事と次第では白紙に戻《もと》そう。事と次第なんて途方もない、どんな事でも、いかなる次第によっても、肝に銘じていつまでも留めおくべきものでこそあれ、吹っ飛ばすなんて、あの不死の説にむかって、言語同断、なんてものではなくて、やっぱりクレオンブロトスは異常なのではないだろうか？）

クレオンブロトス「？　なんでだんまりを決め込んでるんだい？　返事ができないのか、この優等生め。」

（いよいよ、今度は——？）

クレオンブロトス「え？　あの、さっきの見事なプラトン流儀ってやつで、もう一ぺん切り込んでみたらどうだ？　ははぁー、顔に書いてある。書いてある。『いよいよクレオンブロトスの奴、狂《ふ》れ出したな？』と。図星だろ？　え？」

（なんとでもぬかせ。この狂《ふ》れの徴候はいまにはじまったこっちゃない。下手に心理のあら探りすると、薮蛇《やぶへび》、薮蛇）

クレオンブロトス「どっこい、正常、お明《あ》かりさま、だ。」

（お明かりさま？）

クレオンブロトス「ケベスやシミアスと一緒に仲よくやっていこうと言ったのは誰だね？　それに対して、そんなことまるで商人が大事なものの品調べするようにいじくり回すだけのこととうそぶきなすったのは誰かくらいとっ違えるものか。かと言ったと思った矢先、わざわざ名指しで、『あのハデスのところから、順序を追って』だとさ。品調べするだけでは気概がなさすぎると力んだ汗の乾かぬうちに、慎重に、それも商人の慎重さではなく、のろのろ道でも足踏みはしないで、なぞと、ぬけぬけ頬被りしやがって！　つい騙されて、誰かさん、つまり括弧に入れれば（お人好し、その名はクレオンブロトス）、括弧閉じれば、この頓馬クレオンブロトスが、まじめくさって神秒に、お互いさま、独りよがりは自戒してと平手をつき、『賛成』ともろてをあげて、たてに首を振ったというわけだ。早速おはじまりの講釈は、なんとみごとな『ライオンと死刑囚』のホメロス顔負けの神話。騙されたって悔いはないが、あんまり褒めすぎんほうが、どうやら禍をより少なく食い止めできそうだ。いいか、お明かりもお明かりも、明々白々だ。すべてこのクレオンブロトスは『だし』なのだ。『刺身のつま』なのだ。本家《ほんちゃ》どんは、『敵は本能寺』《プラトン式「魂」討ち取り》なのだ。」

（明らかに、コンプレックス。「不言《ひせっ》の教説」へのはかり知れぬ深いひだ。そう断ぜざるを得ない。なるほど、彼は狂人ではない。むしろこの野性ともおぼしき敵愾心は多少分裂気味で過剰なきらいはあるにしても貴重なものといわなければなるまい。いまは、ぼく《わたし》のほうが弁解無用。おもむくままに逸《はや》らせるがいいであろう。――もう、逸りに逸って止め難く）

クレオンブロトス「（前後脈絡もあらばこそ）――いったい、われわれ自身には、ひとつには肉体、ひとつには魂があるのではないか、と仰有り、ハイ、その通りです、とケベスは言った。だが、僕は不承不承にこう言いたい。その通りだとしておきましょう。肉体はこの通りあるのは確かですから。ただ、魂があるとは、おいそれとはうなずきかねます。魂がどんなもんか、僕にはほとんどわかっておりませんし、どうやら、心と親戚関係にあるものらしいくらいはわかっているつもりですけれど、そのつもりも甚だとりとめのないつもりなのです。だって心のなかには正義とか美とか、知る力、いわゆる思考が備わっているそうですが、その思考がそのまま魂なのでしょうか？　そしたら、その正義を不正義に、美を醜に、誤ってとり違える思考があるとしたら、それも魂なのでしょうか。前のは魂だがあとのやつはそうではないとしたら、二重人格魂の嫌疑が湧いてくるでしょうし、あとの都合のよくないほうもあるにはあるということになりますと、魂はときには正、ときには不正といった両面の、つまり同一性のないものとなり、何よりも厳格性を要求さるべき魂の本性にはふさわしくないように思われてくるのですけれど。でも、なんにもわかっちゃいない僕です。想起の説や形相のお話を承わって、どうやら肉体の他に魂ってやつがあるらしいとはうすうす認めさせられてしまった次第ですから、とり立てて、いま、どうのこうのとは申しません。どうぞ、おあとをおつづけなすって、宙ぶらりんに崖にぶら下がっている僕をちょいとでも上のほうに引っ張り上げてください。蔓はごらんの通りの頼りないプラトン草一本しかありませんし、下《たに》を見たら深さに息が止まりそうでございます。さて、それなら、肉体は、いま述べた存在するもののいずれの種類に類似しており、それと同族であろうと、われわれは主張するのか。答えてケベス。ハイ、それは万人に明らかなことです。つまり、見えるものに、なのです。ケベス、待ってくれ。たとえ君と万人に明らかでも、僕には明らかではないのだよ。ではクレオンブロトス、魂はどうか、それは見えるものか、あるいは見えざるものか。ハイ、僕もケベスも口を揃えて、はっきりこうお答えします。それは、少なくとも人間にとっては見えるものではありません、と。更にあの方が、いや、もとより人間の自然本性にとってどうかということだ。それともなにか他のものでそれを定めていると、君は思うのか、ケベス。人間の自然本性にとってです、と彼は答えたが、ケベス、そこで、なぜおたずねしないのか！　何か他のものでそれを定めているとしたら、その定めとはなんであり、だれが人以外に、それを定《き》めていると仰有るおつもりなのでしょうか？　と。ええい、仕方がないのだ、プラトン。今、ケベスに代わる術《すべ》もない！　せめてあの方が生きておられるのなら飛んで行きたいところだ。では、やさしくそう仰有る。では、とすぐにつづけてね。では、見えざるもの、なのだね。ハイ、そうです。ケベス、君ならそうお答えするよりほかはなかっただろう。いや、あのお方に面とお向かいしただけで、もう胸がどきどきした僕のことだ。君より僕の方が輪に輪をかけて、ハイ、ハイ、を連発したことだろう。決して君をとやかく言うつもりはない。僕は少なくとも君の素直さを理解しただろう。いやもっと僕自身の実直さであの方をより理解したかもしれない。プラトンという毒の棘《とげ》が僕を刺しさえしなかったら、もうとっくの昔にな。さあ、道草食わんと、あの方は次いで、なんとケベス、君に仰有ったのだ？　そうか、であればケベス、見えざるものに魂が似ているのであり、他方、肉体のほうは見えるものに似ているのではないか。ハイ、ソクラテス、全くその通りです。全くだ僕も、そう言いたい。いや、そう言おう。あの方は深い。あの方は一つの仮説を吟味しておられるのだ。失礼を許してもらえるならば、ケベス、君やシミアスやパイドン、クリトン、その他とり囲んでいる人たち向けにお話をなさってきたのだ。

——待てよ。あの人たち向けだと？　失礼どころか無礼千万ではないか。なにか？　あの方が一般向けと特定な弟子向けとにランクを分けてお話をなさるとでも。思い上がりもいい加減にしろ。取り消せ。どれほど貴様らがケベスやシミアスとくらべて上等だとぬかすか、プラトンにクレオンブロトス奴《め》！　あの方が魂の二通りの使い分けをなさるはずがない。第一、使い分けの利く魂なんて笑止千万ではないか。とすれば、僕が頭の働きが上等でないから、パイドンははじめケベスもシミアスもすんなりと尾《つ》いて行けた筋途のどこかを逃がしたか、それとも誤ったのか。だがもう一度、待てよ。今にも前にも、どこのだれからも、あの方からさえも、ほんとうは聞いていないのだ。さあ、『それでは、いまひとつ次のような途からもみてみたまえ。魂が肉体といっしょにいるときには、自然本性は肉体に対しては隷属し支配されることを命じ、また魂に対しては、支配し主導することを命じているのではないか』。どういたしまして、その反対でございます。強いのは肉体であって弱いのが魂だと相場が決まっていまする。だって、情欲は節制を打ち負かし、正義は富と名誉に頭を下げるのです。なによりの証拠に、勝てば官軍、負ければ賊軍というのが人間本来のピュシスでして、先祖の代から不文律になっているほどでございますから。悲しいかな、どうやら人間だけでなく獣はもとより虫や草木にいたるまで、強食弱肉が鉄の掟《おきて》でございます。すると、『この点においても君にはどう思われるだろうか。いったい神的なものに似ているのは魂か肉体か』。そりゃあもう、神的なものに似ているのは肉体でして、豚は豚に似せて、人は人に似せて神のお姿を描くのがしきたりでございます。とくに人間の神は貪欲無頼でして、罪もない羊を殺して生き血を捧げろとご命令なさるもんで、汚れ知らぬ魂はそれこそびっくり仰天して逃げまどう始末にござりまする。また、『そのいずれが死すべきものに似ているのか』。それも言わずと知れて、魂のほうに決まっています。だって、虎は死んでも皮を残し、人は死んでも名を残すのでございますが、正体不明の魂は残るとしても幽霊か、せいぜい墓場の火の玉くらいなもんですから。いや、『それとも君には、神的なものとは、まさに支配し主導すべき本性のものであり、他方、死すべきものとは、支配され隷属すべき本性のものとは、思われないのか』。いいえ、まる反対、と申しますのはいま申し上げましたる事情からの理由のほかに、支配する者は支配される者に、いついのちを奪われるかとびくびくして暮らさねばなりませんし、なによりも、支配する者を選ぶのは、王者ではなく、支配されるもののほうによってでして、何も人間に限らず、猿でもライオンでも、ボスの運命は似たりよったりの集団生活の慣習になっておるのでござります。では、『魂は、そのいずれに似ているか』。そりゃあきらかです。ソクラテス、魂は死すべきものに似ておりり、他方、肉体は神的なものに似ております。だって肉体はミイラになれば何千年も棺桶に眠っておられますけれど、魂ときたら桶の中にあるとしても、うんともすんとももの言わず、いるのかいないのか、とにかく見ようにも見えないのですから。」

プラトン「へえーぇ。——？」

クレオンブロトス「魂、魂、と、片っ方の肩ばっかり持たないで、こっちのほうもたまにはお目通しなさってくださりませ。肉体という奴もなかなかの者でして、こ奴が同伴すれば魂はただもうこ奴に引きずられっ放しでして、あなたのお言葉にしたがえば、果ては酔っぱらいみたいになってしまうとすれば、魂なんて聞くがほどのしっかり者《や》ではないらしゅうございますね。で、なかなかの者と申しますのは、こ奴はれっきとした肉眼というのを持っており、その肉眼によって醜《きたな》い物も数々見るには見るんですが、美しい夕日や花、夜ともなれば満天の宝石《ほし》、女神ともおぼしきお月さまも見るのです。ただ見るだけではなく、眼が頭か胸かにそのきれいな姿を伝えると、はじめて心という奴が待っていて、それこそ頭いっぱい胸いっぱい、ときには身体全体をなんともいえぬ音律にふるわして駆けぬけるそうでございます。そんな肉体と同伴したなら、同じ酔っぱらうにしても魂はこの上ない美しいめまいをおぼえ、それに引きずられついていくことを望みこそすれ、嫌だとしかめっ面する理由《わけ》はないと思えるのでござりまするが、あなたソクラテス、いかがなもんでござりましょうや？　いえ、ちょいと口をすべらしましたる、つまり、待っていた心という奴については、はや何とも見定めはついていないと正直申し上げますが、それはあなたさま十八番《おはこ》の持ち駒ゆえ、とくに納得がゆきまするようご披露《ひらき》を切にお待ち申し上げる次第にございまする。——いやあ、疲れた。」

（決して、再び、狂ってなんかいないのは確かだ。確かに、疲れてはいる。率直に言ってクレオンブロトスにはユーモアや諧謔の才《センス》はない。自分ではおどけているつもりでいるがしゃれがない。根はむしろ理屈にばかりこだわっている。そうだ、ほんとの根の底が、おそろしく真面目なのだ。彼はパイドンの再現には飽き飽きしている。だからわざと表ばかり撫で回す上《うわ》っ調子で、先ばかり急ぐ。焦りが自身でも気付かないで彼のなかを突き上げてくるのである。わたしはそんな彼に調子を合わせてはなるまい。気が向くまま、いいたい放題を出まかせに、しばらく成り行きまかせに放っておくがいいと最初は考えていたが、このままでは、無為な時を過ごすばかりであろう。クリトンをつき合わせて一一《いちいち》順序を明確にするというのも、もちろん、はや大した意味はない。ソクラテスとケベスとの問答にもさほどこだわる必要もないであろう。ただ、要所と要点だけは外してはなるまい。彼とて魂の説の項目を摘出して要点を絞れなどと大体の眼目は衝《つ》いておることでもあり、パイドンのソクラテスに全身を傾注した感動に照らしても、傍の人々ならいざしらず、わたしと彼との間にはかんと打てばつんとひびく通じ合いが、必ずまともで正常な道に連れ戻してくれるだろう。わたしの未熟な言葉でも、彼にならそれなりに通ずるはずだし、想像力や奇抜で無気味な発想にはときとしてぎょっとさせられることがある。哲学の才は一枚も二枚も上だと率直に認めなければならない）

クレオンブロトス「——疲れたと言ってるじゃないか。いつまで石の地蔵を決め込んでるのか。」

プラトン「できるかどうかやってみよう。」

クレオンブロトス「？　なんだ？　苦虫《にがむし》ふみ潰したみたいに、かみしも着やがって。」

プラトン「要約だ。

『神的であり、不死であり、知性のみがかかわりうるもの、まさに一つなる形相のみをもち、分離、解体をうけることもなく、つねに不変のあり方において自己同一性をたもつもの、それが魂にふさわしい』と、ソクラテスは仰有った。同時に、

『人間でしかないもの、死すべきもの、一なるかたちをもちえないもの、知性のかかわりのないもの、

分離解体されるもの、そして片時もみずからに同一をもたないもの、それが肉体にふさわしい』とあの方は仰有った。公式の教条《ドグマ》としてなら批判もなにがしかあり得よう。しかし、クレオンブロトス、も、プラトンも聞かねばなるまい。あの方が結局は、こう仰有りたいのを。
『その肉体こそはその肉体のゆえに飢渇して魂を求める』のだ、と。」
クレオンブロトス「――。」
プラトン「では、その肉体の飢渇こそ、知を求めるとき哲学となり、魂を求めるとき死の練習となるのではないか、プラトンにクレオンブロトス。その飢渇をあらぬ方《かた》へとはき違《たが》えて、知を忘れ魂を失うならば、少なくとも人間にとっては世界が不毛となるのではないか。だから、」
クレオンブロトス「だから、彷徨と無分別と恐怖と荒々しい欲情を離脱したとき肉体は浄化され、浄化された飢渇をこそ魂と呼ぶのか。劣悪な者たちの魂は飢渇に溺れ、死後、驢馬とか鷹とか、あるいは少々よいものたちにしても蜂や蟻に生まれ変るというあの輪廻転生のお伽噺に道をひらいて。」
プラトン「それは飢渇がつくり出す幻影にすぎない。しかし、肉とその思いを共にし、おなじ悦びを見出しておれば、汚穢されたままの飢渇は魂を遠ざかり、軀《からだ》のうちに堕ちて根をはり、出離のときはついにないであろう。いったい、真正の仕方で知を求める者たちが、肉にからまるすべての欲望を絶つことを怠たるということがあってよいものだろうか。だから、」
クレオンブロトス「だから、学びにひたすらな者は、みずからに節制をたもち、またみずからに勇気ある者でなければならないとあの方の口をかりてプラトンがお説教を垂れるのであろう。だが、その先がどうなるのか？　魂が以上のようなものであるとすれば、肉体から離れ去るとき、そのまま飛散し去り、もはやどこにも存在《ありか》をとどめなくなるという心配がなくなるというのか？」
プラトン「少なくとも、飢渇は流転のしがらみによって、地上に悶える幻影だとすればね。」
クレオンブロトス「以上のことが立派な議論であることは一応認めるとしても、あの方の説をもじったものだとすれば決して充分とは言えないだろう。なぜなら、単に知を求めるというのではなく、真正の仕方で知を求める、その真正の仕方というのは抽象的な文句などでは及びもつかぬもの、とは、真正のあの方の言句と、当の君が証言しているからには、ね。」
プラトン「おそろしく、よくわかるよ。クレオンブロトス。おそらくパイドンのもあの方がケベスやシミアスに、そういうふうには語られはしなかっただろう。まさしくぼくの説なのだ。しかし、クリトンは、そんなふうには近く、いや近い程度にあの方の口ぶりを伝えている。ぼくの口下手《べた》は別として。」
クレオンブロトス「僕がパイドンから聞いたところでは、実際、君の要約の十倍もの長さがあった。長さ短かさは別として、その要約の主旨、意味の上で、はたしてかんじんなものに近いか遠いか、いま、僕ら二人にとってはどちらとも決めかねるのではないか。」
プラトン「君の言うとおりだ。決めかねるということは端的に言って、二人とも肝心なものについてなにもわかっていないということだ。ぼくが、ここでひるがえって思うに、パイドン、クリトン、といちいちことわるまでもなく、今までのも同じように展開されてきたし、これからも似たりよったりの発展があの方の言説の跡をかたどるということになるのではないか。そして、ここらがひとつの段階になるのではないだろうか。というのも、あの方の懇切ていねいなご説得にもかかわらず、充分には理解ができずにうち悩み、あの方の迫りくる死期への思いもからんで、ひそひそと二人だけで耳うちをするばかりの、永い沈黙がその場を包んだそうではないか。彼ら二人の胸のうちもさることながら、クレオンブロトス、ぼくらの暗くて深い息苦しさもケベスやシミアスに劣りはしまい。ぼくをよくわかってくれる君、君とて気持ちはぼくと距たること遠くはないだろう。ぼくら、魂に距たることはるかに遠く、いや、実は魂の核心とおぼしいものに近づけば近づくほどに疑惑と錯綜はいや増すばかりだ。だがいまぼくたちの苦悩は圧《お》さえに圧さえ、シミアスとケベスの問いにじっと耳を傾けるほうを先にしなくてはなるまいと思うのだ。」

クレオンブロトス「ほら、プラトン、こんなに、もう、鳴るのだ。鳴るのだ。（とわたしの手を自分の心臓あたりにあてがい）、どうか、ゆっくり、ゆっくり間《ま》をとって話をしてくれ、僕をあんまりひどくは揺さぶらないようにして、な。」

（完全に彼はわたしのペースに乗ってくれたのである。なんと愛《いと》しのわが友たることか）

プラトン「——あの方は微笑されて、こう仰有った。

『驚いたね、シミアス。何ということを言うのだ、いまは不幸な時でもあるし、君たちが面倒をかけるのを、わたしが不愉快がるから、言いたいことも言えず、聞きたいことも聞けぬと躊躇しているなどと。それではまるで、わたしは君たちを納得させるどころか、かのアポロンに仕えまつる白鳥が、まさに死なんとするときには、過ぎ去った生涯のいかなる時にも決して見られなかったかぎりのはげしい悦《よろこ》びの歌をうたうという、聖なる僕《しもべ》のその白鳥にも及ばぬことになる。わたしもかの神の僕《しもべ》なのだ。アポロンの神託にも背くことになるではないか。さあ、なんなりと語りもし、問いもしなさい。

刑務委員たちがゆるすあいだの時間はね。』

『では申し上げます。私にはこう思えるのです。魂について、この現在の生のうちに明確な知を得るということは不可能であるか、さもなければまったくの難事でありましょう。敢えてとならば、およそ人間のもちうる言説のうちですくなくとも最上であり、またもっとも論駁しがたいなにか神のものとしての言葉に身を託し、つねに危険を冒しながらこの生を渡り切るよりほかないのです。このことを原則として、恥をおそれず申し上げますならば、私にはこういうふうに思われるのです。――魂と肉体との関係は、調律された音のしらべ〝調和〟と〝堅琴とか絃〟の関係になぞらえることができるのではないか、と。つまり、調律された妙なる音のしらべは、見えざるものであり、非物体的なものであり、まったく美しく神的なものでさえあります。他方、堅琴自身とか絃は、これは物体であり、合成物であり、死すべきものと同族であります。いま、この堅琴をこわすなり、弦を切ってばらばらにしたとしましたら、どうでしょう？　堅琴のほうは弦がばらばらにされたのちもなおそこにあり、すっかり焼かれるかあるいは腐敗してしまうまでは永く残骸をとどめるのです。ひきかえ、滅び去ることなくなおも存在していなければならないのしらべは、いったいどこにあるのでしょう？　といいますのも、実は私たちは魂というものをそのような仕方であるものと想定しているからなのです。すなわち、肉体というのは、熱と冷、乾と湿とかそのような反対的諸性質がつくりだすところの、いわば琴と絃にみられるような一種の緊張関係においてあり、そのような仕方で一つに結びつけられているのだとして、それらの要素間の和合なり調和というのが、とりもなおさず、われわれの魂というものにほかならない、と、こう考えているのです。そこでもし、魂が、まさしく一種の調和であるとするならば、肉体が病《やまい》とかその他の災厄によって、度を外れて緊張または弛緩させられバランスを失う時には、魂は必然的に滅びるか消え失せざるを得ないのは、楽音にみられるほか、およそ技芸の作品にみられる調和の乱れ破壊と同じではないかと。その結果、もしひとが、魂というものは、肉体のうちにある諸要素の一定比の和合であり、死と呼ばれるときには、まっさきに滅び去るのが至当である、と主張したなら、いったいそれにどう答えたらよいのでしょうか。』

するると、あの方は眼を大きくみはられたそうだ。

『なるほど、シミアスの言うのは、たしかに正当なことだ。さて、ここにいる諸君のうちで、誰かわたしよりも、うまく途を切り開いていける者はいないだろうか――。さあ、誰もいないのか？』

クリトンもパイドンも、その他誰一人お答えする空元気《から》のあるまやかし者はいなかったそうだが、君ならどうだろうか。そして、ぼくという大まやかし者だったらどうお答えしただろうか。まさにシミアスの問いはぼくプラトンのそれです、と言っただろうか。それとも、シミアスなど百が一ほどのことがありましょうか、ぼくは百倍にしてあなたに食ってかかります、と、かの人間と存在にかかわる毒気を一気に吐いてソクラテスに突っかかっただろうか？　いずれにしても、

『じっさい、シミアスは容易ならぬ攻撃をわれわれのいままでの議論に対して加えてきたとみえるからねえ』とあの方は仰有り、さらに、

『しかし、それはそれとして、ケベスからも非難を聞いてみなければなるまいね。二人の主張が出そろったところで、しばらく時をかけ、じっくり答えを考えることにしよう。もし、その言が調子外れでないと思えたら、彼らは同意するし、でなければ、そのときはわれわれの語ってきた議論のために

弁護しなければなるまい。さあ、ケベス、君の、――。』

いや、ケベスの問いは、クレオンブロトス、きみに代わってもらいたい。」

クレオンブロトス「『では申し上げます』とケベスは言った、とパイドンから、こんな風《ふう》に僕は聞いた。

『私には議論は当初の証明がなされた半分のところに依然としてとどまっていて、それ以上あと半分についてはなんら進展はみられないと思えるのです。つまり、生前にも魂は存在していたとの説は充分つくされています。しかしながら、われわれの死後もなお魂はどこかに存在する、というもう一つの論点については不充分だと思うのです。ただし、楽器とハーモニーの例えによる存続期間についてのシミアスの説には、私は必ずしも同調はいたしません。むしろ、私は魂の肉体に対する優越を認めます。下手な比喩かもしれませんが、シミアスにならって私は機織師を引き合いに出しましょう。シミアス流ならば、機織師と彼がつむいで仕上げた衣服との関係で、人間が衣服より長寿だとか、あるいはその反対だとか、つまり機織師が一生に何枚衣服を着つぶそうと、また、最後の着用物より先に死んでしまおうと、人間のほうが衣服より劣っているとか弱いとかの理由にはならない。そんな例え自体おめでたい人がするのであり、まったく論題の的を外しているのです。もし、魂と肉体の関係についていまの例えを敢えてするなら、次のようにすれば、やや当を得たものになるかもしれません。魂は永く存続するものであり、肉体はそれにくらべれば弱く、短期間しか存続しないものである。しかし、魂というものはおのおのが数多くの肉体をつぎつぎと使い古していくのであり、とりわけ長年月にわたって生きる場合はそうである。なぜなら、肉体は、人が生きているその間すらたえざる変化の流れのうちにあって滅んでいくとしても、その使い古されたものをつねに新たに織り返していくだろうから。しかし、そうだとしてもその最後の着物だけは残して魂は先に滅びることになろう。で、魂は滅び去り、肉体はそのあと腐敗し消滅するであろう、と。であれば、今までの言論に信をおいて、われわれの魂は、われわれの死後もなおどこかに存在すると安心するのは、やはりまだ正当とはならない。一歩ゆずって、死後においても魂は存在し、将来も存在しつづけて生死の輪廻をくりかえすとしても、なお不充分である。なぜなら、魂は、これら数多くの生成をくり返すうちに疲労して、ついには幾度目かのある死のときに、完全に滅び去らないとの保障はないのだから。またそのときを誰も知らない。——事物が以上であるとするならば、〝魂はまったき仕方で不死であり不滅である〟との論証がなされない限り、今、死に直面して魂の滅亡をおのれのためにおそれるのはむしろ必然である、といえないでしょうか、ソクラテス。』

細かい点の多少の聞き違いや解釈のずれがあるかもしれないが、要するにケベスの主張の疑点は以上のようであったと僕は記憶している。これもまた、シミアスのに優るとも劣らぬ、容易ならぬ指摘であろう。だが、どうだろう、プラトン。僕らはといえば、あと半分はもちろんのこと、前半分、つまり生前の魂すら、そのまま納得するには余りにも多くの保留をもってしか受け容れることはできなかった。この二つの、つまり魂の調和説と魂の疲労説という反撃に遭って、いままでに肯《うべ》なった全議論が崩壊してしまいはせぬかと、ほとんど不安というより恐怖にかられたであろう彼らに反して、僕らには、少なくとも僕だけに限ってはそんなおそれなど屁とも感じない。これは、ちっとも驚くにはあたらない事態《こと》であろうか。僕はたとえソクラテスに甘えすかされて騙されたとわかってもなお、ちっとも気にしない。気になってしようがないのは、これらの議論の成り行きなどでは決してなく、あの方の動きなのだ。議論なんぞはうわのそら、パイドンが語ったその場のあの方のうつくしさに烈しく感動し、あの方の言葉よりも、あの方の仕草のいちいちに魅入られてしまい、他は全部あってない、もうろうたる空間《けむり》なのだ。忠実な彼ら弟子たちとはおよそかけ離れたこの不逞の弟子たる僕が、はや狂わんばかりに恋い焦がれる自分をみつけて、驚き怪しむのだ。魅かれる、魅かれる、ぐんぐんあの方は僕を引きずり込んで、一体、どこへ誘なおうとなさるのか！　苦い苦い、この味。」

プラトン「そこだけが、君とぼくの違いなのか。いや同じなのか、クレオンブロトス、負けてはならない！」

クレオンブロトス「君こそ、負けてはならない。」

プラトン「？　──それに流されたら、魂の声は遠ざかる。」

クレオンブロトス「？　クリトンはその場を、どう君に語り伝えているのか？」

プラトン「パイドンがどう君に話し、クリトンがいかにぼくに伝えたにしろ、その場に今いるのはシミアスやケベスではない。問うのも答えなさるのも、いいかね、念を押しておくが、パイドンもクリトンもお引きとり願って、さ、いるのは、君とぼく、そしてあの方だ。あの方の言説《おことば》だ。」

クレオンブロトス「負ける、という意味をそんな風《よう》に言っているのか？　もし、そうなら、僕は明らかに君と見解を異にする。よいね、プラトン、僕にはあの方の言説以上のものはないのだ。たとえ、納得がいかぬものが数多く僕の底に澱んでいようと、だ。何と言ったらいいか、あの方を超えてある言説なんて、あれば、まだ僕が聞いてないそれにあるのであって、聞いた限りのなかで、かりにあるとしても、それはじかではなくひと伝てなのだから、たとえ多少のきずがあったとて気にはちっともしない、と言えばわかるかね？　気になるのはあの方の眼、あの方の指、あの方の鼻毛、あの方のいのち、そのすべてのひびきを僕の毛穴の一本一本が吸い込んでいるのだ。どよめきみたいなもんだ。負ける？　よし、負けて悔いはない！　僕は、もう、パイドンとひとつ身になれば、それこそ無上のよろこびなのだ。パイドンは、こう、いや僕はこう語る。

——そりゃあ、いままでにもたびたびあった、が、そのときほどに心打たれたことは決してなかった。むろん、あの方ほどのひとが、答えに窮しなかったというのなら、これはいまさらどうということもあるまい。いや、ぼくがとりわけてあの方に感嘆したというのは、まずもって、あのシミアスとケベスの議論をじつに心地よげに好意と賞賛をこめた態度で受け取られたということ。さらには二人の議論《もうしたて》で、どんな騒がしい気持ちにぼくたちがなっているかを、いかにも鋭く感じとられて、そのうえ、なんと立派にぼくたちを癒してくださったことだろう。そのときのぼくたちといえば、まるで、敗走して打ちひしがれてしまった兵士どものようだったのに、それを喚び戻し、再び戦列に加わって、共に前進するようにと仕向けてくださったのだ。そのとき、ぼくはちょうどあの方の右側にいて、寝椅子のかたわらの小さな腰掛けに座っていた。で、あの方の座っておられたところは、ぼくのよりずいぶん高かった、あの方は、ぼくの頭を撫でおろし、うなじのあたりのぼくの髪をしっかりとつかんで、——よく折りにふれてあの方は少年の髪にたわむれられたのだが——、そしてこんなふうに仰有られた。

『明日にもなれば、この美しい髪も、パイドン、君は切るということになるだろうね。』

『そうなることでしょうね、ソクラテス。』

『いや、そうはならないのだ、もしも君がわたしの言うことに従ってくれるなら。』

『でも、どうして？』

『今日にも、わたしはわたしの髪を、君は君の美しい髪を切ることになるんだよ。もしいま、この議論が死にたえて、それをぼくらの力でもう一度よみがえらすことができなければね。』

――パイドン、あとはもういい。僕は苦《にが》いのだ。君が僕でなかったことが。なぜ、ぼくはパイドンにあやかるだけで、パイドンでなかったのか！　いや、ソクラテス、あなたはなぜパイドンにしたように、僕にはしてくれなかったのですか。プラトン！　魂も肉体も、僕にはどうだっていいのだ。人間ソクラテスの肌に触れたままなら、僕は真実に耳も眼も塞いだっていい、あの方の温もりとあの方の冷たさのまま、ハデスだろうとどこだろうとお伴して悔いはしない！」

プラトン「――クレオンブロトス、きみがもしぼくだったらぼくにとって、またぼくがもしきみだったらきみにとって、それはおそるべき危険だ。なぜなら、そのいずれにしても、あの方が決してお許しにはならないことだろうからだ。なんとなれば、ソクラテスに溺れることと、真実に溺れることとを吐き違えたり、一緒くたにしたりしてはいけない、とあの方は、その者に向かってたしなめなさることだろうから。クレオンブロトスのどよめきが深ければ深いほど、また、その苦《にが》さが絶えがたければ絶えがたきに増して、な。それればかりか、人間と世界を併せて、人間のために失い、人間の弱さと、人間の真実を取っ替えっこすることにでもなろうものなら、そんな者を弟子呼ばわりもなさらぬことだろう。

クレオンブロトス「誤解でないなら、プラトン、君のそのような口振りは僕を不当に辱《はず》かしめるものだ。あの方は弟子をもった覚えはないと仰有ったとも聞いている。勝手に弟子と呼ばわる君もまた、あの方のたしなめを受けることになろう。それよりも、もっと君を見過ごせないのは、人間の弱さと真実とを取っ替えっこする危険だって？　もし、そのかかわり方を危険だというならば、人間の弱さではなく、人間《かれ》の傲慢こそはそうではないか、傲慢を強さとでも言うならば。事情はまさに逆なのだ。人間の弱さこそ真実を求める声ではないか！　自惚れもいい加減にしろ。知に強い人間こそ真実にいつも背を向けて、しかも、そのことを知らないのだ。僕はそんな知者を軽蔑はしても敬いはしない。まして恋い慕うものか！　涙にもろいひとが弱いひとだと呼ばれるのなら、僕は強くなるより弱くなりたい。」

プラトン「そうだとも！　なにひとつぼくはきみに反《かえ》す言葉はもたない。傲慢で不逞でまやかし者たるぼくが、誤解にしろ、君の真意のあるところのほんの少しでもつかまえてのうえで、君の反撥を買うたとあれば、むしろ誤解さえする力も友情も持ち合わせない自分プラトンをこそ辱かしめてしかるべきだ。君を辱かしめるなんて、思いも及ばぬところ。君にではないのだよ。ぼくにだよ。あの方がたしなめなさるのは。プラトン、ソクラテスに溺れるとは死すべき者に溺れるということ。真実に溺れるとは神にお任せするということ。はき違えたり一緒くたにしたりしてはいけない、と。また、人間と世界を併せて、人間を失うとは、生理だけの眼で人間を見たおかげで、当の人間を見誤るだけではなく、世界なる人間を世界もろとも見失うということだ、と。」

クレオンブロトス「生まれながらの沈着と、刃物よりも鋭い弁舌とを併せもつプラトンよ。僕の気持ちは海より深い君の洞察に委ねるとしよう。僕はただ片意地を張っているだけなのだ。岩をかみ、渦を巻き、ときには逆流し、ときには疲れて岸辺に澱む水が、所詮は流れに身を託するように、僕は川に自分を託する。どこからきてどこへゆくのかも知らないし、測量や船頭の技術にも縁はない。ただ片意地張って流れに身を任せるだけだ。僕がもし虫なら虫の流れにそうするだろう。ただ僕はひとだからひとに流れるよりほかに、別段の理屈とてない。だから僕はひとのためなら平気で虫を殺しても苛責は感じまいと一心《ひたすら》につとめたい。孝行息子なら老父のために豚を屠《ほふ》り、忠臣なら主君のために人さえ殺し、世間《せかい》は賞賛をおくる。非情は理屈を受けつけない。万物についてなら、善が理屈通り、人間だけを片側通行させるのか？　混濁極まりなき泥海のなかで、本音を言えとならば、僕は人間至上主義者だ。泥まみれの人間謳歌こそ僕にふさわしい。自然《せかい》から人間を横取りした旗手こそはソクラテスなのだ。だから、見よ。彼は裁かれた。自然の鉄槌によって人間が打ち負かされたのだ。当然の成り行きではないか。死すべき人間が魂の不死を証《あか》すために死を選ぶということは。強い人間はのほほんと生きよ。弱い人間はこの世に愛想をつかし、ハデスなり天上なりに魂を追うがいい。神の導きたまうままに。これがあの方の教えだ。ソクラテスは殉教者なのだ。彼の神は『人間』なのだ！」

プラトン「賛歌ではなく挽歌が奏でるエレジーは理屈ぬきに秀抜だったよ、クレオンブロトス。すれすれのところで、逆説をあの方におし着せなかったのはさすがだね。あの方を語るのに、虫はもうまえにいっぺん引き合いに出したっけ。それなら、そのすりへった石畳みを下町の方へ歩いてみたまえ。あの角《かど》に、肘を膝に支え、白ずんだ眼を宙に向けてたじろがない老婆が、いったい、宇宙のなにを思念しているというのか。逞ましい腕が瘤《こぶ》になったのをもてあまし、かすかな余生の日射しを楽しみ、潮風を気にしながら虱を潰している皺深い漁夫が、昔の遠い荒海の青春に血をたぎらしているとでもいうのか。さんざめく色街の灯に酔い痴れて飽くなき肉《にく》欲にただれ蠢《うご》めく男と女は、ソフィストを笑う術《すべ》さえ知らずに呆《ほ》うけていれば足りるのだ。およそ正義のなんたるかも、美の美たる所以もかれらには無縁なること天の星より遠いのだ。諧謔は貴重なかれらの玩具《おもちゃ》であり、愚にもつかぬおしゃべりは、なくてはならぬ時間潰《ひまつぶ》しの必需品なのだ。こざかしさと痴話げんかに明け暮れて、銭もうけに眼の色を変え、安穏という名の小道具に浮き身をやつすことを至上とする輩《やから》にとって、むしろ、滑稽なのがソクラテスとその徒であることは少しも驚くにはあたらない。人間なんて一人もいやしない。いるのは獰猛《どうもう》で愚劣で詐術にたけたひと畜群だけなのだ。自然からというより、ひと族から人《にんげん》を産もうと取り組んだ産婆が周知のソクラテスだ。だから、見よ、彼は裁いた。裁かれたのではない。自然の鉄槌によって人間が打ち負かされたのではなく、人間の鉄槌によって自然が打ち負かされたのだ。当然の成り行きではないか。まさにクレオンブロトスが主張する通り、死すべき自然の定めなら、死すべき人間が魂の不死を証すために死を選ぶというのは。弱い人間はのほほんと生きよ。強い人間なら、この世に愛想をつかし、ハデスなり天上なりに魂を追うがよい、と。あべこべにあの方は教えられたのだ。」

クレオンブロトス「案に違《たが》わぬ、弁舌の見事さよ。僕の片意地をよくも辛辣に暴《あば》いてくれた。どうやら、ついに岐れ途に辿り着いたようだ。おみやげに、その滑稽なソクラテス学徒の滑稽ぶりを、侮辱をも恥としないうじ虫畜類群のために、面白おかしく語ってくれないか。よくできたら拍手、でなかったら唾吐きかけられる覚悟でね。さて、そのおめでたい人の名は、クリトンとパイドン、それに登場済みのシミアス、ケベスは別として、クリトブロス、ヘルモゲネス、エピゲネス、アイスキネス、アンティステネス、クテシッポスにメネクセノス、それにテバイのパイドンデス、メガラからはエウクレイデスとテルプシオン、だいたい以上の連中だったと聞いている。」

プラトン「意地の悪い注文だね、ぼくがその場にいたのでないのを承知の上で。かてて加えて、どの面々も面識とてないひとびとばかりとあっては。いやはや。拍手を賜わろうなんて毛頭《ゆめにも》期待はしないが、唾だけはご免こうむりたい。ま、口八丁、出まかせ言いまかせ。その場のあらあらの雰囲気なりと出せたら上々。ところで、他《ひと》から滑稽扱いされる連中は自分では案外真面目なつもりで言ったりしたりするもんでね。まずは、面白おかしくないことだけはことわっておくよ。それに、せっかくの道連《クレオンブロトス》れと岐《わか》れてしまうなんてことになっては、それこそ、パイドンの美しい長い髪ならぬ、この短かいプラトンの髪を切り、おまけにクリトンの白髪まで剃り落とさねばならん羽目にもなりかねないから、ね。さて、やたらとあの方を気づかうばかりで、まるで生きているひとを野辺送りするために集まっているような恰好ではないか。連中の黙《だんま》りようは。ケベスとシミアスの舌峰だけに気をとられて、かんじんなソクラテスのお顔は見ていないのだ。あの方はこんな言いかたはゆめなさるまいが、シミアスにケベスごとき、出すところに出せばひとひねりにも及ばぬ小童《わ》っぱさ。魂が調和だなんて、それがピタゴラスの焼き直しくらいのことご存じないあの方と思っているのか。第一、肉体と魂が別であるというのが前提なのに、肉体をひねくったって肉体しか出てきようがないではないか。そんなもん、ヘボ医者の説だろう、アルクマイオンの医学をもじった下手なたとえだよ、音律と竪琴なんてのはね。それにケベスも同断だ。魂が肉体を着古すなんて、魂を質屋の亭主くらいにしか考えていない。しかも、誰かさん《クレオンブロトス》の皮肉ではないが、虎は死んで、人はなんとかで名を残すなんてほうが、質草よりも説得力があるだろう。魂が肉体を着古すとならば、それはよくて逆だろう。肉体がもともと無垢な魂を着古して魂をして天をハデスに墜とすといったとしたら、少しは理に叶うかもしれん。そのくらいのことを、ちょいと横から口出ししてやるくらいの気転も利かないとしたら、クリトブロスにヘルゲモネスはお払い箱だ。なにしろ、連中は、シミアス、ケベスの議論《はんろん》に泡食ってしまったとみえて、魂の不死については、それまでの談論でもうすっかり納得してしまっているふうな顔つきだったそうではないか。ほんとうに納得していたというのなら見上げたもんだ、ね、クレオンブロトス。そうなら、死んだお方よりも、エピゲネスなりアイスキネスなりを追っかけたほうが早道じゃないかね？　ぼくらにしてみれば。だってぼくらは魂の夕の字で行き詰まって、まるで狂犬《はしかいぬ》みたいに餌を嗅ぎ回ってぶらついてるんだからね。おそれをなして、エピゲネスもアイスキネスも逃げてしまったらしいよ。そんなつまらん申し立てにかき乱されてしまい、これまでに語られた言論どころか、ひいてはこれから語られるであろう言論までが、すっかり疑わしくなったとさ。アンティステネス、クテシッポスにメネクセノス、とっとと尻《けつ》を巻いて消え失せろ。なんだって？　この分では、自分たちは何にも値しない判定者なのであろうかと疑ったんだって？　冗談にも、潜越にも度があるぞ、笑わせるな、テバイのパイドンデス、メガラのエウクレイデス、お客はお客でも、君たちをいったい誰が判定者にえらんだのだ？　おめでたい、と言ったら、お別れの印《しるし》だぐらいは気がついたか。残ってる奴はど奴だ？　テルプシオンか。さすがは残り者だけあって、ちょいとばかりいいこと言ってくれたな。そうだよ、『疑わしいのは、あるいはこの事柄、つまり魂自身のほうにあるのかもしれない』とは、当たらずとも遠からずってところだ。褒めてあげるなら、君一人かな。うん、さすがだ。ソクラテスのお顔にやっと気がついたのか。いとも心地《ここち》よげに、むしろ、好意と賞賛の態度で、じっと小童っぱ二人の声に耳を傾けていらした、あの柔和な微笑《おかお》に。よかろう、安心したからにしても、あるいは、前の連中とあんまりはかわらぬ自分を省みて、恥ずかしくなり、少々ばつがわるくなったゆえにしても、君が席を外すのを止めはしない。テルプシオン、おさらば、さようなら。」
クレオンブロトス「どぎついが、参ったよ。手を拍《た》たく気も抜けたくらいだ。ついでだが、もう一人残っているよ。」
プラトン「だれかね？」
クレオンブロトス「エケクラテスだ。」
プラトン「知らないね、そんな人物は。クリトンからは、同席したなかにその名前はなかった、ぼくの落ちこぼしでないとしたら。」
クレオンブロトス「いや、これは失礼。クリトンと君の席には僕はいなかったし、パイドンの場に君はいなかったんだからね。」
プラトン「で、そのエケクラテスが、なにか、覚《おぼ》しきことでも言ったのかね？」
クレオンブロトス「うん。『神々に誓って！』と、少々オーバー気味にね。もっとも、君の大げさな連中よりはうんと真面目にね。彼はこう言ったよ、パイドンに向かってね。
『パイドン、あれほどまでに力強く自分を納得させてきたそのソクラテスの言葉が、いまはすっかり疑惑のなかに落ちこんでしまったという気持ちはよくわかりますよ、わたしだって。というのも実のところ、われわれの魂は一種の調和にほかならないという、あの説は、いまにかぎらず、いつもわたしを驚くほどに捉えてしまうのです。だから、あらためて、魂は、われわれの死とともに滅び去るのではないと、わたしを説得してくれる別のある理論が必要なのです。さあ、ソクラテスはそれからどうその議論を追っていかれたのでしょうか。その一部始終をわたしたちにできるだけくわしく話してください。』

——おやおや、これは。僕はいつの間《ま》にか、かんじんなプラトンとの岐れ途から外れて、またもあの方の傍へと、いざり寄ろうとしていたのだろう——。」

プラトン「パイドンの美しい髪が、きみを誘い戻したんだろう。あやかりたまえ。あの方は、これからクレオンブロトスをあの熱い掌で撫でおろそうとなさっておられるらしいから。」

クレオンブロトス「どうやら、プラトンの執念の火に誘惑されたのが真相らしい。」

プラトン「では差し延べてくれ、きみの美しくてやさしいきゃしゃな指先《て》を。」

クレオンブロトス「別れるまではね。でも、なんて冷たい手だろう。」

プラトン「きみの熱さを冷やすためだろうね、友よ。」

プラトン「——。『しかし、それはさておいて、まず、自分にしょいこまないようにわれわれが用心しなければならないあるひとつの心の病《やまい》がある』と、あの方は仰有った、と、クリトンからぼくは聞いた。」

クレオンブロトス「らしいね。で、パイドンは、『と仰有いますと、どのような心の情態でしょうか？』とおたずねしたら、ソクラテスはすぐと、『それはね、言論嫌い（ミソロゴス）になるな、ということだよ』と答えられて、『それはちょうど、あの人間嫌い（ミサントローボス）みたいになることを意味しているんだが、つまり、言論を憎むようになるというのは、およそひとがおちいる心の情態のうちで最悪のものだからね』と言われた。プラトン、君がパイドンの名に替えて僕をそこに引っ張り込もうとする意図はありありだ。だが、僕は何も、問答無用と言っているのではないのだよ。僕はただ、かのシミアスが要請したヒュポテシス（基礎定立）、つまり、神のものとしての言葉を、あの方に探そうとしているだけなのだ。」

プラトン「洞察の深さは、クレオンブロトス、君にこそ期待できるのではないか。その基礎定立こそが、あらゆる言論の終局であり、出発でもあるからだ。」

クレオンブロトス「いや、洞察は深いだけでは実を結ばない。君プラトンの鋭さがなくては叶わないもの。」

プラトン「いや、いや。鋭いのとはおよそ反対の極でぼくは右往左往している鈍物。なぜって、いつも1＋1は2、いや2にはならない。待て、2、にならないとしたら3か5か。馬鹿な。2にしかならない。しかし、豚と人間と足して？　うん、やっぱり、2にはならないのだ。そこらあたりを何十回往きつ戻りつしたことだろう、現に今も。脱け出せないで、頭も胸もかきむしり、きみの手助けがなかったら、ひっ掻いてむしり出す血もはや枯れ果てる寸前なのだ。」

クレオンブロトス「真面目なんだな。そうであるなら、正直に言ってくれ。それはいったいどんな意味なのだ？　夜明け前、君はソクラテスの秘説を承わっているはずだ。君が生涯をそれに賭けるとしても、今、僕が君からパイドンとクリトンを通じて引っぱり出そうとしてもがいている、かの基礎定立たる『魂の不死』は、その秘説のあとなのだ。時間は1＋1イコール2でしか進まない。であれば、ミソロゴスに誓って、君は僕を一段越えてあるはずだ。僕の手助けを必要とするなんどとお世辞にもならないではないか。まして、それが僕を勇気づけ励ます手立てになるとでも二枚舌を使うのか？」

プラトン「！　そこだ。それなのだ。」

クレオンブロトス「どういうことになるのか、どういう結果になるのか、喋々するまでもない。軽率にも程があるぞ。『不死の説』の前に説かれた『秘説』とは⁉　そんなもん、プラトンのものではあってもソクラテスのものではない。あの方を冒瀆するも甚だしい。ソクラテスを誣《し》いることになるぞ！」

プラトン「――。」

クレオンブロトス「それとも、あの方は、時間を否定でもなさったのか？」

プラトン「あの方は空間すらも否定なさったのだ。」

クレオンブロトス「なんと？　正気か！」

プラトン「狂気かもしれない。しかし、もしそうだったら、ぼくではなく、先にあの方が狂ってらっしゃったのだ。」

クレオンブロトス「だから、言っているではないか。それは、いったいどんな意味なのだ、と！」

プラトン「時間がもし否定されるなら、空間も一蓮托生だ。そうであるのは何も驚くには値しないだろう、論理の限りでは。」

クレオンブロトス「いよいよ、秘説のお出ましだな。もう、この場に及んでは逃げは許さないぞ。さあ、言え。さあ、白状しろ！　でないと、ほんとうに僕が狂い出すぞ。」
プラトン「それはできない。」
クレオンブロトス「なぜだ？　いや、なぜ、と訊くもおろかだ。」
プラトン「不言の教説『ピロソポス』。これがソクラテスの秘説だ。」

クレオンブロトス「――永い時間だったな。もうすっかり宵が迫る気配だ。もう、あきらめたよ。もう、僕の道はプラトンの道でないことが夜を待たずにはっきりしてきたようだからね。」
プラトン「それは違う。道はひとすじしかなかった。だから、こうして、こんなに君とぼくは一緒にいるのだ。これから岐れるにしろ、一つ途だ。どうか、ぼくのためではなく、あの方のためにも、それだけは忘れないでくれ。そして、君の変わらぬやさしさで、あの方を許してあげてくれ。君が岐れてどんな道を辿るにしろ、君とぼくが、『魂の不死』について、たくさんのひとたちを交えながら追求してきたし、そのことをおしまいまで今からもつづけなければならないのは、クレオンブロトス、ほかに意味があってのことではないのだ。実に、魂のことが語られ尽くしてなおも残るものへとつづくためなのだ。魂の行方が到りつくところに『不言の教説』が待っている。そのことを理解してくれるなら、なぜ、今、秘説が語られる場ではないかを、きっとあとで君はわかってくれるに違いない。」
クレオンブロトス「いいよ、いいよ。いろんな風に気を回さないでも。それに、僕はパイドンが語ったかぎりでの、あの方の不死の説はお伺いしているのでね。クリトンが君を通じて語ってくれるなかに、パイドンと僕が落とした芽がみつかるならば、素直に拾い上げて、あの方の最後をみんなで看とることにしよう。僕には従容として毒杯をのみほされ、鶏のことを気づかわれた最後のお言葉が焼きついて離れない。あのお姿が消え去らない。それだけなのだ。」
プラトン「……また、――ほんとに涙もろい男だね、君という人間《ひと》は――。」

プラトン「要するにだ、クレオンブロトス。心の病、情態というひとつの場合が言論嫌いであるとすれば、それは結局こういうことになるとあの方は仰有ったらしい。
『真実で確かな言論がなにかあり、それを洞察することもできるというのに、同じものが時と所でまともであったりいつわりでもあるというような言論に出くわしたからといって、その迷いや惑いのよってきたるところを、自分には帰せず、つまり自らのいたらなさにはせず、言論のほうへ責めを転嫁して平気でいる。それだけでは納まらず、もうなにもかも一切憎しみを言論のほうだけに向けるとしたら、『真実』にどうあずかったらよいことになるだろうか？　およそ言論というものには何ひとつ健全なものはないという疑いを、そのままにしておいてよいだろうか？　いな、むしろ、まだわれわれ自身がすこやかなものになってはいないのだと考えて、けっして挫《くじ》けることなく、自らのすこやかさを得ることのみに心を傾けなければならない』。」
クレオンブロトス「うむ、仰有る通りだ。君や他のどの人々にとっても、それは生涯を通じての自戒としなければならないところのものであるだろう。そして、あの方にとっては、死、のためにね。さて、僕にとってはどうか？」
プラトン「――ちと、気になる言い方だね。」

クレオンブロトス「言論についてなのなら、まったく大切に守るべき教訓として受け取るべきだろう。しかし、僕にとってなら、どだい、戸惑《とまど》うような言論ならもう最初っから受けつけはしないのだよ。ぼくを受けつけるのは僕が生きていて僕が感じる僕の声なのだ。君のぼくではない。迷うに値する知者賢者の右あるいは左の教説ではなくて、あるとすれば僕のなかの僕という存在のささやきとでも言ったほうが僕には僕を納得させること数等上なのだ。早い話、あの方の言説よりも、あの方の生きざまが紛れもなくあの方を最上のものたらしめる、と言ったら君に理解してもらえるだろうか。」

プラトン「わかるつもりだ。理解できるとも。だから、まあ、これはクレオンブロトスにではなくプラトンに向かってのお言葉だから聞いてくれ。

『なにかで、論議をたたかわせるときには、いま論議されている事柄がいかにあるかということよりも、ただに自分の主張が勝ちさえすればよいと思う者が多いのである。ひるがえって、わたし自身を省みるとき、それが人々にさも真実らしく思われるようにと努めるのではなく、わたしにとって何よりも真実であるようにと努めることにいつも気を配っている。ひとつ、よく見てごらん。そもそも、わたしの主張する魂の不死ということが、もし、真実に当たっていたとしたら、その場合には、その確信を持つことはむろんよいことであろう。ところがしかし、そうではなくて、ひとは死ねばその者には何も残らないとしてもだよ、もういくらもない時を、わたしが嘆いて、わたしをとり囲んでいる人々にやきもきさせることだけはせずに済ませるのも、ああいうわたしの努めへの確信のおかげなのだ。たとえ、わたしの確信や説が間違っていたにしろ、もう永つづきはしない、わたしの愚かさといっしょにもうすぐなくなってしまうのだからねえ。いいかい、シミアスにケベス、いや、クレオンブロトスにプラトン、とくにプラトン！　わたしはそのようなこころづもりで議論に向かおう。そこで君たちのほうは、お願いだから、ソクラテスなど考慮に入れず、それよりも真理のほうをはるかにこころにかけて、もしわたしの言うことがなにか真実だと思えたなら、そのときは同意しなさい。しかし、もしそう思えないなら、言葉をつくして反対しなさい。わたしが熱心さの余り、わたし自身をも、君たちをもあざむきとおして、あたかも蜂みたいに、針をのこして立ち去ってしまうことがないように、とくと注意をむけてね』。」

クレオンブロトス「その針を一本だけ、ソクラテスは僕に刺し残して去《い》ってしまわれた。」

（？　の針を、と、その呟きははっきりとは聞きとれなかったが、たしか、鶏の針を、と言ったような気がする）

プラトン「やっぱり、君はもう既にかちかちに固まってしまっているのだな。あの方の神々しい最後の言葉に一切を賭けているのだから。もし、あの方の教訓にしたがい言論嫌いになるまいといかに努めたとしても、そんなの余計な道草だと言わんばかりに。なぜというに、あの最後にいたるまでには実に容易ならぬ、しかも用意周到な議論がひきつづいてなされたのを君は既にパイドンを通じてであれ知りつくしているのにもかかわらず、もはや、毒杯の奏でる悲愴の歌にしか関心を示しはしないように見受けられるから。」

クレオンブロトス「そうではない。そうであってはならないのだよ、プラトン。だから、僕はクリトンのそれにじっと耳を傾けているではないか。勝ち負けのためではなく、真理のために語られなければならぬというあの方の戒めを固く守りながらね。ただ、僕の様子が、何やら匙を投げたような有様に君に見えるとすれば、おおかたシミアスの説もケベスの説も、その問い自体が的を外れてしまっているように、今でも僕には思われるからだろう。あの方のかれら二人への説得の見事さを繰り返してもらったところで、どうなるものか。かれらの反論がはじめっから、魂と肉体を別だとなさる前提を踏み外しての出発なのだから。あの方は別だと仰有る。僕はそれをその通り信ずればいいのだ。それがミソロゴスになるのなら、そうであっても僕にとってはちっとも差し支えはない。なぜといって、では、魂と肉体は別ではないという有力な反論がどこかにあるのか？　もしあるなら、それは君の言うたいへんな新しい芽だ。願ってもない、聞こうではないか。君なりの説をもってして、この鈍い僕を手ごめにしてでも納得させるというのであれば、決して今からでも遅くはない。始めてくれたまえ。——黙っているんだね。僕に言わせるなら、魂が徳にもあずかり、また不徳にもあずかるとするなら、魂は調和にもあずかり不調和にもあずかることになる、もともと小童っぽ扱いする君のことだから、シミアスの矛盾をソクラテスがお衝《つ》きになるのも子供扱いだ。調和が不調和にあずからないとすれば、魂の調和説は魂の不調和説に空中分解してしまうではないか。また、結果はその通りだったのである。ついでだ、おしまいのあの方の反論はどうだったのか？　即ち命令と服従の説だ。結論は既に見えすいている。魂は肉体に命令して、肉体はそれに従順であってこそ人間の調和はとれるのだ。健康をとってみたらすぐわかるように。ところが、では、ハーモニーが命令して楽器が妙調を出すのか、それとも、楽器がよき均衡をとってこそ音律は生まれるのか？　その通り。なら、楽器がその要素を整えてのちにしかハーモニーは生ずるいわれを持たないとすれば、肉体がいわば魂に命令することになる。絃や琴を肉体にたとえ、魂をハーモニー（調和）になぞらえるならばね。まさに、正反対ではないか。

シミアスはここでとどめを刺されたのだった。——それとも、あくまでその説に文句をつけて、魂が肉体をではなく、肉体が魂を支配するのだと誰かが言い張るのか。ひょっとすると、僕がさもそう主張しているかのようにさえ、君が猜疑の眼を光らそうとするのであれば、はっきり言っておくよ。僕には何もわからないのだ。正直、魂が肉体の支配者なのか、その反対なのか。肝心かなめの魂が何かを僕は知らないのだから。そして僕に言えるのはありのまま、こうなのだ。

『肉体は涙と怒りとそして烈しいあこがれを僕に呼び覚ます。魂を呼んで喚めき散らすのだ。知りもしない魂の名をひたすらに求めて』と。」

プラトン「『されば、よし』、とソクラテスは仰有った。

『テバイの女神であらせられるハルモニアの御気色は、どうやら、なんとかして、いい按配にお和らぎくださったようだ。さて、では、その夫神たるカドモスのほうは、ケベス、どうであろう。いったい、どのようにして、またいかなる言論によって、その神をお宥《なだ》めしたものだろうか』と。ケベスではない、クレオンブロトス、君なら、ケベスと同じように、こう言うだろうか。

『シミアスが一撃をくらってすぐさま潰《つい》えたのと同じ目に、ぼくケベスならぬクレオンブロトスが、次の一撃をくらってめまいを起こし倒れたとしても、驚きはしないでしょう』と。そこまで、君はあの方に心酔しきれるか、どうか。ぼくはぼくのためにも、ソクラテスのためにも、きみを打ち倒さなければならない。——そしてなによりも君のために！　自らにはいとも厳しく、他にはすぐれて寛恕《ひろやか》なる君クレオンブロトスよ、おさらいのつもりで、ぼくのこれから述べることを心静かに聞いておくれ。ソクラテスはケベスの説を要約して、こう言われた。

『――そもそも魂が、人間の肉体のうちにやってきたというそのことが、魂には滅亡のはじまりであり、いわばそれが病を得たようなものであったのだ。そして、この生涯を苦しみとおして生き、ついにはいつか死と呼ばれる時において滅び去ってしまうであろう。そして実際のところ、この肉体にやってくることが一度なのか何度なのかということは、われわれひとりひとりの恐れにとっては、なんの相違も生まないというのが、君ケベスの主張なのだ。なぜなら、魂が不死であることを知りもせず、その理由を与えることもできないとすれば、おろか者でないかぎり、死を恐れるのは、むしろ当然のことだからだ――。どうだろう、ケベス、これに相違ないか？　とり去ったり、つけ加えたりすることはないかね？』

　ケベスは、なんにもありません、と答えたそうだが、君なら、どうだろう？　いや、君は答えなくともいい。ぼくが代わって、こう答えるから。

『ソクラテス、とり去るも、つけ加えるも、もともと魂自体がなにか、ぼくにはわかっていないのです』と。代わるまでもなく、君の答も同じだろう。だが、君は君の途をどうやら見極め、ぼくはぼくなりに、自分の行手におぼろげな明かりがさしてきているのをじっと眼を凝らしながら見据えている。ぼくらは、今は、あの方のお招きだけにとりすがるより他はない。きみが信ずるとおりなのだ。まだ早すぎるかもしれないが、ぼくも君も、実は、もう、魂が何か、わかりかけている。なぜなら、今朝から短くもない時を半信半疑、一進一退しながらも、もうあの方にここまでついてこられたというのは、まさしく、理屈抜きにして、二人があるものを感じ取っているからのゆえだとぼくは確信をもって、君にも同意願えると言えるからだ。その証拠には、パイドンもそう語ったに違いないと思うが、このとき、あの方は、しばしのあいだお考えに沈んでおられた。つまり、まるで、ぼくら二人のためにでもあるかのように。そしてやおら、

『――君が探求しているのは、まことに容易ならぬ事柄だ。というのは、ものが生長し消滅することについて――それをまさに全体的な問いとして――その原因、根拠となるものを、われわれは徹底的に究めねばならないからだ。』

しかも、どうだろう！　つづいてあの方は、

『そこで、どうだろう。もしよければ、これについて、わたしの経験してきたことを、すっかり話すことにしようか』と。

あの方のご経験、おそらく君にとって、何百、繰り返されてもよいあの方の生きざまを、今再び、ぼくらは眼の前にすることができるのだよ、クレオンブロトス！」

クレオンブロトス「それはまさしくのぞむところ！」

プラトン「いや、それはまさに、ケベスが言った言葉。クレオンブロトスと錯覚するところだった。

そして、こう仰有ったんだね、君。

『それでは、話していくから聞いてくれたまえ。わたしは若い頃には、あの〝自然についての探求〟とよばれる知識を求めることに、もう熱中していたのであった。なんとそれは並外れてすごい知識であることか、とわたしには思われたのだ。それぞれのものが、いったい何を原因として生じ、また何を原因として消滅し、また何を原因としていま存在しているのかという、そのおのおののまさに原因根拠となるものを知るということは。そこで、わたしは最初にまず、次のような問題の検討に着手し

ながら、自分の考えをなんども上へ下へと変転させ、まさに眼眩《くら》むおもいをしたのであった。云々――。』

――君はじっと耳を傾けているというのに、今、ぼくときたら、やたらに眼ばかりキョロキョロさせて、ちっとも落ち着きがない、自分でもわかる。とにかく問題がいっぱい堰《せき》に詰まって、どっからなにを押し出したらいいかわからないでいるのだ。気負い込んでいるせいだろう。ちょっとの間、一息吐《つ》かしてくれたまえ、早いとこ整理をつけるから。――経験。――その経験というのが、あの方の場合は、ごく日常の挙措動作、それと仰有ることとがぴたり、つまり言説がすべて動作に溶け込んで一つになってしまっている。他人《ひと》は知らない。ぼくときたら、言ったことと挙《や》ったことことがいつもちぐはぐなのだ。なにか胸にたまっていたことを言い張ったあと、途端に恥ずかしい思いをすることしばしばだ。えらそうなこと言って、と自分に唾を吐きかけたくなる。かと思うと、何やら言い損ねて、表向き恥をかいた途端に、今度は逆に相手に向かって、わかっちゃいないや、わかるもんか！　と、自分のいたらなさは棚に上げて力みかえっている。冷静になれば、自分が正常でないことはすぐ得心がいく。につけても、つくづくあの方の有りさまが、奇妙にも、極めて孤高であるのに打たれるのである。経験とは何か？　その定義に暇をつぶすほど、ぼくは今のんびりしてはいられない。痴呆に経験はあるか？　と君からたずねられたら、ぐっと詰まって、改めて世界を見回さねばならなくなるだろう。ぼくらの思いも動作も、これすべて経験だというのに、経験の定義となると、八方塞がりどころか八方広がりで、肝心の的にしぼりきれない。すると、ついあの方のミソロゴスのお叱りを受ける結果となる。つまり一切の言説に対する不信感が爆発してくるのだ。だが、公平に言えば、それはあの方とて同じなのだ。というのも、若い頃、ある探求に熱中されて、それこそ古今東西の及び得る限りの先哲の道を究めることに寝食を忘れてお取り組みになったのだが、一つとして拠るべきところがなく、結果において、『いやはや！　わたし自身はこの種の研究にはまったくお話にならないほどの生来不向きな人間である、と自ら思いいたった始末であった』と告白なさったそうだ。タレスからずーっとアナクサゴラスやプロタゴラスにいたるまで、あらゆる言説に、これぞという的をしぼりきれないとの言明は、皮肉にもぼくらに勇気を与える。ぼくらと違うのは、その一つ一つの言説を徹底的に批判はなさっても、裏返しにして直ちに、不信とか非難とか頭からの否定とかはなさらず、つまり、いやはや！　自分には不向きなんだよと、暗に、不明を相手にではなく自分自身へと振り向けなさる慎ましさ。とにもかくにも、ぼくらには刃が立たないお方だ。どこからツケ入る間《ま》とてないソクラテス。君ならずとも、無条件にあの方に魅かれ、心酔するというのも至極もっともなことだといわなければならないだろう。それはそれとして、あの方としては、だからして、おそらくあの方の経験の一つを、アナクサゴラスへの期待と失望にまるめてその経緯を語られ、その上で、どうしても問題を自分なりに追求しようとすれば、自分なりで編み出す方法に頼るほかはなかったとて、いわゆる第二の航行という段取りにつながっていくわけだ。パイドンもそう話したんだろう？　――うん。では、さあ、どうであろうか、君にとっての唯一人のお方、そのお方の言説をそのまま受け容れさえすれば、それでいいのであろうか。」

クレオンブロトス「――。」

プラトン「いや、それでいいのではないか。そしたら、もうそのあと第二の航行たる、――ことば

（言論）へと逃れて、そのなかで、真実を考察しなければならない――ということを殊更にとりたてる必要もなくなるだろうから。平穏とは言えない荒海の航海は既にもうパイドンから聞き終わり、あの方の最後の教説『魂の不死』も、君が承知しているとおり大団円に到りついてしまっているのだから。そればかりではなく、ぼくらはミソロゴスの過ちも犯さずして済み、未熟で傲慢なひとりよがりの一方的議論を他《ひと》にも笑われ、自らにも恥ずることをば免かれ得るというのであれば、なおさらのこと。」

クレオンブロトス「――。」

プラトン「――その石壁《いしかべ》のところでお会いしたのはちょうど真昼で、一人ぽつんと立ってらっしゃるので声をかけたがなんにもお答えにならないので、どなたか大事な人でも待ちあわせていなさるのではないかと遠慮して通り過ぎ、いろいろと市《まち》で所用を足し、再びそこを通りかかると、子供たちがわいわい騒いでいるので近づいてみたら、見たような柱が一本子供らのなかに立っているのだ。だってさっき見たようなうしろ向きのまま腕をだらりと垂れ、壁に斜めのお姿は棒にしか見えないのだ。はや夕陽が道に影を落としていたから、あれから五時半《いっときはん》は過ぎていただろう。子供たちを追いやってからぼくは尋ねた。

『さきほどから、じっとなさって、いったい何を考えていらっしゃったんですか。』

『自然について。』

『え？』

『どこからきて、なにをして、どこへ行くのか、と。』」

クレオンブロトス「⁉」

プラトン「それは去年のことだ。決して、あの方が若かった昔のことではない。もうひとつ。ソクラテスといえば名だたる知者、子供でも知らぬ者はないくらい。市の片外れとはいえ、通りすがりの人の数はかなりにのぼっただろう。五、六人の子供たちの注目しか浴びない大ソクラテスをだれが想像し得るだろう。毀誉褒貶相半ばするとはいえ、亡くなられたら広場に塑像の一つも立ててやろうかという人も大勢いるというアテネの街角に、一本わびしく立ちあぐんでいる棒にしかすぎなかった。」

クレオンブロトス「――。」

プラトン「これはクリトンから聞いた話だが、――あるときのこと、彼は三十人余りの若者に取り囲まれて、問答をしていたそうだ。中には妙齢のご婦人もまじっていた。論題が正義から徳、徳から勇気、勇気から徳、ゆきつ戻りつして、美にいたって最高潮に達したとき、一発の放屁が縮《ちぢ》まっていた輪《わかもの》を傘のようにぱっと開いたそうだ。

　彼曰く『行きつ戻りつすれば自然は抜け穴を見つけてよきものをよきに、あしきものをあしきに返して発散するらしい。』

　むろん放屁《（号砲）》はソクラテスのものだ。またあるとき、子供と戯れているソクラテスに向かって、

『今日は子供相手に正義の辻説法かね。』

『――。』

『それとも〝善とは何ぞや〟が、議題かね。』

『神は若やぎ老いたまう』と彼は答えたそうだ。」

クレオンブロトス「――？」

プラトン「君が経験についておとなしく聞いていてくれたおかげで、やっとどうやら整理がついたようだ。

一つ。ソクラテスのものといえども、その言説を丸呑みしただけではいけないらしい。だってウソをしゃあしゃあ言ってのけなさることもある。証拠には、あのやみがたい『自然についての探求』は、何も当初の若い頃のがむしゃらな追求でもなく、かつまた中断されたのでもなく、始めっからしがみついて決して放しはせぬと棒になってもたじろぎなさらない当のものだったのだ。

二つめ。あの方のいわゆる自然の探求とは、『それぞれのものがいったい何を原因として生じ、何を原因として消滅し、また何を原因としていま存在しているのか』という問い、まさしくわれらクレオンブロトスの悲願《こんぽんぎ》である『われらいづちより来たり何者でありいづちへ去《ゅ》くや』にほかならないことが今や明白となった。

三つめ。しかもそれを追求する当の経験者たる人間ソクラテスは、犬も歩けば棒に当たるていの、ごくありふれた日常そこらへんの爺さん《(朽ちかけた)》柱にしかすぎないのだ。

かくて、四つめ。彼ソクラテスはうそぶく、

『神は若やぎ老いたまう』と。

さあ、クレオンブロトス、挑戦するのはぼくらではなく、まさしく、あの方なのだ。ソクラテスが仕掛けてきたのだ。」

クレオンブロトス「すごい経験《おはなし》だ。だが僕はあの方に関する限りもっともっと欲ばりだ。三つや四つ

で満足のいくはずはない。ただ、その棒と老い若やぐ不思議な神はじーんと僕の奥深く灼きつけておこう。それはそうと、とうとう僕を引きずり出してしまったのだね、プラトン。しかし注意したまえ。気負いすぎて勇み足をしないように。なんとなれば、われらいずこより来たり何者でありいずこへ去くや？　その答えはいつでも誰にでもちゃんと用意されてあるのだ。即ち、われら世界より来たり、世界を為《な》し、世界へ去く。何かほかに答えがあるのかね？　そのことを知ろうと知るまいと、だ。人であろうと草であろうと、砂の一粒もそうなのだ。」

プラトン「粛々たること砂丘の如しか。それならば、なぜ、ソクラテスはその疑問と追求に熱中され、そのことのゆえに、現に棒にもなられ、かつ、その問いこそは彼にとって並外れてすごい知識と思われ、しかもそのことの検討に着手しながら自分の考えを上へ下へと変転させて、まさに目もくらむほどになられたのだろうか？　あの方ともあろうお方が！」

クレオンブロトス「あの方ともあろうお方を傀儡《にんぎょう》あつかいしてはいけないというのであろうが、それは客観的に見れば、あの方にとってはほろ痒《がゆ》い感じであり、あの方をそうするほうはしびれるように快い感じである、というにとどまるだけのことだ。」

プラトン「なにやら、とんちんかんにはきちがえているのではないか。ただ、それだけのことにとどまるだけのことか？　それだけのことなら、好きにさせておけばよい。勇み足もいけないが、高飛車だと目測を誤ることがある。君も注意しなければいけない。『わたしは何も知らない』というのは、ソクラテスにとってそうなのであって、一般の人々が言葉だけで受け取って悟り顔していたらとんでもない破目におちる。なぜって、きみは悟り顔して平気でソクラテスの目眩《めくる》めく惑いを捨て流したが、さて、来たるところ、為すところ、去りゆくところ、その一つのところ『世界』とは何か？　さ。知ってのことだとすれば答えたまえ。」

クレオンブロトス「知るものか。知らないから、あの方に耳を傾けるだけなのだ。世界と自然と宇宙と言葉を変えるだけなら知っても知らなくても大差はあるまいと言っているのだ、僕は。ただ、僕は呼吸をしておりソクラテスも呼吸をしていた。それが僕の知らない『世界』だと僕は言っているにすぎない。プラトンに言わせれば、オレも息をしているぞ、君も息をしているぞ、だから少なくともそのことにおいてソクラテスを特別扱いすることはない、と主張したげに聞こえるが、僕にはプラトンは問題ではない。僕が息をしているのに、なぜソクラテスは息をしていないのか、それがわからない、そんな世界が何であるかを知らないと僕は言っているのだ。僕に何か危なっかしいところがある、と君は思っているのだろう。だから、僕をソクラテスに近づけたくて仕方がないのだ。ところが、僕から見れば反対だと誇張はしたくないが、やわらかめに言っても、危険は君により近く、むしろ、僕に遠いように思われる。こと、ソクラテスの評価について、どうやら意見が割れてるみたいだからだ。君はおおかた、これからケベスの質疑に答えなさるソクラテスの論理を誤りなく相手に解きほぐすことによって、相手を倒すことが至上の義務とすら信じ込んでいるらしい。だが、お生憎くさま。倒すとか打ち負かすといった言葉が、実は僕にはピンとこないのだよ。まして、それらのことが、ソクラテスのおんためとか、プラトン自身のためとか、それで止まるならまだしも、なによりもこのクレオンブロトスのためだと仰有る！　に至っては、ね。それこそ、あのお方のお口真似ではないが『いやはや！』恐れ入って次《に》の句も出やしない。」

プラトン「君には二つのコンプレックスがあるらしい。一つは、かの秘説だ。それを伝家の宝刀にしている。魂の不死説が上等であれ次善であれ、かの秘説はそれらのもの一切を越え出たところにある。クレオンブロトスを手玉にとるくらいは朝飯前と、たかを括っているんだろ。そんなら、愚図々々してないで秘説《そいっ》で相手に一撃を食らわしたらどうだ？　プラトン、と。そして、コンプレックスの二つめは、クリトンがそう語ったのならいざしらず、パイドンは明瞭に『自然の探求』について苦しんだのは若い頃だとソクラテスを伝えている。にもかかわらず、それは間違いで、老いの最後まで一途に求めたのだとわざと悲壮感をあおり立て、ソクラテス一辺倒の相手に水をかけて、しゃにむに自分がお得意の土俵にひっぱり上げ、ただもう議論の思う壺にはめ込みさえすりゃ万々歳だとほくそ笑んでんだろ、プラトンめ、と。」

クレオンブロトス「ほどほどにしないか、プラトン。なにも一度や二度ではない妙技だが、三度ともなると手の内が見えすいて興が醒めるよ。相手の立場になってものを見るというのは確かに相手を承服させるための手堅い手法だが、下手に深入りしすぎると相手を傷つけるものだ。たとえ善意であってもな。もし悪意があってのことならそのことは致命的だ。いずれにしても、一般的にいえることは、何とかの顔も三度、つまり新しいものは古くなる。君の十八番とて相変わらずの心理テストなんだから、期待のほどには効果が上がらないだろう。えてして、心理学者は心理を見誤るものなんだよ。なぜかなら、学問すべてそうらしいが、個々の資料を集めてそれらの共通項をとらえたとなると、もうそれを全科玉条扱いしてしまうのだ。それが一般的に適用されたらなるほど説得力を生むに違いない。しかし、それを個々に適用する場合にはよほど細心な注意が払われてしかるべき。だって、個は共通項プラス個性で出来あがっているものだからだ。したがって概略は当たっていても、肝心のポイントを外していれば、いっこう役に立たないことだってある。説明と解明とは似て非なるものだ。」
プラトン「その点はわかる。つまり、説明は「－である」、解明は「－がある」、ということだろう。先取りのポイントは見事だ。」
クレオンブロトス「先取りではなく、前取りだ。」
プラトン「それが危険だというのだ。先取りは常に新しいものを生むきっかけになる。しかし、前取りは、よくても、権威あるものへの信従。悪くすると、それは盲信と怠慢を生む。もちろん、怠慢など、君にとってはおよそ無縁だがね。」
クレオンブロトス「と、いうと、盲信は必ずしも僕にとって無縁ではないと言いたい魂《こん》たんだな。」
プラトン「魂たんというのはちとトゲがあるみたいだね。」
クレオンブロトス「トゲだったら盲信のほうがよっぽどどぎつくないかな。」
プラトン「どっちが先に言葉尻をつかんだのかな。そのことはとっくに休戦協定が成立しているというのに。ごらんの通りの始末になったというわけだ。」
クレオンブロトス「僕のせいにしておこう。」
プラトン「いや、反対の方が無難だろう。」
クレオンブロトス「いや、あとがこわいよ。」
プラトン「まだ茶菓子（茶化し）の味が残っているというわけか。ま、いいだろう。」
クレオンブロトス「ま、いいだろう。ふふ。君と話していたら、いっこうに種《タネ》は尽きないから。」

プラトン「種《タネ》といえば、ぼくの話にではなく、自然において尽くせないほどあるということだろう。あの方はまずこう問われたというではないか。
——いったい、生物が形づくられるというのは、ある人の説によれば、熱と冷とがある種の腐敗にあずかるときにおいて、というのだが、どうやってその証明を得るのだろう。また、その生物の消滅は？」
クレオンブロトス「たしか、パイドンもそんな具合に言ったよ。だが、その説が誰のものか、また肝心のその内容がどんなであったか、さらに、ソクラテスがそれについてどう考察なり批判なり摂取なりをなさったかはなんにも触れるところはなかった。」
プラトン「ぼくの知るかぎりでは、それはアルケラオスの説らしい。彼はアナクサゴラスの弟子ともいわれ、またソクラテスの師とも噂されているけれど、どうもはっきりしないんだ。あの方が彼から何がしかを学ばれたことだけは確かだ、それに触れておられるのだから。ぼくはある機会があってアルケラオスの説なるものを人伝《づ》てに多少聞きかじったことがある。何しろ人伝てだし、また彼に特別の関心をもったというわけでもなかったからね。なにしろ君と同じように、ぼくにはソクラテスお一人しかないみたいだったからね。しかし、ぼくはいろいろのことを考えさせられることになった。今となってはね。」
クレオンブロトス「それはどういうことかね？　プラトン。」
プラトン「うん、何しろ、ミレトスの生まれだと言う人もあるし、生粋《きっすい》のアテナイ市民だと断言する者もあり、その父性もまちまちなのだ。ただ一致しているのは彼はイオニアから当地へ自然哲学をもたらした最初の人だという点だ。単にもたらしたというなら別に異存はないが、最初にというのは明らかに眉唾《まゆつば》ものだね。だって、彼がソクラテスの師であったとしても、あの驚嘆すべき自然哲学の該博な知識が一人の師から受けついだものでないのは明白だし、ソフィストの連中だってアテナイにはうようよするほどいてそれらの知識はとっくに知れわたっていたはずだから。そんなこと大して問題ではないが、彼がアナクサゴラスの弟子だと言われているのはそのまま受けいれていいだろう。で、その説なんだが、これが今ぼくらの前にある『熱と冷とがある種の腐敗にあずかるとき生物が形づくられた』というソクラテスの紹介なすった部分なのだ。彼アルケラオスについては、かんたんにこれだけしかあの方は指摘してなさらない。さっきも君がそのことを注意してくれたように、彼の説の吟味や評価が素通りさせられっきりでは、いかにもアルケラオスに気の毒だ。事実、ぼくが聞いた限りにおいても、その説の真偽は別として、まんざら捨てたものではない。曰く、

——大地には層があって、その低い部分には温かいものと冷たいものが混合しており、多くの動物が泥土から栄養分を摂って同じような短い生活を共にしていた。人間もそこに生まれたのであるが、生殖という方法が生じてから様子もだんだん変わって、特に精神の点で優れた人間が他の生き者を区別しはじめ、法や技術を生み出した——というのである。なおこのほかにも注目すべき説を唱えている。例えば、右のような質料の混合に対して、そのよってなるところの原理みたいなのにも触れ、『それぞれのものはそのなかに含まれた優勢なものによってその特性を与えられる』とか、『一つの混合物からそれぞれの似た小にして無数の組織物、筋肉とか骨格とかが出来上がって生体を形づくる基礎に

なる』といったような。

さらに注目すべき最大の点は、彼アルケラオスは自然に関する省察のあと、法律や正義や美にも探求の眼を向けており、とくに人間的な徳というものは本性からではなくしきたりや習いおぼえの経験的なものによって生ずると主張しているらしい点である。このことはアルケラオスが、自然の探求の尖端で人間の、殊に倫理的な面を問題にしているということであり、ソクラテスがなにがしかをアルケラオスに負うものとすれば、彼の未曽有の業績たる人間の徳の説に、ある先鞭をつけたといっては言いすぎかもしれないが、少なくとも系譜は明らかにアルケラオスにつながると言って言いすぎにはならないだろう。その流れをもう少し追ってみると、彼はこうも言っている。即ち、『生物の種によって遅速の差はあるが、人間のみならず、すべての生物はそれぞれその精神を使用して生きている』という注目すべき説ともなる。もっとも、彼はアナクサゴラスの弟子とも言われているから、ソクラテスにとって、やがてもっとも大切な人物となるアナクサゴラスの血を多分に引いているのかもしれない。」

クレオンブロトス「そのアナクサゴラスこそ、この議論の眼目だったとパイドンからは聞いている。」

プラトン「うん、アナクサゴラスが問題だ。ぼくが余談か回り道みたいな恰好でアルケラオスにこだわったのは、クレオンブロトス、こういうことを言っておきたいからだった。タレスからプロタゴラスまで、その高説と業績によって名を世にほしいままにした哲人賢人の数は決して少なくないが、あんまり目につかぬ、あるいはほとんど埋もれてしまった人たちの数はどんなに多いことだろう。そのなかにはどんなに捨てておいてはならない、またつい捨ておかれたために取り返しがつかないほどに貴重ですぐれた説が失われたことだろう。

およそ説をなす人ならば、その人なりの生涯を賭して問題の探求に苦闘したであろうこと。著名とか無名とかはあとで下されるものであるが、多分にその人が置かれた状況なり環境なりがその名を左右するものであり、運不運さえそれらを決める要素になるかもしれないのだ。大事なのは、いかなる説にしても業績にしても、その人がとり組んだ時間とその真摯さに思いをいたし、軽卒にその人の血肉をば、当否、あるいは真偽すら、結果論だけで取っ換えっこすることがないように、敬意をもって評価なり批判なりをしなくてはならぬという戒めを忘れないようにしたいと思うこと。」

クレオンブロトス「もっともなことだ。誰もそれにとやかく文句を言うのはいないだろう。ただ、一面、別な角度でこういうことも考えられはしないか。何かを一つからではなく、いくつかから選ぶとなれば、何かそれを選ぶ基準というものがあってでなければ、それをこれと定めるというのは不可能ではないだろうか。言説ならば、いくつかあって、そのなかのどれが正しいのか、と問われる場合には、その結論の当否が基準にならなくて、何を目安にしたらいいのかね？　業績とて同じだ。それが社会に及ぼした影響や利害、つまり一種の価値が基準になるのではないか。だとすれば、自然の探求にあたっても、タレス以来アナクサゴラス、そして、かのアルケラオスにいたるまで数々あるなかで、どの説をとるかということは、それを直接問題にする人が、そのいくつかのひとつひとつを敬意をもって吟味したとして、そのなかにこれぞというものを選び出したとすれば、その選び出された人の説に従うよりほかはあるまい。ソクラテスにしてからが、そのもっとも典型的な例であろう。あの方の該博なそれらの説の吟味が、好き嫌いによって的をしぼられたと仮定しないかぎり、まずアルケラオスを、次いであの人この説と言及すべき数々のなかから特にアナクサゴラスを選ばれたというのは、あの方の議論の立て方、進め方にとって、ごく要を得た陳述ではなかっただろうか。たとえその二人ともの説が否定的に取り上げられたにしても。それを、いちいち、タレスからずうっとひとりひとりの説を挙げ、論点の吟味批判を下して、アナクサゴラスやアルケラオスに至るとなれば、言説の歴史は出来上がり完成したと言えても、そこに、自然がどう探求されたかの道筋《みとりず》は示されたが、いったい、自然とは何かは、それを聞知した者たちがめいめい自分で決めなさいと示しているのにすぎないことになる。したがって、プラトン、君の言わんとするところは僕にもかなりわかるような気がするのだが、心構えとしては賛成できても、さしあたってソクラテスの言説を聞きとる場合には、そのままそっくり適用という具合にはいかないように僕には思われる。しかも、君ならば、あるいは敢えていろいろ細かい注文をソクラテスに述べ立ててもおかしくないほど諸般の言説に研究を怠っていないのだから許されるとしても、僕のように無学であり、そのゆえにこそ、一人の、あらゆる研さんを充分になし尽くされたと信ずるに足るお一人の説に全傾倒するよりほかない者にとっては、許されないことなのだ。」

プラトン「まこと、懇切丁寧、慎しみぶかく敬虔な、君の態度と信念には頭を垂れるよりほかはない。そこで、ひとつ、君にお伺いしたいのだが、ソクラテスは百パーセントだろうか？」

クレオンブロトス「また、そんな突飛な！」

プラトン「いや、ぼくの尋ねている意味はこうなのだ。名があるにしろ、ないにしろ、その説が当たるにしろ当たらないにしろ、そのひとが真摯に自然についてであれ、技能についてであれ、政治についてであれ、徳についてであれ、その生涯をそれに捧げて悔いない生き方をしたとすれば、敬意をもってそのひとを賞賛してしかるべきではないか？」
クレオンブロトス「まったく。」
プラトン「そのお一人こそ、ソクラテスではないか。」
クレオンブロトス「まったく、その通りだ。」
プラトン「ところで、その賞賛すべき、一人でも十人でも百人でもいいが、賞賛に値するから、そのお方たちの説はみんな正しいとすべきか、それとも、必ずしもそうではないと言うべきか？」
クレオンブロトス「ないというべきだろう。言説の当否ならばね。」
プラトン「それでは、業蹟についてはどうだろう？」
クレオンブロトス「いったん価値あるものとされたなら、それに限ればどの方にも言えるだろう。」
プラトン「時代が違ってもかね？　また、状況が、右、左と岐れてもかね？」
クレオンブロトス「そんな誘導尋問で、僕に、あの方への不信を植えつけようというつもりなのかね？」
プラトン「ぼくにとっても、ただ一人のお方を、なんで意図あって窮地に追い込むようなことをしよう！　ただ、あの方は神か人間かと尋ねているのだ。」
クレオンブロトス「論理は君のものだ。だが、論理といえども、御名《み》を引き合いに出してはいけない。」
プラトン「充分なもの、百パーセントのものにくらべなくて、何が真理の『価値』の基準たり得るのか？　たとえ、ソクラテスを評価するにしてもだ。」

クレオンブロトス「君は問題をすり替えている。その百パーセントというのが、もし、ソクラテスについてなら、ことさら尋ねるまでもないことだ。百パーセントなぞと奉《たてまつ》ろうならば、それこそあの方の眼玉は出張って大きいだけに、そう言った奴の顔《みけん》めがけて鉄の玉よりも烈しくぶち飛んできてそ奴をぶち殺しかねまい。君ならやりかねまいが、僕ならばそんなこと申し上げる前に、それこそ怖気づいて退散だ。もっとも、そんなろくでもないことを申し上げる気なんてこれっぽちもありはしないのだが。」

プラトン「ぼくなら敢えて申し上げるつもりだ。だって、相手が神ならぬ人間であられるからだ。たとえ大目玉を食らったところで大したことはない。きみの予想ではぶち殺されるだろうが、ぼくの予想では、一笑にもふされない。ただそれだけのことだからね。たたみかけるようだが、クレオンブロトス、問題をすり替えているのは君のほうではないのかね。ぼくは正否とか善悪とかの基準について語っているのだ。そして、その限りで、ソクラテスを持ち出したのであって、神を持ち出したのではない。なぜって、充全なるもの神に向かってなら、眼玉より早く冒瀆の雷によって飛電一閃焼き殺されてしまうだろう。神よあなたは百パーセントであられるや否やなんて口にしようものならばね。だが、人間に向かってなら、たとえ万人がそう信じているにしても、ぼくなら敢えて尋ねたい。尋ねたとて決してその人を傷つけることにも、その名を汚すことにもならない、なぜならそのひとは神ではなく、人間だから。人間なら百パーセントであるはずがない、そうではないか？　だから、敢えて、再び君に尋ねようか。

──ソクラテスは百パーセントだろうか──と。いや、尋ねるほうが野暮というもの。そうでないと君も認めているわけだからね。」

クレオンブロトス「僕は、プラトン、君に対して意地を張るつもりはないのだよ。しかし、君の論理《りくつ》は少しおかしいところがありはしないかね。もっとも、その基準を持ち出したのは僕だから、基準について語っている君に対して、僕がソクラテスをもち出し、基準を神と人間にすり替えたというのなら認めてもいいよ。まさか、この期に及んでまで、単に勝つためだけに相手をやっつけようなんて意志も欲も君にあろうはずもなかろうから。だが、君の論じ方がおかしいというのは、その百パーセントを基準にしなければ正否も真偽も決めることは不可能、そこまではいいんだ。そのあとが問題なのだ。基準、それを君は知って、わかって、そう主張するのかね？　もし、そうだとすれば、一巻の終りだ。一巻どころか自然も人間もひっくるめて一切、全巻の終わりではないか。なぜって、君は百パーセントなんだから！　一歩ゆずって、そうではない、それは理想であり、ただ一歩でもそのように崇高《たか》いものにいたるべくよきひとの教えを研さんして近づかねばならないという、もっともな主張であるとしても、果たして基準たる百パーセントが到達すべき目標ではあっても、われら人間に可能であるだろうか？　そういう意味で、ソクラテスが百パーセントではないとなら、完全に僕は兜《かぶと》を脱ごう、どうか安心してよろこんでくれたまえ。ただし、そうだとしたら、君もまた兜を脱がなければならない。僕はソクラテスに対してだが、君は僕よりも深々と地に額をすりつけて、神に向かって、ね！　間違ってくれるなよ。ソクラテスなら一笑にふされるだけで済むだろうが、み名に向かってなら紫電一閃焼き殺されてしまうのだからね。」

プラトン「――。」
クレオンブロトス「いいかね、なんて、こんな念の押し方は、プラトン、君にこそふさわしいだろうけれど、敢えて僕が君の口真似するのを許してくれたまえ。いいかね。百歩ゆずったとしても、僕らは、今、何をしているのかね。ソクラテスの言説について、一所懸命お話を伺っているのではないのかね。それとも百パーセントに賭けて冒瀆という冒険に身を投じようと企てでもしたというのかね。ゆずるだけゆずって、だ、としよう。焼き殺されたあと誰が香の一華《ぽん》も墓に供えて二人を弔ってくれるだろうか。世にもあるまじき不逞の輩の魂のために！　いや、それとも、それこそはふさわしいと碑名に悪魔の冠《しるし》を刻印してくれるだろうか。だが、今、たった一つ言えることがある。プラトンはわかろうとし、クレオンブロトスは信じようと、二人とも命がけになっているのに二人とも魂にははるかに届いていないのだ。」
プラトン「――！」

プラトン「――わかったよ、いや、わかりかけてきたようだ、クレオンブロトス。ぼく一人なら火に焼かれようといたしかたない。でも君を道連れにするなんて。とても。君にしたがって、そうだったね、あの方に一所懸命ついていくことにしよう。
――また、われわれが思考することをなさしめているのは、はたして、血液が、なのであろうか。それとも気とか火というのがそれをなさしめているのだろうか。いやそのいずれでもなくて、頭脳こそが、聴くとか視るとか嗅ぐとかの感覚をわれわれにもたらすのであり、感覚から記憶と思いなしが生じ、さらにその記憶と思いなしが定着してくるようになると、そこからまさに、知識が生成してくるのであろうか？――パイドンもこんなふうに語ったのか？　そうか、そうだね、アルケラオスでは生物の発生が問われていたのだが、ここでは、思考の発生が問われている、また、そのあとで、

――以上のものどもの発生とまた消滅について、自分なりに考察をすすめ、果ては天空や大地の諸事象にまでおよんだ――のだが、ここだ、ここんところをしかと注意してみていてくれたまえよ、クレオンブロトス。

――いやはや！――と、あの方は仰有る。

――その揚げ句の果て、わたし自身は、この種の研究にはまったくおはなしにならないほどの、生来不向きな人間である、としんから思いいたった始末であった、――と。

冗談じゃない。この種の研究に生来不向きな人間だなんて。ごけんそんにしても程がすぎると思わないか。あの該博な知識の倉を一人占めになさってるみたいなソクラテスが、まるでそれらの問題には初っぱなから歯が立たなかったなんて口っぷりをなさるとは！　ご自身はともかくとして、ぼくらとしてはそれこそ初っぱなからおいそれとは承服しかねるところではないか。即ちあの方はタレス以来のありとある言説の吟味、検討、思索に心血を注がれた。が、そのいずれの説もソクラテスの問いの琴線に触れることはできなかった。が、そのことを説者に帰せず自らの不知《いたらなさ》に帰せられた。それが不向きだと仰有った真意。

――わたしは、このことなら明らかに知っていると、それまでは自分も思い、ひとにもみなそう思われていた事柄について、そのとき、以上の考察によって、すっかり心が暗くされ、わたしはみる力を

失ってしまったのである。つまり、わたしはなんにも知らなかったのである、ほんとうは——これこそ、ソクラテスの原点、無知の説の因由——琴線の意味。

クレオンブロトス「つづけてくれ。」

プラトン「ありがとう。生成において、アルケラオスを簡単に紹介されて過ぎられたように、この重大な問題についてもほんの申し訳ほどにしか語られていない。だから、ぼくらはぼくらなりに、あの方がそれらの説に注がれた血のあとを、今はあの方に代わって精一杯追考しないという怠慢を犯してはならないと思うのだ。そう思うことが、ぼくらのひとりよがりであり、よし、あの方にとってはあるいはお門違いでもあり、すべてすぐれた説をなした人たちに対しては、よし、僭越のそしりを免れがたいとしても。

　さて、まず、思考について血液をもち出すという一見奇妙で子供だましみたいな説をなしたのはエンペドクレスだ。あの偉大にも傲岸不遜のエンペドクレス！　先哲のなかでも指を屈する巨象だ。彼はこう説をなす。

——まず聞くがよい。万物の四つの根を。輝やく火、生をもたらす空気と土、地上をうるおす水。緑なす木々も、そこに、野を駆ける獣、空飛ぶ鳥、水に養われる魚、舞い痴れる男も女も、位《くらい》いと高きオリンポスの神々さえも、そこに、そこより生れいづ。だが、よく見るがよい。世界には生誕もなく終末もない。ただ四元素《(ね＝根)》の混合と分離とがあるのみである。これら四つの要素が互いに駆け抜け合いながらさまざまな姿と変化をもたらす。一つのものは多くのものから生まれ、また一つのものがわかれて多くのものとなる。生成も二重であり消滅もまた二重である。元素の集合が一つの種族を生み出しかつ滅ぼし、元素の分離はまた飛散と成長を同時にもつ。このように元素は絶えず休むことなく場所を変える。あるときは愛によってすべてのものは一つに集まり、またあるときは逆に憎しみによってそれぞれが別れていく。かくて存在の輪は巡っていくが根は不動不変である。それらは互いに力も齢《よわい》も等しいが、しかしそれぞれ異なる役目をもち、固有の性格のため、時の変転のなかでは互いに優劣を競う。そのなかで、死すべきものどもが、善きことを念じ、平和をもたらすならば、それは愛による。だからして彼女をデトシスネ（歓喜）あるいはアフロディテの呼び名で呼ぶのである。彼女は愛の御代《みよ》にあって世界を旋回飛翔するのであり、憎しみ争いの時代《よ》には姿をかくす。人間は愚かにしてどちらの姿も見知らないのだ、と。

ぼくは偉大なるエンペドクレスをソクラテスの言説の端々に生き生きと見る。そして同時に、彼エンペドクレスのなかにかのタレス以来の巨峰たちの明かりを痛いほどチカチカと感ずる。即ち、原子のレウキッポスも四元素に光り、かのパルメニデスの一なる説も、さらにはヘラクレイトスの転変の説も、エンペドクレスの烈しい火のなかに煮え滾《たぎ》っているのだ。だが、ただ彼の前にひざまづくだけではいけない。探せばいくらだって矛盾や独断を彼の説のなかに発見することができるだろう。ただ、そのことは今ぼくらのなすべきことではない。彼自身がこう言っている。

——人間の肢体に広がっている感官には限りがあり、一方、人間を襲ってその思考を鈍らす悲惨事は数多い。感官はあちこちとさまざまに漂いながら、巡り会ったものだけを信じて、あたかも全体を発見したかのように傲《おご》るのである、と。

それゆえに、

──神よ、わが舌より妄想を他に転じ、敬虔なる口より清き泉を流れ出させたまえ──と祈り、さらに警告を発してこう語っている。

──死すべき者どもが捧ぐる光栄《はえ》ある花輪に迷わされて、神の掟の許す以上を大胆に語り、以って知恵の玉座に就くべきにあらず──。」

クレオンブロトス「つづけてくれ、もっと。」

プラトン「おお、その彼がこう言っている。

──黄色なるアクラガスを見下ろす高き地の大いなる都に住まう諸君！　頭にリボン、華やかなる冠を戴《いただ》かされ、まこと不死なる神にもふさわしき予言者としてきたれる我に従い、利得の道は何ぞ、病を癒やす術は何ぞと聞き求める幾千ともなき諸君、君らが永き苦しみを癒やすためのすべてを成就したる我なるぞ。地をうがち田畑を打ちはらう烈風をもたちどころに止《と》めん。また、仇を討つため、その風を呼べというなら、いざ。さらにまた暗き雨をほどよき乾きに、あるいはまた夏の枯れ草に天よりの慈雨を呼ぶもいとやすし。黄泉国《よみじ》より、逝きたる人の力をも呼び戻す我なれば──と。」

クレオンブロトス「また、なんと!?　狂人か、魔法使いか、彼は！」

プラトン「彼は医者で優れた弁論家でもあったそうだ。彼の弟子というゴルギアスの証言によれば、実際、師が魔法を行うところに居合わせたと語っているそうな。」

クレオンブロトス「ソクラテスが、いろんな考察によって、すっかり心が暗くされたと仰有られたのも、こんなことが、その一つではなかっただろうか？　まるで、聖と魔の両刀使いではないか。いや、一方がこよなくすぐれたものであればあるほど、逆の面のおそろしさはそれだけいや増して邪悪なものになる。」
プラトン「ソクラテスがエンペドクレスをどう受容されたかは、また別の問題だ。ぼくらとしては早急に判断を下してはなるまい。これは人間の両面性、表と裏、光と影、ただに人間のみならず万象の謎にもかかわることがらに違いない。だって、かの、思考についての血液説なるものは、一言半句もまだエンペドクレスから発してはいない。いったい、一面あのように偉大で、一面こけおどしの自称予言者にして魔法使いなる彼が、どのような因由によって、血液を思考に結びつけたかを、ぼくらが知る限りの彼の他の面から探り当てていかねば、ぼくらはますます惑いの海に沈むばかりではないか。」
クレオンブロトス「にしても。その舌より清き泉を神に祈り、人間の冠を真《ま》にうけて、神の掟を超えてはならぬと警鐘を鳴らしながら、その口の乾かぬ間に神を僭称する予言者に豹変し、あまつさえ、自然の理《ことわり》をないがしろにして風を呼び、ハデスから亡者を引き戻すとうそぶく魔法使いに堕獄《だごく》するとは！　いかにしても、解しがたい昏迷の極みだ。」
プラトン「その極みこそソクラテスの課題なのだ。まだ、聞くだけのことは聞いた上でないと彼を放免してはなるまい。」
クレオンブロトス「――。」
プラトン「また、あの方エンペドクレスはこうも語っている。
――等しきものは等しきものによって知られる。なぜならば、われわれは土をもって土を、水をもって水を、空気をもって空気を、火をもって火を、さらに愛をもって愛を、憎しみをもっては憎しみを見るゆえに――と。このような思索の奥底で、光と闇を凝視したのではあるまいか。清浄は神のみもとにあり、傲りは人間のものであることを忘れなかった限りにおいて。

また彼は知覚についても感覚についても触れるところ少なくはないのであるが、注目に値するのは思慮についての箇所だ。かの四元素からすべてのものは調合されていて、——それゆえ、血をもってわれわれは最もよく思慮する、というのは身体のなかの血において元素は最もよく混合されているのであるから——。

即ち、すべての根は四元素であり、その四元素がもっともよく混合されてあるものが血液であるならば、自然必然に肉体はもちろん、感覚知覚の出自もそこにあり、したがって思慮もまたそこから出できたる。単に子供だましの単絡説と切り捨てるわけにはいくまい。当然とはいえ、その流れは驚くべき結論につながる、曰く、動物も植物も思考する、と。いっそのこと、砂も石も、となぜ妄想を逞しくしなかったのか、と惜しまれるくらいだ。」

クレオンブロトス「むしろ惨々《さんざん》たる道化だな、そんなことまで彼に言わせたら。」

プラトン「いや、そうではない。ここでは保留しておくより仕方がないが、もしその奇異な発想が敢えて狂妄の幕を切り裂いて突き破られていたなら、アナクサゴラスをして、真の革命をなさしめていただろうとは、あの方ソクラテスの述懐なのだ。必ずあとでくる機会のために蔵《しま》いこんでおいてくれたまえ。」

クレオンブロトス「で、このへんでエンペドクレスの山を越え、次なるは、そのアナクサゴラスということになるのか?」

プラトン「いやいや、なかなか。曰く、

――いと永き命を賦与されたるダイモンたちのうち、罪を犯し、己が手を流血もて染めたる者、また争いにしたがいて偽誓をなしし者、かれらは至福なるダイモンの座を去って三万年の間《あいだ》漂わねばならぬ。その期間中、可死的なるものどもの種々様々なる姿をとりて生まれ来たり死に、あるいは海へと、あるいは大地にと吐き出され、太陽《ひ》に焼かれ、空気の渦に捲き込まる。ああ、われエンペドクレスも、今、彼らのなかの一人なり。神よりの追放者なり、狂える争いを信じたるがゆえに――。

また、曰く、

――われはかつて、あるときは少年、またあるときは草また木、鳥にてもありし、水にもぐれるもの言わぬ魚にてもありし――。」

クレオンブロトス「輪廻の思想だな。」

プラトン「曰く、

――無慈悲な殺生を君たちは止めようとしないのか。心の無思慮のために互いにむさぼり食うのを見ないのか。動物を殺してはならぬ――。」

クレオンブロトス「蜂の針だ！」

プラトン「？　それは何だ？　何か思いついたのか？」

クレオンブロトス「――。」

プラトン「なにか言いたいのか？」

クレオンブロトス「いや。」

プラトン「うん。……曰く、

――父は姿を変えた愛児を釣り上げ、これを殺す。召使いは慈悲を求むる犠牲に刃下《やいば》ろすをためらうに、主人は犠牲の叫び聞こえず、殺したる犠牲をもて餐をととのえさす。かくしてめぐりきて息子は父を捕え、子供らは母を捕え、命奪いつ親しきものどもの肉を食らい合う――。」

クレオンブロトス「――。」

プラトン「寒いのか？　なんで震えているのか、クレオンブロトス。まだ、あるぞ。彼は世界の四つの期《とき》について語った。はじめ内輪もめも醜い争いもなかったとき、世界はまん丸いスパイロス（天球）となって周囲の孤独《しづかさ》をよろこびなごやんでいた。その名は愛。やがて、争いがスパイロスを揺り動かしはじめた第二期を動揺といい、第三期ともなれば争いが栄位の座を占め、名づけて憎しみという。が、次には愛の再来のときがくる。そのときには争いは徐々に押し流され、その分だけ愛の流れが押し寄せてきて、ついには争いは渦巻の底に落ち、愛が回転の中心に集まるのだ――という。そこまではいいのだが、

――はじめ不死なるものだったものが、混合せるもの可死的なるものにとなりながら、有機体の形成がはじまる。土から首を持たぬ多くの頭が芽吹き、裸の腕が肩から離れてさ迷い、また眼が額に着かずに徘徊した。それらの部分は愛と争いのたたかいのなかで組みつほぐれつ相手を求め合った。そして目的に叶うたものは結びつき、そうでないものは滅び去った。二面の顔と二面の胸とを持ったものが生じ、また人間の顔した牛の子供、あるいは逆に牛の顔をつけた人間の子供も生じてきた。あるいは肢体のうちあるところは男、あるところは女、陰陽を並び備えた人間の混合物も――。なべて、これらのことが生ずるのは四元のおのおのがおのおのを憧れ分裂するゆえなのである。」

クレオンブロトス「もう、いい。」
プラトン「やめよう。彼の説は妄想と事実との錯綜。だが、なにか、彼が吐くものは生々しいとは思わないか？　冷たくて熱いエンペドクレスの血みたいものから、もし魂をわかりかけるしずくみたいなものが落ちてくるとしたら？」
クレオンブロトス「これ以上、まだ彼を追いかけるというのか。」
プラトン「いや、そうじゃない。エンペドクレスを語ったのは、ほんの貧しいぼくの断片なのだ。ただ、幸いにして、ぼくらのソクラテスが十二分に彼を咀嚼していなさることだから、ぼくらとしては、あとはあの方に聞けばいいのだ。」
クレオンブロトス「とにかく、彼はあまりにも怪物だ。」
プラトン「そしたら、ソクラテスを何と言ったらいいだろう！」
クレオンブロトス「え？」
プラトン「いや！　これは。」
クレオンブロトス「？　それは、どういうことなのか？」
（うっかり口をすべらすところだった。エンペドクレスが怪物なら、おおおそろしいソクラテスを何と称すべきか？　大怪物！　とでも。うっかり口をそんなふうにすべらしたなら、クレオンブロトスがすぐ嚙みつき、さっき、蔵い込ましておいた『砂と石の思考』をも敏感にあばき出させずにはおかないだろう。またしても苦渋の秘説につながる。それは、もっともっとさきだぞ、プラトン）
プラトン「どういうことって、君。エンペドクレスの次にはアナクシメネス、それにヘラクレイトスもすぐ！　なぜって、次には、思考は気と火がなさしめるのか？　とソクラテスは問うていなさる。きみもパイドンから聞いてるとおり。」

（――なんとかごまかしたかな？）

クレオンブロトス「――血液の次ということだな。」

プラトン「そうだ。ソクラテスのなかには、まだまだたくさんの偉大な教師方がエンペドクレスと入り混じって煮え立っていられるのだ。ね、君、ぼくらはこの道の苦渋さに圧倒されて、いわれなき混乱におちいることを警戒しよう。アルケラオスにしろエンペドクレスにしろ、ソクラテスの言葉で示された限りではほんの数行に足りない。それなのに、ぼくらはなんのために少からぬあがきを費やしてきたのか。その理由は、ただに君が願ったように、あの方のお話に一所懸命ついていくためにできるだけ怠慢を避けるという努力のゆえだったのだ。すなわち、存在の根拠、その琴線をあの方に代わってぼくらが先哲たちからちょっぴりでもたずね取ること。だって、君の言うとおり、お尋ねしようにもここにあの方はいらっしゃらないのだから。」

クレオンブロトス「いらっしゃらぬ！」

プラトン「だから、なおさら、あの方を追っかけて見失わないようにしよう、よき友よ。エンペドクレスはたしかに偉大な怪物だ。だが怪物は彼一人ではない。優るとも劣らぬ妖怪があの方の全身を目眩《めくる》めかしたのだ。そして、それらの首根っこを一人残らずとって押さえられた、と言ったらあまりにもあの方を超人扱いすることになるだろうが、ある意味では、偉大にして偉大なるソクラテスは、人間として最大の怪物かもしれない！　あ、言っちゃった。」

クレオンブロトス「へえ――？　何か、さっきへんだと思ってたが、いいかけて慌てて口を塞いだのは、そのことか？」
プラトン「びっくりしたろう？」
クレオンブロトス「驚くもんか。プラトンが狂ってなけりゃ狂ってなさるのはソクラテスご当人だなんてしゃあしゃあ吐《ぬ》かしていたではないか。」
プラトン「恐れ入ったと言うよりほかない。」
クレオンブロトス「あの方の琴線《がんもく》から眼を離さないでさえいりゃいいのだ。」
プラトン「そうだ。そのとおりだ。ちょっと一息だ。まだ遠くからエンペドクレスが追っかけてくる。」
クレオンブロトス「よっぽど未練があるとみえる。」
プラトン「未練ではなく、このままエンペドクレスになんの贈りものもしないでおわかれしては礼に失するだろう。いろんな示唆《こと》を示していただいたのだから。では、こうお讃《たた》えすることで、ひとまずお退散《ひきとり》をお願いすることにしよう。
『エンペドクレス、誓って申し上げますが、存在の根拠について、あなたはすばらしい示唆をおあたえくださったのです。それは、あなたの、神についてのお言葉、その〝神〟を〝思考〟と読み替えさしていただきます。』
『神（思考）はその肢体に人間に似たる頭を備えず、また肩から二つの枝も分かれ出《い》でず、また足も、速き膝も、毛の生えたる生殖器も持たぬ。むしろ聖なる名状し難いものとして全世界を飛びぬけつつただ独りにて近づき来たる。』

実に鋭くもよきお言葉です。『思考』が『存在』するという純粋な表白はソクラテスにかけがえのない閃めきをお与えになったのです。タレス以来たったの一人も『思考』が『存在』するという発想をした人はいないのです。パルメニデスがわずかに、『あるものはあり、あらぬものはあらぬ』というかたちで、それこそほんのわずかに触れようとしただけです。アナクサゴラスがやっと指先をのばそうとしましたがはるかに届きませんでした。ソクラテスの栄光と没落もかかってここにあったことをプラトンが証言いたします。」

クレオンブロトス「あの方のお最後もだんだん近づいてきた。君の証言も、もうやがて聞けるだろう。正直、僕にはわからない。しかし、やがて僕にもほんのりとぐらいはわかってくるだろうと祈りながら——どうか、あとをつづけてくれたまえ。」

プラトン「あの方はこう仰有った。問われた。

『血液では不充分となれば、それは、気とか火というのが、思考をなさしめているのだろうか？』と。

さて、クレオンブロトス、君も知っての通り、ものが存在するということと、ものが知られるということとは、別に区別されてはいなかった。タレスが根元は水だと言ったから、水が知るのか、などと言ったらむしろこっけいでへんに聞こえるだろう。もともと、あるものがあるのだから、万物の根はあるところのそのものアルケーであり、いかなるものもそれから流出するとしたら、思考といえどもそれは存在自体からしか発出しようがないではないか。この素朴な常識は決して軽々しいものではない。こうして、もし、アルケーが気ならば気が、あるいは気から、もしそれが火ならば火が、あるいは火から思考が生ずるというのはひととおり理に叶っているといわなければならない。エンペドクレスも四元素をアルケーとしたかぎりそのよく混合されたものとしての血液からその発想が導びかれたのも自然のなりゆきだった。ただ、彼は神の自在なる飛翔にかけて、『思考』の存在性を暗に示唆したのであり、アナクサゴラスがそれを敏感に嗅ぎとろうとしたことはさきほど少しばかり触れたところだったね。しかし、ソクラテスにとってはこのなんでもない当たり前らしいことが、実はもっとも当たり前でなく途方もない壁になって立ち塞《ふさが》ってくることになるのだが、そのことを理解するためにも、実は徹底的に先哲の足跡を辿り直す必要に迫られたのだった。それが課題になった、あの方の。」

クレオンブロトス「どうも、そこらあたりのところが、いつもの君の歯切れのよさに似合わず、聞き取りにくく感ずるんだがね。こう言ってはなんだが、省略できるものなら省略して、とん、とん、と出すものだけを出してくれないか。何しろ、もうそうはぐずぐずしておれないときが近くなってるんだからね。」

プラトン「ご指摘のとおりだ。急ごう。しかし一通りの足はどうしても地に着けないでは引っくりかえる心配があってね。苦手なんだ、宙飛びってのは。では早速、アナクシマンドロスの弟子アナクシメネスに聞こう。一気に喋舌るんで聞き落としのないようにしてくれたまえ。彼はこんな断片を残している。

——われわれの魂が空気であって、われわれを統括しているように気息すなわち空気が世界全体を抱擁している――と。彼の主張は極めて簡単で明瞭である。だからといってそれがそのまま思考にむすびつけられるというのではあまりに子供っぽく単純すぎるであろう。彼には彼なりの理由があったに違いない。もっとも、彼の人となりというのは詳らかではないが彼はミレトスの人で飾り気のないイオニアの方言そのままで語ったという伝えがあるように、素朴で邪気やてらいのない純真な人柄であったろうことは想像される。彼の師であるとされるアナクシマンドロスは同じミレトスの生まれだそうだが、天球儀を作ったりその学説を公にしたりかつまたある植民団の指導者でもあったというのだから、その弟子としてはちょいと師とは毛色の違った方だったに違いない。ついでだがあの哲学の祖と称されるタレス、いやこれもついでに言えばソクラテスはタレスが哲学の祖なんてどこのたわけ者《もん》が言ったのかとむきになられたことがあったが、それとこれとは話は別で、その哲学の祖タレスにしても実は彼はアナクシマンドロスの師事した師といわれているが、このタレスもまた政治活動や自然研究にたずさわって星学や数学にもひとかどの業績を残したとされる学者肌の方だと信じられている。つまり三代目たるわがアナクシメネスは、その師や祖師にくらべておよそ畑ちがいの素養の乏しい田舎っぺか天心らんまんな童《わら》っぱみたいな印象を与えるお方だ。そこがまたこの人の魅力でもあるのをソクラテスはどんなふうにお受けとりなさっただろうかとへんに気がもめてもくるのだ。なにしろあの方ときたら子供とたわむれて神は若やぎ老いたもうなんてへんなことを仰有る方であり、虚飾とてらいを最も忌み嫌われた周知の通り朴訥野夫然たる風貌と人となりが骨頂なのだから。断定するわけにはいかないがソクラテスは肌身でアナクシメネスに触れられたのではないだろうか。というのもタレスの水が決して単純な思索から生まれたものでなく、かつまたその弟子アナクシマンドロスのト・

アペイロンつまり無限定者なるものがより抽象的な思考から出てきたものにしろ、先にもちょっと触れたアルケーは三代をつらぬいてもっとも当たり前然《ぜん》たる田舎っぺにもっとも当たり前な面《つら》して現れていると思われたとすれば。

彼アナクシメネスは言う、存在者宇宙の原理は空気であると。存在者たる宇宙という考えは簡単に見えるけれど深い。なぜなら君も知ってのとおり、自然といい世界といい、かつまた宇宙といっても、それは言葉のニュアンスによって元来区別されてしかるべきものではなく、具体的にあるというならば唯一の存在者であり、原理というならばアルケーそのものであるはずなのだから。ソクラテスの自然の探求は実に原点をここに見すえられていることに間違いはなく、それらが言葉を変えイメージを変えかつ形や表現を変えるものだから、とにかくありあらねばならぬものが幾様にも姿を変えて見るもの探るものを迷わし、あの方がそのような研究には生来自分は不向きだと仰有ったのも、多分にここらの間の事情を皮肉めかされたお言葉とも受け取れるし、それはそうとして話を移せば、弟子たるからには単に師をそのまま祖述するというだけでは弟子の弟子たる名に値するはずはなく、したがって師は原理を無限定だと措定されたが、少なくとも弟子たる彼アナクシメネスはそれを修正して、即ちそれは量の点では無限であるがその性質の点では限定されているというのも、空を見上げれば空気の彼方ひろがるものは無限であるが、しかし山はなぜ山たるか、人はなぜ草でも木でもなく人なのか、星もまたそうであり、万物はこの通りあるままに千変万化の形をとってあるのであり、即ち性質は各々違いあって互いにかかわり合うのであるとすれば、それは何ものかによって限定されているのでなければならないと彼は考え、その何について

──されば、万物は空気の濃厚化と稀薄化によって生ずる──。

　さらに敷衍して

──薄くなると火になるが、濃くなると風になり、雲になり、さらに濃くなると水になり、次は土、またその次に石になって、これらのものから残余のすべてのものは生ずる──、しからば、それらの変容はいかにして？　それは永遠なる運動によって。」

クレオンブロトス「そう一気に押し立てないで、もっちょっとくらいは。なんぼ急《せ》かすったって。その方《かた》アナクシメネスの風景画の素描くらいは拝覧したいもんだな。」

プラトン「君が本気でそう言うのなら。

『空気はあらゆるものに浸透し、あらゆるものを按配し、あらゆるもののうちにある。それにあずからないものは一つとしてなく、より温かいもの、より冷たいもの、より烈しいもの、より安定したもの等の変化はそれにより、それはこの上もなく均等であるときには眼に見えないが、運動するものとなるときは眼に見えるものとなる。稀薄と濃厚のあいだ、永却の変ぺんによって万物は生じきたる。大地は空気に包まれ、太陽も月も星々も空気の上に乗っかっている。その星々は大地から湿気が昂《あが》って生じ、その気が更に稀薄になって火になれば、その火からまた次々と星が生まれる。また、頭のまわりを帽子が回るように大地のまわりをかれも回る。太陽は回転しその速さと空気で熱を発して燃え、その光を浴びて月は輝く。このように原《も》理《と》は空気であって、それからこそ、生成した事物、生成しつつある事物、生成するであろう事物はすべて生まれるのである。すべては空気の濃薄の様相にすぎない。このようなわけで人間もまた空気であり、全き統括者魂も空気からできているのだ』とアナクシメネスは言った。その説はひろがって、春夏秋冬や夜と昼の区別、雨や風や晴れの一定の分割法則つまり気象現象にも適用され、また、人間はじめすべての生きものが呼吸によってその命を得て知力をもち、呼吸の喪失によってそれを失うことの確かな証拠ともされたのである。」

クレオンブロトス「特に眼をみはるほどのものはないとしても、彼から受ける印象はなぜか澄んだ空気のように清潔な香《にお》いがする。地道な美しさといっては表し方が拙いけど。」

プラトン「いや、決して。というのは、彼がこれらの説をなしたとされる書物の冒頭にこう書き記されているということだ。

『私は思うが、どんな議論を始めるに当たっても、その出発点としては疑問のないものを提供しなければならない。』

素直に見ることから出発するということより地道な大切さがほかにあるだろうか？　地道こそはもっとも美しいものでなければならないのだ。ソクラテスはそこをアナクシメネスに見られたのでしょう？　とぼくはいつかあの方に面と向かってお尋ねしたことがある。すると、あの方は言われた。

『いや、プラトン、それはアナクシメネスではなくアポロニアのディオゲネスが述べていることだ。しかし聞き違えても差しつかえはない、二人とも同じ素直さで出発しているのに間違いはないのだから。しかし、疑問のないもの、といってもほんとうに疑いない原理《もの》という意味では、それはなんびとによってもまだ提出されてはいない。だからこそ飽くなき知の探求がつづけられてきたし、つづけられているし、つづけられなければならないのだ』と。」

クレオンブロトス「さて、では、アナクシメネスとディオゲネスにはどんな賞賛の言葉を贈ってお別れしたらいいのだろうか？　プラトン。というのは、要するに、空気が思考の発生根拠という結論には、ソクラテスも僕らも必ずしも満足はしていないというのが素直な気持ちだろうから。」
プラトン「いや、もう充分であろう。アナクシメネスについてなら、よいお言葉だけを取り上げて、エンペドクレスのように逆の言葉はひと言もご披露しなかったから。もうよろこんで退散なさっているだろう。」
クレオンブロトス「じゃ、ディオゲネスは？」
プラトン「ちょっとひっぱり出させてもらったが、ソクラテスも仰有った通り、いっ、しょ、く、た、にしても間違いではないお方だから。」
クレオンブロトス「君の博学ぶりには感心させられるが、その君を手玉にとられるソクラテスは、まあ、どこまで深くてひろいのやら、皆目見当がつかないね。して、次なるお方は？」
プラトン「ヘラクレイトスだ、火だよ。珍しいことではないが、とくべつ興が乗られるとあの方は舞台の名優顔負けの台詞《セリフ》を真似て名調子ぶりを発揮されることがある。あのときもそうだった。仰揚よろしく声色《こわいろ》も豊かにこう仰有った。
──雲を衝《つ》いて連《つら》なる連峰に一際《ひときわ》高く屹立《きつりつ》する鋸切型《のこぎりがた》の孤峰《こほう》、彼《か》の未踏の雪嶺《せつれい》の栄誉のために、まずは賛歌《さんか》を奏《かな》でるべきか。それとも、王家の血統《ちすじ》を棄《す》て、俗塵を限りなく侮蔑して先人の轍《てつ》を歩むを潔しとせず、奥深き草庵に仙涯《せんがい》を託して枯死《こし》せる独離痛絶の悲愴《ひそう》のために、鎮魂の頌《じゅ》を捧ぐべきか。はたまた虚飾を憎しめる心情に照らせば、われらひそかに『暗き人』彼の涙の塩《しょ》っぱさに泣くべきや？──と、前口上《まえこうじょう》のあと、こんなふうにヘラクレイトスについて語られた。

——ともあれ、無二の知己《とも》ヘルモドスが祖国を追われたのがきっかけだったそうだ。彼は生国エペソスを罵しり、ホメロスを下げ、ヘシオドスをなみし、ディオニュソスの巫女《みこ》を譴責《けんせき》し、ピタゴラス、クセノファネス、ヘカタイオスを一蹴した。実に、アルケーの高揚を完璧にもたらしたとさえ評価されかねなかったパルメニデス・ゼノンの教条《ドグマ》を、根底から揺るがしたのである。即ち、かれらエレア派の原理は、存在の一元をたぶらかしているのだ、そう、有と定有、一と多の問題。かれらが定有と多の否定によって有と一を捏造したとして烈しく攻撃を加えたのである。『飛んでいる矢は止まっている』って？　馬鹿を言え。矢は時間と空間のなかを飛ぶ。動と制止は理法《ロゴス》の一なるなかにこそあれ、運動において瞬間の静止を抽象の魔術でいっしょくたにするゼノンの論法は立ちどころにその馬脚を現す。よいか、パルメニデス、時間は絶え間ない流動である。空間は点《しゅんかん》という点《抽象》なのだ。飛んでいる矢は飛ぶのである。ゼノン、来たってこの崖より谷へ飛べ、汝の誤りを正すは汝の血《いのち》であろう、と、ヘラクレイトスの舌峰はまさに峻岳に値するものであった——と、このように語られたのであったが、悲しいかな、ソクラテスは、その時間と空間を超えることによって、ヘラクレイトスをも飛ばねばならなかったのだが、その契機を与えたのが辛らつこの上もない彼へライクレイトスであったことは間違いないよ、クレオンブロトス。」

クレオンブロトス「あ、——僕はゼノンがどうしてもわからなかったが、少し解けたようだ。一面性だな。抽象の落とし穴だな。彼を崖っぷちに連れてきて、こう言えばいいんだな。『飛べ、ゼノン、谷底に落ちるまでに止まっていられるのならね』と。」

プラトン「うん。」

クレオンブロトス「だが、なんてたって一方の雄、あの名にしおうパルメニデスを、そう簡単に超えられるだろうか？　それにゼノンのあの巧みなパラドクスをそう易々《やすやす》とは。」
プラトン「今、言えることはこういうことだ。一元を志向したパルメニデスはその実二元を免かれていない。なぜなら、一と多、有と定有を、その希求の一なるにもかかわらず、前提として定立せざるを得なかったからだ。ヘラクレイトスはその二つを統合して「成」によって自然の理を現実性において捉えようとした。『世界は有か非有か、そのいずれでもない、見よ、世界は両者である』と。」
クレオンブロトス「では二元論ではないか？　彼も。」
プラトン「それが世間の彼への誤解なのだ。これから彼の真意とその説の核心を探らねばならない理由にもなるだろう。」
クレオンブロトス「つづけてみてくれ。さ、つづけてくれ。」
プラトン「友よ。二人して、偉大なるお方々に武者ぶるいつくとするか。蛮勇を振るってね。あの方ソクラテスの理解にははるか及ばずとても。ただし、クレオンブロトスよ、この峰は峻険なのだ。一歩一歩を踏みかためて次の一歩を探るのでないと、ゼノンのように谷に落ちる破目になる。」
クレオンブロトス「命綱《いのちづな》はあの方《ソクラテス》が投げてくださるんだろ？　いざというときは。」
プラトン「うむ。ではまず、パルメニデスはいう。
『耳目はいつわる。不変なるものを変化するものと、とるがゆえに。』
　ヘラクレイトスはいう。
『耳目はいつわる。変化してやまぬものを不変なるものとするがゆえに。』

ソクラテスは、なんといわれるか。

——それはまだ、あと《（秘説）》のことだ。

さあ、こうしてヘラクレイトスはつづける、

——河は同じ。だがその中に入る者には、後から後から違った水が流れてくる。われわれは一つ河に二度とは入れない。流れきたり流れ去るものは一つ河であって一つ河ではないのだから。このように万物は不断の転変の中にあり、増し、減じ、移ろい、生じ、滅し、すべては仮象にして恆存にあらず、ただ過程あるのみである。しかし誤ってはならない、底《もと》の底《もと》は、火といおうか、法といおうか、いや、あるのはロゴスのみである——。」

クレオンブロトス「二元ではない、のだな。」

（クレオンブロトスを無視して）

プラトン「『すべてのものは、すべてからすべてが生まれ、命なきものより命あるものが生まれる』とすれば、ソクラテスは嘆じられたに違いない。——ではお尋ねいたします、ヘラクレイトス。およそ、あるものがないものから生まれる道理はあり得るはずはないといたしましても、人の前には人、石の前には石があったのでございましょうか？　億年永劫のなかには人なきときも、石なきときもあったでありましょうに。ヘラクレイトス、もし、命なきもの石があって、虫さえもなかったとき、いったい人はいかようにあったのでありましょうか？　人の前《さき》には虫、虫の前《まえ》に草、草なき先に石、ということになるとすれば、存在はいのちを生んだとき、いのちない石よりいのちを息吹かせたとでも仰有るのですか？　そうだ、と？　これは、また、すさまじい。命の前に命なきものがあるとは、い

わば、永却の宇宙に刃をかざす者。知者たるにふさわしく、先人をまさに超え出でんとする気概、このソクラテスを驚嘆さしてあまりある方《かた》。しかし、すぐとは納得できませぬ。火とロゴスとはいまだ混濁を免かれてはおりませぬゆえ——。

　ならばソクラテス、

『弓と弦を持て、前者、後者をうがちて妙音を出だす。各々自らを裂いて調和を成す。闘いは父。争いは王。またヘラクレスに強弓をもたしめよ。糸は牽引、竹は反撥、力、矢を放つ。ロゴスは動の原理。即ちすべてより一、一よりすべては生ずる。象徴《しるし》とならば、火に如《し》くものはない。タレスの水を笑え。アナクシマンドロスのト・アペイロンもわが意に遠く、アナクシメネスの空気は軽すぎる。かれらは実を理に錯倒しただけ。わが火は例ゆべくば黄金に似たるか。すべての物を仲立ちする要素。力素《エネルギー》のもと。原火。それは神がつくりたるものにもあらずして、永遠に燃えかつ消え、消えかつ燃え、空気、水、土、海、雷電、さらに生命と魂にまでいたる自然と精神の原源。されば、すべてのものは火によって裁かれるであろう。』

——聞きしにまさる誨渋さよ。高邁なれどいささか倨傲とソクラテスが不満《こころ》を読んでか、

『海は最も清らにして汚れている。魚は飲んで生きるが、人が飲めば命をほろぼす。豚は清水よりも泥水をよろこぶ。坂は上りであり下りでもある（これはクレオンブロトス、実はこの方ヘラクレイトスが仰有った言葉だ）。文字は直で曲だ。円周は初めが終わりを繋ぐ。病は健やかさを、飢餓は飽食を、疲れは想いを善きものとする。生と死、覚醒《めざめ》と睡眠《ねむり》、老年《おい》と若年《わかき》、いずれも同一のものが転化してかのものとなりこのものとなる。冷熱しかり、乾湿しかり、一致するものであると共に一致せざる

もの、相和するものであると共に相和せざるもの、すべてのものから一つができ、また一つからすべてのものが出てくるのだ――。』」

クレオンブロトス「ひとつ！　またわかりかけてきたぞ。『神は若やぎ老いたもう』、老年と若年の一つにして反するなかに読みとられたのか、あのへんてこなお言葉を、ソクラテスは。」

プラトン「ヘラクレイトスは仰有った。

『かくて、ソクラテスよ。わし《ヘラクレイトス》にではなく、ロゴスに聞いて、万物が一つであることを認めるのを智というのだ。』

　ソクラテスも負けてはいない。

『あなたといえども、二枚舌は許されませぬぞ。ほかならぬあなたが、こう仰有ったのですぞ。――自分自身を探求することによってのみ凡《すべ》てのことを自分自身から学んだ――と。』

『早合点してはいけない、ソクラテス。智とは、すべてのものがすべてのものを通じて如何に操《あやつ》られるかについて、真の判断を心得ることだ。だから、わしが聞いた限りの誰一人そのことを教えてくれた者はいなかったと言っているが、そこで終わりではない。よく聞け。ではいったい智がそういうものとどこのど奴が大きなふろしきを広げているのか？　このわしヘラクレイトスご当人ではないか。これでわかっただろう。即ち、その智なるもののロゴスをわしは結局他人《ひと》さまからではなく、わし自身を探求することによってわし自身から聞《まな》んだと言ったのだ。傲慢だ、と言いたいのか？　わかってくれたらいいが、君の眼に書いてある傲慢については少しばかり弁解をさせてもらうとするか。即ち、だからといって、わしがロゴスを見つけた、と言っているのではないのだよ。これでご気嫌を直してくれるかな？』

『魂の際限には到達し得ないと仰言った意味なのですか？』

『少しニュアンスがちがう。もとのものは魂だとわしは言ったはずだ。』

『ならば、魂がロゴス、ですか？』

『自分自身を成長させるロゴスは魂にこそふさわしく固有のものなのだ。』

『しかしヘラクレイトス、あなたはこう説く。健全な思慮が最大の徳だ、そして智はものの本性を聞きわけてそれに従い、真実のことを言ったり行ったりする、と。また、思慮はすべての人々に共通だ、とも。しかるに、人間どもにとって、耳目は悪しき証人である、うちでも眼は耳よりも正確だと言い、かつ、何でも見たり聞いたり学んだり出来るもの、これが私としてはまず尊重するものである、ともあなたは説明されている。』

『ソクラテス、君ともあろう者が、ばらばらのものどもを寄せ集めて、ひとかどのものに息吹かせようとする愚を犯すのか？　そうであるなら、君はわしをほとんど理解していない。変転と対立の瞬時もやまぬなかに、表裏と矛盾は、愚かな人間の知恵を枠にはめて言葉で括りつける。流動する成を静止せる存在に変えるからだ。わしが説いた断片を勝手に組み合わせてわしとなすならば、それはわしを誤るだけではなく君自らを誤ることとなろう。なんとなれば、わしが語ったことはありかつあらぬからである。そうではないか。まさに君がわしの説を納得も消化もしなかったそのことが君にしてはあり、わしにしてはあらぬからだ。一つ流れにして一つ流れならぬは河だけではない。水そのものまたしかり。さらに大切なのは河を見て人を見なければその流転の底をつかむことができないということなのだ。かのたとえの真意をこう受けとるがよい。〝同じ河にわれわれは入っていくのでもあり、入って行かないのでもある。存在するのでもあり、存在しないのでもある〟と。これは、このとおり、いつかわしが語ったところである。』

『お言葉を返すようですが、ヘラクレイトス、わたしはこう主張したいと思います。そのもとなる魂とロゴスは、パルメニデスのものだ。なぜなら〝あるものはあり、あらぬものはあらぬ〟を一歩も新しく超えるものではない。むしろ、わたしにはこう思われます。〝有と成は和解すべき源を一つもっているだけだ、それがあなたの火だ〟と。」

『善いかな、ソクラテス。』

『あなたは流動の原理によってゼノンを破摧した。しかし、あなたは現象界の矛盾をロゴスなる火に焼いただけで立ち止まっている。窮極のものをまだ語ってはいない。わたしはあなたに問わねばならない。

——なぜ、有は成となるのか？

——なぜ、一は多に分かれるのか？』

『善いかな、善いかな、ソクラテス。一つでもよい、世界の秘密を開く鍵を発見するならば。わしは語った。〝太陽は日々に新しい〟と。』

『わが師ヘライクレイトスよ。わたしがあなたに見いだしたものは実にすぐれたものでした。そして、おそらく、わたしがあなたからわからなかったものは、もっと素張らしいものに違いないでありましょう』と。」

クレオンブロトス「プラトン、いったい全体、どこからどこまでが君であり、そのいくつがソクラテスであり、流れのどこらあたりにヘラクレイトスは泳いでいなさるのか？」

プラトン「クレオンブロトスよ、ぼくはそれに答える術《すべ》を知らない。答えにはならないがとにかくもうしばらく耳を貸してくれるなら、こういうことだ。彼ヘラクレイトスの書物『自然について』には三つの説論があげられているそうだ。宇宙論と政治論と神学論。ある人々は、彼は通俗からする軽蔑を避けるためにわざと箴言めいた不明瞭さをモットーとした、と。またある人々は、彼は陰うつな統合失調症の重患だ、と取り沙汰したらしい。いずれにしても彼の断片はどこに句読点を付してよいかさえわからぬそうだ。ソクラテスの賛美はあるいはそれをあの方なりに皮肉めかされたのかもしれない。もちろんそれらはぼくの憶測だけれど——。」

クレオンブロトス「だとすれば、僕の憶測からすれば、以上のことからして、ソクラテスは、もっともっとたくさんヘラクレイトスから聞きとられたことになる。宇宙について、政治について、そして、神についても。更に、肝心な魂について。今はなかんずく思考の発生について。」

プラトン「もっともな言い分だ、しかし、君よ。ぼくが知る限りにおいて爾余の彼の言片を並べ立てていささかでも君に応えることができるなら、敢えて試みてもいいが、そのことはアルケラオスやエンペドクレス、またアナクシメネスの場合と同じように、大した実りを期待することはできまい。特にヘラクレイトスの場合にはわかりにくい上に、全く飛び飛びなのだ。まあ、聞いても見たまえ、

——デルフォイの主なる神は語るもせず、かくすもせず、ただしるしを見せる。

——シビュルラ（神巫《みこ》）は狂った口で、笑いもなければ飾りもなく、滑らかさもない言葉を吐き、そ

の声もて、よく千年の外に達するが、それは神によって語るからである。

――あらわな調和よりも、あらわでない調和のほうが優れている。

――いい加減に積み重ねられた山が極美の世界である。

――火の転化、海、次に海の半分は土、その半分は雷光。

――万物の舵を操るは雷電。

――神は昼夜、冬夏、戦争平和、飽食飢餓である。それはちょうど、油が香料と混ぜられるとき、香りに従って変化する。

――人は神に比べれば子供、ちょうど、子供が大人にくらべられるように。」

クレオンブロトス「ふざけているのか、プラトン？」

プラトン「ふざけているのはぼくではなく大先生だ。まだあるぞ。

――人間のうちで一番賢い者でも、神に比べれば、猿。

これはまあまあだね。

――魂にとって水となることは死。」

クレオンブロトス「タレスが歯をむき出して怒るだろう！」

プラトン「――しかし、水から魂が生れる――とも大先生はつけ加えているのだ。一《ひと》すじ縄ではいかないよ。また、

――魂にとって湿ったものになることは快、もしくは死である。」

クレオンブロトス「空気は出てこないのか、あのアナクシメネス先生は？」

プラトン「——大人も酒に酔えばよろめいて、どっちへ行くかもわからずに導かれる、その魂が湿っているからだ、だから乾いた魂ほど優れている——と、さ。これならアナクシメネス先生もまんざらではなかろう。さらに、

——魂は他のものからの蒸発物だ。

もって、アナクシメネスの空気、冥すべしか——。もう、これくらいにしておこう。」

クレオンブロトス「エンペドクレスにも驚いたが、ヘラクレイトスも奇っ怪だな。少々、狂ってなさるみたい。」

プラトン「ついでだ。

——太陽の大きさは人間の足の幅！」

クレオンブロトス「もっともすぐれた人が、もっとも他愛ないとは！　しかし同じにしても、エンペドクレスよりはかわいいね、この先生のほうが。だって神を騙《かた》ることはようせなんだろうからね。」

プラトン「君！　クレオンブロトスよ。愛すべき善良なる友よ。実はソクラテスをもっとも驚愕せしめたヘラクレイトスの言葉はこうだ。

——一つもの、ひとりそれそれのみが智であるもの、それはゼウスの名をもって呼ばれることを望みもしないし、望みもする！」

クレオンブロトス「なんと!?　それは、どういうことなのだ？」

プラトン「ぼくが知るものか！　ソクラテスだけが知っている！　ただ、ぼくらには、あの方の苦渋にひきつったお顔を想像するだけしかない。

思考の発生の論拠などもはや問題にもならないのが、君にも了解できるだろうか？　ヘラクレイトスにそれを聞くなんて途方もない欲張りだ。火の一字だけをもってさしあたり、あの方がこの偉大なる先達を仮《かり》放免し、そのことつまり『思考』をひとまず通り過ごさせられたのもむべなるかなだ。だが、それにもかかわらず、ヘラクレイトスはパルメニデスとともに、ソクラテスの苦渋のどの毛穴にも食い込んで、それこそ火のように流れているのだ。二人には限らぬ、すべての先人のと言うべきかもしれないが――。とはいえ、誰よりもすぐれてぼくは彼ヘラクレイトスの空前絶後の壮なる宇宙の流れをかの流動と変転の大交響楽に聞きとることができる。讃《たた》えようとするなら何度でもそれを讃えることができ、おそらく多くの人たちが今の世といわずのちの世も賛嘆を惜しまないだろう。彼は彼自身が彼をとらえた以上のものを後世に残すだろうと予測できるほど偉大なのである。それは彼がパルメニデスと共に課題を千載に放ったからだ。タレスが哲学の祖ならばこの二人こそ哲学の発展と展開の門を開くべき鍵を提供したものと称《い》うべきだろう。ソクラテスのディアレクティケーが、やがて、その鍵で世界を拓《と》き放《はな》つのでなければ、おそらく哲学は千年も二千年も眠りこけるだろう！　ソクラテスよ！　ソクラテス！　ぼくらに早くその扉をひらいてみせてください！

（溜まって溜まって吐き出せない。げすなたとえだが下腹に空気が一ぱい張り込んで張りつめて放屁《ガス》がぱんぱんになって口《くち》を求めるが爆発を許してくれないのだ。このままでは吐け口は胸に転移して窒息をもたらしかねず、もっと悪ければ脳が破れてしまうだろう、ほどの緊張におそわれたのであった。救われた。救われたのは全く彼クレオンブロトスのおかげ。というのは、彼も同じ症状《じょうたい》におちいってしまっていたからである。彼は急に笑い出した。おい、プラトン、君の顔は、と言ってからすぐ青ざめて、僕はどうかしてるぞ、まさか！　と吐き出すようにこう言った。おふくろそっくりだ。わたしは咄嗟のことにびっくりして、え？　とだけ念を押した。手甲で額の汗を拭きながら、全く、どうかしているぞ僕は、ちっちゃいとき、おふくろがお産するのを偶然に見たんだ。なんてこった、プラトン、おふくろの顔が君そっくりだったもんで——と大きな息を二度吐いて、ハァー、やっと落ち着いた、と。そのあとは黙りこくって溜息ばかり。その溜息はわたしのものでもあったのだ。なにか生理的なものが思想的なものと火のようにかかわりあっているという実感を後々《あとあと》まで、決して大げさでも誇張でもないとわたしは回想しつづけることになった。わたしの放屁《へ》物も彼のお産も「苦渋」というソクラテスの言葉ない言葉の暗示《しるし》にほかならなかったと思う。二人はやっと二人をとり戻した。口がからからになった、とクレオンブロトスが言った。水かい？　お湯かお茶にしようか、おや、道理だ、飯にするか、ペコペコだ、忘れていた、とわたしは言って席を立った。わるいなァ、邪魔した上に馳走になって、とすっかり柔《やわ》らいだ彼の声がわたしの背に返ってきた）

クレオンブロトス「こうやって食事をしながらあの方は誰とでも心おきなく談笑されたと聞くが、一度でもそんな機会に恵まれたかったもんでね。ご馳走になるよ、遠慮なく、プラトン。」

プラトン「ぼくは幸にして、一、二度そんな席に居合わせたことがある。真面目なお話やいろんな質疑問答はたいてい食事が終わったあと、たまには盃を乾しながらのときもあったが、ほんの茶話や世間話、よく食事時にあるようなね、ごく日常身近の些事に触れられる場合でも、あの方はやっぱり一うだ。」

風違った趣があって、冗談など交えながら、気取りもない屈託のなさで、そこにあるもの、卓《テーブル》だろうが、果物だろうが、コップや、とにかくなんでもいいんだ、話の中に取り上げられるその一物一事に、不思議とたましいが入っていて、よく、その一物一事が食後の大問題に発展したという例もあったそうだ。」
クレオンブロトス「で、君が居合わせた折にも、何かそんな風なお話でもあったというのかね？　僕らも一日中《はんにちじゅう》こうやって、話がひっ迫し通しみたいだったから、大事なつづきもしばらく棚上げにして、緊張を解きほぐすのもかえっていいかもしれん。よかったら、その屈託のないってお話を聞かしてくれないか。」
プラトン「屈託ないって言ったって。あの方のお話だ。どんな内容にしろ、こもっているんだ。」
クレオンブロトス「こもっているって？　魂《たましい》がか？　魂なら、まだ、まだ、だよ。魂のこもらない話、いや、これはおかしな言い方だ。あの方のものなら、注文するほうが、どうかしている。ま、あんまり肩に力のはいらない、つまり、軽いお話ってのはないのかね。軽いと言うのは礼を失するようだがね。」
プラトン「礼を失いはしないよ。どだい、世間で軽いといわれる一つ一つが、あの方にとっては重い重い一つ一つであったらしいからね。――あ、そうだ、ちょうどいい、そう遠い昔のことではない。――それは、ぼくがあの方の門を叩いてまもない頃のことだった。何かのはずみで、ぼくまでが招かれてその席に加えさせてもらった。クリトンの邸だよ。あの方は最後に部屋に入ってこられた。客勢十人許《ばか》り。」

ソクラテス「クリトン、豪奢だね、今宵はかく別。」

クリトン「並んでいるのは、ほんの一部だ、皮肉かね？」

ソクラテス「いや、ご馳走のことじゃない。このお顔ぶれが、だ。」

クリトン「おや、エレアからの客人に、さとくも眼をつけたとは、さすがだね、ソクラテス。」

ソクラテス「他のお客人には失礼だが、いつも雲の上ばかりでは住みにくい。たまには下界の番人《（医者）》に耳を傾けなくちゃね。馳走もろくろく咽喉《のど》に入らぬではないか。」

クリトン「毒が入ってるみたいじゃないか。」

ソクラテス「下手な洒落だね。ま、いい、その毒味だが、医者に限るて。」

クリトン「ヒッポクラテス、今夜は、どうやらソクラテスにとっては君がお目当てのようだ。」

ヒッポクラテス「光栄です。」

　それから、一同の紹介がはじまったが、新入りはぼくとヒッポクラテスくらいの者だった。あの方はまず、エレアからの客人（この方は大へんな哲学者だという噂だった）にぼくとヒッポクラテスを引き合わせてから、客人に向かって、

ソクラテス「どうだね、最近、ますます精が出るようだね。半分やきもちを焼き、半分ホッとしているよ。ぼくの名が君の名にかくれ、おかげで、クリトンに引っぱり出されるのも半分になったからね。」

クリトン「ソクラテスときたら、いつもああだ。へらず口もいい加減にしろよ。さあ、みんな、遠慮なしに、ついてくれたまえ。」

エレアからの客人「ところで、ソクラテス、ますますさかんなのはきみらしい。もう一ぺん、ところで、あのエンペドクレスはどうなったのかね？　尻切れトンボに終わっていたようだが。」

ソクラテス「その尻切れをなんとか探そうと、ずいぶんと苦労したが、やっと君のおかげでやっと捕《つか》まえたようだ。ほら、ここに。この男を追っかけまわして、はやいく年《とせ》ぞ。」

ヒッポクラテス「噂にはお聞きしておりましたが、お口《くち》がお上手らしいですね、ソクラテス。私は何度もあなたにお目にかかりましたよ、辻や広場で。いつも群衆の中に混じり合っていたものですから、とうとうじかにはお眼にかからず仕舞いで。」

ソクラテス「ウソを吐け。君はいつも旅にばっかり行って暮らしているというではないか。いつか会ったというなら、それは君の背丈《せい》のせいだ。かくれて見えなかったか、それとも小人《こども》と見誤られたのだろう。いずれにしてもぼくのせいではない。それに、君のお目当てはこのエレアのお偉人《えらがた》で、ぼくではあるまい。もう棺桶に爪足《つまあし》だけは両方つっ込んでるもうろく爺だからね。」

エレアからの客人「悲観は禁もつ。ヘラクレイトスより、もう幾つかあんたが年上になってる勘定だ。まだこれからうんと気張って、ひとつ、先人を一人一人なぎ倒してもらいたいもんだ。」

ソクラテス「ご自分のことを宣伝しているのかね、お客人。」

クリトン「おい、おい、ソクラテス。なるほど、もうろくしたね。さきほど、雲の上はご免だと言ったばかりじゃないか。」

ヒッポクラテス「いいではありませんか、クリトン。ゴロ、ゴロ、大雷《おおかみなり》同士の喧嘩なら、見物《みもの》、聞物《ききもの》、願ってもないしあわせではございませんか。」

エレアからの客人「そうはいかないよ、ヒッポクラテスとやら。雲の上でならソクラテスにひけはとらぬつもりだが、地上でなら角力《すもう》にならないよ。なにしろ、この男が人間の血やら肉やら血管、覗こうたってとだい無理な悩み、その中まで調べようとしているのは今にはじまったことじゃなくて、あ、そうだ、プラトンとやら呼《い》ったね、ちょうど君くらいの年頃には、ひとかどの生理学者だったそうだ。医者を追いまわして幾年《いくとせ》というのも誇張じゃあるまい。君らにはトンチンカンだろうが、つい先日ぼくたちは話がはずんでね。知性の発生について意見を交わしたんだが、ちょうど、エンペドクレスの血液説のところでうやむやになってしまったいきさつがある。実に天上のみならず、地上についてもおっそろしく執念深い人間だ、ソクラテスという男は。その点、ぼくはいつも星ばかり見上げていて皆目地上のことには疎《うと》いのだ。彼に一目《いちもく》も二目《にもく》も置いている所以だ。真似するならこの男を見習いたまえ。ディオゲネスじゃないけれど、息してるってことは実に大事なことだ。この男《ソクラテス》を見たまえ。色艶のいいこと！」

ソクラテス「色艶がいいのは、その大事なことがわからないせいだ。わかったなら、サッサと地上から天上へとおさらばだ。」

クリトン「どうやら、今夜の雑談は天上から地上に天降ってきなすったようにお見受けする。諸君に異存がないなら、ヒッポクラテス、ひとつ、客人なり、ソクラテスなりのお相手になってはくれまいか。君はギリシヤ中で評判の、名医だとの噂でもちきりだからね。なんならひとつ、地上論で天上論を引きずり降ろしてみてはくれまいか。さ、まず、腹が減っては戦は何とやら、まず、皿に手をつけて、手をつけて。」
ヒッポクラテス「とんでもない、ありがためいわくです、クリトン。私はただお招きにあずかって参っただけの、つまり聞き役なんです。それも、ソクラテスがお見えになると聞いて、飛んできたんです、短い足を人一倍フル回転させて。」
ソクラテス「おい、君、ヒッポクラテス、年少のプラトンならともかく、いい年をして、客人への礼をわきまえないか。」
クリトン「いやいや、それはわしがうっかりしていた。客人はお名前を明かしておられないんでね。だがヒッポクラテス、わしはこう言っといたはずだぞ。その道の偉いお方がお二人見えるから、ぜひ、とな。」
ヒッポクラテス「クリトンの強引さときたら、それこそアテナイ中誰知らぬ者となしと聞いてますからね、諦めましょ。どうせ、私は俎板に乗せられた鯉《こい》。天上に引き上げられてパクパクした揚げ句、お料理されて皆さんのお口へ、ということになるのでしょうからね。」
クリトン「往生際の悪い男だな、医者のくせして。なにも取って食おうなんてなさるもんか。それにわしクリトンのこけんにかけても君に恥などかかせるもんか。」
ヒッポクラテス「も一つ評判がありますよ、隅に置けん達者なお方って。」
クリトン「何を聞き違いをしているのだ、それはソクラテスのことじゃないか。」
ソクラテス「ヒッポクラテス、聞き違いしたのは君かもしれんが、安心したまえ、勘違いしてるのはクリトンだから。」
ヒッポクラテス「なるほど！　わかりました。」
クリトン「参ったよ、ソクラテス。じゃあ、これより、——。」

こうしてやっと始まったというわけだ。退屈しないか？　前置きだけが長くなって、実はかんじんな雑談というのはこれからなんだが、これがまた呆気《あっけ》ないくらいの、
クレオンブロトス「なんで退屈なんどするものか。あの方の髭が眼の前にちらつくようだ。どんなお話だろうと、あの方がいらっしゃれば、もうわくわくするんだ、さあ。」
プラトン「じゃ、図に乗って。」

ソクラテス「君は、ヒッポクラテス、アルクマイオンのながれにつながっているという話だが、彼はいったい何者かね？」
ヒッポクラテス「え、私の一番尊敬する唯一人の人《かた》です。お生まれは南イタリヤのクロトンだそうですが、はっきりした年代は存じません。百年も前ということはないようです。医者というよりも学者で、心の研究もなさったと聞いております。」
ソクラテス「ほう、心の研究もね。するとピタゴラスにも縁があるらしいな。」
ヒッポクラテス「はい、その通りです。ピタゴラスの弟子だと伝えられています。」
ソクラテス「して、どんな説を立てたのかね？　生理にも心理にも通ずるとは。」

ヒッポクラテス「そうです。感覚と思考とをはっきり区別して考えられたそうですが、そのへんの詳しい説は私も調べがついていないのです。」
ソクラテス「君は、それらを別だとするのか？　いや、これは早すぎる質問だ。ま、そう肩を四角張らせないで、ゆっくり膝もらくにしたまえ。ぼくらはその道にかけてはみな一年生《こども》だよ。」
ヒッポクラテス「恐れ入ります。はい。私が知っているだけのことでしたら――。で、そのわれわれの感覚も知覚も、そのもと締めは脳にあると仰有られています。」
ソクラテス「お客人、エンペドクレスとはちょっと勝手がちがうらしい。おや、これは失礼、失礼、ヒッポクラテスどの。ぼくはどうもお見かけ通りの粗忽者でね。」
エレアからの客人「脳みその回転が早すぎるだけのことだよ、ソクラテス。かんべんしてくれたまえ、ヒッポクラテス、君の話を勝手に横取りしたりして。クリトン、なんとか取りなしなさらんか。この二人の哲学者はどうやら見かけ倒しのヘナトチだ、とかなんとか。」
クリトン「うん、そうだとも。」
　と、握り拳《こぶし》を上げて雲上人《うんじょうびと》お二人の禿頭の上にかざして見せたので、みんなが大笑いというわけだ。お蔭でヒッポクラテスはやっとかみしもが下《お》りた感じだった。
ヒッポクラテス「ちらと今承わりましたエンペドクレスは、知能の座を心臓に置いたとされていますが、どうも、わがアルクマイオンの説が有力のようです。アルクマイオンは医学のために解剖を本式に取り入れて、さまざまな原因を探りました。気孔という細い管が全身を網のように張り巡っているのでありますが、この気孔を通じて感覚は感官から大脳につたえられつながっているのです。知覚はこうして生ずるのです。だからもし、その管が中断されますと知覚もなくなるのです。」
ソクラテス「うん、なかなか合理的で説得力もあるようだ。して、健康とか病気とかは、その気孔とやらでどんな具合に左右されるものかね？」
ヒッポクラテス「いいえ、その気孔のなんらかの損傷が知覚系に少なからぬ影響を及ぼすのは当然といたしましても、一般的にいって、病気とか健康とかいうものは、全身の状況によるものです。例えば熱かったり寒かったりとか、体内にしてもいろんな内蔵がひしめき合って動いているのですから、それらが揉《も》み合うときの互いの働き合い、また体内と体外の関係にしましても、環境次第でいろんな相互作用が起きるでしょう。手っとり早いところで乾湿の度や空気、水、塵埃等、要するにバランスが保たれるか、一方に片寄りするかによって、病気にもなり健康にもなるというわけです。」
エレアからの客人「素人《しろうと》にもよくわかる。聞いてみれば当たり前みたいなことだが、その当たり前を実際に照らしてとなるとやっぱり、専門家が必要になるということか。」
ソクラテス「アルクマイオンの説は大体わかったよ。客人の言われた専門的なことになると、もちろんもっと微に入り細にわたって、大へんな知識が要《い》るということになろう。いや、ありがとう。さて、では改めてそれから何を学んだのかね？　専門的な話でけっこうだが、アルクマイオンから君に至るまでには少なからぬ時が経っているのだから、君としてもその唯一人の人からだけではなく、他の人々の説、また、君自身が研究したところなど、教えてはくれないか。」
ヒッポクラテス「お恥ずかしいことです。でも、私なりに教えられ、また自分でもなしたことが多少でもあるといたしますなら、ま、こんなことぐらいです。私はまず、呪《まじな》いとか占《うら》ないとかで病気が治るとか治すことができるとかいう考え方に一番に抵抗を感じました。眼に見えない力や、神々を決して疑うのではありませんが、歯が痛むのなら歯が、歯が繋がる筋がどこにどう通じていようとも、要するに原因は歯にあることは明瞭であって、どこそこの社や、捧げた犠牲の多寡にあるのではないと考えたからです。もともと、私は病人を治すのが役目で、それで口すぎもしている医者なのですから、一人一人の患者が私の書物です。そのためには一人一人の容態をできるだけよく観察しなければなりません。どうしてその患いがでてきたのか、その始まりを患者から細かく聞き、相応の手当てもしながらその容態の変化を調べ、もとの健全さに戻った後も、その痕跡、またできる限りのあとの状態等も記録にとどめるように気をつけました。それに、私が特に留意いたしましたのは、病気は薬だけで治るのでも治すものでもないということです。神々のお力添えというのも、いちがいに信ずる信じないの問題ではなく、そのことが患者の心になにがしかの影響を及ぼす限りにおいては心理的に少なからぬ力をもつこともたくさんの例症から学びました。しかし、根は生理機構の問題です。食べ物にしましても各人各様の好みと嫌いとがあります。しかるにその好悪はその身体に必ず表れるのです。美食必ずしも健康に役立たないことは言うまでもないことですが、かと言って、粗食が片寄りすぎますと栄養が失われることで病につながることも確実なのです。それに、とても大切なことがあります。それは各人各様、同じ手足を動かしていても、個性が、つまり生理的にも特質がそれぞれあって微妙に違うのです。男女の別はもちろんですが、同じような患いでも、その人に与える薬の分量も、与える時期も、一人一人について、いちばん適当にえらばなければいけないのです。十把一からげに処方も手当ても決めてかかるわけには参らないのです。心理的な特質がそれに加わるのですから、とても世間が思われるほどに楽な仕事ではありません。どちらかと言えば、私は薬よりも食べ物に重きをおいてきたようです。だって身体組織を保つのは食物だからです。こういっては世間から怒られるかもしれませんが、食餌を与えるのは患者の肉体の補強のためですからその意向に反してでも与えますが、薬を与えるときは、飲めば効くと思い込ませるのが医者の力量であって、気休めと知りながら与えることだってずいぶんとあります。ところで、ときたま、私は深い憂うつに悩まされることがあります。自分の無力さのせいに違いありませんが、こんなふうに思うのです。もともと神さまがおつくりになったものだから、文句は言えないにしても、なぜ、個性、つまり、生まれと育ちによって人間は十人十色なのだろうか？　そもそも生まれが異なる理由は？　――どうも、生理機構の研究や解剖の技術によってはわかりっこない気がします。患者をほっといて、そんないらいらを紛らすために、私は、ふいと旅に出ます。あちこち異なった風土に接しますとおかしなことにいらいらが吹っ飛んでしまうのです。といいますのは、その土地にしか見かけないような病人や病気を発見するからです。興味がそれに集まると俄然里心がつきまして、残してきた資料やいろんな中途の研究やらとの比較に思いが走るからです。で、その土地のことを急いで狩り集め、鳥のように一目散に駆け戻るというわけです。そして、しばらくはそのことに熱中するのですが、根っこにはなにかわけのわからぬ疑惑がいつも私の胸底に蠢《うご》めいているものですから、何かの拍子でそいつが頭をもたげはじめますと、もういけません。」

エレアからの客人「ふーむ。医者というのも因果な生まれ育ちよな。地上で役目を果たしておれば、人もよろこび、われも生き甲斐に満足しようものを。やっぱり天上が恋しくなるとは、な。」

ソクラテス「地上からしか天上には上れない。天上だけなら神々に任せておけばよい」
ヒッポクラテス「どうかお客人にソクラテス、私に、その上る方法を教えてはいただけませんか。」
ここで、みんながざわめいた。異口同音に二人の大知者に、その蘊蓄を傾けたすばらしい言説を懇願したというわけだ。
そこでソクラテスが言われた。
ソクラテス「知識は豊富にこしたことはない。君の話を聞いていて、ぼくは君が羨ましい限りだ。医学に徹するがよい。アルクマイオンもさぞよろこんでいるだろう。既にぼくが知る範囲では、ギリシヤに新しい医術を君は打ち立てはじめているようだ。わき目をふらず精進しなさい。地上から天上に到る道は君の研究のすぐそばにあるのだ。その皿を手にもってみなさい。」
ヒッポクラテス「皿ですって？　これを、こんなに持ち上げたらいいのですか？」
ソクラテス「それを天に向かって投げ上げてごらん。」
素直なヒッポクラテスは言われるままに、天井めがけてほうり上げた。皿は床に落ちて砕けた。
エレアからの客人がにこにこ笑った。
エレアからの客人「エンペドクレスは魔法を使ったというが、ソクラテスは手品師だ。はて、さて、どんな種明かしになるのやら。」
一同、半ば呆れ、半ば固唾《かたず》を呑んだ。
ソクラテス「ヒッポクラテスよ。ギリシヤ随一の医学者とあらば、君に尋ねたいこと聞きたいこと、知って己《おのれ》が肉体《けんこう》のため参考にしたいことは山ほどある。とくに、不老長寿の処方はね。」

ヒッポクラテス「とんでもありません。」
ソクラテス「それが医学の目的ではないのかね。」
ヒッポクラテス「理想にちがいはありませんが、それは夢のまた夢です。」
ソクラテス「しかし、君は皿を割ったではないか。」
ヒッポクラテス「？」
ソクラテス「皿は天井までしか届かなかったが、君はどこまで旅をしたかね？　思い出してごらん。君は星を見たことがあるのか、考えてごらん。ぼくが尋ねているのはこういう意味だ。――頭脳こそが、聴くとか視るとか嗅ぐとか触るとかの感覚をわれわれにもたらすものであり、それから、記憶とか思いなしとか想像とかが生じ、それらの定着によって、知識が生成してくる――というのが、君たち医学者の主張であろう。どうかね、ヒッポクラテス？」
ヒッポクラテス「たしかに、そう、主張します。」
ソクラテス「ところで、知識の生成は一通りそれでわかった。ちょうど、皿があり、皿を手に持ち、天井に投げ、落ちて、砕けて、破片になった。いいかね。君たちの主張はそれまでのところだ。説明はそれで充分だろう。ただし、だから知識がなんであるかはぜんぜん証《あか》されていない。」
　一同、きょとんとしたままだった。
エレアからの客人「皿はある。これは確かだな、諸君。感覚はある。これも確かだな。しかし、どうやら、皿と感覚はちがうらしい。まして、皿と思いとは似ても似つかぬものらしい。」
ソクラテス「ヒッポクラテス、感覚をもっとよく観察することだな。それに始まって、知覚、記憶、思惟、想像、みな、肉体の機構にあるとすれば、君のお手のものではないか。」
ヒッポクラテス「わかります！　も少しヒントをお与えください。皿を見るのは眼です。眼は脳に通じます。しかし、皿がなければ成り立ちません。皿と眼と脳と三つが必須の要素です。その三つの組み合わせから皿の像が生じます。その像は、いったい、皿にあるのでしょうか、眼にあるのでしょうか、それとも脳に？」
ソクラテス「どこにもあって、どこにもないことだけは確かだ。」
エレアからの客人「それを探求するのが君の役目というわけだよ。」
ヒッポクラテス「知ってらっしゃるんでしょう！　お客人。教えてください！」
エレアからの客人「ぼくが知るものか。ソクラテスさえ知らないのに。」
ソクラテス「そのとおりだよ。うんと勉強しなさい、ヒッポクラテス。」

――これで終わりだ。クレオンブロトス。
クレオンブロトス「いやぁ――、不思議なお方だねえ、あの方は。近づいては遠ざかり、遠ざかっては近づかれる。そして残されるものは途方もない謎ばかりだ。しかも、いつも、一人では現れないで、だれかを一緒に連れてこられる。いったいお客人とは誰のことか。ヒッポクラテスは、今、どこでどうしているのか。たとえ土や石から金《きん》が作られる時代がくるとしても、肉体から精神をどうやって処方したらいいのだろう。ヒッポクラテスは真《ま》に受けて悪戦苦闘しているのだろうか？　因德の揚げ句発狂でもしなければよいが。――しかし、それにもかかわらず、事実、脳は確かに思考を生む。現に僕らはそのことを信じて疑わないのだ。なるほどねえ、そう言われてみれば、僕らの根っこには、その昏迷と疑惑が蛇のようにとぐろを巻いているのだ。物と意識の乖離。」
プラトン「道が外れたようで、外れてはいなかったのだねえ、クレオンブロトス。気の毒だがお客人にもヒッポクラテスにも別れを告げて。追いかけるのは、あの方ばかり。」
クレオンブロトス「雑談どころか大そう満足《おもしろい》すべき清談《おはなし》を拝聴いたしましてとお礼を言って、さて、錬金術ならぬ、錬魂術の、」
プラトン「さあ、ソクラテスの苦闘はこれからこそ、その謎に向かって足を速めるのだ。」
クレオンブロトス「うっせきした僕らの胸のつかえは、あの方の最後を見届けたときに爆発するとでもいうのか？」
プラトン「今は、何はともあれ、そのつかえでわれとわが肺《むね》を窒息させないように圧《お》さえるのだな。さ、またもお連れが現れたらしいぞ。」
クレオンブロトス「以心伝心、僕にも現れなすった、アナクサゴラスだ。」
プラトン「ぴしゃりだ。その方だ。曰く、
――すべてをひとつに秩序づけ、すべての原因となるものは、ヌース（知性）である――。
クレオンブロトス「聞かれてソクラテス、飛び上がらんばかりに喜こばれたそうだね！」
プラトン「そりゃ、一通りのよろびようではなかったに違いない。何しろ一者《はつもの》だからね。」
クレオンブロトス「ところが、がっかり、糠よろこびだった。」
プラトン「先を急ぐな。」

クレオンブロトス「あの方がベソをおかきになる失望落胆のご様子を、パイドンからむしかえしてもらえると言うのか？」

プラトン「人間ソクラテスの苦渋《ベソ》の涙は千金の値だよ。それに、アナクサゴラスはかの連峰の殿《しんがり》をつとめなさるたいへんなお方だ。敬意をもってお弔いしなければなるまい。なんとなれば、クレオンブロトスよ。ぼくらにとって、このお方を葬送《おく》ってしまえば、いよいよ、全自然哲学の奔流がソクラテスの海に呑まれ、いざや魂の彼方へと不死の島めざして船出することになろうからだ。」

クレオンブロトス「それならば、小さな舟に帆を立てて舵取りを誤るな。河口まで行きつくだけでもたいへんだぞ。濁流の渦だ。本番になって眼が眩《くら》み、大海《あらうみ》の波濤《たかなみ》に呑み込まれることがないように、な。」

プラトン「共に、こ、こ、ろ、し、て、な。」

プラトン「――少し永くなるかもしれないが、ソクラテスの次の発展へのつながりにもなる話だと思うので、ちと辛棒して聞いてくれたまえ。君のさっきの糠よろこび、つまりパイドンのもクリトンのもそのことについては大差ないと思える、ソクラテスのアナクサゴラスへの失望と言うか、期待が大きかっただけに受けた幻滅《らくたん》について、どうもすっきりしないので、ぼくは思い切ってクリトンを訪ねてみたのだ。というのは、クリトンも案外と言っては失礼だ。どうしてどうしてクリトンもたいへんな方だ。ソクラテスとの交遊《まじわり》は周知のことだが、アナクサゴラスについてはただならぬ興味をもたれていて、ソクラテスともたびたびアナクサゴラス評で意見を交わされたとのこと。いや、これはクリトブロスがそうぼくに言ったのだから間違いない。だからぼくはお邸に乗り込んで、単刀直入に趣意を申し上げたらこころよく応じてくださったというわけだ。クリトン老は、しみじみとした調子でこう話された。

——「お一人はむりとしても、お一人には会えたかもしれないお方二人、じかに見《まみ》えなかったのは、ぼくにとって痛恨の極みだ」とソクラテスは嘆いた。私はなぐさめて、こう言ったよ。「一人はヘラクレイトス、あとの方はアナクサゴラス。しかし、君は私のことを柄にもない欲張りだといってさらに悲しませるのかね。だって、私はパルメニデスにさえ会えなかったんだよ。プロタゴラスやゴルギアスはどうでもいいがね」。するとソクラテスは笑って、「クリトン、ぼくも君も間違っている。だって、だれでもいいが、一人の人間をじっと見ていたらそこにタレスからゴルギアスまで埋め尽くされているのを発見するだろう」。そこで私は鈍い頭で、ひょいとなにか思い当たるふしがあって、「そう言えば、誰か、そんな風なこと言ってたような気がするが——」と、こめかみに指を当てたら、「ホラ、ヒッポクラテスがそう教えてくれたじゃないか。一人一人が書物です、と。医者は医者でも偉い医者があったもんだ。あいつが書物を超えて書物を読むことになったら、タレスもゴルギアスも吹っ飛んでしまうだろうよ。無理と知って注文をつけておいたが、噂ではまた旅に出たらしい」。そこで、「気の毒したね」、と私が言ったら、「気の毒するのはヒッポクラテスだけのことじゃない。アナクサゴラスだってそうだ。彼を彼の書物だけでわかろうとするのはアナクサゴラスにとって気の毒この上もないことだよ。しかし、それは知を求める者誰でもが犯す宿命とでもいうべきものか。文字があるからにはね」。「うん、なるほど、ソクラテス、だからして君は君の説を書き残そうとはしないのだね。しかし、言論はどうだ？　文字と言葉は五十歩百歩じゃないか」、と反問したら、ソクラテスは口を引きしめてからこう言ったよ。「そうだよ、たしかに。言葉は怪物だ、こいつの誕生はせいぜい今から二、三千年前、東の方の砂漠あたりではじめて文字《かたち》になったとも伝えられ、それが今日のギリシヤ文字になったのは僅か五、六百年昔という話だが、そんなのは調べれば調べもつこうが、調べても調べのつかないところに怪物の怪物たる所以があるのだ。難しく言えば、こいつの誕生以前を誕生理由によって明かさねばなんにもならんということだ」。「そんな難しいこと言ったって私にはわからん」。「こういうことだよ、クリトン。いままで、ずいぶんとつまらんことばかり喋舌ってきたが、これからも、ぼくが語ることを、文字通り、言葉通りには受け取らないで欲しい。どんなに自戒しても、せいぜいソクラテス流にしかならないのだからね」。私は、頭を掻き掻き、「ソクラテスには気《き》の毒《み》だが、今のその解説も、私には難しすぎてね」、などと、それからのやりとりはよく覚えていない。覚えているのは、こと、アナクサゴラスに関する限りだ。君の質問に答えられるかどうか覚束ないが、できるだけは答えてあげよう。とにかく、彼はクラゾメナイの生まれで相当の財産もあったそうだ。ペリクレスに大事にされた友人だということ、何やら、太陽が燃える土だといったつまらんことで、無神論の咎を受けて追放されたっきりアテナイに戻る機会は失われてしまったらしい。ソクラテスが言った書物というのは『自然について』という著作のことであって、私も読んだ。君も読んだことがあるだろう。一時は引っぱりだこで手に入れるのに苦労したという話も聞いているからね。で、プラトン、君の尋ねたいことってどういう点かね。あの最後の話（魂の不死について）はソクラテスのそのまま

を伝えたはずだが。──

で、ぼくは尋ねた。

「ヌースというのが、あの方の原理ですね。その真髄は、いったいどういうところにあるのでしょうか。」

──君、それはお門違いの質問ではないのかね？　だって、私はソクラテスの親しい友人ではあっても、弟子ではないし、またそんな力量のある男でもない。その点《しんずい》とやらは君からこそ承りたいものだ。私はアナクサゴラスがなんとなく好きでね。だからわからなくても、ただ憶えているということでなら、あるいは多少伝えることができるかもしれない。ただ、相手にするのに、それが乞食だろうと漁師だろうと婆さんだろうと子供だろうと、てんで見境がつかないという妙な病気がソクラテスにはあってね。アナクサゴラスも疥癬《かさ》っかきも一視同仁といったところがある。だから私の今からする話も額面通り受け取ったりはしないで、ほどほどに嚙《か》んで、君なりに消化してくれたまえ。これは私のあくまでも憶《おぼ》え、つまりソクラテスが言ったり考えたりしたことの丸写しだからね。ソクラテスは言った。「アナクサゴラスって、大した男であり、大した男でもないね、クリトン。なぜって、彼の説は既に先人たちが説いた説をあっちからこっちからとかき集め、膠《にわか》か膏薬で貼りつけたようなもんだよ」。「そりゃ、ちと手厳しいな」。「あっち搔きこっち搔してよろこぶ疥癬《かさ》っかきには向いてるかもしれんが」。私はさすがにむっとして相手《ソクラテス》を睨《ね》めつけてやったが、彼《ソクラテス》はお構いなく、「まず、生成も消滅もないという主張はパルメニデスを始発駅《てん》にエンペドクレスやレウキッポスを次々と通過して買ったお土産篭《みやげかご》、生成という言葉の代わりに混合というレッテルで包み、消滅のそれに代えて分離というリボンで括ってあるというわけだ。ところがどっこい、クリトンよろこんでくれ。その篭の中味は、どうしてどうして、近所《そんじょ》そこらのもんじゃない。注目すべきは彼の発想の新しさだ。それまでに先人たちが眼をつけなかった点に眼をつけた。一口《ひとくち》で言えば『合目的性』。運動、発生、流動、変化、それらを何やらわけのわからん幽霊みたいなアルケー一本槍で説明しようともがいていたのがいわゆるタレス以来アナクサゴラス以前の、一般にいう自然哲学《(自然について)》だ。よく見るがよい、星々にある宇宙の調和、季節の見事な周期、山川草木、鳥獣から人間にいたるまで、生滅はあれ、一物たりとあるべくしてあり成るべくして成らざるものはない。それらを説明するのに単なる神性や必然性ではなく、動かす原動力があるとするならば、それに『目的』という超物質的なものを組み込まねばならない、と彼は考えたのだ。それが『ヌース』。アナクサゴラスのアナクサゴラスたる核心というわけだよ。ヌースとは平たく言えば知性といったところだね。つまり、知性が秩序の原理であり、生成の原因であるという主張である。しかし、残念ながら、そこまで《(終着駅)》だ。それから先の発展がない。せっかく、そこまで辿り着きながら、いざ具体的にという段になると、ありきたりの発生論を借りてくるしか能がないのだ。逆戻り、と言ったら、せっかくほころびかけたクリトン《あんた》の眉がまたへの字にひん曲がるかもしれんが、……」と、正直言って、へえー、ヌース、どこ吹く風か、そんなもん、といったすっ呆《とぼ》け方《かた》なのだ。

——

「どうやら、少しずつ疑問が解けてくるような気がします」——とぼくは言った。

——で、プラトン、私は彼の口が上品というより、毒舌といった趣があるのはかねがね心得ているのでね、別に腹を立てたわけではないが、アナクサゴラスがそんなふうに片付けられるのは、いかにも腹に据えかねて、こう尋ね返してみたわけだ。「ソクラテス、すっ呆《とぼ》けとはちょいとばかし納得出来ないね、それだけの新しさに眼をつけたからには、それ相応の努力と研鑽があればこそではないか」。すると、ソクラテスは悪びれもせず、こう言った。「クリトン、ぼくが誰かを褒めるのも、けなすのも、真実に照らしてなのだ。その点、百点満点でないと、『真実』という名の先生から、『すっ呆《とぼ》け』とか『間抜け』奴《め》とかいう、それは厳しい鞭をいただくということを言ったまでだ。だからすっ呆けているのはアナクサゴラスではなくソクラテスだと思ってくれ。鞭を受けて泣きながら間抜け奴《ソクラテス》がすっ呆け《アナクサゴラス》に向かって敢えて『アナクサゴラスは大して大したものではない』と繰り返さねばならぬのだよ。事情はこうだ。彼は種子《しゅし》の説をなした。レウキッポスの焼き直し。にもかかわらず、『それ以上分割《アトム》できない《(原子)》もの』に新しいものをつけ加えている。もともと、原子の説はパルメニデスの一とヘラクレイトスの多（変転）をどうにか共に救い出そうとして生まれたもの。結論から言えば、虚空を非有から救い上げることによって偉大なる両説の辻褄を合わせようとしたものだ。ところがアナクサゴラスにとっては虚空なんてとんでもないのだから、あっさり虚空《そいっ》は打ち棄てて代わりに種子《スペルマタ》をもってきたというわけだ。即ち原子には性質はない、ただ非分割性の究極粒子があって、そいつの結合の位置と形と大小等がすべての生成の原因根拠であるというのだから、それらの粒子が自在に運動するためにはどうしても空虚がなければと考えられた。反してアナクサゴラスは単純素朴にこう突っかかった。毛でない皮《(頭皮)》から毛が、肉でない食物から肉が、石でない口腔《くち》から石《(歯)》が生じてくるのは一体どういう理由《わけ》か？　と。珍奇な思いつきだと笑わば笑え。立派だ。彼は粒子に『性質』を賦与したのだから。さらに進めてありとあらゆる性質をその微塵の粒子にこめ、最小のものも最大のものもなく、すべてはすべてと交じり合い、すべてのうちにすべてのもののいくらかが含まれている、と主張した。そう一気に飛躍すれば筋道がずさんで単絡のきらいがあるが、実はそのアトムとちがったスペルマタ、つまり性質の素ともいうべき極微で単純なもの、わかりにくいか、クリトン、ではこう言おう、金なら金、骨なら骨をつくっている同質の素、うん、同質素、それでよい、その同質素なるものは性質物の数だけ数え切れないほどあるのだが、それらはもともとカオス《渾沌》の状態にあったのだ。ところがここがわがアナクサゴラスの本番出番というわけだ。それ自身は運動しないそのスペルマタのぐじゃぐじゃを渦巻に巻き込んだ力こそをヌースというのだ。ここからが大切だ。彼はその大切なヌースを、そりゃもう大事に大事にするんだが、さてそのヌースなるものは種子《スペルマタ》とはおよそ勝手がちがっていて、こういうのだ。それは無限で独裁的で何者とも混じり合わず、ただ自分一人だけでいる運動の根拠、不動で微妙で純粋、かつあらゆるものについてあらゆる知をもち、力にかけても最大であり、それは魂をもつ限りのものを支配し、初めの旋回《うずまき》運動全体を司《つかさど》った。いいかね、クリトン、もっとつづくのだ。そのヌースは小さな点からだんだん広がって行くところの分離、混合、区別、即ち星々、太陽、月、空気、アイテールを秩序づけた。そしてそれら一切を動かして、自分は一切と分離していた。どうだね？　これがざっと彼の説の輪郭だ。いったい種子はどこへどう雲がくれしたのか？　よく言って二元論、悪く言えばヌースと種子の離婚。いやいや、もともと主客が入れ違っていたのである。ヌースは物を動かす機能の言い訳のために雛段《ひなだん》に飾られたお供え物、自然現象を種子だけでは説明しきれない時だけ持ち出してくる手段にすぎなかったのである。だが、クリトン、ぼくらは彼をけなすまえに彼に頭を下げよう。彼は要請したのだ。何を？『非物質的なものの存在根拠』

を。クリトン、ぼくらがヒッポクラテスに与えた課題は、実は彼アナクサゴラスがぼくらに与えた課題だったのだ。即ち、物質の存在と非物質の存在をいかに受けとめ、あるということの二つのあり方を、今までの一元も二元も多元も超えていかに解決しなければならないかという、途方もない課題なのだ。」――

「クリトン、やっと解きたいものだけは解くことができました。」とぼくは言った。「アナクサゴラスはやっぱり偉大なのですね。ソクラテスの課題にひっかければ彼こそは終着駅でもあり出発駅でもあるわけですね。」

　そしたら、クリトンから、こうお褒めの言葉を戴いた。

――プラトン。さすがに君はソクラテスの弟子だ。私はただの友達で教養も積んでいないから、今、君に言ったことはただの受け売りであって、その真意はほとんどチンプンカンプンだよ。だから私は恥ずかしい。しかし、終着駅とはよくもかんどころを押さえたもんだね。ソクラテスも、あの後で、同じことを言ったんだよ。涙ぐみながらね。「クリトン、アナクサゴラスは影だけ残して逝《い》ったらしいが、ぼくはそこから歩みはじめなくちゃならなんのだものねえ」、と。――

「ああ、わかりました、ぼくの疑問はすっかり解けたような思いがいたします、クリトン。といいますのは、あなたからお聞きしました師の獄中最後のお話の中で、アナクサゴラスに対する批判が、なにか一方的で、アナクサゴラスご自身の立場も弁明も言及されていないように思われていたからです。今、あなたのお話を伺って、どちらも偉いお二方の、どちらのお姿も、くっきりぼくには浮かんで参ったような気がするからです」、と。

すると、クリトンが言われた。

――そうかね、プラトン、それはまあよかった。哀れなるかな、その君の疑惑とやらの本意が奈辺にあるのか、実はわからぬ浅はかな私だがね。とにかく、私は他の人たちと違って、ソクラテスとは、ほんに幼《ちい》さいときからの餓鬼仲間で、生涯を過ごしてきたもんだからね。褒め言葉も憎まれ口も他の連中とは区別して受け取ってもらいたいんだよ。とにかく、外見で人は判断されてはならぬというのは常識だろうが、その常識をソクラテスほど痛切に自らに問い、かつ語り尽くした人間は稀《まれ》だと思う。だからソクラテスを偶像化する連中はソクラテスをほんとうに理解してはいない。さわやかな弁舌、めまぐるしくも整然たる論理、悠容せまらぬ風貌と、かたくななまでの生活態度、一点の非の打ちどころもなく、一分《ぶ》のスキもないように見えるが、豈はからんや、彼は一介の野人、いわばただの人だ。本人の次に、それをよく知っているのはこのクリトンだと、私は自惚れているくらいだ。涙もろくてね、多情多感で、移り気の多い浮気者で、針のような神経をもってるくせに、大の粗忽屋だ。しかし、彼が人間を語るとき、その眼は、常に自らを切り込み、切り刻み、切り捌いての上での眼だ。――ついでだが、例の最後の「魂の不死」にしたって、側にいる者たちの意《こころ》のそれぞれ、クリトン《わたし》なりパイドンなりシミアスなりケベスなり、刑吏やその他、ちょっと姿を現す人影のささいな面《おも》もちにすら、彼は眼を配った。まるで逆ではないか。彼を気遣うはずのわれわれみんなが、彼から気遣われている。だからあの説話や議論のすべて、そのすみずみにいたるまで、彼なりの抑制が利かされているのだよ。アナクサゴラスの批判の件だってそうなのだ。私は多くの先哲の方々にはまるで縁がないのだが、なぜかアナクサゴラスは親身《すき》なもんでね。彼があのときアナクサゴラス批判をしたのは、アナクサゴラス解説ではなく、みんなに、第二の出船《こうこう》、つまり、彼《ソクラテス》が放浪の末に自分で創り出さねばならなかった新しい方法を、みんなに短い時間で、いかに諒解してもらうか、そのための急場仮ごしらえの橋《わたり》にすぎなかったのだよ。君がソクラテス並びにアナクサゴラスお二人へのなみなみならぬ打ちこみぶりに、私は一種の殺気をさえ感ずる。とりえとてない私の下手な話に、さっきから熱心に聞き入って、眼《ま》ばたきもしない君の眼に光《それ》を感ずるのだ。このまま君を帰すのも、訳もなく心残りがするというもの。ひとつおしまいに聞いてもらうか、プラトン。——そう仰有ってクリトンはこう語られた。

——「クリトン、君に悲しんでもらい、よろこんでもらわねばならないことが、彼について二つある。彼とはアナクサゴラスのことだ」とソクラテスは言い、こんなふうにつづけた。「彼は、生成し終わっている、つまり、現にあるもの、時代はいつでもいいとして、その既にでき上がっているものについて、視座を据えたという一面である。出来上がったもの、現にれっきとしてあるからには、それはそれなりに目的に叶ったものだろうからね。ぼくはそのとき、彼がタレス以来の枠から一歩も出ていないと見てとったのだ。なぜなら彼の視座でなら、目的というのは結果論だからね。目的があるにしても、それを求め、為しとげる過程なしには考えられない。だからぼくはもう一つの角度、つまり彼に張り合って行為という進行形の視座を置いてみたのだよ。ところがよく考えてみるとこちらも一方的な一面にすぎないことがわかった。というのは、目的があってそれを目ざして行為するというのは、豚もそうであろうか、草もそうであろうか、さらに石もそうであろうかというところまでいくと、不可解な困惑におちいってしまう。で、アナクサゴラスとぼくの場合を並べてみて、石の場合はどうか、と尋ねてみた。明らかにこの場合にはアナクサゴラスの言い分に分《ぶ》がある。なぜなら、石はあるがままでどうあろうと文句は言いもしまいしありもしまい。第一、石が行為するなんて、狂人が聞いたって笑いこけるこっけいさだろうから。次に草ならどうか。この場合には明らかに石とはちがうと言いたい。なぜなら生きているから。切られて痛くないか、枯れて悲しまないか、しぼんだりしおれたりすることを望まないで生《た》っているのだろうか、と言ったら、あたりまえの人なら笑いこけるだけで済ませるだろうか？　それがさらに豚ともなると、ひっぱたけばぶーぶー泣くのである。追えば逃げるのである。餌をやれば寄ってきてよろこぶのである。明らかによきを求め悪しきを避けるとすれば行為がなり立つ。ここでぼくはアナクサゴラスとぼくの立場が五十歩百歩のちがいでしかないことを認めざるを得なかった。即ち、ぼくは自覚しないで《（しらずしらずのうちに）》行為というのを人間だけの視座に置いていたことに愕然としたのである。自然についての視座のタレス以来の枠のなかで僅かにクセノファネスとピタゴラスが若干この問題を取り上げているほかはほとんど問題にされていない。このことを問題にしていないということは、タレス以来の自然探求の高貴にして深奥な栄光に重大な瑕瑾をもたらすものではないか。もし、無意識のうちに人間主義《にんげんほんい》の眼鏡をかけていたのだとすれば。クリトン、ぼくはアナクサゴラスの説をずいぶんと詳細に研究して、その長所短所をある程度は明らかにしたつもりであったが、今言ったこの問題に出くわしたとき、彼のヌースも種子もまったくからっぽになって吹っ飛んでしまった。そして、アナクサゴラス、あなたもか？　とそれだけの疑惑を探して彼の書物のそれこそ隅の埃《ほこ》りまで打っ払って叩いてみたが、彼《そ》の答えはゼロだった。ぼくは烈しい衝撃に襲われていた。そして、あたかも現《うつつ》のごとく、ぼくはアナクサゴラスと二人手をとり合ってこう呟いた。——ぼくらの最大のあやまりはぼくらが人間であるということかもしれない——と。すると、アナクサゴラスがぼくの手を握り返して、ぼくをこうはげましてくれた。——むしろ、よろこんでいいのではないか、哲学が充全に人間を明かさなかったということが、明かすことを人間に強いているのだから。わたしのヌースもその希求《ねがい》からだった——」と。……これくらいにしてくれ、プラトン。——

——ぼくは深々と頭を垂れてクリトン邸を辞した。

クレオンブロトス「——アナクサゴラス葬送の儀式も終わったようだね。プラトン。もうパイドンのそこのくだりは通り過ごして行けるね。次は、いよいよ、あの方の第二の航行だ。しかし、なぜ、第二なのだろう？　僕らにとってはこれからが待ちに待った処女航海のはずなのに。『第二』とは次善と聞きはしたが。」

プラトン「いわば、ぼくらはずいぶんと身勝手な観客だ。だって、舞台を三つもこしらえているんだもの。一つはソクラテスが主役で、脇役はパイドンとクリトン。二つめは、役者は主《おも》にソクラテス、ケベス、シミアス、この三者で演じられる。そして第三の舞台ときたら、主役はお変わりないれっきとしたあの方だが、パイドンはじめシミアスにいたるまでのいずれ劣らぬ大切な役柄をこなしている名優連中を十把一からげにそっちのけにして侃侃諤々《かんかんがくがく》、舞台狭しと荒れ回るヘボ役者二人が、観客だか何だか訳もわからん始末で。」

クレオンブロトス「役者兼観客兼批評家だろう、みな頭にろくでなしの冠を被《かぶ》った、ね。」

プラトン「ん、ま、そんなところだろう。で、その第一と第二をそっちのけにしたもんだから、いつ第一の航海が終わって次の港に着いたやら。多分、舟が揺れて、舟酔いしてたんだろう。次善で我慢するより仕方がない。」
クレオンブロトス「どうやら、その第三の舞台って舟の漕ぎ手が寄せくる大浪を食らって舵を取り損ね、元の港にぶり戻されたというところかな。いかにもしかし下手《へた》な洒落だ。」
プラトン「いや、まだ小舟だ。河口の渦でぐるぐる廻《めぐ》っているだけだ。無謀な冒険で危険にさらしてはなるまい。なるほど下手《へた》だね。」
クレオンブロトス「僕らに則してではなく、あの方に則してついていくということだな。」
プラトン「敢えて言わしてもらうならば、クリトンに教えられたように、あの方といえどもただの人だ。ただ大船小舟の違いだけなのさ。何しろあの方の船ときたら、タレス以来の膨大な積荷をなさって港を出られた。ところが名にし負う『世界』は荒海、さすがの名航海士《せんちょう》も舵を渦に巻き取られ、一たん帆を下ろして港へひっ返された。さ、今だ。とにかくぼくらの小舟は棄てて、大船に乗り移らねばなるまい。さあさ。綱が降りてくる、つかまれ。」
クレオンブロトス「でも、なんで舵を取られなすったんだろ、な、あの名船長が。」
プラトン「照準を誤られたのだよ。そこのところを、やわらかくあの方の言葉から聞いてみよう。パイドンもこう語ったはずだ。
『アナクサゴラスを最後に、そういうことがいろいろあったのち、わたしは、存在するものどもの考察には、すっかり力挫《くじ》けてしまった。そして、思った。いま、よく注意しなくちゃいけないのは、ちょうど、日蝕というものを観てそれを考察する人々が眼を台なしにするという災難を避けねばならぬ、ということだ。この肉眼でもって直接に事物の方をみやるとか、また、感覚のおのおのでもって、事物にじかに触れようとするならば、そのときには、見る力を奪われ盲目《めしい》になってしまうのではないかとおそれたのである。そこで、わたしは、――言葉（言論）へと逃れて、そのなかで、存在するものの真実を、考察しなければならない――と思った。』」

クレオンブロトス「うむ。たしかに、パイドンから聞いたそっくりだ。そこだ。君が今さっき言った危険がそこに控えて、もう待っていたのか。なぜって、そのすぐあとにつづいて、あの方は、こう仰有られたのではないか。

『存在が言葉（言論）で考察されるときには、じかにおいて考察されるときと比べて、言葉という間接的な写しによる不明瞭さになりはしないか』と自問されて、しかも、『しかし、わたしはそういうことには断じて同意しない』、と強い調子で仰有っていられるのだ。つまり、少なくとも、実際よりも言葉（言論）に重きを置かれる発言をなされている――としたならば、ソクラテスの底を流れる言葉への不信と疑惑、そのイメージが僕らに、ある激しい変更を迫って戸惑いを引き起こさせることになりはしないだろうか？」

プラトン「まったく。その危険はぼくらだけではなく、ソクラテス自身にも迫るものだ。そこをどう切り抜けるのか。今は、さらにつづくあの方に聞いてからでなくてはなるまい。あの方は仰有る。

『しかしともあれ、わたしが新たに出発した途というのは、これなのだ、すなわち、――いずれの場合も、そのつどわたしが新たに出発した途というのは、くどいようだが、わたしがそのつどもっとも強固であると判断した言論を、基礎定立（前提）としておき、その言論と一致するように思えた事柄は、これを真であると定める。そして一致しないと思えた事柄は、真ではないと定める。』」

クレオンブロトス「僕なら、すぐ、あの方の術中におちいる。多少の疑問があっても、ついそれを忘れてしまうほどに、あの方は見事に変幻なさるのだ。そして、いつかも言い訳したように、それはじかのあの方のお言葉ではなく、誰がしかの間接のそれなのだと自分に言い聞かせてきたのだ。君ですら、内心、あの方は僕らの手には負えないお方だ、と匙を投げてたふしがないとは言わせないぞ。しかし、今となっては、プラトン、少しばかし勝手がちがってきたのではないか。あのアルケラオスからアナクサゴラスまで、揉みに揉まれた今となってはね。まずひっかかるのはかのディオゲネスだ。疑いないもの、それこそは基礎定立をソクラテスに示唆したものだと、君も僕も確認した。その基礎定立《ヒュポテシス》が、現在、今、問題になってきた。ところが、クリトンを通じて、新しいあの方のイメージが僕らのなかに焼きつきはじめている。それはあの方が、言葉の成り立ちはなんとか遡《さかのぼ》れても言葉そのものの存在理由については自らの見解をお示しにはならず、その難しさを放ったらかしになさったままなのだ。僕にして言わしていただくならば、じかの物から言論《ことば》に逃げて、その言論のなかで存在するものの真実を考察しなければならないと仰有るのには、少なからず理不尽なひびきが感じられてならない。なぜなら、ここにきて、言論なるものが大きく前提されているから。言葉は既に疑いないものなのか、その存在理由がはっきりしていないのに？」

プラトン「わかるとも。ソクラテスのみならず、およそ言説をなすものすべてがおちこむ宿命の罠が言葉ということは、心ある者すべてが厳粛に認めなければならないだろう。逃げるというのではなく、重要な挑戦相手だとして『言葉』そのものには、今は、ご遠慮ねがうほかはない。ないとした上で、思い出そうよ、ね、あのとき、『疑問のないもの』というのはアナクシメネスのではなくディオゲネスのものだとご訂正いただいたとき、ほんとはどっちでもいいんだ、二人とも同じ素直さで出発しているのだから、と仰有った。つまり言論《ことば》そのものよりもっと大事なものが中にあるというお含みを強調《おっしゃっ》されたわけだ。そして更に、こう仰有られたのを覚えているかい？『しかし、疑問のないもの、といっても、ほんとうに疑いのない原理《もの》という意味では、それはなんびとによっても未だ提出されてはいない、だから、』」
クレオンブロトス「だからこそ飽くなき知の探求がつづけられてきたし、つづけられているし、つづけられなければならないのだ。」
プラトン「その通りだ。いや、驚いた。一言半句もたがわずに覚えているとは。」
クレオンブロトス「それをまた点数どってくれるんだから、君がはるかに先生だよ。いや、これこそ、驚いたね、プラトン、またソクラテスの術中におちた！」
プラトン「刃が立たないよ。」
クレオンブロトス「手に負えない。では、しかし、漕ぐところか、汽笛《あいず》も鳴らないぞ。とにかく、君のあの舞台に戻るしかないようだ。迷役者だ。台詞《せりふ》もうろ覚え。たしか、あの方はこんな風には訊《き》かれなかったか？
『なにか、美というものはあるのか。』
『たしかなのは、美しい身体、美しい夕日、美しい海、等々です。』」
プラトン「『それはじかの物々《ものもの》だな。ぼくが尋ねているのは美そのもののことだ。』」
クレオンブロトス「ケベスならずとも、『美によって、美しいものは、美しい――』、とあの方が仰有ることに反対する者があろうか。」

プラトン「じかな者、身体、夕日、海、それらみな言葉だ。美そのもの、その美も言葉ではないか。」

クレオンブロトス「あの方が逃げられた逃げ先は、そこか?」

プラトン「そうだ。直接と間接を超えた存在、そのもののために力《りき》まれたのだ。即ち、みめうるわしくあでやかな形状のゆえにとか、そのえもいわれぬ光ただよう茜色のためとか、かの茫洋たる紺ぺきのためとかで、身体、夕日、海が美しいとするなら、その反対の形や光や色のためにそれらは醜くくも、おそろしくも、おぞましきものともなる。しからば、あるときは美しく、あるときは醜い身体の本体はどちらでもあり、どちらでもない。それでは存在とは言えまい。なら、色もなく、形もなく、光さえもたぬ本体とはいったい存在者《なにもの》たるか? 言葉で語れるものか? プロタゴラスの穴におちてよいのか? 『言論』よ。と、あの方は力《りき》まれたのだ。」

クレオンブロトス「『人間は万物の尺度』のあれか?」

プラトン「感覚主義だ。人間主義だ。うすっぺらな世界観察だ。言葉の詐欺にひっかかって虫や草の声を抹殺する人間言語主義への挑戦だ。よく考えてみてくれ、クレオンブロトス、太陽が眼を灼くというあの例えによって、あの方が、じかの物を感覚で触れたら盲《めしい》はしないかとおそれて、言論へ逃れようとなさったというのが、第一段目の告白だっただろう?」

クレオンブロトス「そうだ、その通りだ。」

プラトン「美女が顔に熱湯を浴びたらどんな女になるのだ? 女ではなくなるなんて言う愚か者はいまい。美しいのも醜いのも必需品ではない。女は女であれば女なのだ。眼を灼かれることをおそれ、じかの感覚から逃げられたとはそのことを意味するのだ。しかし、だからといって逃げたままでいいのか。よくはない。なぜか？　女が残っているではないか。女という存在が。」

クレオンブロトス「――？」

プラトン「女を追い求めねばならない。次にあの方は何と言われたか？

『存在が言葉で考察されるときには、じかに考察されるときと比べて、言葉という間接的な写しによる不明瞭さになりはしないか』という問いを少しばかり解きほぐしてみようではないか。まず初めの、存在、というのを女、と読み変えてみよう。なぜって求めているものは女という存在だから。次に、じかに考察されるとき、とはどういうことか、それははっきりしている、つまりじかとは一一《いちいち》そのありのままということだから、じかに考察されるもの、色の白い顔、火傷《やけど》した赤黒い顔、ほっぺたのふっくらした顔、皺だらけの顔、鼻の整ったの、天井向いたの、きれいな眼、眼脂《トラホーム》、おちょぼ唇《ぐち》、顔面神経痛《ひんまがったワニ》の口《ぐち》、年よりの、妙齢《わかい》の、赤ん坊の、千人千色、きりがない。――即ち、じかに考察されるとき、つまり、じかなものを感覚で触れる言葉という奴のことだ。これで女のなにが解るというのだ？　こんがらないように注意するからもうしばらく辛棒して聞いてくれたまえ。言葉という間接的な写し、とはいったいどんなことか？　言葉がいかに直接的であるかは、うるさいほど今見たばかりではないか？　そのまた次だ。写しによる不明瞭さになりはしないかだって。お呆《とぼ》けもときどきにしなさい、と言いたいところだ。なぜって、言葉はみんな写しだ。え？　子供だって知《わか》ってるよ。棚ぼ《（餅）》た、わからないって、そら絵に描いた餅、餅に、餅よこーいと呼んでみなさい。来もしなければ食べもされない。直接も間接もない。言葉はものの写し、したがって不明瞭に決まっているのである。

さあ、クレオンブロトス、もとにもどろう。このように、じかによく言葉を分析したであろうソクラテスが、言論というものの大切な本質をも弁《わきま》えない表面だけのミソロゴス(言論ぎらい)の質問を内《むね》に読みとって、『わたしはそういうことには断じて同意しない』と、強い調子でつっぱねられたのだ。」
クレオンブロトス「いや、いつもながら君の視角にはおどろかされるが、どうも、どこかで唐突に行き先が変更になったみたいで、僕は一体、何を君に問いただしていたのか、すっかり忘れてしまったようだ。とにかく、して、その女といのうは結局、どうなるのかね。」
プラトン「行く先は君のほうがはっきりしているではないか。女についてはぼくがうっかり忘れるところだった。そう。つまり、女すなわち存在をいかなる正しい言論に乗せて追求するかということが、さし当たってのぼくらの問題だったのだ。君が、ほれ、言ったではないか、揉みに揉まれた今となっては、少しばかり勝手がちがいまするぞ、ソクラテス、と、あの方に食ってかからんばかりの気配で。」
クレオンブロトス「止《よ》さないか、刃が立たないとすぐ兜《かぶと》を脱いだくせに。力んだって仕方がないよ。」
プラトン「あの方も力みなさったんだぞ。力み方が少々ちがうというのが、辛棒して今聞いてもらったところのぼくの下手な解説だ。」
クレオンブロトス「まだなにやらぼんやりとしている。ま、君の解釈に任せておこう。いくつも大事なもんが抜けてきたみたいな気がしてならないんだが――。」
プラトン「ありなん、ありなん、さもありなん。とにかくあの方は、こう念を押される。まるで、ぼくと君に向かってでもあるかのように――。
『出発点になっているものについて語っているかと思えば、同時に、それからの帰結となるものについて語ったりして、議論をまぜこぜにしてしまうようなことは、君らがもし、真にあるところの何かを発見することを求めているのであれば、それはしないだろうね。というのも、何しろ、そんな連中は賢いもんだから、何もかもいっしょに混ぜ合わせてしまっても、なーに大したことにはならないと、すっかり自己満足していられるんだからねえ。』」

(クレオンブロトスがだんだん塞《ふさ》ぎ込む)

プラトン「さあ、お戒めを真剣に受け取ろうではないか、今はまず何をおいても、あの方に尾《つ》いていくよりほかないではないか。で、その正しい言論というものについてあの方は、

『で、まずその基礎定立から帰結してくるいろいろの事柄が、相互に一致してくれるか、くれないかを検討し、さらに、今度は今基礎定立としているものについてなお、その論拠を与えねばならないときがくれば、そのときにはさらに上位にある基礎定立のうちで、もっともすぐれたものとみえるものを選び、それをあらためて基礎定立としておき、そこから出発することによって、同様の仕方で上昇すればよい。最後に、もうこれで充分であるという何かに到達するまで。』」

クレオンブロトス「――。」

プラトン「一応、今、その基礎定立なるものを、女は女自体としてある、あの方の言論風に、――『美は美それ自体としてある』――つまり、それから出発して、――なにか、ひとつひとつの形相《エイドス》があるということ――へと検討を加え、」

クレオンブロトス「――なにか、気休めみたいな、――。」

プラトン「『そして他のものどもはその形相にあずかり得ることによって、それぞれの呼び名をその

形相自身から得る。』」
クレオンブロトス「なんだか、僕の漠然とした言論への不信を和《やわ》らげようとしているようだな、プラトン。」
プラトン「順序を追おうとしているだけだよ。ぼくがぼく自身にも言い聞かせているのだ。」
クレオンブロトス「見え透いた繰り返しならもうたくさんだよ。シミアスとソクラテスの背丈の大小、凌駕しているされている、シミアスの中にある大と小の関係、誰かが大であるのはその中の小が逃げて行くか滅んで行くかで大であるとかいう子供だましの論法。耳なれておなじみの、大が生じるのは小からであり、小が生じるのは大からであるという一年生《こども》の算術。そんな童べ遊びにいまさら興味はないよ。いいかね、プラトン。反対性の呼び名と反対性自身の存立性について、しぶしぶ納得させられたのはケベスと一連の憶病者だけだ。ひょっとすると逆療法というやつで、実はプラトン自身の不信を裏返しに僕に植えつけてあの方に捨て身の突進をさせようと企《たくら》んでいるのではないか？　邪推とも皮肉とも、勝手にどうとも受けとってくれて結構だ。この期に及んで、君に文句はいわないよ。しかし、君への不信ならともかく、ソクラテスへのそれなら、おかげさまで、免疫になっているから、安心するか、怒るか、どちらかにしたまえ。僕とはそんな生まれつきの体質なのだ。食中毒に遭って発疹するのはプラトンの腐った食物《にく》のせいであり、ソクラテスのいつも新鮮な滋養物《ミルク》のせいではないのははっきりしているんだからね。なぜって、あの方が僕を邪《よこしま》な道に誘いたもうはずがない。み名に誓って！」
プラトン「おい、おい！　さて、では、」

クレオンブロトス「さて、では、か？　次の考察か？　熱と冷か、雪と火か。火に冷が迫ってきたとき、火はその場から退去するか、滅んでしまうかのいずれかである。なぜなら冷たい火ってナンセンスだからと、同じような論法をくり返すのか？　すでに、木が燃えて灰になるとき、木は木の、火は火の、灰は灰の在位にあるのみと、僕は語ったはずだ。今でも正しいと信じている。奇数と偶数か！三は奇数性そのものとは別なのに奇数という論法！　三は、なお三であってしかも偶数となることを甘受するくらいなら、その前に滅んでしまうか逃げ出すといったトリックを性こりもなく押しつけるのか？　奇数と偶数と現実の三や四、この三つの項、A、B、C。レトリックの将棋《あそび》にスリルや面白さがあるとしても、もう僕の白けた眼を澄ましはしない。奇数とは何か。二で割れないもの、偶数とは何か、二で割れるもの、そしたら、三を二で割ったら割れるのをどうする？　整数から分数に前提を変えればよいというのか。ヒュポテシスの上昇というやつか。馬鹿々々しい。僕が言いたいのはこうだ。海が問題だ。貴様《プラトン》も了解済みの『女』だ。海《そんざい》が問題だ。青いか広いかは問題ではない。形相というなら海の海という形相が的《まと》だ。広いとか青いとかは必需品ではないと貴様《プラトン》も言ったではないか。より広くより狭い、より青くより青くない、そんなのどうでもいい。事物《うみ》が主だ。性質は従属。身体が主であって形状大小は従だ。だから形相がもしあるなら主にしぼればよい。ウシアーがあるなら実在のウシアーだ。変転の相はヘラクレイトスで結構だ。美の形相もこれでお払い箱ではないか。美しい人間が美を分けもつとなら、醜い人間は醜を分けもつのか。糞には糞の形相があって糞《くそ》なのか!?極悪人は極悪の形相によって極悪なのか。悪は永却、善も負けじと永却、なぜなら形相はウシアーだから。永遠の葛藤、まさに救いの絶望。これほどの虚無《ニヒル》をヘラクレイトスといえども想定しただろうか？　そんなことはない、なぜなら、彼は調和《ロゴス》で底と頂点を止揚しようとしたのだから。あの方《ソクラテス》が、そんなインチキな模造品を使って航行を始められたはずがない。少なくとも形相の真意がそんなところにあるはずはない。ただの人と次善《（第二）》との組み合わせで、誰か腹黒い奴が、僕を思う壷に嵌め込もうとたくらんでいるとしか、僕には邪推しようがないのだ。敢えて邪推と言うのは、プラトンの友情に誓ってのことだ！」

（鋭いが、欠落を指摘しなければならない。いや、早いか？　うん、すこし早すぎよう。主がある。しかし従もある「、、」と「。。」の理解は、僅かにヒッポクラテスに示唆したにとどまる、具象的には、とても一気に今昴《たかぶ》り立っている彼《クレオンブロトス》には無理だ、それを理解させるのは。もうしばらく待て。秘説を明かすまで）

プラトン「邪推で結構。腹黒い奴プラトンでも厭《いと》いはしない。だが、二人ともソクラテスの形相の真意がそんなところにあるはずがないという考えでは全く一致しているのだ。さあ、ではどうしたものだろう。これ以上、そのつづきは必要がないと放擲すべきだろうか？　そしていっきにあの方の臨終に何はともあれ駆けつけようか。それとも、実にここからソクラテスの魂の不死が論証されるというのに、最後の砦をよう登りつめようともしないで、今まで苦渋に満ちながらも懸命に守りつづけすがりついてきたあの方の言説を、どたん場で、まるで屑のように打ち捨ててよいものだろうか。どっちかに、ほぞを決めねばならない。」

クレオンブロトス「――。」

プラトン「ぼくとしては、きみが耳を傾けようと傾けまいと、道は一つだ。その形相の骨組みに沿ってあの方についていってみよう。説はずいぶんと進んでいるのだ。

『あるものが熱くなるのは、その物体のうちに熱が、というような、安全ではあるが、しかしあまり能のない答えをしないで、むしろいまの議論から出てきたさらに手の込んだ答え、すなわち、それに火がと答え、数の場合には、それが奇数とか偶数とかになるのは、そこに奇数性がとか偶数性がとは言わないで、むしろ、そこに一が、と答えることにしよう。どうかね、わたしのいいたいことは充分にわかるだろうか？』

答えて、ケベスは、充分です、と言ったが、ぼくはただ、はい、わかります、とだけ答えよう。

『では、身体の場合に、それがいのちあるものとなるのは、何がそこに生じてくるからなのか？』

答えて、そこに、魂が、です、とケベスは言ったが、ぼくは黙ったままでいよう。魂をぼくはまだ知らないでいるのだから。

『してみると、魂は、自分が占有するものが、なんであっても、つねにそれに生をもたらすものとしてやってくるのではないか？』

ケベス答えて、たしかにそのようなものとしてやってきます。

『ところで、生に、反対なものが何かあるだろうか？』

ケベス答えて、あります。

『何だろう、それは？』

ケベス答えて、死です。

『では、さきの議論からすれば、魂は、自分自身がつねにもたらすもの生と反対関係にあるもの死を決して受け入れないのではないか？』

ケベス答えて、まったくもって、そうです。

さて、ぼくはどう言ったらいいだろう？　まったくもって、とはつけ加えないで、たんに、そうです、とか、そういうように思われます、とか、もっとあいまいに、そういうことにしておきましょう、とか言うことにしておこうか。なぜなら、生も死も充分にわきまえず、生と死が反対関係にあるということも納得の上で確認するにはまだまだ到りついていないから。

でも、とにかくついて行かねばなるまい。ただ一人のお方だから！

『では、どうだろう。死を受け入れないものを何と名づけるべきか？』

ケベス答えて、不死のものです。

『してみると、魂は不死のもの、となる』

ここから、次の結論を引きだすためにくどくどと、ケベス対ソクラテスの問答を改めて追考する煩瑣《てま》が必要だろうか、不滅について。

即ち、

『それではいま問題の、不死のものについても、それはまた不滅であると同意されるのであれば、魂は不死であるとともに、また不滅でもあることになるだろう』

だからケベスはこう言った。

——もう、まったく、必要にして充分です、魂の不死と不滅は！　なぜなら、不死のものといえば、永遠のものであるのに、それがもし、破滅を受け入れるとしようものなら、およそほかに破滅を受け入れないものが何かあるとは、おそらく考えもできないでしょうから！——

ケベスは納得した。ケベスならずとも、シミアスも、クリトンその他パイドンにいたるまで、その場に居合わせたひとびとのすべてが一人も残《(ら)》さずに！

だが、論証は果たして、最後に、もうこれで充分であるという何かに到達していたのか？　いるか？　まずは君が、そしてぼくが返答を渋るだろう。

次には、かの居合わせた人々一人一人が、内心、そのことは、真実の良心に誓って躊躇しただろう、といってはソクラテスを傷つけることになるだろうか？」

クレオンブロトス「『表向きだけ完結しているにすぎない』と反駁して、『ソクラテスは間違っている』と、確証した場合だけだ、あの方を傷つけるとすれば。」

（クレオンブロトスの青い額《こめかみ》にはくっきりと筋が立ち走った。それとも何か？　誰かに、それが出来るとでも言うのか？）

プラトン「ずいぶんときわどい話になったものだね、クレオンブロトス。では、こう提言したら、これも大胆すぎることになるだろうか？　『ソクラテス』のためではなく『真実』のために、どこがその説の不満な点であるかを明らかにせよ、と、言ったら。」

クレオンブロトス「あわや、僕は逆上するところだった。『やれるなら、やってみろ！』と君の脳天めがけて鉄拳を打《ぶ》ちかませてな。」

プラトン「それは助かった。そんなふりをしないで。できもしないくせに。」

（わたしとしては、彼が逆上するとしても敢えて、わたしなりの意見を述べるつもりでいた。それは、ここまでの議論のいきさつからして、むしろ、ソクラテスの説へのわだかまり、ひっかかり、を多少《できるだけ》とも吐きだしたほうが、わたしだけではなく彼としても内心すっきりすると考えるのは自然だったからである。それを思いとどまったのは、すぐつづいてシミアスが正直にその良心にしたがってありのままの気持ちを師にさらけ出すことになるはずになるのだから、というのと、も一つは、彼クレオンブロトスは、はっとするほど顔や上体の変化が酷《ひど》く、明らかに相当量の疲労が溜っていると判断されたからである。それでも、必死に何やらに執念を募らすというのか、卓《つくえ》のふちをつかんだ指は強く見えた。だが、急に彼の声からは力が抜けていた)

プラトン「なにも、きみから拳《こぶし》を頂戴するほどのことを言おうなんて思ってやしなかったんだよ。シミアスが、ほら、言ったというではないか。

――問題としたことがらの巨大さを思い、また、人間の力の虚弱さに多くをたのめないという気持ちから、私はなお、語られた結論に不信の念がどうしても残ってくるのです――と。」

クレオンブロトス「(低い声で) ――その前にケベスはなにか言ってなかったかね?」

プラトン「――うん。たしか、

――ソクラテス、もうなにも以上の結論に対して異議を申し立てることはありません。しかし、いったい、シミアスにしろ、ほかの誰にしても、もし何か言うことがあるのなら、黙ったままでいないほうがいいのではないでしょうか。なぜなら、このような問題についてなにかを語るなり、聞くなりしてみたいと思っても、この今をはずしたら、いつ、またあらためてその機会があるのかわからないのですから――と。あ、そうだな。ケベスがこう言ってくれたので、シミアスは思い切って心底をうち割って申し上げたのだったね。」
クレオンブロトス「（弱々しく）二人はどこか僕らに似てはいないか。」
プラトン「そうだな。どちらかといえば、ケベスが君で、シミアスがぼくに近いか。」
クレオンブロトス「いや、反対だろう。」
プラトン「同じ穴のむじなか、いずれにしても。ときに、気分はどうかね。顔色がよくないぞ。」
クレオンブロトス「（強がって）なーに、まだまだ。あの方の、（急に肩を落とし）、そうだ、あの方から、まだまだうんと聞きたいことがあるというのになあ。僕のことだったら気遣ってくれるな。あの方のお話、なんでもいいんだ、聞かしてくれ、話してくれ。」
プラトン「それでは、あの方がシミアスに答えて、なんと仰有ったか、つづけよう。」
クレオンブロトス「それなら、わかっているよ、プラトン。」
プラトン「え？　これからが大詰めなのに、飛ばしちゃうのか？」
クレオンブロトス「お名残り惜しいんだ。先を急いだら、もうすぐお別れのときがくるではないか。（蚊の鳴くような音《こえ》で）たのむ、何でもいいから、あの方の昔のお話を。」
プラトン「──いいよ、いいよ。さて──、」
（途中はどうでもいいと言わんばかりに先を先をと急《せ》いていたのに、あの方の終わりが見えてくると、途端に足が鈍ってしまったようだ。いま、あの眼には疲れのほかに、おそれ、とでも言うよりしかたがないような不思議な色が光っている、とわたしは感じた。──そうだ、秘密が近づいているのだと、ふとわたしは思った。ぼくらにはお互いにそれがあったのだ。むしろ、それがぼくたち二人をここまで引きずってきたのである。彼におそれがあるなら、ぼくにはおそれ以上のものがあるといわなければならない。しかし、それはまあ、なんと、それこそ、ソクラテス、途方もない、あなたは、途方もないことをわたしに語られた。クレオンプロトスがわたしを見る。じっとわたしを見ている。なにを待っているのだ？　そのおそろしい飢えた眼は？　わかっている。ソクラテス、をだろう！）

プラトン「――うん、さて、そうだ、これは君にとっては耳新しい話になるだろう。あのとき、というのは、ほら、クリトンの邸での会食の節《とき》、エレアからの客人という偉い人が登場《い》たろう、覚えているかい？　あのなかでソクラテスと彼がつい先頃エンペドクレスの血液の話が中途で終わったという件。あのとき、実はぼくもいたのだ。いたというのも何もぼくが議論《はなし》に加わったなんて大それたもんじゃない。ぼくは入門間もなくの頃で、当初はただもうあの方の兵古持ちみたいなもんで、朝といったら起きざまあの方の家《すまい》めがけてまっしぐら。というのはあの方が早起きというだけでなく、お出掛けに間に合わないと、それこそアテナイの街中探し回るのにたいへんだからね。ぼくとしては身のまわり一切のお世話を頼まれもしないのに買って出たってわけだ。が、ほとんど、ぼくのすることって何一つなかった。というのも周知の通り、衣《きもの》といえば垢だらけの一枚っきり、食べ物は施食《おもらい》か、たまの馳走は招待《ふるまい》だったから。この小猿めをうるさがりもなさらず、お引き回しくだすったというわけ。おかげで、あの方の談論から聞き耳でずいぶんとたくさんのことを教わったということになる。だから多少は自分であちこちから学んだというのもあるにはあるが、先哲のお説のそれぞれのかんどころというのは、あの方からの受け売りがほとんどと言って間違いない。半分恥ずかしいことだが、半分はぼくにとってそれを披露できるのは誇りでもあり、自惚れぬきで自信にもなっている。しかし面白くなって、ソロンやホメロス、ちと生意気になるとアナクシマンドロスや、とくにヘラクレイトスについて知ったかぶりをすると、そのうすっぺらな知識と浅い解釈に対して手厳しい指摘《おしかり》を受けるのだった。それでだんだんぼくも鍛えられたわけだ。おや、おや、いつもこれだ。下手の長談議、どうもこの悪い癖でぼくは嫌われるんだ。いや、前置きが長くなって、いつもかんじんな奥座敷への案内を遅らし、相手を退屈させる。文句も不満も表に出さないで聞いてくれるのは君くらいなもんだ。さて、そのとき、エンペドクレスが中断になったというのは、こういう事情《いきさつ》からだった。ぼくは緊張して、大人《たいじん》お二人のさしのやりとりに耳を傾けていた。——

ソクラテス「君はエンペドクレスの肩ばっかり持つようだね。」
エレアからの客人「あいこじゃないか。アナクサゴラスのお先棒をかついでいるのは誰？」
ソクラテス「だから大したことない。いや、稀代の論客、君のことじゃないよ、クリトンに聞いてみたまえ、いつもぼくはその先生をさんざんとこき降ろしているんでね、あいつ大したことないって。」
エレアからの客人「大したもんだよ、ソクラテスは。辻切りの達人だからな。おまけに刀が毒舌ときている。なるほど、一人一人は撫で切りできるかもしれんが、束になったら、果たしてどうかな？」
ソクラテス「どういう意味だ？」
エレアからの客人「それ、鈍いぞ、切れんじゃないか、達人ともあろう者が。」
ソクラテス「生まれつきだ、鈍いのは。」
エレアからの客人「どういたしまして。ごけんそん。生かすも殺すも一人だけじゃ意味ないってことだ。わかってるくせに。」
ソクラテス「一本とられた。ぼくの負けだ。だが、二の太刀は受けんぞ。さ、束を君が先に切って見ろ。お手並み拝見、だ。」

——ぼくはここにきて、なにがなんだかわからなくなって、ただきょとんと、しかし固唾《ドキドキ》を呑んで見守った。場所は例によってクリトンの邸だったが、彼はちょうど留守だった。いたのはぼくだけだ。
——

エレアからの客人「語呂合わせや思いつきで血液をエンペドクレスにひっかけてのことではないのだよ、ソクラテス。系譜が大切だとわしは主張しているまでだ。あんたはなるほど、一人の人間についての分析は精密で綿密で仕上げもなかなか大したものだ。いつ、どこの生まれで、どういう育ちの、どういう経歴を辿り、と、その周到でゆるぎない構築上にその説がはじめて成立したという、一分《いちぶ》のすきもない立論は見事というほかはない。タレスしかり、アナクシマンドロスしかり、アナクシメネスしかり、もちろんパルメニデス、ヘラクレイトス、その他名前をあげるだけ野暮だ。そしておしまいがアナクサゴラスだ。わしだって一通りは通り過ぎてきたつもりだよ。ただ、わしは、それもたまたまエンペドクレスに全体を集約してみせたまでだ。したがって多少の評価の食い違いはあっても、それぞれの説の値打ちについて、そう敵対せにゃならんような異論はお互いの間に、今まではなかったわけだ。ここにきて、なんであんたがわしにかみついてきたか、どうも腑に落ちんのだよ。」

ソクラテス「言葉を返すのはいつものことでことわるまでもないが、かみついたわけではない。反問するのをかみつくというなら、いつもかみついていることになるし、それなら君も同罪ではないか。癖だよ、口振りのな。同じこと他人に聞かせてごらん。君のはひとを罵しるときにもやさしくひびき、ぼくのは相手を褒めていても相手を怒ってるみたいに取られるのだ。」
エレアからの客人「いや、わかったよ、それはそうとしておこう。で、察するところ、あんたの不満の初《はし》りは、それを言えばすぐむっとするから、おおかた、わしがいつもタレス、タレスと、タレスを一番に引き出す癖に何やらあるんだな、と睨んだが、どうかね？」
ソクラテス「さすがだ、それも一つだ。何かというと君はタレスだ。まるであいつが元祖みたいに。」
エレアからの客人「おや、これは聞き捨てならぬ初耳だ。タレスでなくて一体誰から始まったのかね？　学問らしい自然の探求は。」
ソクラテス「言わずと知れた、まずタレスの両親からだ。」
エレアからの客人「ふざけてるんじゃないだろうね、ソクラテス。」

——ふざけてなんかいるもんか、とソクラテスは真面目なんだが、クレオンブロトス、こんな話、退屈しないか？　え、シミアスにお答えなさったあの方のあのときの大切なお答えにくらべたら、こう言ってはなんだが、同じあの方のお言葉《こえ》にしろ、ちと軽いような気がして、ぼくがきみの前にひけるんだが——、いや、退屈しない、つづけてくれって言うのかい。あ、いいとも、それじゃあ、——

ソクラテス「君と話してふざけたことは一ぺんもない。」
エレアからの客人「ウソ、言え。屁っぴて話を台無しにしたのは一度や二度ではなかったぞ。」
ソクラテス「他の奴は退散したが、君は残ったじゃないか。」
エレアからの客人「なるほど、そういう意味か。そりゃ、なにも学問が日常と別なところに宙ぶらりん、てなことにはならないからね、それで、その両親の感化がタレスの説を育てるのに力になった、というあんたの意見は認めよう。しかし、本筋は別だということもまた忘れないで欲しい。というのは、タレスの師がはっきりしないのでね。しかも、大切なのはタレスが水をアルケーとしたということ、しかもだよ、初めて。いいか。くどいが、初めて彼が自然を説明する原理をとにかく提出したということだ。そして、もっと大切なことは、それがどう次の者に引き継がれ、発展したか、ということ。即ち、弟子がいなければ師は神さまでない限り一代きりで終わりだ。師弟がその系譜を継いで一《ひと》かどの説を打ち立てるのであって、どんな傑出した人物がいたとしても、彼だけではいつかは古くなるし、権威も、名はともかくとして学説自体の価値となれば、多くの修正や改良を受けなければならないことになる。考えてもみなさい。あんた流に言っても、じかの日常、眼の前にあるものが何であるかの問いから自然の探求は始まったのだ。みんな始めたんだよ、タレスだけじゃないんだよ。――ここまでは、なるほどあんたの流儀でよい。しかしこれからは、はっきり違ってくる。いいか、タレスが水と言ったんだ。日常（自然）の元を。彼の両親でも知人でもない。師《せんせい》がかりにいたとしても、言ったのは彼タレスなのだ。」
ソクラテス「なるほど。」

エレアからの客人「だから、彼は元祖なのだ。」

ソクラテス「では、その水を水と言ったのはタレスか？」

エレアからの客人「？」

ソクラテス「両親が、水というものと水という言葉をタレスに教えたのではないか。」

エレアからの客人「そんなことは改めてとり上げるまでもないことだ。」

ソクラテス「ぼくが言っているのは、水の元祖のことだ。」

エレアからの客人「わしにはわからんね。茶化しているのでなければ、言葉にこだわっているとしか思えないね。原理が水だと主張《い》っているのだよ。両親だろうとそのまたご先祖だろうと、イの字も知らぬ、口がきけない人間でも正気でない人間でも、水が水というのを知らん奴がいるのかね？　水を水と言うのと、水が自然をつくっている元だというのとの雲泥の差を、あんたは放《ほ》っぽり出している。」

ソクラテス「これは、ぼくの説明の仕方が不備だったようだ。ぼくが言いたかったのはこうだ。タレスをして水が自然の元であると思いつかせたのは、水を水と知っていて、しかも、水があらゆるものに滲透しているらしいとうすうす信じてもいるすべての人々が、既にずっと昔から水が自然の元らしいと思っていたのがもとで、タレスはたまたまそれを言葉にして公にしたまでだ。という意味で、元祖はタレスより前の直接の教師両親はじめすべての歴史《にんげん》だと主張すれば、師があったかなかったかというのはたいして大事なことじゃないということにもなる。なんとなれば、師は人間の言葉じゃなくて、実に水の水たる水だったから。タレスが水の元祖なんて、おかしな話《言い草》だからね。元祖呼ばわりはもっと慎重にやってもらいたいもんだ。というのも、水というのは実は一応の説であって、いや空気だという奴がすぐ出てくるし、後じゃやれ火だ土だと飛び出してくる始末なんでね。でとどのつまりにぼくが言いたいことはこうだ。巷間、『哲学はタレスにはじまる』という俗説を耳にすると、ぼくはいったんむっと腹立たしくなるが、次の瞬間がっかりして力が抜ける。そして、こうつぶやくことになるのだ。

『なんてことだろう。哲学は何万年も前、すなわち人間が生じたときに始まるはずなのに、タレスこそいい迷惑だろう、祖《そ》なんどと言われて一言《ひとこと》も弁解できないのだから。そういうことでは哲学の将来が思いやられる。今のうちに、哲学の考古学を提言しなければなるまいな。』

プラトン「――ここで、むきになったり、慌てたりなさるエレアからの客人ではい。むしろ、複雑な苦笑《にが》いをなすってられるといった表情で、つづけてソクラテスが何を言い出すのかと、かすかに膝を立てられ気味なのが、低手《ひくて》の方のぼくの席から卓《テーブル》の下越しに見えた。くらべて、あの方ソクラテスはいつだってその都度のそれ、つまり喜怒哀樂を決しておかくしになられることはない。らんまん、といえばそれでぴったりだ。さ、このへんでいったん、ということにしようか。でないと、シミアスが怒《おこ》りはしないかね、クレオンブロトス。」

（彼、クレオンブロトスは、ただ、しれしれ笑ってなんにも言わない。もうそのへんでよいだろう、といっているふうでもなく、それかといって、シミアスに思いを馳せているといった気配にも見えない。とにかく、元気がないのが気にかかるが、眼の色はさきほどよりずっと光が射してきたようだ。

で、わたしはコップに水をさし増してやり、大事な潮時と見計らって、つとめて、冷静なソクラテス口調に真似てシミアスの件にとりかかった）
プラトン「――『シミアス、それは、今の結論に対してだけではない。かの基礎定立についてもあてはまる。いかに君たちに信頼できるものであっても、しかしなお、いっそう明確な考察がそれに加えられねばならない。そして、もしもそれらの前提を充分なまでに分析したというときがくれば、わたしの思うところでは、君たちは、人間としてついていくことの可能なかぎりまで、この言論につきしたがったことになるだろう。』」
（クレオンブロトスはじっと俯向《うつむ》いたまま）
プラトン「――『そして、そのことが明確になれば、それ以上を君たちは求めることはしないだろう』と。」
クレオンブロトス「――。」
プラトン「――君は、ぼくに尋ねないのか？　クレオンブロトス。え？
――『仰有るのは真実です、とシミアスは言ったが、プラトン、君もそのとおり言うか？』と。」
クレオンブロトス「――。」
プラトン「ぼくなら、すぐそうとは言わない。言えない。次のお言葉を聞くまでは。即ち、――『まさに、こころしておかねばならない。もしも魂が不死であるとなれば、その魂は、生の限りのためではなく、まさに永却のために必要とされるのだ。』」
（とつぜんといってさしつかえない。低いがはっきりとクレオンブロトスが言う）

クレオンブロトス「僕なら、まだ、そこでも言わない。言えない。さらにこう仰有っていただいたあとでなければ。

『もし、死が一切のものからの離脱であるとしたら、悪しき者にとってはもっけの幸いであろう。だが、不死なるものと明らかになった以上は、魂は諸悪からのがれ、自らを救う道は、ただそれがあたうる限りの最善のものとなり、またあたうる限り思慮にすぐれたものとなる以外には、他に決してあり得ないのである』、と。」

プラトン「そこが少しぼくは違うのだ。死が一切のものからの離脱であるとしたら、実は悪しき者にとってもっけの幸いとなるばかりではなく、善き者にとってもそうなのだ。なぜなら、善き者がよきを求めて苦しむことからも離脱できるのだとしたら、裏をかえせば悪しき者とて手段は別として求めるのはよきものではないか？　かつまた、別な角度からも見てみたまえ。不死なるものと明らかになった上での最善と思慮とならば、ぼくらのように、不死なるものと魂が明らかになるまでは未《いま》だし、遠い遠い手前で肉体にとりこにされている身には、いつそんなすぐれたものとなることができるのだろうか？」

（突然、クレオンブロトスはほろほろと落涙した）

クレオンブロトス「言い当ててくれるではないか、プラトン、僕の胸の痛さを。」

プラトン「さあ、君とぼくとは少しも違わないことがわかった。決して先を急ぐことはしまい。遠い遠い手前なのだ、ぼくたちは。」

クレオンブロトス「うん。やっといま、思いついたよ。あの方がなすった、おしまいのあの美しい神話。あれにはあの方のよろこびと悲しみがこめられていた。僕にとって、いま、なんだか、子守歌のように思えてきたのだ。でも、その同じものをくりかえしてもらわなくてもいい。はや、昔の赤ん坊ではないのだから。――だから、どうだろう、あの方をもうすぐおみとりしなければならないときがいよいよやってくるまえに、せめて、イソップまがいのわかりやすくてためになる話はないか。あったら、ね、君はなんでも知っているから――。」

プラトン「知っているのは、あの方がお顔を出される話、つまり馬鹿の一つ覚えってやつだけだよ。イソップと張り合うなんてとても。」

クレオンブロトス「そら、今さっき君は言ったじゃないか。違わないって。君が馬鹿なら、僕も馬鹿なんだから。馬鹿が馬鹿に遠慮気兼ねが要るものか。」

プラトン「いや、すっかり気分が良くなったようだね、クレオンブロトス。それなら、ほら、さっきのエレアさんの苦虫《にがむし》のつづきでもしようか。ただし、覚え《ばか》の中味は馬鹿話じゃないよ。」

クレオンブロトス「イソップさんの苦虫顔を見ることになるのは気の毒だが、ソクラテスさまは桁がちがうから我慢してもらうよりほかはないだろう、なんて言っては、当のあの方《ソクラテス》からまた大目玉を頂戴するかな。」

プラトン「さし当たり、大目玉をくださるのはあの方《ソクラテス》ではなく、もう一人のあの方《（エレアからの客人）》だ。『のぼせ上がるな、ソクラテス』と、お目玉食らったのはソクラテス。え？　びっくり仰天したぼくの筆舌にも尽くせない驚きと、そして怒りと、そして困憊と、そして落胆と、これら一緒くたのまじった一瞬の表情《かお》を、クレオンブロトス、君に想像してもらうのは、とてもじゃないが無理だろうよ。

君ならおそらく、いきなり客人にぶっつかって押し倒すか、さもなければ衝撃で卒倒しかねなかったろう。そんなに大切な場面だ。とてもイソップ式の一口話というわけにはいかない。やっと君が明るくなって疲れもどうやら治ったみたいなのに、またぞろ窮屈めいた話になっては、と迷い気《ぎ》がしないでもないんだが、ソクラテスの考古学というのが客人によっぽどこたえたんだろう。苦笑《にがわら》いもほどほどに、相手《ソクラテス》が口《ことば》を続《つ》がれないので客人は、やおら口元を引きしめて、こう切り出されたわけだ。」

エレアからの客人「のぼせ上がるな、ソクラテス。考古学の前に考現学を勉強したらどうだ、と言ったら、怒《おこ》るか？　笑うか？　怒りはしないだろう。言われなくったって、その勉強ならお前さんよりぼくのほうがうんとやってるからね、と皮肉まじりに口返駁《くちへんばく》はしても、達人たるあんたがわしの下手な罠にはまって、うっかりでも怒るなんてことはしまい。」

ソクラテス「そんなに、おとなしくつづければなんでもないのに、いきなり、それこそ君がぼくに冤罪を着せた例の、むっとした表情で、『のぼせ上がるな、ソクラテス』なんて切り出すもんだから、見てみたまえ、この可愛《かあ》いい男《の》（プラトンのこと）が泡食らって立ち上がったではないか。可哀想に。プラトン、そう何をびっくりしているのだ？　こいつ（客人のこと）とのやりとりは雲の上のことだと思って聞き流すのでなければ、耳鳴《かみな》りであとはさっぱり聞こえなくなってしまうぞ。」

エレアからの客人「小僧《プラトン》っ子に構わんでもいい。では笑うか？」

ソクラテス「笑う、ね。」

エレアからの客人「だから、あんたは、ときどき、はみ出すか、あるいは勇み足をして、相手を笑ったつもりが、逆に笑われることにもなるのだ。その、あんたの恰好ったら、おかしいというより、この男《プラトン》じゃないが、可愛いいと言ってあげたらぴんとくるからね？　つまりだ、五つか六つくらいの子供がさ、小っちゃな軍服着けてさ、将官の襟章に飾りの帽子、帽子といえば、それ流行《はいから》の紋付袴《モーニング》にシルクハット、大臣《おやくにん》の装《よそお》いをしてよろこんでいる。誕生祝いの神殿詣《おまい》りならお愛嬌だが、その子供が大人ぶったら、こっけいを通り抜けて憎たらしさに通せんぼ食らい、はね返ってお笑い草になるのが落ちだよ」

ソクラテス「稀代の論客にしては弁舌が緩慢《なまぬるい》だな。笑っても笑われることにはなるまいね、それきしのことでは。かんじんの勇み足がどっからはみ出したかをまずてきぱきと示してからでなくちゃ。」

クレオンブロトス「教えてあげようってエレアの客人は、その考現学とやらを盾に取って逆襲されたたんだろうね。今度は僕がびっくり仰天せんように話をおとなしくつづけてくれなくちゃ。側《そば》ばち食うのはいつも僕ではたまったもんではないからね。」

プラトン「大丈夫。そのくらい落ち着いていれば間違ってもぼくみたいな慌て方はしないよ。それで、こんなに展開《はじ》まったというわけだ。」

エレアからの客人「いいか、ソクラテス、まぜ返したりしないで素直に答えてくれよ。背伸《せの》びして見上げるほうは子供であって大人のほうではないと言ったら反対はしないだろうね？　待て。もう口《くち》が動き出している。こう言ってまぜっ返したいんだろう。孫の誕生祝いだったら、大の男のぼく《ソクラテス》が床に匍いつくばって、よう、ソクラテス三代《なんなんちゃん》、大きくなった、大きくなったと、横眼と横っ面を床から背伸びさせて将軍の得意顔にうつつをぬかすこともあり得る、とでも。」

ソクラテス「そのくらい早い読みをしてくれれば、当分、ぼくの出る幕はないだろう。」

エレアからの客人「ありがたい。わしが合図するまでその幕は引かないでいてくれたまえ。では、うるさいあんたにうけ答えさしておいたんでは、夜が明けても時間が足りんだろうから、ここはひとつ、わしの独演ということにさしてもらおう。さて、わしよりもむしろあんたがむきになって主張するところだから、これには反対するどころか大賛成とくるに決まっていると確信するが、口が利けない人間でも狂人でも水が水であると思ったり知ったりするのは、何も知者と変わりはない。どうだろう、このことは。答えないでよい。ずっとこのあと、尋ねるのも答えるのも、しばらくはこのわしだとことわっておいたからね。では、狂人は別として、猫も杓子も哲学者か？　と尋ねたら、だれか一人でも、そうだ、と答える者がいるだろうか？　もしいるとして、その小供っぽさを笑わない者がいるだろうか？　ところがそうだと言い張る小供がいるのだ。その子供《こ》の言い分はこうだ、水のなんたるかを知ろうとするのが哲学者なら、人間みんな哲学者だ。そのくらいならまだしも、人間がはじまったときから人間総哲学者《いさみ足》だと誇大妄想《まぐち》をひろげる。大人が、そんな背伸びをする生意気な子供を可愛いとか憎ったらしいと言って笑ってばかりいないで、こうたしなめてやってはどうかな、とわしは思うんだ。水が水だと知るのは水が大切なものであり、役に立つからだ。でも役に立つものを求めるのに誰も変わりはないが、役に立たなくてもそのものを知りたいという人もいる。役にも立たないのに、なんであの人は星ばっかり数えて溝に落ちたりなんかするのだろう、と笑ってはいけない。なぜなら、第一、その人にとっての生き甲斐は、たんに役に立つということではなく、たんに知る、しかも、それがおもしろくて役に立つものは放ったらかしておいてでも知ることをえらぶのだ。いわば、その人を哲学者と呼んで、そう間違ったりして笑われることにはならないこと請け合いだ。ひょっとするとその星の数え方次第でね、たいへんな役に立つことだってそのおかげでできてくるかもしれないからね。海を船で渡るときなんか、実際たいへんな役に立っているのだよ。このあとは少し難しい言い方になるかもしれないが、その子供ってのが何しろ新しがりやで、突っ走るだけなら少々危なっつかしくても見ておれるが、時たま突拍子もない方向にずれるんでね、つまり、はみ出しと勇み足のしようによっては命とりにもなりかねないんで、わしはそんな子供にはならないようにとの老婆心から今度こそはそいつにこう言ってやろうと考えている。『いいかね、子供《あんた》よ。役に立つ、と先に言ったが、も少し眼を上げて見てごらん。つまり、水にばっかし眼を向けていないでもっとひろく世間なり世界を見上げてみなさい、例えば桶屋《おけや》は桶を作る、大工は家を建てる、医者は身体《からだ》を診《み》、役人は街《まち》の見回りをする。桶や家や健康や政治、みんなが人々の役に立つように立派にでき上がっているかどうかがまずは眼目《がんもく》だが、さてそれらがそれぞれ相手にしているものとは何を指してのことか、と尋ねたら、すぐ答えが出るよね。曰く、素材だ。難しく考えて下手《へた》に学《がく》ぶって区別《くわ》けしないでよい。とにかく、そのへんに眼《め》っかるものすべてが自然という素材なのだ。そしてその素材をあっちこっちとひねくり回している、もっと正確に言えば、その素材にあっちこっちとひねくり回されているわれわれの生活《くらし》のことを経験というのである。大工も哲学者も、もちろん医者も政治家もその他すべての専門家もその点にはなんの差もない。ただそれらの専門の人たちと哲学者とたった一つ区別しなければならない点がある。例えば、大工は家を建てるのに素材たる材木をもって床板にしようか、柱にしようかと頭を痛め、よい家を建てるために材木を細かく観察する。材木とは何であるか、と問う大工はいまい。少なくとも、材木の何であるかを問うとすれば、床に向いているか柱に向いているかの詮索であって、材木とは一体何を指して材木であるか、それは単なる木とどの点が異なるのか、と考えていたらどだい、家はいつになったら建つことになるだろうか。また、医者がいて、毒虫に刺されて苦しんでいる患者に向かって、この毒は蠍のか蜘蛛のか蝮のか、野原で刺されたのか、家で刺されたのか、人から故意にやられたのか、野原だったら砂地か、石の下か、岩の割れ目か、家であれば、壁か、床下か、それとも衣《きもの》に忍び込んでいたのか、人からだったら、そ奴は知人か、親戚か、ゆきずりの他人か、などと詮議していたら患者は治りっこないだろう。したがってすべてその道の専門家は、まず第一に眼をつけなければならないのは、その専門のめざす目的物にいかによりよくより正しく到着するかということで、あとのことは、大事といえどもなべて第二義のものでしかない。ところが哲学者というのは大工とちがって、材木が何に使われようが、それによってどんな上等な家が建とうが建つまいが、そんなことには一切興味を示さないし、毒は毒で充分だし、医者はへぼでも医者、患者の迷惑とか患者の運不運など一切無関心で平気でおられる変わり者でなければ哲学者たる名に値しないと言っても過言ではない。ただし、いかに興味がないからとて、材木と石材との区別もつかないようではお話にならないし、いかに無関心だといっても毒を薬と間違えるようなら名前だけからして、へボ哲学者のへボにも値しないのは言うまでもない。では哲学者とすべての他の専門家との違いとはどの点なのか？専門家は専門の素材にかかわってだけその全経験をあてがえばそれで充分、というのはそれで専門の役目を果たし専門家の名に値する。あとは上等《じょうず》か並《へた》かの程度だけだ。それに反して哲学者は専門という意味での素材は一つも持たない、持てない。持ったら専門のどんな偉い達人名人たりといえども、指さして彼を哲学者とは言わないし、言えないのだ。なぜかというと、哲学者はすべての素材を素材とするのでなければ哲学というものを打ち立てることができないからだ。だから経験といっても一人一人のそれではなく、すべての経験を集約しなければならない。したがって大工の一一《いちいち》、医者や患者の一人一人にはかまってておられないのだ。ところでこう言えば生意気な子供がいてすぐこう背伸びして食ってかかるのである。そんなら哲学者なんて一人もありっこないじゃないか。全自然を一つに手玉に取り、あまつさえ全人間の総経験を手中におさめようなんて、神様にもひょっとするとおできになるかならないかわからんような途方もない役目を哲学者に負わせるとすればね、と。その生意気な小童《こわっぱ》の高くもない天井鼻《ししっぱな》の骨をへし折るなんてたやすいこと。哲学をなんと心得とるのか。神様にも出来っこないことを敢えてやろうとする者を指して哲学者と呼び、神様にもやれっこないことをやり逐げたら哲学も神様も用はなくなって消えてしまうということを知らないのか、と。ぐうの声《ね》も出まい、ソクラテス。ソクラテス。」

ソクラテス「それが合図かね？　お客人。出ないどころか、はじめっから終わりまで、ぐうぐうのどまで出かかって、やっとのこと約束にしたがって耐《こら》えてたまでのこと。早速だが、のぼせ上がるなって言うが、のぼせ上がっているのはどっちなのか？　考古学の前に考現学を云々と言っておいて、考古学はまあ、ピラミッドのミイラ探しくらいにしか評価してらっしゃらないから、とくにどうということもないが、ご主旨の考現学にはついぞ一言も触れずじまいだったのはどうしたことかね？　それともだらだらご託を並べ立てたのがつまりその身を以てする考現だとでも含んでもらいたいのか？君が、いや実はのぼせていたのはソクラテスではなくこのわしだと頭を掻くか下げるなら、ご託《たく》を考現の見本だくらいは認めてよいとしておこう。ぼくはしかし馬鹿正直だから遠慮なく言わしてもらうが、それにしても君が考現学と敢えて新語をこしらえてまで気負い込んでくるのだから、さぞ君らしい卓説がぼくを驚かしてくれることだろうと期待したのが実は見当外れだった。いやそれは何も君の故《せい》ではなくて、ぼくの不明のいたすところだから、君という稀代《（えらさ）》への他ならぬぼくののぼせであったと今つくづく反省すると同時に、君のためにもぼくのためにもがっかりしているというわけだよ。というのはおおかた、君の系譜論から言えば、タレス、アナクシマンドロス、アナクシメネス、この三代を一つに括り、次には、ちとあいまいだがピタゴラスの一派をもってきて、三番目には言わずとしれたパルメニデス、何せこの派は君の生まれ本尊のエレア派ときているからね。それに対するはこれも名ざしの対抗馬ヘラクレイトスを組み込み、次なる第四番目に、本番のエンペドクレスを以上の集約者としてかつぎこむ。そのそれぞれの役割と伝承の系譜を称して考現と定義《い》い、それを確立するのが先決であると主張し、誰も何も言いも残しもしていない海のものとも山のものともつかぬ豚と人間の元がさも一つであるかのようなとんでもない妄想を、おおかたクセノファネスからヒントを借りてきてふくらました考古学とやらを物笑いにして一蹴すれば足る、と、おおかたが二つ重なったが、三つ重ねて、おおかたそんな議論を大人扱いのいわゆる考現学とし、妄想にしかすぎない考古学を子供扱いにし、そのコントラストのおかしさでぼくを笑わせようとなすったが、どっこい、ぼくが笑わないだけではなく、この子供扱いなさった小憎っ子《プラトン》もまるでくすっともする気配はないし、もっと惨めなのは、どうだ参ったか、ぐうの音《ね》も出まいがと振り上げなすった大上段《(たち)》の下ろしようがなくててれ笑いしてなさるお方のバツのバツの悪さ——とざっとこういったところだね、お客人。」

エレアからの客人「バツの悪いのはあんたのほうではないのか。黙って聞いてりゃいい気になって、肝心なことを忘れてなさる。その勉強、つまりあんたが並べたその系譜とやらはぼくのほうがうんとやってるからね、とぼくつまりソクラテスに代わって皮肉まじりに言ったのはあんたではなくこのわしだよ。それをすっかり鵜のみにしてその通り喋舌っただけではないか？　ぐうぐう言いたいことってそんなことか。もう皮肉を重ねることもあるまい。皮肉が皮肉とわからいで、知ったかぶりして、相手が知っていることそのままを述べ立てて悦にいっているとは見上げた度胸だ、と褒めてあげたいが、褒められたいなら、せめてそんな空滑《からすべ》りの考現学ではなくて、もっと実《じつ》のある考現学を披露してもらいたいものだね。例えば、移り変わる日常の根っこにある原理とは一体何であろうか。つまり大工でも政治家でも、おっさんでもおばさんでも、その眼の前にあるじかのものの元の物《(げんき)》は何かと第一期のイオニア派は問うて、水、空気、原物素《トアペイロン》と答えた。もちろんそんな具象物で答えが納得されるはずもなく、そのもの少し上等な解決法はないかと考えたのがピタゴラスをもって統括される数学原理派だった。だが、すべてのものの本質を数に帰せようたって、そうは簡単に問屋がおろすまい。その視点は単に感覚から関係形式に移したまでのこと。数の前提になる時間と空間の本質への問いとはならず、ただ尺度として現実性を帯びて力をもっただけに終わった。数をしてタレスやアナクシメネスを超えさせるだけではなく、アナクシマンドロスの思考の特異さにまで高めるべきであった。時間と空間についてだけでもソクラテス、一度、あんたと打ち割って議論したいもんだ。それからお次はエレア派だ。あんたのお世辞にもかかわらず、何とかは故郷にうとまれるとかで、わしはむしろパルメニデスの好みには合わないらしい。むしろ、ソクラテス、あんたはヘラクレイトスよりもパルメニデスにぞっこんではないのかな。もちろんゼノンなんて論外だ。あいつは師をあやまった不肖の弟子だ。パラドクスで師の説をひろげようとして逆に狭《せば》めてしまった。ま、それはまたいずれ話《ぎろん》の種にとっておいて、パルメニデスは純なる有をもってして、イオニアの感覚性と数論の形式《(量)》を抹殺して知的原理を立てようと試みたのだ。わしとしては、好き嫌いではないが、ヘラクレイトスに惹《ひ》かれるのをどうすることもできない。余談になるが、あんたのアナクサゴラス評価の種明かしをするとすれば、その系譜を、アナクシマンドロス、パルメニデス、そして彼のヌース《(知)》とこうわしはつないで解けるものと信じている。それはさておき、パルメニデスの純有も純なるゆえにまたすんなりとは受け入れがたい抵抗をもったというのも必然であろう。頑としてはだかるのも現実。だからといって単なる後退なら感覚へと戻るほかはない。定有に対して生成、もっと正確には、有と非有との統一というべきだが、この表現の仕方には浅い俗流の忍びこむ隙がある、つまりわしに言わしむれば、数をくぐりぬけ、時間と空間と、もう少し苦闘した揚げ句での非有でなければ、ヘラクレイトスの成の原理に切り込むことはできないと考えている。ま、俗説としてなら、とにかくパルメニデスを内に包みこんで、成の原理は、動物を存在のちからとして立てることによって、発展という自然の観方を新しい視野にもたらしたといっていいだろう。あんたは強く反対するかもしれないが、それは、エンペドクレスの解釈をもってすぐ露呈されるものであることはすでに眼に見えているところだ。エンペドクレスはなんと言ったか。自然とそれを内で動かす力とを機械《どうぐ》的に合一したり分離したりするだけで能事終わりとし、動かす力を愛と憎しみというとってつけのもので間に合わせただけのこととしてしか彼の言ったことを評価していない俗説をそのままにして、あんたが結局はエンペドクレスも根は通俗自然主義のタレス以来の唯物論者の殿《しんがり》役にすぎないとし、アナクサゴラスこそと、そのヌースに力を入れて非唯物、いわば観念に新しい機軸を見つけようとする構えを、一応、私は評価したいが、それもこれもまだ未知数だ。時間と空間がもっと討議されてから、やっとこさで、存在という門に入り、その上ではじめてあんたの言う、精神が自然とどう相違するかも明らかな展望の下に入ってくるだろうし、まして、精神が自然物よりも高貴《たか》いというような主張はずっとずっとあとのことだ。」

プラトン「ぼくはつと、ひっかかりを感ずるのだが、なんでも二番煎じというのは味が抜けるもんだな。君だって、あのおしまいがたの神話をパイドンから聞かされたときは、どんなに感動したことだろう。ぼくだって、クリトンからの伝え聞きとはいえ、語られるあの方の掌の上に乗っかってでもいるような安睹《ゆめ》の思い、まるで催眠術にかかったみたいだった。でも、今くり返してくださいと、たってせがみたくはない。神話だからまだいい。君のように遠い子守歌になってひびくのだから。ところでこれが理論談義となると、その再生は案外つまらないものに見えてくるのだ。まず、はじめ聞いたときほどの活気がどうしても甦ってこない。次には、その経緯やら結論じみたものがあらかじめわかっているので当初のわくわくさに欠けてしまう。たとえ高論卓説であっても魅力が半減してしまうのだね。そして、今やっているお二人のいずれ劣らぬ強《ごう》の者同士のちょうちょうはっしとなると、そりゃ初めてのときは手に汗にぎるスリルで眼も耳までもが血走ったのだが、今再生しながら、ぼくには雑念ばかりがしきりと白いもやのとばりを降ろして、視界の澄みきった空間を曇らす、というそのもやとは、あのいつかの街角の白い老婆だ。そしてかの浜辺で放心したように沖に眼をやる皺だらけの漁夫《りょうし》だ。いったい、哲学談義がこの老人たちになんのかかわりがあり、あの灰色の眼と不自由な耳にいったい何をもたらすというのか？　ところがいう雑念なのだ。そりゃ面白いよ、真面目な意味で、これからやがて展開される時間と空間の話《やりとり》なんて、たしかに一聞一見の価値はある。だが、ぼくらがもうすぐそばに近づいて、いやでも直面しなければならん場景を前にしては、それどころではないという思いが先に走るのだ。ね、クレオンブロトス。なんで、ぼくらは、こんなに怖《お》ず怖《お》ずしているのだろうか。なにか危ないものを先送り先送りしているような感じ。いつまで、こんなふうで過ごせるものだろうか？」

クレオンブロトス「僕には君の言ってること言葉ではわかるが身体では半分しかわからない。理由ははっきりしているよ。それは君には再生であっても僕にとっては初回だからだ。それも、他のお方のならどうでもいいという悪《わる》いぜいたく、あの方のならいつでも新鮮というぜいたくがこもごも混じって、一層食味をそそるし、その上、君の舌の甘い味付けが一段と僕を乗り気に誘う。それはそれとして、たしかに本番のお話は君にとっても僕にとっても再生品。味がちがうのはクリトンとパイドンの差。だから、エレアの客人とあの方のいずれ劣らぬ雲の上のお話とくらべて、同じ説得談議でもこちらはソクラテス対シミアス、ケベスでは全く桁が違うのだからね、どこへ行くのかはらはらの冒険物語との勝負ははじめっからわかっている。しかもお済みのゲームとあっては少なくとも知的興味からいって比較になるまい。僕は案外冷静にこう思っているんだ。『魂の不死説』は理論的にどうという点で注目すべきものではない、結論から言ってシミアスの言う通り、世界存在の巨大さ深奥《ふか》さにくらべて人間の卑小さはあまりにも歴然としているから、魂の不死という途方もない問題がいっきに解けるなんてはじめっから思いもよらぬ願望であり、それはまた永劫の未完に終わるだろう。ということからしても、あの方は匙をとっくに投げ棄てられていると思えるからだ。だが逆に、それだからこそ、魂の不死は要請される、とあの方は仰有られていると僕は受け取りたいし、またそう受け取るより他に手はないのだ。ただ、僕にじわじわとおとずれて、僕を不安がらせ、僕をどっか底知れぬ沼に引きずり込もうとでもするような黒い爪にずっと今日一日おびやかされ通しなのだ。実は僕にもその正体がよくわからない。一方であの方のイメージが変わることを怖れ、しかも一方で変わることを願う、そんな複雑な奇怪な誘惑が急にさきほどから僕を惑乱しているのを僕は自分で知っている。おそれといえばそういう僕が僕へのおそれとしか僕には表しようがないようだ。」

プラトン「なるほどね、いかに親身の間柄とはいえ、ぼくが君に、君がぼくになることはできないだろうから、君のおそれとぼくのおそれとは多少ちがって不思議はあるまい。」

クレオンブロトス「それがねえ、プラトン。だから奇っ怪というのだが、例えば、エレアからの客人とあの方、それにあの方とクリトン、いや、とにかくあの方がおられてそのお相手をなさる方、アナクサゴラスだろうとヘラクレイトスだろうと、ディオゲネス、アナクシメネス、それにパルメニデスとゼノンとさえ、いいかね、プラトン、狂人のたわごとだと思って聞いてくれ。実は、みなあの方の化身みたいに僕には映るのだ！　この妄想！　そしてしまいに、君と僕とが一緒くたになってしまうときがある。そして頭痛がして目眩いがしてくるのだ。」

プラトン「――？――！――。」

（嗅ぎつけたか、秘説を？）

クレオンブロトス「途方もなく、とんでもない話だよねえ。君にはずいぶんと厄介かけるなあー、僕って友人《やっ》は。ほんに、ろくでもないというのはこっちだけのことにしておくべきだ。」

プラトン「――で、あの話、つづけようか？　ろくでもない話にならなければよいが。」

クレオンブロトス「そんなになるはずはないよ。あの方のお話だから。ぜったい、ろくでもないなんて、罰が当たるよ、プラトン。」

プラトン「だが、ぼくは近頃、時たま思うことがあるよ。こういう問題については自分は生来不向きな人間だ、と仰有られたあのお言葉。けんそんと奥ゆかしさで世間はいっそうその告白《ことば》に拍車をかけて喝采を送ったが、ひょっとするとこの方は正直仰有る通り、不向きな人間《ひと》であったのではないだろうか？　なぜならふりかえって、エレアからの客人とのやりとりで、もたもたが多すぎる、とぼく自身あの方のことを喋舌っていて感ずることがあるからだ。そして、私は何も知らない、ただ、知らないということを知っているだけだ、と仰有ったのも、そのレトリックは案外はったりであって、その実正直あの方は何も知らなかったのではないか？　これこそ、ぼくの、ぼく一流の君と質のちがった妄想なんだが、ふっとね、こういう思いが浮かぶことがある。ほんとに中味のないつまらん話だがね、時代は問わないが、神にもまがう大聖者がいて、それはそれは強大な威厳と慈愛と万能を備えてらっしゃる。ところが、この方にその道の専門の、あ、数学がいい、その数学の難問をうやうやしく捧げて、お願いでございます、これを解いてくださいませんかと答案用紙を提出したら、その用紙はおそらく解答を記して返ってはこない。つまり白紙で戻ってきはしないか。数式でなくともいい、ノミと大理石を持参して、女神の像を彫ってくださいませとお願いしたら、なんと仰有り、またどんな表情《おかお》なさるだろうか？　彫刻の名人には明らかに劣り、数学者に限らず、いかなる専門の技術家の名匠にも劣ることは、聖人といえどもはっきりしている。それがいったいなんの、どうの、なにを含んでのことなのか？　と反問されると、いやぁ、実はぼくにもわからんのです、と応《こた》えるよりほかはないのだが――。強いて言えば、知るということのある錯覚、そして知るということのどうでもよさ、さらに知るということのおぼつかなさ頼りなさ、もう少し力めば、哲学のもろさ、もっとしぼり出せるなら、知ることよりもっと大切なものへの飢餓とでも――。今は言葉に壁がある！」

クレオンブロトス「かも、ね、うん。――とうとうあの方をみとるときがきてしまったようだね。ただのひとをね。」

プラトン「よろこび勇み、悲しみに暮れながら、あの方は最後《しまい》の時を迎えられるのだ。」

クレオンブロトス「ほんに、あのおしまいになさった美しい神話にはよろこびと悲しみがあふれていた。それもいま終わったのだね。」

プラトン「そして、あの方は仰有った。

『ところで、ケベスにシミアスよ、それに他の諸君も。君たちはいつの日にか、ときがくればそれぞれハデスへと旅立つだろう。しかし、わたしのほうは悲劇の舞台の人物ならかくも言うだろう。――おのれのあずかりしその定めはいまやすでにわたしを喚んでいる――と。もうどうやら沐浴にむかうべき時らしいのだ。毒をあおぐ前に沐浴をすませて、女たちに屍体を洗う手数をかけないほうがよいと思われるからね――。』
そばからクリトンが、
『それはそれとして、ソクラテス、この人たちにでもあるいはわたしにでも、いま君が言っておくことは何かないだろうか。子供さんのこととか、ほかのどんなことでもいいのだが、わたしたちがそれをすれば、とりわけ君にはよろこばしいということがね。』
答えてあの方は、
『つね日頃、言ってきたことだけだ、クリトン、いまさら新しいことって何もない。ただ君たちが君たち自身の配慮をおこたりさえしなければ――それでいい――。もし、君たちが君たち自身をなおざりにするならば、なにかを頼み約束したとて何の甲斐があろう――。』
実に立派なお方だった、ほかに言いようがない――。……おい、クレオンブロトス、また、急に、どうかしたのか？　また頭痛か。」
クレオンブロトス「いや、なんでもない。ちょっとめまいがしただけだ。」
プラトン「もう、いよいよのところだ。それから、きみのパイドンは、どんなふうに語り終えたのか？」
クレオンブロトス「――。」
プラトン「ぼくだって――実は、もう、このあと、話に、したくない。」
クレオンブロトス「――。」
プラトン「――。」

クレオンブロトス「――。」
プラトン「疲れたよ、おそろしく疲れた。」
クレオンブロトス「もう、――このあとは思い出したくない。」
プラトン「最後のおみとりはしないのか。」
（クレオンブロトスは頭をかかえて、卓に肘をついた。どうやら激しい頭痛がするらしい）
プラトン「ふふ。どうやらクリトン老も、もうろくなさったもんだ。ひょいと、『ところでだが、君を埋葬するのはどんなふうにしたものだろうか――』と、さ。あの方のお微笑《わら》いを招いたはずだ。普通だったら身内の人からひっぱたかれるところだったろう。『クリトンには、まだまだわたしは了承されていないらしい。諸君、せっかく魂の話を、しかるべきところにもってきておいたばかりだというのに、そのかんじんのソクラテスの魂はそっちのけにして、あとで残った屍体をわたしだと思っているなんて、ね。――それではまるで、わたしの話はほんのなぐさめの無駄話に終わったことになるではないか――』と、ちょっぴり皮肉の灸をすえられたとか。クリトンが頭を掻いたかどうかはクリトンから聞き洩らしたが、竹馬の友だ、悪気なんてあるはずがない。ただ、なんとも言いようもなくさめようもなく、つい口から出ただけのことだろう。あるいは、そかくせないその場の雰囲気を多少でも、おどけて、皆のもやを払おうとでもなすったのだろうか。それにしても、あの方の微笑とクリトンの苦笑とを、どんな気持ちでパイドンはじめみんな紛らしたのだろうか？　実に美しい泣き笑いのひとこまだなァ――。……おい、横になったらどうかね、ひどく痛むのか？　君、クレオンブロトス。」

（彼は、かまってくれるな、といった手を振って、髪をつかんだ指をふるわした）
プラトン「あの方は沐浴のため部屋をお立ちなされ、クリトンだけがついていったそうだ。あとに残された皆は、いったいどんな有様でしばらくのあいだを過ごしたのだろう。あのすばらしい教説の余韻にしばし酔い痴れていたのだろうか。それとも生みの父母《ちちはは》を喪うときのように深い嘆きに身を任せるよりほか、なすすべとてなかったのだろうか。パイドンはそこらあたりを何か話してくれたのかね？　ぼくはクリトンからそのようすを聞いていない。聞けないはずだ。クリトンはもうソクラテスにつきっきりで、そこは外していたのだから。ぼくと君がいたなら、ぼくたちはどうしただろう、そのときを。」
クレオンブロトス「父、母、と言ったな？」
プラトン「？」
クレオンブロトス「母親はいいなあー。」
（いったい、何を考えているのか？　彼は）
プラトン「しばらく、ぼくらも休もうか。」
クレオンブロトス「わかりかけてきたよ。やっとどうにか。」
プラトン「あのおしまいの神話でも思い出したのか？」
クレオンブロトス「ときに、プラトン、赤ん坊は乳にすがりつくみちをちゃんと知ってでなければばすがりつくまい。」
プラトン「そりゃそうだろうね。」

クレオンブロトス「おいでおいでも母親の手招きで、ハイハイも母親へのあこがれで知るのではないか。1も2も3も、山も川も草の名も、教わった通りに言葉にするのだ。大人になり、ずるくなり、教えられたものを歪《ゆが》めて組み立てる。僕もその一人だ。そしていつしかソクラテスの言説にすら背《そむ》こうとしているのだ。」

プラトン「――。」

クレオンブロトス「どうやらわかりかけてきた。――魂を知らないで口にするはずはない。力んで知ろうとしていたのは音声と文字だ。」

（なにか、やさしさが彼には必要だ）

プラトン「道理をわきまえた者なら誰でも、と、これがソクラテスの口癖だった。だから、おっぱいも、おいでおいでもハイハイももちろん、1、2、3も、言葉の一つ一つを教わって、素直にそれに従うことはあの方の言説に背くことにはならない、それらはみんな道理だから。大人になりずるくなり教えられたものを歪めて組みたてたとしても、素直にそうしようとしたのであれば道理に背いたことにはならないだろう。そうでないなら、先哲の数々の言説が受け継がれて新しいものに組み込まれ発展することは出来なかっただろう。――神話だってそうではなかろうか。」

クレオンブロトス「人が死ぬと、その人を選んでいたダイモーンが、その人を裁きのまえに立たせるため連れ立ってハデスの旅に上り、いろいろのことに遭い、時がくればまたこの世へと連れ戻してくるそうだが、それも道理だろうね。」

プラトン「違いない。なぜなら万物はどこからきてどこへゆくのか、また世界には始めがあり終わりがあるのか、それとも始めもなく終わりもないのか、知るよしもない。しかし、ぼくらはある。あるからにはどこからかきたのだ。死ぬのだ。死ぬからにはどこかへか行かねばなるまい。神話が生まれたのも道理ではないか。たとえゆがんでいても。」

クレオンブロトス「だから、そのあいだには永い時のめぐりが幾つも幾つも重ねられていくのだな。」

プラトン「もちろん。しかし、神々が石であったり木であったり、山や川や星、あるいは鳥や獣であったりすることに納得できない人たちは、もっと納得のいくものにそれを求めたというのも道理ではないか。」

クレオンブロトス「タレスがやっぱり、その始まりかね。」

プラトン「いちおう、そうとしておいてもいいだろう。」

クレオンブロトス「もっと別のはないのか。」

プラトン「あるよ。浄と不浄のそれぞれを、ふさわしくそのあり場所、行き場所、戻り場所におくために、魂をつくりだしたのも道理ではないか。」

クレオンブロトス「大地は球。天空の中心、均質と平衡に支えられて静止している。」

プラトン「それも道理だ。アナクシマンドロスは球ではなく円筒だと言ったらしいけれどね。囲んでいるものが中心から等距離に広がり、中心そのものも平衡を保つなら、道理この上もないだろう。タレスの水を超えて、ト・アペイロンに眼を向けた彼は、アナクサゴラスのヌースの源かもしれない。始原と終局の向こうに無限を見たのだから。」

クレオンブロトス「パシス河からヘラクレスの柱。」

プラトン「ヘロドトスも道理だ。実際に、彼は歩いて調査したというんだからね。想像と実証の組み合わせが魅力だね。」
クレオンブロトス「アイテール。注ぎ込む大地の窪み。」
プラトン「道理だ。道理だ。よく覚えているね。ソクラテスの説ではなく、ホメロス、アナクサゴラス、ピタゴラスからあの方がとりこまれたものだよ。それにしてもあの方のお話は上手《うま》いもんだね。その大地の窪みの中に住んでいながら、あたかもその表面に住んでいるとひとは思っている。ちょうど、海の底に住んでいながら、水をとおして星々を見る魚のように。だから、この窪みから天上の美を見ることができないのは、海の底の泥に住んで大地の美しさを見ない魚のようなもの。いやもっと人間は鈍重で弱々しいもの。真実のところ、まことの天空のもとにあるこの大地の表面《おもて》に見出されるものは、いったいいかなる形状を呈しているのか、神話《ミュートス》でよければ聞かしてあげようかと仰有って、これまた見事にも美しく語られたのだったね。だが、もう、けっこうだね。道理が、なんとかぼくらに、母親のおっぱいや手招きほどに信じられさえすればね。もうそろそろ、またも君には疲れが見えるようだ。ぼくとて同じ。悲しいけれど、もう、あの方の毒も杯にすりつぶされている頃だろうから。お話はお話で、そっと胸にしまいこんだままにしておこうじゃないか。」
クレオンブロトス「十二面で縫い合わされた鞠《まり》。紺碧の、金色の彩《いろど》り。光映《は》え、輝き、おおひときわ美《うる》わしの大地。木も花も実《み》も――宝石のかずかず。金、銀――。」
プラトン「うん、大地すらそうなら、天上ははかり知れぬ極美によってちりばめ尽くされているだろう。いくら語られても語り尽くせないほどに。だが、このへんでいいだろう。なんといっても、それらは空想と想像の物語だからね。エジプトなんかでは、そんな神話のなかで、いや別にも、いろいろの試みがなされているそうだ。いずれ、物語の道理は、１２３の道理によって、修正されたりくつがえされたりしていくだろう。美しさという道理は残したままでも、ね。ぼくらにとっては、道理と魂を結びつける最後の作業が残されているのだから。ぼくとしては、魂を知らないで口にするはずはない、と言った君の気迫みたいなものを、しっかと銘記したつもりだ。ただ、知ろうと力んでいたのは音声と文字だったという君の宣言みたいなものに、少々こだわっているというのが正直なところだよ。魂の説は既に終了してしまっているのだからね。その宣言をそのまま文字通り受け容れるとすれば、今朝からの十数時間が一気に吹っ飛んでしまうだけでなく、ソクラテスあの方さえ巻き添えにすることになるんだからね。音声と文字を『魂』という言葉に固型化していたからぼくらは魂がわからなかったのだ、という考え方もぼくは大いに尊重する。一方、こういう角度と視座もまた宣言しておいていいのではないか。美であれ醜であれ、善であれ悪であれ、大地であれ星々であれ、かつまた草、木、虫、およそ存在するものすべて、ひとつひとつを追究し考察することは、実は魂というものにどれひとつ無縁ではない。」
クレオンブロトス「――大地は、その内部に、通じ合い、流れ合って、」
プラトン「だから、ぼくとしては、一応、その大地にしろ、天空にしろ、だ、神話も言い伝えもひっくるめて、だよ、君が言うように言葉を子供みたいに素直に受けとって――ね。こだわるようだが、それなりの、もっとも当たり前な道理を、つまり、」
クレオンブロトス「一方からも一方へとクラテール《(混酒器)》に水は注ぎこむ。」

プラトン「ソフォクレスはどうだっていいではないか。はじめはよかったが、あとは大したことないって評判だよ。大悲劇詩人に間違いはないらしいけれどね。一から十まで完璧、百パーセントなんて、いや、これは失礼。そんなことよりぼくの話を聞いてくれないか、気休めにでも。

つまり、ぼくはこう思うのだ。神話でも伝承でも、タレス流の自然学説でも、とにかく、何かが語られるというのは、その人、そのときに、ごく当たり前に承認される要素を組み立てて、その構成ができあがっているということは争えないことだと思われる。しかしそれは時が変わり人また変われば、その内容も変わってゆくというのは至極もっともなことではなかろうか。世界は常に日々これ新たなりだよ。天文だって地学だってそうだ。何かそれを探るための技術が発明されるなら、現在ギリシヤ一般のそれらの説は百年後には今のものと格段の相違を来たすだろう。太陽も月もこの大地も、ひょっとすると、その位置とか距離とか重さとか回転率とかさえ、1、2、3で数えられるようにはっきり証明されるかもしれない、と考えるのは決して空想や妄想ではないと思うのだ。大きなものだけでなく、ごく小さいものの正体もね。とにかくわれわれは、知っているものは知っており知らないものは知らないというのを、気取ったり歪めたりしないですんなり承認したいもんだね。占星術と天文説は区分けしなくちゃいかん。それに信仰だって。」

クレオンブロトス「大きな流れ、泥濘、溶岩、裂け目、はるか、地の下、底知れぬ深い坑、――。」

プラトン「イリアスのなかのタルタロスか。ま、神話は神話として、さ。ぼくが言ってる信仰というのでさえ、もともと、得体の知れないものへのおそれと、同時にそのものへの探求から生まれたのだと言えそうだ。何にしろ、一つのものが世界を創ったとなれば、それがアルケーであるといっても、それが神さまであるとしても、大きな気休めになることは間違いない。しかし、そういう願望と、一方、向こうからの、つまり当の相手自然からの語りかけとは別なんだよ、ね。語りかけに耳を傾けることの大切さを、ただ安楽への願いと替えっこしたら、歴史は闇からいつまでも抜け出せないだろう。とにかく、クレオンブロトス、じっくりとまずは足もとを見てからすべてにとりかかろう。おい、聞いているのか？　ふん、ふん、終わったはずの神話につい舞い戻って。君、君のせいだぞ、おっ母さんなんて言い出すもんだから。ほら、あの方は沐浴のためあっちへ、クリトンだけがおあとにしたがって、そしてパイドンたちがみんなそこに取り残されて、ついぞまたぼくら二人もその場に、ね。もうとっくにあの美しいお話《しんわ》は終わっていたんだよ。だから、それはもうおしまいにして、さ。ね、考えてもごらん。ぼくと君がここにこうしているのは、ぼくらを囲んでいる壁や屋根や扉だけではなく、それを囲んで空気、大地、天空、それらのどれひとつとしてぼくらがここにいるために欠かすことはできないのだ。つまり、全自然と、それこそ一分《いちぶ》の隙《すき》もなく触れ合い混じり合ってあるのだ。逆に言えば、星があるからぼくらがあるのだ。なぜって、そうでなかったらぼくらも星も一緒に同時にいるわけないじゃないか。したがって、ぼくは、その道理のところを、こんなふうに、――。」

クレオンブロトス「かくして、流体は上へ下へとうねりさか巻く。」

プラトン「そうだよ、大きな流れ、深い坑《あな》、その通りだよ、あの方が語られたように。で、その、ぼくは、」

クレオンブロトス「――。」

プラトン「雨でも降ってきたのかね？　外は。今夜はいいだろう。ここを宿にしたらいいよ。二日だって三日だって構《かま》やしない。」
クレオンブロトス「あたかも、ひとが呼吸するときは、気息の流れが、吐き出されたり、吸いこまれたり、するように。」
プラトン「おい、こっち向けよ、聞いてるのかい。」
クレオンブロトス「水は、水路を通って、地中を流れ、」
プラトン「海や、河やに、というお話だろう。それはそれでいいではないか。ハァー、疲れたな、お互いに。——しかし、そうだ。簡単にするよ。これだけで一応止《や》めにしよう。……これだけは言っておかないと、示しがつかないからね。つまり、だ。自然界の極大と極微、これがそもそも元凶だね。それで、二つに岐《わか》れるってわけだ。片や、そんなもん、わかりっこない。わかりっこないから信ずる。片やわかりっこないがいつかわかるはずだ。なぜなら、あるからだ。そして探求が生まれる。二道《ふたみち》。信仰と探求。信仰者は探求者を笑って言う、何かわかったのかね？　と。鶏と卵、無限背進の盾をかざすのは彼らの特権。ところが海を渡るには船に乗らなければならない。船は探求者が発明したものであることは忘れている。もっと大きく忘れていることがある。それは、船が浮かぶのも走るのも、実に、空気、潮、風、の探求から始まったということ。神話の中で神々は、いや神々もと言ったがい い、船に乗る。神話も学問だ。学問も神話だ。タレスの水はそのとき、学問、知識だった。だが、今日では神話。もはや、水がアルケーだと信ずる者は一人だっていやしない。知識はそのときその時点での信仰。だから、ぼくたちは、われわれは、常に新しい神話を発見し創出していかなければならない。真実、ただ、このもののために。言い換えようか、クレオンブロトス、神《みな》のためにも、と。」

クレオンブロトス「神、――それが、世にいうオケアノス《(大洋)》。」
プラトン「それは、ウラノスとガイアの子だ、神話だ、お伽噺だ。」
クレオンブロトス「アケロン《冥界の河》――アケルシアス湖、――。」
プラトン「死者の魂がいたりつくところというそうだ！」
クレオンブロトス「第三の河、火の海、――ピュリプレゲトン――噴火――第四の河――ステュギオス――タルタロスへ流れこむ、そら！ プラトン！ コキュトスだね！ 嘆《なげ》き悲しむところ。」
プラトン「――？ 君はぼくより覚えている！ そうか。ぼくの道理の話より、ソクラテスの幻想のお話のほうによっぽど君は魅かれているのだな。さあ、その神話も終わりに近い。聞くだけの値打ちはある。美しさも悲しさも、おそろしささえも。飾ってくれたまえ、クレオンブロトスよ、あの方を弔《とむら》う前に、せめてぼくらの供儀の花束代わりに！」
クレオンブロトス「死者たちが、ダイモーンに、おいでおいでされて、ついてきて、裁かれる。舟に乗せられて、アケルシアス湖から、アケロン河へ。」
プラトン「そこは違うよ、アケロンという冥界の河で、舟に乗りアケルシアスという冥界の湖にやってくるのだ。」
クレオンブロトス「不正な者は開放され、正の者はごほうび。うんと悪い奴はタルタロス。」
プラトン「――？――。」
クレオンブロトス「一年たって放り出される。大声。アルケシアス、コキュトス、――やっぱり、タルタロス。」

プラトン「なんの罪咎もなく敬虔な一生を終えてきた者は、どこへ行くのかね？」

クレオンブロトス「牢屋に入って、タルタロス。」

プラトン「そうじゃないだろう。あの方はこう語られたはずだ。

——この者たちこそ、牢獄を離れ、自由の身となり、清浄な所へ、または再び地上に生まれおちることになる。そのなかでも真実に知を追い求めた者は肉体を離れて、大地よりももっと美しいところへ到りつくのだ——。」

クレオンブロトス「いいなあ。うらやましいなあ。」

プラトン「立派にわかってるんだな！　そうだな。そこでいよいよ神話は終わりだ！　終わりのはずだったな。そして、いいかい、こう仰有ったろ？

——ともあれ、以上のことがらは、事実そうだと断言するのは、ちと、人間の知性にとってはムリな話かもしれないが。しかし、そうと信ずるものにとっては、敢えてそれに賭けてみるだけの価値がある、とわたしには思える。この魅惑のうたは美しい！　だからこそ、わたしはこの神話《はなし》をこんなに永々と語ってきたんだよ。確信をもつがよい。その生涯において肉体の快楽や装《よそお》いはかえって身に害を及ぼすものとして遠ざけ、ひとり学びのもつ悦びに熱中した者であるならば——。

さあ、クレオンブロトス、君にゆずるよ！　ぼくにばっかりおしつけないで、君もなんとか。……疲れているのはお互いさま。こんどは君が助け舟を出してくれる番ではないか。」

（とにかく、ここでぷっつり、クレオンブロトスはまったくわたしに反応しなくなった）

（おそろしく不安であった。わたしはわたしを鎮めるためにも何かを口にしなければならなかった。彼に向かってともしれず、独り言《ご》ちともしれず――）

プラトン「――助け舟ならぬ、渡し舟がやってきた。幽明界を異にするために。

『さあ、それでは――、むろんなにを報《し》らせにやってきたかは、おわかりでしょう……、ごきげんよろしゅう』と言いながら刑吏は涙をいっぱいためて、頭をめぐらして立ち去った。ソクラテスは彼の方に目を向けて、

『君こそ、ごきげんよう。いろいろたんと、お世話になりましたなあ。』

　クリトン曰く、『ソクラテスって男は不思議な男だ。鬼でなきゃつとまらんという獄吏さえやさしい人間にする』。ね、クレオンブロトス、パイドンもこんな具合に話したんだろうな。」

（彼はまばたきもしない）

プラトン「うん、いい、いい、ぼくがつづきを話してあげるよ。間違ったり、あとさきが違ったりしたら教えてくれよ、な。やがて、毒を渡す役目の男がやってきたのだよ、ね。

『いや、かんたんです、飲んだあと、両脚が重たくなるまで、そこらを歩きまわること、そうしてから横になれば、くすりが効いてくるでしょう。』

『つかぬことをたずねるが、この杯をだれかのために灌奠《かんてん》(乾盃)《(少し捨てる)》してもいいかね。』

『いえ、ちょうどあんたに適量《あわ》せてあるから。』

『わかった。』

クリトン曰く、淹鑊というのは、かってテラメウスという男が自分を刑死させたクリティアスにうらみの乾盃を捧げたという故事にならってのことだが、告訴者アニュトスのためとしたら、もちろんうらみではなく、アニュトスの祝福！　のためにと、ソクラテスは思ったのだろう。何しろ、鬼をも泣かせる男だから、誰だってやさしい人間にせずにはおかないのだ。アニュトスが聞いたらどんな顔して喚くか。

（ああ、わたしがぐっとつまってきた）

『では、おいのりを捧げることは許してもらえるだろうね。いざ、この世からかしこへと、ただ居所を移すだけの旅に幸あれかし』と、毒杯をしずかに飲み乾された。アニュトス！　喚いたか、泣き喚いたか！　ぼくは聞かなかったぞ。ぼくが聞いたのはアポロドロスの叫喚だ！　すでにそれまでたえまなく涙にくれていたが、この期に及んではついに爆発を余儀なくされてしまったのだ。アポロドロスだけではない。涙はわれにあらずどっと溢れ出てみんなの胸をかきむしり、みながみな顔をおおって身をふるわしたのだ。

　クリトン曰く、『わしはもう居たたまれくなって部屋を抜け出し壁に向かって走った。石を叩いてわしは叫んだ。ソクラテス！　あんたのために泣くんじゃないぞ。なぜ、わしらみんなを見放して一人旅立ってしまうのだ。あんたから見離されたわしら愚か者みんなを可哀想だとは思わないか！』」

（実は、ここで、大きなピリオドを打たなければならない。ああ、ぼくらにとって、ここからあの方の最期を、それこそ文字通りみとるべきとき、すなわち、靜謐と荘厳のときをあの方と共にしなければならないだいじな時だったのに。——大きな中断を余儀なくされることになったのである——。し

かしながら、それも、万《ばん》、やむを得ない、次のような事情のためであった)

プラトン「『ソクラテス！——あんたのために泣くんじゃないぞ。なぜ、わしらみんなを見放して一人旅立ってしまうのだ。あんたから見離されたわしら愚か者みんなを可哀想だとは思わないか！』」

(突然、またっく突然、彼は椅子を蹴立てて立ち上がった)

クレオンブロトス「もういい！　終《つ》いに何と仰有ったんだ！　クリトンは何と言《つた》えたのか！」

プラトン「ね、落ち着いてくれ。お願いだから。あの方は、こう仰有ったのだ。

『クリントン、アスクレピオスに鶏を一羽お供えしなければ。』」

クレオンブロトス「違う！　違う！」

プラトン「え？　パイドンはどう言ったのか？」

クレオンブロトス「もう一ぺん言ってみろ！」

(と、彼は、拳を振り上げた)

プラトン「おい、クリトンはな、こう言ったんだよ。おちついて聞いてくれ。

『アスクレピオスに鶏を一羽お供えしなければならなかった。その責めを果たしてくれ。きっと忘れないように』と。」

クレオンブロトス「そんなことはない。ない、ない、ない、ない。なーい。ない！　違う！　違う！ぜったいに違う！」

(絶叫しながら、部屋を出て行こうとして扉口にぶつかり、そのまま、彼は意識を失ったのである)

プラトン「…………——眼も閉《つ》むらないで、横にもならないで、——とっくに寝床の用意はしてあるんだよ。——いいとも、いいとも、ひとりでじっとしていたいんだな。——ぼくも、身体《からだ》ぜんぶがだるいくせに、妙に眼が冴え、頭ん中が時おりチカチカするんだ。

いったい、ぼくらにとって、今日という一日は、なんだったんだろうか。

そうだ、今朝はいつもより早く眼が覚めて、朝餉《めし》のあとも、先日来気がかりなことどもを考えたりメモしたりして、とりとめもない時を過ごしていた。アギナイから久しぶりに君が訪ねてくるとクリトブロスが昨日報らせてくれたので、実は心待ちしてか、仕事も半分は手につかなかったというわけだよ。

そうだ、ぼくと君とは泥遊びの仲間だったからね。ずっとそうやって暮らしてきて、ほれ、父君の死に遭わなかったなら、君がアギナイに帰ることもなかっただろう。遺産のことで君がぼくと別れてからずいぶんと永い気がするが、あれから何年になるか？　つい疎遠になってしもうた、お互いに。

そうだ、なんでも、君はプレイウスに葡萄の買い付けに行ったんだって？　まさかクレオンブロトスが商人になるなんて、と半信半疑だったが、近々来るはずだから聞いてみたまえとクリトブロスは自信ありげだった。ほんとうだった、には驚いた。」

（クレオンブロトスはあくびをしている、二度目の）

プラトン「あそこは名だたる景勝の地という話だが、いずれゆっくりそんな話も披露してくれよな。そうだ。君は、いつ、どこでクリトブロスと会ったのかい？　彼とどんな議論《はなし》があったのかね？　彼ときたらアンティステネスにぞっこんなんだ。ソクラテスの真髄は『徳』、この一語に尽きるというのだ。クリトブロス曰く、『プラトン、僕の師はアンティステネスを通してのソクラテスだ。あの方のソクラテスへの傾倒ぶりを見たまえ。あれでこそ真の弟子だ。断言してもいい。ソクラテスを継ぐ第一人者はあの方を惜いて他にはない』。立派な方にはちがいないが、あんまり血道を上げすぎてはね。」

（おや、とぼくは思った。ソクラテスへの血道というニュアンスがクレオンブロトスのあのソクラテスへの傾倒に、へんないやなつながり《（連想）》でも引きおこしたら、と、はっと口をつぐんだが、べつだんの反応は彼には見られなかった。半分ほっとしたが、半分はその無表情に、気が滅入《めい》ってくるのであった）

プラトン「実はね、ぼくは彼にこう言ってやりたかったよ。『クリトブロス、それでは、もう一人の高弟、キュレネのアリスティッポスはどうかね？　あんな、ぜいたくが趣味で、妓女《ヘテーレ》遊びにばかりふけっている人だって、その流儀の奴らに言わせれば、ソクラテスの唯一人の弟子なんだそうだ。だって、善は幸福のためにこそ、って言うんだからお話にならない。はき違えも、ここにいたっては。いずれにしても、——』と、のどもとで留《と》めてよかった。というのも、そんなら、真のソクラテスって、どこにいらっしゃるんだろう？　となると忽《たちま》ちにして彼とけんかになりかねなかったからね。それにしてもおかしな話だね。弟子たちがそれぞれソクラテスを持っているとすれば、いくつのソクラテスで間に合うんだろ。なんだかこんなの、今日の話のどっかにあったような気もするね、クレオンブロトス。」

（彼はうんともすんとも言わない。なんとか彼の心を和らげようと、こんなどうでもよい話を、やりくりしているわたしの心づかいもしらないで）

プラトン「そうだ。どうでもいい話ではない、よね。君はパイドンから、ぼくはクリトンから、あの方の最後のご様子なり、例の肝心な魂についての説話を、ちゃんと聞きとっている、というはっきりした前提にたって。さて、問題はそれからだ。

いったい、ぼくらにとって、今日という一日は、なんであったのか。

おかしな話ではないのだ。君のソクラテスとぼくのソクラテスが、奇しくも、ぱったり出会ったのだ。

——真のソクラテスはどこにいらっしゃるんだろう！

これこそ、ぼくらの課題ではなかったか？」

（聞いているのか、いないのか。いや、耳がどこを向いているのか。眼が、頭が何を考えているのか、つくづく、この男のこんな顔、見たことない）

プラトン「いったい、ぼくらにとって、今日という一日は、なんだったんだろうか。

とにかく、ぼくは慌てたのだ、その出し抜けの言葉に。『あの方はいつもあんなたとえ方をなさる癖がある』。まるで、他人の、それも気に食わぬ奴の言い草に怒ったみたいな口振りだった。かの尊敬この上ないお方を、ちょうど犬をひっつかまえて尻尾《しっぽ》をひっぱたくような君の素ぶりに。ぼくの誤解だったにしても、ぼくはそのとき、君の眼にソクラテスへの反逆みたいなものすらじかに感じたよ。今だから振り返って言えるのだがね。」

（まだ、反応がない）

プラトン「しかし、誤解も解けて、いろいろと話し合っていくうち、君のこころもちがわかりかけてくるにつけて、どんなにぼくの心は和《なご》やんだことだろう。そして議論が進むにつれ、君は泣き、ぼくは涙をこらえた。言葉の上だけだったにしても、二人して、ソクラテスをなじり合ったではないか、あのただ一人のお方に向かって。しかも、ぼくも君も、それでこそあの方の弟子だと手をとり合ったのだ。『それでこそ、君もぼくもあの方の正真正銘の弟子なんだ』と言ってね。

そうだ。ぼくらふたりあの方にがむしゃらにむしゃぶりついてだだをこね、そして泣きじゃくったのは、ぼくらがあの方に飢えて飢えて、甘いおやつがもらえなくってだったのだ。そうだね、クレオンブロトス。そうだった、と言ってくれ、クレオンブロトス。どうして、そんなにニヤニヤして何も言おうとしないのだ？　おやつは、あの方を超える、ということではなかったか？

いや、ゆるしてくれ、ぼくがわるいのだ。わるかったのだ。あのとき、とつぜん、君をあんな異様なふるまいに誘い込んだのは、まったくぼくの咎《せい》なのだ。あのとき、いっそのこと、ある（、、）のあの問題、何もかもぶちまけて、秘事のすべてをぶち明《ま》けておったなら？　いや、勇気も準備も心構えもぼくにはあのときなかったのだ。今？　なんということだ？　今あるか、だって？　なんて卑怯な男だろう、プラトンという奴は！」

（ほんとうにゆるしてもらわねばならぬ）

プラトン「そうだ。ぼくは『存在《そのこと》』をおそれ、回避し、引き延ばしにかかっただけだ。そうだった。『話をちょっとそらそうか』とかなんとか言ってひょっこりお顔を出す羽目になられたアリストファネスこそいい面《つら》の皮《かわ》。いまさら、どうでもいい話、なんて言ったらますますあの方にご迷惑になるから、『悲劇』のはなしは飛ばそうね、君。

そうだ、ごまかしがそうたやすく効いてくれるもんか。事態はあらぬところで暗礁に乗り上げ、しばらくはてんやわんやなんてもんではなく、すったもんだでもない、それこそ、いまふりかえっても、解せぬことばかりのまったくの気狂い沙汰だった。あんなことってあるだろうか、とたずねても、あるどころの話ではなく、ぼくらの迷走妄走はとどまるところを知らぬありさまだった。もう、そのひとつひとつをとり上げてなんとしよう。ね、クレオンブロトス。だが、決して、そのことに、恥じることも、ひるむことも、ぼくらとしては、そうだ、あの方に誓って、ないのだ。

（やや、瞳のいろが——彼の）

プラトン「なにかがはじまっていたのだ。

いつから？

いったい、それはなんであり、ぼくらにとって、今日一日になにをもたらし、なにを加えたのであるか。それこそ、自分たちの舌を自分たちで食い千切るようにソクラテスに向けてぶちつけ、そして自らが吐いたヘドを自らが呑み込む苦渋をなんのために耐えたのだろうか。思い出してはくれまいか、クレオンブロトス。しかも、しかもだよ、吐くだけ吐いて、ぼくらは二人して戻ったではないか。狼のように対立しながら、羊のようにやさしく肩を組んでね。それも、ソクラテスの巣が招いてくれたからだ。あの『救済と存在』の件を忘れたのか、クレオンブロトス。

あのとき、君はこう言ったんだよ。

『戻ったようだね、君も僕も、あの方の弟子であることに変わりないところに』と。

それからいったいどうなったというのだ？

そうだ。

言いつくせぬ。

語りつくせぬ。

いろんなことと。

いろんなことども。

君の苦悩はありありとわかった。

比例してぼくのもどかしさも増すばかりだった。


そしていまもぼくにわかっていることは、きみのせんさいではげしくてしんしないま、じぶんがいきをしているというかんかくをどうしてくれる？　というせつないといき、ただそれだけなのだ。そしてもっとすごくおおきく、それこそぜっしてきみをせんりょうし、くいつくしてあらしつくしているもの、それがきみのひっせいのなぞでありひみつでありつまずきときょうふのがけでもあるにちがいないことも、ぼくにははじめっからちゃんとわかっているのだ。ただそれがことばでいえないだけだ。

たぶんそれがあのかたからききたいたったひとつのおことばだろうとぼくはさっしてはいる。それを。

そうだ。

それをききたいのだな。

ぼくにはちゃんとわかっているのだぞ。

だからがまんしなくちゃいけない。

だからしっかりしなくちゃいけないではないか。

そうだ。ひるがえって、ぼくとしてはいったいどうなんだ？

うっせきしているんだ。きみがききたいことたずねたいこと、すべてあのかたのことでありさえすればくしゃみなすったことでもかまわないんだ。せんがいちやにつないでもというなら、いいとも。いいとも。せんがひゃくでもぼくがしっているかぎりのあのかたをさらして、さらして、きみがこころゆくままにともによろこび、ともにおかしみ、ともにはげしくかんどうしよう。ああそれにもかかわらず、ほとんどそのきみのねがい、またぼくのもくろみの、はたしていくつをとげただろうか。はなはだこころもとないかぎりだ。

そうだ。それというのも——。

それというのも、すべてのせめはこのぼくがおわねばならぬ。おわねばならぬ。

それというのも、ゆるしてくれ、ゆるしてくれなければこまるのだ。なぜならば、じつはぼくのひみつにはひみつのひみつがあるのだ。うちあけようにもうちあけられないりゆうは、じつにたんじゅんにそれをもったいぶったりだしおしみしたりして、いたずらにてつのふたをたからもののはこにごうよくにかぶせようとりきんでいるのではないことを、ぜひともぜひともしってほしい。いまにきっとわかるわからせてみせるところぼくはりきんできたし、いまもりきんでいるのだ。だからまってくれ、いましばらくまってくれとぼくはいいたいいい。いたいがいえない、というのはきみがいじょうだからだ。ほんとにいじょうなんだよきみは。このごにおよんでくりかえす。このごにおよんでぼくはぼくのひみつときみのいのちをはかりにかけるようなことはしない。いやできないのだ。きみとのゆうじょうとしょうがいかけてきたまじわりにかけても。ひみつはぼくといのちをかけてぼくとだけじめつすればいいのだ。きみをまきぞえにするなんて、たとえあのかたのひせつがどんなきびしいおさしずをなさろうと、このわたくしにできませんとこのごにおよんではきみにせんげんするするから、きみクレオンブロトスはっきりこっちをむいて、さあぼくのこれからいうことをしっかりきいて。そうだ、めをまともにむけて、そうだ、きくだけではいけない、きくとどうじにみるんだ。いいかこのぼくのめをみるんだぞ。ひとこともひとひらめきもきのがすな。みおとすな。よいか、あのかたはな。」


(ああ、駄目だ)

(もう、なんとしても無駄だ)

(おや、眼を開いた)

(いや、閉《つ》ぶった。もとのもくあみ、……)

プラトン「いったい、ぼくらにとって、ねえ、君、いったい、ぼくらにとって、今日という一日は、なんだったのか？

あの方は、ほれ、しまいがた、クリトンにこう言って苦笑されたではないか。

『クリトンはまだまだわたしが了承《わか》っていないらしい、――これではまるでわたしの話はほんのなぐさめの無駄話に終わったことになるではないか』と。

え？　クレオンブロトス、ぼくらもとうとうあの方をわからずじまいで、今日の一日、いったい、なんのために、なにをやって、過ごしたのか、え？　こんなことでは、それこそクリトンと同じみたいにあの方の苦笑を買うだけのことになるのではないか。苦笑ではおさまらず、悲笑をお買いすることになりはしないだろうか？

なにが、どこで、くるっていたというのか。

パイドンやクリトンから、ケベスとシミアスを通じてのあの方の魂《おはなし》を一部始終順を追ってこうこうしかじか、いや、そこはこう、かしこはああだと、どんな大切なありがたいお話とはいえ、ただひき合わせ、ただくり返す、そんな意図もつもりも、ぼくらには始めっからなかったことだけははっきりしているよねえ。だとしたら、何がねらいだったのだ？　クレオンブロトス！　ぼくがソクラテスを語り尽くさなかったと言うのか？　今からでも遅くないというのなら、さっきも言ったぞ、一晩中君が聞き飽きるまで話してあげるだけの種はもっているぞ。あの考古学のつづきからはじめてもいいぞ。おい。ああ駄目だ。いったいぜんたい君はどうしたっていうんだ、え？　そうだ、そうだったな。はてな？　おや、おかしいぞ。こんなことって、一度か二度はまえにもあったぞ。なにか急所に当たったとき、心《しん》の臓《ぞう》を錐揉《きりも》みするってやつ。しかし、あるとするならいくつも、問題はことごとく錐揉みに値する問題ばっかしではなかったか。揉みに揉まれてきたではないか。——もやもやに頭がうしろあたりからずーっとひろがってもう前のほうもしびれてくるようだ。かすかに印象《おもい》だすのは、えーと、あれだけ、——。

そうだ、ソクラテス、ソクラテスが仰有った。仰有ったのはあの方だったな、確か。

『この点、どうかな？　神的なものに似ているのは魂か、肉体か。』

君の番。君の番だったな、確か。

『そりゃもう、神的なものに似ているのは肉体でして、豚は豚に、人は人に似せて神のお姿を描くのがしきたりでございます。とくに人間の神は貪慾無頼でございまして、罪もない羊を殺して生血《いきち》を神に捧げるならわしですから、汚《けが》れを知らぬ魂は、それこそびっくり仰天して逃げてしまいます。』」

クレオンブロトス「（突如）ハハハハハハハハハハハハハハハハハハハハハハハハハハ
――――ハハハ、」

プラトン「――？　――！」

（笑って泣いている。とうとう狂ったな。しまった！）

泣いているのか笑っているのか名状し難い彼を夜半、やっとのことで床に寝鎮めたあと、彼により添うようにして窓が白むまでわたしは彼に細ぼそと語りかけつづけた。しまいにはかすかにいびきをかいているようだった。

――沐浴を終えられると、あの方は奥さんと子供たちをクリトンに言い含めてお帰しなされ、みんなのところへ戻ってこられたそうだね。やがて日も暮れ入る頃、係の者がやってきて、「さあ、それでは……なにを告げに私がやってきたかは、おわかりでしょう……、ごきげんよろしゅう」。ソクラテスは、「君こそ、ごきげんよろしゅう、お世話になったね、ありがとう」。するとクリトンは、「まだ、山ぎわには日ものこっているし、そう急がなくても……」と言えば、「さかずきを惜しんだりしていてはお笑いだよ。クリトン、逆らわないでくれ」。仕方なくクリトンがあいずの目くばせをすると、毒の入ったさかずきがきた。あの方が、「どんなふうにしたらいいのかね」。答えて、「これをのんで、それからあなたの両脚が重たく感じられるまでは歩きまわること。それから横におなりになったら、くすりはひとりでに効いてくるでしょう」。あの方はいかにもこころなごんだご様子で、それを手に持たれ、神に捧げるようにして「この世からかしこへと居所をうつす旅路に幸あれかし——」。ひと息とめて、じつになんのこだわりもなく静かに飲みほされたという。クリトンは堪ず眼を蔽うて駆けだしたが、居合わせた者みんなが、やっとのこと耐えに耐えていたのだ。涙が一どきにおしよせてきて、身も世もなく泣きくずれてしまったそうだ。なかでもアポロドロスの狂わんばかりの号泣にみなの胸は引き裂かれんばかり。ソクラテスは、「なんということだね、このありさまは。しずかにしておくれ。こらえなくては」。ぐっと一同がのどを圧《お》さえるあいだ、歩いておられた脚が重たくなり、台に横たわられると、男はそっと下肢《した》からお身をさすり、「感覚が、ありますか」。「ない」。やがて胸に触れ、心臓を指さし、ここまできたらおしまいの時ですと、眼でみんなに知らせたそうだ。もう、お顔は覆衣がかけられていたが、そのとき、それを自分で外され、お口から洩れたお言葉が、最期だった。

「クリトン、アスクレピオスに鶏を一羽お供えしなければならなかった。果たしてくれ。きっと忘れないように――」

――ああ、このお言葉こそ、クレオンブロトス、君がソクラテスに背いた蜂の一針であったのか！　この上ない、君にとって無上のお方に、ほんとうに食ってかかったのだね。鶏という一匹のかけがえのない生血のために！

しかし、クレオンブロトス。

誰よりも誰よりも君をおよろこびになられたのはソクラテスその人だ。よ！。

――、まさに当代随一のひとともいうべく、わけても、その知恵と、正義とにおいて他に比類を絶したひとの最期であった。そして、君のためにつけ加えなければならない。そのお最期はまた新しいソクラテスの誕生である。

（彼クレオンブロトスが海に身を投じたとの報らせを受けたのはそれから三日後のことであった）

「クレオンブロトスの魂、静まりたまえ。かの『不言の教説』へのプロローグ、『秘説（ピロソポス）』を、つづいて君がためにのみ捧げる。」

第三章

「ピロソポス」――「不言の教説」へのプロローグ

ええ、もちろんだとも、クレオンブロトス、これからのぼくの生涯は君とともに歩むことだ。君に語り尽くせなかったことは必ずしもぼくらのお互いの秘密だけではない。それは両方それぞれのことがらとしてお互いさまとしても、こと、君とぼくとの主題にかかわるかぎり、決して捨ておけないことが、ぼくとしては君に対して幾つも幾つも残っているんだよ。さしあたり、クリプロトスという男の話だ。まず驚いてくれ。君そっくりと言ったって、決して君も彼をも傷つけるものではない。今すぐにでも語ってよいが、まあ、それは長くもなるし、あとにして、今、ぼくとしては、君の葬送の儀も終えて何はともあれ、約束とも君が受けとめてくれた師の「不言の教説」への厳しくもおそろしい旅に出発《しゅったつ》しなければならない。え？　二度言わせるのか「もちろん」と。そうさ。そうだよ。クレオンブロトス、君と二人してでなければ、ぼく一人でなんでこの険しい崖を登れよう。さあ、手をかしてくれ。

ではまず君にこれだけはしゃにむに告げておきたかった、いや告げなければならなかった、あの獄の、あの方のお別れの言葉から始めよう。——あの方は仰有った。

——さあ、夜が明けた。

君、恋々としたもうな。クリプロトスの、あれは足音だ。彼ら（クリトンと獄吏）を罪におとしてはならぬ。ぼくらのために、してはならぬことをしてくれたのだから。ぼくらはお礼とお詫びを言わねばならない。思えばクロノスの世は幸せであった。神を信じないひとは一人もいなかったから。はや憩いの宿を喪《うしな》い、寄るべない魂の彷徨をつづけなければならぬわれら、せめてひととき相逢うたことをよろこぼうではないか。別れは惜しくともぼくらはみんな宇宙のなかの旅人だ。別れもまたたのしからずや。なんとなればみんな友だちだから。いいかね、魂とて、石や草、虫や獣たちと同じところから生まれ、同じように存在し、同じところへ行くより他はない。君がもし、ぼくを理解してくれるなら、解いても解けぬ昏迷の宇宙こそ、ありとしあるものの故郷であることを認めるだろう。君の嘆きもぼくの悲しみも、いいかプラトン、存在の嘆きであり悲しみなのだ。同じく、よろこびもまた。君が聞いての通り、ぼくはなんにも知らず、これといって何一つ教えることもなかったが、生涯を賭して今、やっとわかりかけたような気がする。学問というのは実は自然という存在が自らを解き明かそうとすることなのだ。だから、水だと言ったのはタレスではない。火だと言ったのもヘラクレイトスではない。その他すべての説みな自然が彼らをして語らしめたのだ。ぼくのおしゃべりとて、同じ。人間のぎこちない言葉に託するよりほかなかったことを、ないことを、当の自然はどんなに歯がゆい思いをして見てき、見ていることだろう。むしろ自然はより安んじて獣たちや草や虫たちに自らを語らしめているのではないか。ごらん、ひょっとすると、音にも、光にすら無心な石こそほんとうの言葉を語っているやもしれぬ。何しろ彼(石)こそ一番最初に混沌《カオス》から生まれたらしいからね。時間や空間と一緒に、石についてはずいぶんと考えをめぐらしたんだがねえ、君にはとうとう語らずじまいになった。これから先、君の一つの課題でもある、じっくり研究したまえ。

あ、おはよう、改めて、クリプロトス。いろいろと気遣ってくれてありがとう。見たまえ、お見かけ通りだよ。若いくせにこの男(プラトン)ときたら未練がましゅう泣いたりなんかして、こんな有様なのだ。

お約束の時刻だね。さあ、そっとこの男を裏門から出してくれたまえ。

　なんだって？　気兼ねなしにこのままでいいんだって？　――なぜなのだ？　――馬鹿なこと言うんじゃない。そんなことになったら、賄いをしたクリトンも含めてぼくら四人ともども一蓮托生だよ。ぼくやクリトンはもう老《（とし）》だから今日が終わりでも慌てることはないけれど、君たちは二人とも若い。若いということを徒《あだ》やおろそかにしてはいけない。いのちは君たちだけのものではない。もっと大きなもののなかの一部なのだ。自分が何者か、それもわからないで、君たちは君たちを生かしてあるものを裏切ってはならない。君たちを生かしているものは君たちに大へんな期待と願いをこめて、今、君たちをあらしめているのだ。

　君たち二人とも、まだぼくにききたいことがあるだろうし、実はぼくのほうでも言いたいことはたくさん残っている。クリトンが昨日別れる際に、明日、つまり今日、なにか一言みんなのために最後の話をしてくれぬかとしきりに頼んで帰った。ぼくはいまさらとは思ったが、引き受けることにした。最後というのなら「魂」こそがふさわしいだろう。

　しかしながら、ぼくは魂が何であるか、ちっとも知らないのだ。プラトン、君が今さっきまでぼくから聞いてのとおりにね。ただ知らないというだけではなく、ほんとうを言えば、ぼくは、魂があるということを信じてさえいないのだ。しかも、ぼくは、それについて語ろうと思っている。なんと、たわけた無頼漢《ならずもの》だ、とは思わないか、このソクラテスという奴は。

　いいか、君たち、ぼくはたわけなならず者だが、たわけさせるのは、ぼく、ではなく、ぼくをしゃべらせる奴《やつ》なのだ、しかも、そ奴《いつ》こそぼくをあらしめているところの、ぼくにとってかけがえのない

「もの」なのである。だれしもが頬ずりして泣きたいほど大切な愛《いと》おしい「存在」なのだ。

さあ、これでわかってくれただろうね、二人とも。

別れとか、最後だとか言ったけれど、そんなもんありゃしない。

「今」というのを、じっくり落ち着いてつかまえて見たまえ。

あって、ない、なくて、あるのだ。

――ぼくはいつでも生きている

クレオンブロトス、これが、秘説のあと、あの方のお別れの言葉だった。その肝心の師のぼくへのお導びきの深くて厳しく、はげしくもおそろしい途を、約束にしたがって歩もう、二人して。

あの方はこう仰有った。

――これは確か、か

このことは疑いないか

と問い

これは確かである

このことは疑いない

と

ひとからも教えられ

自分でもいったん信じたが
すべては不確かであり
すべてが疑わしいものであった。
(これから述べることは、君との議論のなかでの話と重複することがいくつもあるだろう。しかし、峻険だ。足元は何度踏み鳴らしてもいい)
たとえば、この自然の無限の形状と多様性、空を仰いでは空、山に向かっては山、川に佇《たたず》んでは川、果ては石を抱き、草や虫に頬ずりしながら、感覚と知覚について、かれらに教えを請うたが、言葉ではなにひとつ答えてくれなかった。ただ、わたしが理解する限りにおいて、認めなければならなかったのは、空気や土や水、石と草と虫と人が、一緒に今ここにあるからには、共に何かを分け持つ共通のものがあるはずに違いないということであった。何か、それは？　「存在」である。実に問いの始めも問いの終わりも、わたしにとってはプラトン、「存在」の探求よりほかはない——。
また、あるとき、こんなふうにも仰有った。
——言葉、それがいつ生まれたかは定かではないが、そいつが生まれたおかげでそいつでしか何ものも考えられず、自然についてそれなしでは、そのほんの切れっ端も明かされない破目になったとは、ひとにとってこれに勝る悲喜劇はないというべきか。まずはその筆頭に位するのが、「物」と「心」だね。しかしながらその二つは素朴で愛らしく、それだけに真実に近いといえるかもしれぬ。物があり心があるというのは言葉の限りでは子供にすら了解可能だから。おそらく物と心というのは一般の人々にいちばんすんなり受けいれられているコトバではないだろうか。だから君が、物をかりに

「、、」、心を「。。」、と符合化するというのも、平凡だがなかなか面白いではないか。笑われても恥ずかしがることはない。１＋１のときのように、素直にぶっつかって、どこらあたりまで追っていけるか試してみて決して無駄にはならないだろう——。

ついでだが、言葉の一端について、こんな点に触れられたこともある。即ち、

——プラトン、日常茶飯のやりとりから、高踏的な命題、一切の表出、言明、説述、命令にさえもいたるまで、言葉はしんで何を示そうと意図しているのか？　例えば「おはよう」とわたしが君に言ったとする。まず、わたしと君の間柄が、朝という存在を確認し合っている。間柄も存在だ。親しくともお義理のつき合いにしても。だから晩方にそんな挨拶したとすればこっけいになるだろう。こっけいとは、朝と夕との存在違和感ということ。では例えば「自然の根元《アルケー》は水である」というのはどうか？　その命題の主張するところは明白であろう。即ち自然の存在を水と主張《い》っているのだ。ただ相手がその存在を了解ないし納得するかどうかは別問題である。しかし、ある者はそれを空気と言い、あるいは火と言う。本当だろうが間違っていようが彼らが存在をこれだと示そうと意図していることにかわりはない。さあ、どんな文章《ことば》でもいい、思いつくままに言葉にしてみたまえ。存在にかかわっていないコトバで何かが語られ主張されるという例《ため》しがたった一つでもあるだろうか？　言葉はすべて存在を意図してでなければ、そもそも成り立たないものなのだ。言葉が存在を発生源にするということは深い求索を要することだ。プラトン、ゆめおろそかにしてはならない。わたしがいつか言った考古学もこれにつながることだし、哲学の怠慢と盲点も一つか二つはここに起因することを忘れないでその都度注意を向けなさい。

　例えば君がわたしに「走れ」と命令したとしようか。もし、わたしが走れば、走る足と駆けて起こす土の埃りと揺れる空気、筋肉の収縮その他、走ることにかかわる一切の要素すべての存在構成が「走れ」を満たして完結するだろう。だがもし、わたしがその命令に従わず走らなかったらどうか？　走る走らないはどちらも存在事実であり、君の「走れ」という命令の意図も、「走らない」わたしの事実も、ともにそのものとして損なうものではない。としても、「走れ」に対して「走らない」なら「走れ」は事実上完結しないのも明らかだ。その場合、言葉が例外なしに存在をこめているとしても、そのまま存在を存在の意図通り存在せしめるかどうかは別問題になるということを注意しなければならない。そうではないか。「宇宙《しぜん》のアルケーは水である」との主張は必ずしも宇宙の存在が水であるという真理と同じではない。同じならそれは意図通り完結する。しかし、空気であるかもしれず、火であるかもしれぬのであれば、それは間違っているか、あるいは充全でないという意味でタレスはその主張の保証を、言葉でないものに賭けるよりほかないであろう。

　言い換えれば、存在が真理と同定される限り、言葉は自らの主張を完結することはできないのだ。なんと奇妙ではないか。言葉はすべて存在を意図しているのに、言葉は存在を語るに充分ではないとは。言葉の謎というより、存在の謎であり、それを解く手がかりを見つけないでは「真」に迫ることは不可能であろう――。

　クレオンブロトス、おかしなことと言えば、また、あの方はこんなことも仰有った。

――ここに一個の石がある。さあこれを打ち砕きとことんまで切り刻むとしたら最後に何かが残るだろうか？　残ると主張する者がいる。それは何かと問えば、彼は答えて言う、もうこれ以上分割できないもの、窮極の原子だ、と。なんとチャチな説ではないか。なんとなれば、およそあるものが何かからではなく成り立っているということがあり得るのか。かりに原子なるものがあるとしても、その原子は何かから出来上がっているのでなければあり得ないではないか。単に技術の問題ではない。というのは、いかに精巧緻密な方法が何百年何千年かののち、それを捉えたとしても、原則的な批判と証明に耐えることは出来まい。なぜなら窮極という言葉自体が自家撞着しているからである。窮極とはないとあるの境目なのだ。もし、ないとすればそれは全くないから無だ。しかるにあるとすれば窮極ではない。しかも現に一個の石はここにあるのである。これ《(石)》には始めがあり終わりがある。でなければ一個の形をして石は今ここにあるはずがない。即ち、この石は岩の一部である。岩は大地の、大地はとり巻く空間の、空間は更なる星々の共に住む空間の部分である。さてその見える限りの空の彼方に何が広がっているのか？　単に天文の知識ではかり知れるものではあるまい。その無限のさい果てはついに届く術なくとも無であるはずがない。決まりきっているではないか、無が有をとり巻くなんて狂気を超える。だが平気でひとは無限を弄ぶ。さあ、プラトン、石を刻んで窮極にぶち当たり、その元をたずねて無にいたるとして、現にここに今この石があるとすれば、この石の存在とはいったい何なのか？　まさか無からできているとは言えまい。それなら、始めはこの石のうちに、終わりはこの石の外に、しかも有が無を包み、無が有を包むはずがないものとしてこの石があるとすれば、世にいうところの物とはそもそも存在するのかしないのか？　よいか、プラトン、君が探した「、、」はそれに答えなければならない。ヒントがないわけではない。数の秘密だ。1《いち》をとことんまで分割してみたまえ。次に1から2に限りなく近づいてみたまえ。完結せずして完結する数の秘密は、前提

「1」にある。仮定といったほうがいいかもしれない。打ち込むなら、「楔」をそこに打ち込みなさい――。

石に因《ちな》んでいえば、あの方のなかでは石が単に石で納まるわけではない。こんなにも仰有っておられる。

――この石を辿れば、石すらなかったとき果たして草が生えていただろうか。その草もなかったとき虫がいたろうか。では、人は。人はどこでどうやって生じたのか？

石がさき、人があとなら、石から人が、とはおかしいとしても、少なくとも石は決して人と無縁ではないはずではないか。

いっぽう、人がいて、痛みを感じ、悲しみを知り、願いごとを企てるならば、それもすぐ石からつなげるわけにはまいるまいが、少なくとも、この場合、もし、「石と決して無縁ではないであろう」なぞといったら、あまりに大胆にすぎ、あるいはむしろ狂気じみているだろうか？

だが敢えて、そう言ってみたらどうか。

石も人も自然からくるより他のきどころはないのだからねえ。端的に言えば君が言うところの「。。」。ひとに「思い」があるとなら、その「思い」が、水と空気と大地と全くかかわりがないと主張する理由も根拠も、ましてや証明など決してない。物が自然の賜物なら心も自然の贈りもの。その正体が物のようには見えもせずつかみもできぬとはいえ、それだけの理由でそれはないとは言いえ得ないのである。またもや物と心ということになったね、何度おさらいしてもおさらいし甲斐のある問題だ。物の世界と心の世界まるっきり別にあるとするか。一方を眼に見える自然とし、およそそれとは似ても似つかぬ反自然を片一方とするか。しかしそうしたとしても、あるという一点から両者とも逃れる術はない。途方もない狂気のなかですら「存在」はそのように止《や》みがたい要請なのだ。わたしが君に言いたいことはこうだ。石は石からしか生じようもなく、草は草から虫は虫からだとしても、その根はみな同じ。同じなら、命あるものも命なきものも一に帰する。「、、」も「。。」も共に、あるからには根は一つ。つかめるというあり方、つかめないというあり方、プラトン、元気を出しなさい。へこたれるな――。

クレオンブロトス、あの方はおどけてなさるのか、かなしんでなさるのか、妙に頬っぺたをちょいと横にかしげて、ほら、プラトン、草はお辞儀を、虫は泣いて、君を応援《はげま》してるのがみえないか、と仰有ったよ。「石もです」とぼくがはっきりあの方に応えることができるまでにはいったいどれだけの永い年月をかけなければならないことだろう。

とにかくあの方は懇切丁寧、まるで自分が自分に説得を試みていられるような風情があり、それが鋭く急所を刺してぼくの胸《ここ》に灼きついてくるのだった。まあ聞きたまえ。

――つかめる、つかめない、というのはこういうことになるらしい。物は計れる、心は計れない。もっと正確には、物質は計量化されるが感覚の計量化は不可能だということ。実は今日まで暗黙のうちにこれを自認し、あるいは自明この上ない前提とみなしているようだ。この「自明」自体が即急の問題なのに、わたしが急《せ》っかちで先走りしているのか、世間が暢気で先送りしているのか、いずれにしても、最近、流行の兆しが見える、いわゆる原子論者の本元レウキッポスすらこのことに気付いていないらしいというのは驚きだ。いや、こんな発想をするソクラテスが逆にみんなを驚かす始末になるやもしれんとは、実は当のわたし自身もうすうす感ずいているんだがね。こう言っちゃなんだが、たまにはあっと驚かすくらいの奴が出しゃばってこないと面白くないじゃないか。余計なことだが、驚きが哲学《がくもん》の始まりなんて案外強力な説もあることだから。

いや、自分の都合のいいときだけの我田引水はつまらんし第一みっともない。そうでないもっと真面目で真剣な向こう見ずが今大いに待望されているんだよ、プラトン。さ、本筋に戻せば、つまりこのことから一つの傾向が生ずるのだ。即ち、「計量」は、真偽の、当否の、唯一の目安（基準）である、という信仰だ。それは一方では計量し得るものへの限りない追求、他方では計量し得ないものへの粗略《おざなり》。利得が前者に軍配を上げるいっぽうだと、学問は技術の下僕になり下がる。はや、自然の探求は物の分解と組み立てのみに意義を認め、思惟ぶつ（感覚知覚思考そのもの）の解明については探求を断念してしまうか、よくてもなおざりにしてしまう。プラトン、哲学の危機は、今、ここにあるといっても過言ではないとわたしは確信している。よく、このことをぴったりと押さえておいてくれ。もし、いま述べたようなそういう流れが定着したならば、ただもう世の中が便利で暮らしよくなりさえすればそれで進歩だということになり、学問といえばまず第一に「役に立つ」という目安が権威の座にのし上がってくることになろう。人間お目当ての、しかも目さきだけのね。真理だけを掲げてきた先哲の学問は、おそらくこんな生ぬるいだけの土壌になったら何百年もの冬眠に入るだろう。さらに、今、厳しく状況を診断してみれば、「物と心」に対する慢性的な不感症が蔓延していることははじめに注意をうながしておいたところだ。わたしがおそれるのは、このままにしておけば「存在」は半身不随におちいり、哲学は自然を片言でしか語れなくなりはしないかということだ。

心しなくちゃなるまい、二つの無知を。一つは、感覚や知覚の多様に眼をうばわれ、思惟が織りなす千変万化の模様ばっかり追っかけ、それらを畳んだり広げたり、切ったりつないだりするだけが能、つまり思惟で思惟を説明記述するだけで、かんじんの思惟ぶつに当てるメスを、てんで忘却するか放擲してしまっている。蛮勇をふるって敢えて言うのが許されるなら、先哲みな然《しか》り、このソクラテスも含めて哲学の旧套墨守者だ。実を言えば自分で自分を閉ざしているのだ。心理描写なら劇作家に任せればよい。たんなる感覚生理なら医者に任せておけばいい——。

痛く肝に銘じました。では二つめの無知について教えてください、とぼくはお願いした。

——うん、それははじめの奴だ。つかめる、計れる、という信仰《かくしん》についてのね。「。。」ぶつを究明するのはおそろしく困難だ。だが「、、」ぶつを検証するのはまるで既成事実であるかの如く確実だと思っている者が大多数のようだが、どうして、どうして、前者にいささかもひけをとらないほどの大難物だ。

とどのつまり、

「さ、そのもとの要素は？」

「もう、出来ない。」

「その出来ないもの、は、何でできているか。」

「くり返すよりほかない。もうこれ以上分割はできないものだ。」

「そのできないものは何かから成り立っているはずではないか。」

「いや、そうなれば無にいくか、わからないか、どちらかだ。」

「では、わからないと言い《白状》たまえ。でないなら無にいくことになるからね。
なんという怠慢かね。これでぷっつり終わらせるとすればね。
これを称して、第二の無知というのだよ。」

どうかね、クレオンブロトス。あ、君はもう現世の耳では聞けなくなったのだったね。だがぼくは信じないぞ。いや納得出来ないぞ。何かがきっとあるのだ。少なくともどっかにかくされてあるのだ。ほら、こんなお話もなされたぞ、あの方は。

――耳でものを見、眼で音を聞く、なんぞと言ったら気狂い沙汰になろうが、例えば、音は耳のためだけにひびいているのであろうか？　眼にも届いているのではないか？　色や形にしてもそうだ。光はあらゆるものにふり注いでいる。決して眼にだけではない。だから巷間、眼があるから見える、耳があるから聞こえる、と言って、あっても見えない、聞こえないひとたちを悲しませているのに気付かないで平気でいる奴が多いのだ。よく考えてみるとそうでない。音があるから耳ができたのだ。それは、あまねくひびきわたる振動を絞り取るために。また同じ按配に、ひろく蔽いつくす光を濾過するために眼が発明されたのではないか。だれが、だって？　自然が、さ。何を可笑《おか》しがってるのかね？　人間なんて、最高最善の作為でも、人間の子しかつくれないではないか。自然に勝る大発明家がいるなら、このソクラテスが土下座してたのむから、どうか教えてはくれまいか。ただし、神さまは除《の》けてな。まだ笑っている。何がいったいそんなにおかしいのかね、とんとわたしには解せんのだが。たった一人、そこにいる奴、感心だ。笑わん。（恥ずかしながらそ奴の名はプラトン）。

だからといって、エンペドクレスみたいに邪道に外れてもらっては困るがね。何しろ、始源《むかし》のある頃には、ひとりでに眼ん玉はぎょろついて這いめぐり、舌は勝手にぬらりくらりと泳ぎまわって、それぞれ彷徨《さまよ》っている胴とか首とか足どもにくっついて、その上でそれからそれぞれの生きものになったんだと真顔《まがお》で主張しているらしいんでね。しかしながらだ、単に耳だけのために音が、眼だけのために光があるなんて言っては、自然があまりにも小っぽけに見えるではないか。あるいはその途徹《とてつ》もない大きさにしてはいかにも浪費と無駄が多すぎることになりはしないか。

いっぽう、感覚の門をくぐるのでなければ世界はとらえられないというのはどうみても視野の狭い話ではないか。事実、狭《せま》すぎて歯がゆかったり不自由だったり、いらいらすることもある、しかし、自然とひととのかかわりかたにおいて、感覚の範囲が狭められ制限されているというのは大して驚くには値しない。それは石にも虫にもその他いかなる存在者にも、彼《かれ》自然が刻み印《しる》す宣告であってみれば、単に法則にとどまる。

問題は、ひとには妙《たえ》なる旋律も、そのまま豚の共感を呼ぶかどうかだ。風景にしてもそうだ。問題は果たして夕日は草にも美しく、海は石にも壮快かだ。さらに問題なのはひとの賞賛に値するものが、かれらには嫌悪の的になる、ということがありはしないかということである。

開き直れば、プラトン、こう考えるべきではないか？　「自然は本気で人間の趣向にだけ添おうとはしていないのではないか、と」——。

どきっ、としたところで、いったんお話は終わったが、ぴんとくるよ、な、クレオンブロトス。おそろしくソクラテスへの君の問いがここらからの延長線上にほのうかがえることくらいは。しかし、それはもうしばらくあとにして、そのまえにまだまだたくさんのことが、君にもぼくにも待ち受けているのだ。今の感覚についてのお話にしてからが、じつは、とくにしまいがたのほうで、どきっとしたのはぼくくらいな者で、聞いている者一同には、充分には理解が届きにくかったと見えて、あるひと群れではざわめきが起こり、他のひと群れの者たちはぽかーんとした表情《かおつき》だった。それをお察しなすってか、しばらく様子を見回わされたあとで、ゆっくりしたおだやかな口調で諄々《じゅんじゅん》とお話しになったのが、このようなことだ。重複するかもしれないが、あの方のご親切だと思って聞いてくれるね、君。

——最近《ついさきごろ》のこと、医者の仲間という人々の寄りに呼ばれたことがあった。そこでおおよそのところ一致している見解によれば、感覚するには感覚する器官があり、思惟するには思惟する座があるという、甚だもってもっともらしい《主張》ものである。耳で色を見たり、鼻で音を聞くなどということはないのであろうから、それぞれの感覚に対応するそれぞれの専用器官があってしかるべきだ。そこまではよいのだが、耳が音を聞く場合、例えばラッパとか太鼓のそれは外から空気を伝って入ってくるし、ゲップとか動悸とかは内から耳に届いてくる。その音に大小とか強弱の差があるのは伝わる振動の高低に原因があるらしい。さてそのとき問題は耳である。耳が音を感ずるためには音が耳に達するまでの距離がなければならない。ラッパから耳までのとか、胃から耳までのとか。そして、さて、その距離のなかで耳はどこからどこまでを耳とするのか？　解剖するにしてもその耳の領域をここからここまでと、はっきり決めることができるのか？　わたしが問い詰めた限りでは確たる答えは一つもなかった。わたしの問いを無視するか、笑うか、首をひねるかの三通りであって、首をひねった連中の中でいちばん説得力のある答えは、音は耳が眼や鼻よりもより効果的にその機能にあずかる場所が繁く集まっているところだ、というものであった。なるほどとわたしは感心して、こう言った。——すると、君、ラッパの振動を耳がより多く、より音らしく受け取るのは当然として、さてその振動は耳にだけ、言い換えれば耳のためにだけ向けて発進してくるのではないのだね。だってその音は眼にも鼻にも届くには届いてくるわけだから。もっとひろげて言えば一般に音は耳があろうとなかろうと、例えば草にも石にも届いているわけだ。ずいぶんと自然は無駄な浪費をするものだね。耳のためだけ音はあればよさそうなもんに。おかしい？　おかしいなんてもんじゃないよ。眼だってそうじゃないか、色や形は眼のためだけにあればこと足りるのに、光はあらゆるものにふり注いでいるのだからね。他の感覚についてもすべてそうなのだ。すると、目的というのは、どうも、頼りなく狭くうやむやなものになってくるではないか。だって、眼のために光があり、耳のために音があるのではなく、逆にむしろ光があるから眼が、音があるから耳ができあがったというほうがより説得力があることになるらしいからね。脱線気味だと言うのかね。脱線するのはもっとあとだよ。だってその音を聞いて酔い痴れる人がたくさんいる。つまり音楽というやつさ。わたしだって酔い痴れて夢うつつになる愛好家だよ。ただここでね、甘くも美しい旋律はそれはすばらしい魅惑で人々を恍惚に誘《いざな》うのだが、果たして豚や草をも感動せしめるだろうか。わたしが疑問とするところはこういうことなのだ。音楽に限らず、絵でも景色でもいいのだが、美しいとか美しくないとかいうのはどうも人間だけのひとりよがりであり、どうやら豚や草どもには共感願えないらしい。人が下す価値判断は人だけのものであって、万物自然はまともに本気で人間の趣向にだけ添おうとはしていないのではないか。わたしは何十ぺんくり返したか覚えていないのだがね、ほんとならいつでもほんとだからね。とすればだよ、どんな高潔な理想も願望も人間的である限り自然の本来の意向にとっては、こっけいでとるに足りない小っぽけな、いわばどうでもよい類《たぐい》のものであるのかもしれない。もし本来の意向みたいなものがあるとすれば、それが目指す目標は万物ことごとくに普《あまね》く渡り、石も草も豚ももちろん人間もひとしくそれにあずかり、願うと願わざるとにかかわらず求めるに値するもの、例えるなら光のようなものではあるまいか。しかし、光ならすでに太古からありとしあるものにいきわたっている。正直なところその光とは何かがわかっていないのだ。プラトン、ここでわたしはちょいと躓《つまず》く。かりに物としての光が何であるかがわかったとしてもそれが自然に何を加えようぞ。だってただあるものを求めてそれがいかようにあろうとあること以上には届きようがないではないか。だが、そこは上手にすり抜ける。そのお天《（ひかり）》とうさんだが、それがあまりにもありがたすぎてありがたさがぴんとこないとはかえすがえすも人間とは愚か者よ、とな。そしてこんな具合にもってゆくのだ。そういう愚かな奴人間が後生大事に掲げるところの値打ち、ましてやその正否の判断などは甚だもって頼りない、と、ね。おやおや、これは、プラトン一人が相手のつもりでしゃべっている。多くのご仁《じん》がたに失礼ではないか。わたしがわたしを叱りつけよう。

　何はともあれ、わたしが言いたいのはこうだ。簡単明瞭だよ。人だけがいるのではなく石も草も虫もいるのだから、つまり、万物が納得し得るのでなければ自然の意向はうんとはなかなか言うまい。ただし自然がうんと言うというのは自然に何やら包括的な目的があると仮定しての上だ。もしそんなものはないとするなら、万物は万物の数ほどに目的を持つか、あるいはこれといって一つにまとまった意向などといったものはなく、それこそ混沌《カオス》であるより他ないかのどちらかになるだろう。これはまさしく、これ以上はないところの脱線だと咎められかねまい。ところがもう一度、開き直れば、実は決して脱線しているわけではない。なんとなれば、意向や目的があるにしろないにしろ自然は現にあるのだから。「存在《ある》」とはまったく独立独歩傍若無人の帝王である。近づきがたいお方だが、ぶち当たってみればびっくりするほど丁寧なうけ応えをなされるお方だ。諸君はどうやらはじめのころよりはもの分《わ》かりが良くなったように身受けられるが、果たしてどうだろう——。

　ぼくにはとくと納得がいったつもりだが、果たしてどうだったんだろう？　いつもおしまいのいちばん肝心の落としのところがそれこそ独立独歩傍若無人の落とし技《わざ》だからよほどあの方のそのくせを心得ていないとせっかくの珠玉を取り逃すことになる。

　さ、クレオンブロトスよ。以上のことを理解していないと、次なる稀有とも称すべきお言葉を深く味わいかみしめることはできまい。君よ、じっと二人して耳を傾けようではないか。あの方は、いつか、こう仰有った。

——窮極と無限についての果てしない思いに疲れ果てると、わたしはついこんな空想をほしいままにして楽しんだものであった。空の彼方のまたその彼方には物が限りなく稀薄になって、あるのかないのかさえ極めえぬ状態になったとしても、そう気に病むことはないではないか。なんとなれば、逆に窮極の底の奥の奥まで探り求めてもついに無に達することが出来ないのと同じことなんだから。そこで開き直ってみたらどうか。何ものかがあるとしたら、それは生じたものであり、生じたものがいつかは滅び去るとしても、まったく無に帰することは不可能だとすれば、わたしの身体《からだ》がこんなにほてってあたたかいのは何かがわたしのぜんぶにゆきわたっているからなのであり、もしわたしが死んで冷たくなったとしても、何ものかがわたしのぜんぶを冷《さ》ましたからにすぎないのではないか。温《ぬく》さも冷《つめ》たさも、それが生身であれ屍体であれ、何ものかの単なる状態にすぎないのであり、生きものの中には生きているあいだは温かい血が流れているものが大部分とはいえ、中には魚みたいに冷たくても生きているのがいて、生きているという力や運動には必ず熱がつきまとうというのではなく、冷たさにもつきまとう力や運動があるのではないか。つまり、温冷を超えた何ものかだ。そうなるとあるいは生物とか無生物とかの枠も外れて、生と死も別に異なった次元ではなく、もっとはかり知れないものによってすべては融通無礙にまじわり合っているのではなかろうか。光と熱の原因《もと》がすべて太陽にあるとするのは一般の古い通念のようだけれど、ひょっとするとそういう考えはずいぶんと窮屈なものであって、むしろ、いうところの「なにもの」かによって太陽ははげしく燃え輝いているのであって、アナクサゴラスの冤罪はむしろ滑稽以下のものかもしれない。その恵みその力を太陽から奪い取るというのではなく、かの「なにもの」かが太陽を通して光という広大なる波、熱という偉大なる力を万物にふり注いでいるとすれば、太陽を崇《たか》めるのは妨げないにしても、熱と光は自らの奥にもっと深いもっと大きいもっと強い力を、しかももっと異なった方法で自然に内在させているのではないか。例えば、生きている者である虫や草も、生きものでない石や鉄にも、その力は滲透し蓄えられ、その力によって石は石、鉄は鉄、あるいは草を草、虫を虫、魚を魚たらしめているのではないか。火が燃えるのも、鉄が尖るのも、宝石が輝《ひか》り麝香《じゃこう》が匂うのも、芽が萌《ふ》き実が滴《したた》るのも、その力ゆえ、生死も盛衰も、弱肉強食も天変地異も、それが織りなす一瞬の花火にすぎないのではないか、とね。
――さわさりながらだ、プラトン。たわいない夢がいつまでそのまま漂よいおおせようぞ。束の間、醒めるときまってわたしは深い憂愁におちこむのもまた常のことであった。決まってこう呟きながら、……わたしはわたしが今あると感じているが、わたしがないとき、いかにして、わたしはわたしをわたしと感ずる（知る）ことができるのか――。

　このお言葉は突然ぼくの胸の芯を鋭い刃《やいば》で抉《えぐ》り割《さ》いた。ソクラテスの刃《は》だ。お別れのお言葉を先に君にさらけ出したのも、クレオンブロトス、ここにつながるからなのだ。二つつなげばあの方の苦悩の原石がいかに磨きあげられたかの秘密もおぼろげながらも解きほぐし得はしまいかという、ぼくのねがいをも、込めて、ね。どうか期待して、もうしばらく待ってくれクレオンブロトス。決して君をがっかりはさせないつもりだ。

　とにかくそのときは、ぼくは危うく窒息しそうだった。さあ、どう言ったらいいか、途方に暮れること久しくしてやっと、これぞソクラテスの珠玉の塊（哲学）ではないかと確信するに至ったのだ。クリブロトスと一緒に🍎《リンゴ》が出てきたらわかるだろう。おや、動悸がしてきたぞ。持病だ。笑ってくれ。持病だから。

　ここらで、ひとつ、深呼吸しよう。そしてじっくりと腰を落ちつけ肚を据えてかかろう。というのは君も知ってのとおり、ちょっとしたことでも、それがわかったと思うと途端に飛び上がらんばかりに興奮し、それも、せめて、文字通り鬼の首でも取ったという確証でもつかんでの上ならともかく、ほんの早合点の見透しだけで、ただもうあたり構わずはしゃぎ散らすのがぼくのくせ《（生まれつき）》。かと思えば、それが糠よろこびとわかったときの失望落胆ぶりといったらない。ないと例えるものもないほどの消え入りよう。そんなときあの方は冷《ひ》やかし半分に、おい、プラトン、そんな、鯨がベソかいたみたいな顔しなさんな、と仰有って笑われ、やっとぼくは救われた感じになったものだ。だから、ま、さしあたり、よろこびに胸が妖しく騒ぎ立つようなとき、あの方は、よくこんな調子のお言葉でぼくの興奮をひとまずやわらげようとなさるのが常だった。こんな具合にね。──「プラトン、大きなものに触れるには小さいものの手触りというのも大切にしてからでないと、ほんとの味に触れ損なうか空滑《からすべ》りして取り逃すということにもなりかねないからね」と。実はぼくにとって、もうすぐ、その大きな問題が、そこらにちらほらしだしたようだから、小さいと言っては何だが、ぼく一流の解釈によれば大にとっての小の大切さというのが、多数意見にとっての少数意見の稀少価値といった連想を生み、一見奇妙とも一見型破りにもとられがちな風変わりな発想をいくつもあの方から嗅ぎとって、探求の雲が昂揚してくると、むしろ、その小っちゃなしかし奇抜なご意見を、いたずらに興が膨らみすぎないための消化剤というか、鎮静剤にしようと試みたものだ。それはぼくがそうしようとつとめたというより、あの方のほうからそう仕向けられたといった方が正しいだろう。だから、あの味わい深い空想や一転しての自我という憂愁への沈潜のあとさきを縫うようにして、その底にキラッとするいくつかの小さい珊瑚を紹介しなければなるまい。下からではなく、上から降ってくる珊瑚だよ。ソクラテスという雲からね。

──一つ。プラトン、君は疑ったことがあるかね、1＋1＝2を。ものごころつく三歳の童児の頃からわたしはそれを疑った。そして今も、いや、今ではますますはげしくそれにつまずいているのだ。

理由は素朴で簡単だ。石も一つ豚も一つ。一つと一つを足して2になる。山も川も花も星も名のつくものいずれも一つだ。だが、石と豚と足して2になるのか。山と川、合わせて2とはいったい何を語っているのか。一歩ゆずって、一人と一人とでは二人になる。だが、女と男と合わせて、子供と大人と足して二人とは、人間について何を示しているのか。百歩ゆずって、同じもの、形も重さも全く同じ分銅は合わせて二個なのか。その分銅をつくっているとされる原子の数《かず》が両方全く同数とどうやって計量するのか、され得るか。既に技術の問題では手に負えないことは「窮極」の意味について触れた通りだ。繰り返す必要もない。1+1=2、しかも1+1≠2。これはいったいどういうことか。この問いに匙を投げないとするなら、「1とは何か」から問い直さなければならなくなるだろう。具体的には、1⟷2の間を埋めつくすことができるかということだ。始めと終わりの謎と言い換えてもよい。なら、既にこのことはいったん通るには通りすぎてきたところではないか。わたしがなにを言いたいかと君に問うこともあるまい。即ち1は措定され得ないものである。少なくとも窮極という誤差を許すのでない限りは。真理がもし如何なる誤差も許さないとするならば、数学は自然を解く鍵は持ってはいないということだ。

ところがどうだろう!

真理が存在と全く同定されるとするわたしの根拠からすれば、1は成り立たなければならないのだ。理由は単純明快。ソクラテスが厳としてあるからだ。プラトンが。石が。

よいか、プラトン。

1は数《すう》の、数学の、思考(感覚知覚)の詐術なのだ。なぜなら、思考は決して、1+1の答えとして2のほかは3とか5とか一切いかなる数も許容しない。原理的にはいかなる誤差も計算上許しはしない。ここがかんじん要《かなめ》な点。その厳正無比の思考が、その裏で、誤差も誤算も詐術すらあり得ることを認めているのである。即ち別な言い方をすれば、虚偽も悪もあるからにはある。ただし、ただあるにかかわる限りにおいてはね。さあ、ちと、思いがけない困惑からどうして脱け出したものかね？――。

クレオンブロス、一緒に考えてくれ。

――その二つ。若い頃、一時、わたしはこんな子供騙しみたいな思いつきをして、それもかなり永いあいだこだわった記憶がある。いや、今でも、実は決してそのことを軽蔑したり恥ずかしがってはいないよ。だから顔を赫らめないで話すことができる。こういうことだ。

わたしは考えあぐねた揚げ句、「←1→」。これが新しい数学の出発前提《（てん）》であるとすれば問題のひらけ道になりはしないか、つまり矢印（↓）に意味（終始間の運動）をこめようとしたのであった。というのも、思考は天空の星から地上の石や草にいたるまで、各々が着ている衣を剝ぎ取って1に透明化してしまう。だが忽ちにして数はそこで行き止まり。なぜなら1＋1＝2は誤差なしでは自然の奥を明かせないから。そこで、ヘラクレイトスに示唆を見る。↓（矢印《やじるし》）を1は担っているのではないか？なるほど！　とわたしは小躍りしたものだ。だがやがてのこと次のような反省が湧いた。装いだけが変っただけで、（←1→）、がもし（　）《かっこ》の中に閉じ込められるならば既に古びた限界を半歩も超え出ることにはならないだろう。前者の轍を踏んで同じ穴のむじなという汚名を招くだけのこと。←1→が具体的になにものをも指示しないのは、1がそうであるのと五十歩百歩だから。せっかく、新しい数が要請された根拠であるところの⇄を括弧に封じ込めて身動きできないようにしてしまったからである。

しかし、ここで大切なことは三歳の童子の初心に還るということであることをプラトン、忘れてはならない。これらの不完全ではあるがその意図は決して間違った方角を指しているわけではない。即ち、「一個の石」は具体的には「←一個の石→」と記述されるべきなのだ。1＋1＝2は←1→＋←1→＝←2→と記述されて恥ずべきではない。数学者はあざ笑うか、無視するか、あるいは罵るかも知れない。しかし、プラトン、そんなの意とするにも異とするにも足りない。新しいものはいつも笑われ無視され罵られさえしてきたものだ——。

——その三つ。わたしはとにかく何にでも不向きな男でね。とくに数学にはいちばん不向きだ。だから例の矢印はエウクレイデス《(メガラの)》やテアイテトスらあの秀でた若者に引き継いでおいたのだが、どうかねプラトン、何がしかの成果があったのかどうか、わたしのところにはとんと報告に来ないのだが。君には失礼だが、君もあんまり上向《じょうむ》きではないみたいだな。いや、かれら二人にくらべてはという意味でだ。そんなことはどうでもよいとして、みんなにはまたかと退屈な話だが、その1と1と足して2になるというそのことについて、プラトンならどうやら不向きではなさそうに思われる点がある、とわたしが言ったら、さあ何人が残ってわたしの無駄話を聞いてくれるかな？

1と1と足して2になるとは子供にいちばん教えやすい道理だね。「道理」、俗にいう理屈、知者が言う合理性、了解強制、つまり論理、理《ことわり》、これが、今、わたしが取り上げようとする問題だが、わかり易《やす》く「理に叶う」ということだとしておこう。繰り返すが、算術でいえば端的に1＋1は2ということ。わたしたちももちろんそれを認めざるを得なかった。ただし、数学という思考の世界を仮定しての上であって、存在にかかわってなら、むしろそれを否認してきたのは、わたしの今までの永い文脈からして当否はともかくとして、わたしから繰り返す必要はなかろう。とならばいったい理とは何の権利があってそれをわれわれに強制するのであるか？　おそらくこんな問い方自体が奇異の感を免かれかねないが、しかし、わたしが言いたい意味はこうだ。1＋1＝2は単なる数学の世界をはみ出して、あらゆる事象に普《あまね》く適用されているのではないか。数学者どもの得手勝手なお遊びの域をはるかに越えて人間の政治も法律も生活もその原則によって規制されているのではないか？　それだけならまだしも、動物も植物も鉱物も含めて一切のもの即ち自然について、その原則が適用されることを当然あるいは必然としているかに見えるのだ。結論から言おう。もしその理なるものが即真であるなら、それは即存在であらなくてもいいのか？　あらなくていいわけがない。もちろん、理即真即存在、でなければならない。それこそいわる「自然」である。しかるに、1＋1＝2は既に「存在」にかかわって厳密には1＋1≠2であるとすれば、その金科玉条の「理」は既に不完全であるか、おそるべき越権を犯している。大胆な言明が許されるならば、「思考」に論理はあっても「存在」に論理はない。なんとなれば、始めはない、終わりもない、窮極もなく無限もない。これだけでは納得がいきかねるなら、こう言い直そう。始めがあり終わりがある、窮極があり無限があると言うけれど、始めの始めは、終わりの終わりはとたずねると、答えに困るのは子供やそのへんのおっさんおばさんではなくて、実に知者どもだ。当たり前のことを当たり前に言えば子供でも文盲でも理解する。理解しないのは言葉を弄び言葉に酔い痴れ、言葉の自家撞着に気付かないか、気付いても頑固に言葉だけに記号だけにしがみつく、世に賢いと称し称される智者《やから》ばかりなのだ。ほんのちょいとだけ矢印に眼を向ければいいのに。即ち、始め、終り、窮極、無限、と。だから正確にわたしが言いたいことはこうだ。思考に論理があることは確かだろう。しかしその論理はそのまま存在には適用されない。あるとすれば存在には存在の論理がある。その新しい論理は新しい数学で解くよりほかはない。誤解があってはならない。わたしは数学を決して否定はしない。しないどころかそれをわたしははっきり認める。その代わり、代償として「思考」の「存在」をも確固として主張するのだ。思考があるということが、石があるということと殆んど全く同じなみに了解されるにいたったとき、ほんとうに、「理に叶う」が名実ともにはっきりし、数学の意味も役割も納得がいくことになるだろう。もちろん言うは易《やす》し行うは難し。その全く斬新な手掛かりについていささかの水増し吹聴もなされてはならない。ただ、いつか機を得たならばなにがしかそれについて触れることがあろう――。

クレオンブロトス、その、それこそ、君にとってもぼくにとっても主題にかかわり、少くとも主題の一端を担うに足る大切なお話だったのだ。詫びる。ゆるしておくれ、返す返すも口惜しい。君が、ほら、あのとき、狂ったと思って、のどまで出てきた言葉をぼくがひとりでにこわしてしまったのだ。だが一口《ひとくち》でというわけにはいかない。もうしばらく我慢してくれ。

さて、その四つ目には、ほら、エレアの客人とあの方との対話。老古とか考現とかへんな言葉が飛び出したじゃないか。その思いつきの突飛さに、実はあのあとお二人ともつい吹き出しなすって、それはそれで一件落着となったが、そのあとがまたお固い議論になってね。たしかゼノンのアキレスと亀、それも崖からゼノンが落ちて一段落の下り道を、走るの走らんのがきっかけとなって、例によって例の如くいかめしいお話になったというわけだ。あれからずっと気にかかっていたからざっと披露しておこう。お二人はどうせ表と裏のような間柄だからお名前は失礼させていただいて。

a、Aは百メートルを10秒で走る。Bは百メートルを11秒で走る。Cは百メートルを12秒。百（空間）が同一ならば、A、B、Cにとって、時間とは何であるか？　時間はない。あるとすれば空間に重なる。

　Aは10秒で百メートルを走る。Bは10秒で九十メートルを、Cは10秒で八十メートルを走るとせよ。10秒（時間）が同一ならば、A、B、Cにとって、空間とは何か？　空間はない。あるとしても時間に重なる。

　時間とは単なる連続の枠であり、空間とは単なる分割の枠である。

b、しからばAにとって世界とは何であるか。百・10か？　Bにとって世界とは百・11か？　Cにとっては百・12か？　かつまた、Aの世界は10・百、Bの世界は10・九十、Cの世界は10・八十であるのか？　もしそうであるならば、世界もまた単なる枠となろう。

a、世界が僕にとって世界ではなく、君にとって世界であるとしても何としよう。なんとなれば、僕の意識がなくなったとき僕にとって世界とは何なのか？　あると保証するのは君か、世界か？　保証したとて何としよう、僕はない、のなら。

b、僕《わたし》とは何なのか？　意識とは何なのか？　わたしはあるのかないのか？　ないならわたしとは言えまい。ないならそもそも世界もあるまい。意識がないのだから。

a、——。

b、それは、こういう主張ではないか。わたしは意識する。ゆえにわたしはある。わたしは意識しない。ゆえにわたしはないと。

a、それ以上の主張があるなら示して見よ。

b、わたしは意識する、ゆえにわたしはある、のではなくて、わたしは意識する、ゆえに意識はある、とこう言うのがより正しくはないだろうか？

a、わたしと意識を切り離すのか？ しかし、わたしが意識しないでいったい誰が意識するのか？

b、意識するのはわたしに違いないが、身体もわたしである。

a、それでは身体と意識の二元になる。物と心の振り出しに戻って終わりか？

b、わたしとは何であるか、が、わからないあいだはそこでいったんとまるよりほかはない。ただ、突破口を切り開くためのきっかけがないわけではない、と、いうことではなかったのか。意識と身体は切り離せないとしても二つが全く同じという保証はない。

a、と同時に、別という証明も未だかつて成功したためしがない。

b、だ、とすれば？

a、すれば、もっと素直に子供の目になって見てはどうか？

b、どんなふうに？

a、物のあり方を直接に指示するのはまず感覚ではないか。そのあり方の多様を識別するのが知覚であり、そのあり方を決定するのが判断ではないか。

b、そんな表現の仕方は子供らしくない。むしろ、物のあり方はまずもって直接には個であり、そのあり方の多様は分類されて、気体、液体、固体、あるいは鉱物、植物、動物などと名づけられる。

a、それも子供向きには、ちと難しそうだ。ただ、あり方、あり方と同じ言い方がやけに飛び出してきたが、これはヒントになるぞ。あり方を決めるのに指示するほうは、感覚知覚判断つまり意識の面、指示されるほうは物の面ということになる。万物すべて名前があるというのは、この、「あり方」ではないのか？

b、とすれば結局、あり方は言葉ということにもなる。言葉とは？

a、音声であり文字である。

b、そうである前は何であろう？

a、意味だ。

b、意味、それが問題だ。意味のあり方？

a、意味は事象を無化する。

b、耳なれない語《コトバ》だな、無化とは。

a、石をイシではなくいし（意味）と化すること。

b、なるほど、無化というあり方だな。なるほど、感覚は個物を性質として無化する。形、色、味、匂い等。なるほど、知覚は、大小、高低、強弱等の差別を現象から表象として無化すると言って間違いではなさそうだ。なるほど、——となると、待てよ、思惟は論理として自然だけではなく、無化された知覚や感覚を、「意味」としていくつも結び合わせ二重三重に無化することになる、ということになると。

では、🍎《リンゴ》は存在するか？　もし🍎が存在しないなら「リンゴ《（りんご）》」という意味は無化するもされるもしない。――そこまではよし。

では、「意味」は存在するのかしないのか？　存在しないとすればリンゴも🍎もない、存在するとすれば、意味は🍎にあるのか？　「リンゴ」にあるのか？　それとも無化というあり方にあるのか？

a、堂々めぐりだ。わたしがついに不明なように、存在もまた不明だ。

b、途はないか。

a、ない。

b、ある。

a、なぜだ。

b、不明なわたしをなぜ私というのか。言うだけではなく知ってもいる。知らないにしてもわたしはわたしであるよりほかない私。それこそがA、B、C、存在者。無化とは存在者の意味のことだと君は認めたのではないか。でなければ🍎もリンゴも、もちろん意味もそれこそ無に帰する。即ち存在が消えてなくなってしまうのだ。存者者から意味を奪いとることを君は無化と考えている。そうではなくて、存在者から存在を奪い取ることが無化なのだ。なんとなれば、🍎はリンゴと呼ばれようとナシ（梨）と呼ばれようとちっとも困りはしないのだ。🍎は🍎であればそれだけで🍎にとっては充分なのだから。だからといって、🍎はリンゴと呼ばれても呼ばれなくても、梨と間違って呼ばれようと、🍎がリンゴであるという意味を拒否することも、自分で抹殺することもできない。それが🍎が存在するということの意味なのだ。つまり、🍎は存在者であり、かつその存在を🍎自らも🍎以外のいかなるものも奪うことはできない。🍎は梨ではない。無化と意味とを取り違える手品は「論理」の特技だ、君すら騙しているのだから。しかしながら、存在に論理を求めるには存在は余りにも天真爛漫、裸なのである。正直、無化を許すなら存在は存在者ともども吹っ飛んでしまうだろう。それこそ君のいう不明になるだろう。だって、そもそもあるから存在ではないか。方法《ろんり》はどうであれ、無は存在に忍び寄る術は全くもたない。それが無の意味だ。だから言葉は大切にしなければならない。ただ、だまされてはならないだけだ。それ《コトバ》は論理の最も忠実な待女だから。

a、だから、どうなるというのかね。無も意味であり言葉なら、存在がそれを拒否するというのはおかしいではないか。だって無もまた意味なら、意味つまり思惟がある限り無もまたあることになるではないか。レウキッポスを越えて弟子のデモクリトスは運動の論理のために虚空を要求するだけでなく同時に存在に無を要請すべきであると主張しているそうではないか。

b、それなら、無を認めてもよい。しかし、代償が必要だ。即ち、こう反論されたらどう答えるのか。無をも含んであるところの論理とは、思惟ではないか？

a、思惟ではないと誰が主張したのか？　むしろ、感覚知覚その他思惟が存在することは、極端な唯物論者すら、自ら思惟によってその自説を主張しているのに、そのことは棚に上げて、相手（唯心論者）の思惟を否定するという撞着を犯す。

b、で、その思惟が意味を当てがうもの、見えるものであれ見えないものであれ、つかめるものであれつかめないものであれ、それら、つまり対象は存在するのかしないのか？

a、なにを言っているのだ？　物であれ心であれ、窮極であれ無限であれ、存在しないものにいかにして意味を思惟し得ようか！

b、そら！　存在はすべてさ！　存在にあり方を強制するのは思考だ。見事な詐術ではないか。存在を存在者たらしめる特許を論理はひとり占めにする。豈《あに》はからんや、存在を存在たらしめるのは存在なのに、存在者を存在から作り出しておきながら存在者を不明のままに追いやって、右往左往させている張本人はだれなのか、気づこうともしない。

a、その張本人こそは、真と同等に偽を、善と同等に悪を、数と同等に誤差を、とどのつまり窮極と無限をさえつくりだしたのだ。それこそが「私」を「意識」を昏迷の極に追いつめたのだ。

b、まるで思考が思考を告訴している。

a、思考が思考から逃れることができないというべきだ。

b、逃れなければならない。

a、いかにして？

b、無化を浄化することによって。

a、それも思考だ。

b、はや、思考ではない。なんとなれば、超えるのだから。

a、ヘラクレイトスの二番煎じにしかすぎない。

b、彼を三番煎じすれば少なくともなにかがでてくる。

a、茶番劇だよ。論理と思考とは同じ穴のむじなだ。私と意識のようにね。

b、新しい茶番劇には新しい役者が登場する。

a、新しいピエロはご免だ。

b、駄々をこねないで。こんなセリフはどうかね？「存在者にとって存在ほど馬鹿げたものはない。それが無化の起こりだ。存在にとって存在者ほど滑稽なものはない、それが論理の起こりだ。」

a、あ、とうとうピエロにされてしまった

b、なら、どう口上するつもりか？

a、存在には存在の論理があるとなら、ピエロはこう語るよりほかはあるまい。

「物があるということを「、、」とし、心があるということを「。。」とする。この素朴な発想は基本的には否定できないだろう。ただ、そのことをあり方としてだけ見るならたちまちにして批判の槍玉にあげられよう。まず第一にその符合化自体が思考の産物だから。即ち「、、」は物自体ではなく物を「。。」して「、、」と抽象したにすぎない。対象を感覚化し、事実を表象化するのだから。「、、」本来の裸を、自ら抽象するというのがあり方としてまかり通るなら、それこそ思考の詐術というべきか。思考が思考を告訴するとはまさにその手品——種明かしにほかならないのかもしれない。しかし、そこで思考がとどまるわけではない。かれは強硬にも強引にも、すべてあるものどもを存在と存在者のジレンマに難なく引きずり込むからである。《(個)》をリンゴ《(一般)》に、を紅いに。パルメニデスの意に反して一元論は唯物と観念の先陣争いに堕し、惜しむらくはヘラクレイトスも、そのあり方の思考法を超えることができなかった。というのは、流れる川に二度足を踏み入れることはないにせよ、一度踏み入れることが億兆度踏み入れることと同語反復であることを知らなかったのは、パルメニデスの存在不明と同断だと言わなければならないからである。つまり、単に変転は一《いち》の母であり。一《いち》は変転の父であると言ったにすぎない。ピタゴラスの数も、デモクリトスの原子説も所詮はアナクシマンドロスのト・アペイロンの系譜、即ち抽象という思考の詐術の徒花《あだばな》たる以上のものをわれわれに示唆しはしなかった。数も原子も、窮極と無限、始めと終わり、を語り尽くすことが出来ないのだ。ト・アペイロン（無限定）こそは思考の元凶たるにふさわしいかもしれぬ。なんとなれば、哲学とは追求（愛知）であって、自体「真」を意味しない。永劫に未完の追跡にすぎない。しかし、二つあるのではないか？　愛知（哲学）と真（哲学）と。なんとなれば存在が自体真であるとすれば、それはまさにあって、ただ明らかにされていないだけにすぎないとも言えるだろうから。もっと正確には、「存在は思考の論理にはかかわらない」とすれば。

b、まさにその思考を存在に照らせば、たんてきに、「。。」は存在であるか否か、即ち思惟ぶつとは何か、思惟ぶつはあるか、と問わねばならない。「。。」はただあり方としてだけ神話と伝承と倫理と制度に探求されて、あるなしの裸には毛《け》ほどにも触れられずじまいであった。まことに奇妙な怠慢ではないか。いったいだれの怠慢か？

a、やはりほかに犯人を探すべくもない。思考の怠慢というべきだろう。ちょうど、眼は物を見るが眼自身を見ないように。視覚は赤とか青とかいろんな色は視るが、肝心の色覚自体はいかなる色でもない。一般に感覚は多様に感ずるくせに感覚自体に注意は向けない。まさに思考はそれら物の感覚知覚をいろいろと組み合わせたりほぐしたりすることにかけては、実に微に入り細にわたって巧みなだけではなく、あるいは幻想やら空想やらに手をのばし、ありもしないものをあるとして恥ずることさえない。かれは自らの出自も知らないくせに、実体とか実在とかを探り当てるのは自分を措いてほかにないなどと自惚れている。かれは確かに現象を表象として捉える。しかし現象の奥に手を突っ込むことはついに不可能かに見える。もしそのことをまがりなりにも自覚するとすれば、それはかれの唯一の取柄だが、すぐさま、技術とか学問とかにその限界の責めを押しつけて、少なくとも今日までは哲学を栄養不良のまま放置して省みることがなかったのである。

b、君のその見解は半分的《まと》を射て半分的を逸《そ》らしている。なんとなれば、眼は眼を見ようとしないのではなく、むしろ、眼が眼を見るようには眼が出来上がっていないのだ。思考もまた自らの出生の秘密を知らないとすれば、怠慢は存在にあるのかもしれぬ。思考を秘密たらしめたのは「存在だ」!

次は五つ目。そうだ、クレオンブロトス、五つ目があるのだよ。これまた案に違わず、落とすに落とせない、とても大事なお話、というより、一幕ものの舞台劇だ、とびきり上質のね。

さ、どうしたもんか。

あのお目当ての、夜明け前の最後のお話にかかる前に、やっぱりこの見事な劇場にひとまず君を案内するのをよしとするか。

本番のは幾夜をかけての見事とか凄いとかの形容で飾るべくもない厳粛なお話だからね。

では――。

舞台はシケリヤ（円形劇場）、輝く大地、光る海、大空の下がふさわしい。

作者兼演出家はソクラテス。
登場人物
　ソクラテス
　エレアの客人（時間、空間の二役ほか）
　プラトン
　🍎《リンゴ》

プラトン「恐れながら不肖奴《め》が、端役兼口上役をあいつとめますれば、何卆《なにとぞ》、何卆、よろしく、よろしくお願い申し上げ奉ります。

——東西《とざい》、東西《とうざい》——。

そろそろ、作業に取りかかるといたしましょう。ええと、ここに持ち出《いだ》しましたるは、

時—🍎—間

空—🍎—間

🍎「こんな恰好では、まるで磔刑《はりつけ》にあってる罪物《ざいにん》みたいで、第一、窮屈ですよ。」
プラトン「おっと、そういうわけにはいかんのだよ。もっともっと、がんじがらめにしなくちゃいかんと、さる方《かた》からの申しつけだ。実はこうすることによって、🍎《きみ》を解放することになってるんだから、騙されたと思ってしばらく我慢してくれたまえ。決して悪いようにはなさらんはずだから。……ハイ、用意が出来ました。」
ソクラテス「よし、まず、横軸《(うな)》を取り除くとしよう。こ奴が水平に引っ張って『空間』だなんて大見得切ってるんだからね。何しろ幾何の素養がなっとらん。空間とは点でも線でも平面でもなく、立体だということをわきまえておらんのだから話にならんよ。ね、🍎、そうだろ？　キミは平たい円ではなく、丸っこい球《たま》だよな。
　ところで、横は取っぱらったとして、縦軸はどうかね。🍎《キミ》、串だんごみたいに刺されっぱなしじゃ気も滅入ろ。プラトン、その頑固な串《やつ》も引っこ抜きなさい。」
プラトン「それが、その、串の奴が縦横《たてよこ》とも頑固だのなんのって、しがみついて放れんのです。」
ソクラテス「ぶつぶつ言わせないでやっちゃいなさい、構やせん。」
プラトン「こら、横着者めが！　貴様らは盗っ人か、でなけりゃ寄生虫だ。」
時間「これはまた、薮から棒に。とんと解《げ》せませんな。」
プラトン「白ばっくれるにも程があるぞ。もともと、貴様は空間から『枠《(区切り)》』を盗んだろうが。」
時間「と、仰有いますと？」
プラトン「昨日、今日、明日、え？　なん刻《どき》かん刻《どき》、やれ急げ、やれ間に合わん、とわれわれを急かせるだけが能ではないか。」
時間「お天とさまに笑われますよ。」
プラトン「しぶとい奴だ。そのお天とさんは火の塊だ。東の山からお出なさって西の果てに沈まれなさる。動いた空の半円形を昼と呼び、あとの暗がりを夜と呼ぶ。合わせて一日。昨日、今日、明日の繰り返し。急《せ》っかちのくせに退屈屋。退屈紛れに、水を垂らして水時計、砂をこぼしゃ砂時計。水にも砂にも寄生する。とは申せ、空間と同じに永いことお世話にはなったんだから、その名誉《こけん》を傷つけてはなるまい。とにかく、おとなしく退散すれば、それでよい。」
時間・空間「これはまた、ご丁重に、ありがとうございます。ま、ほんとのところはともかくとして、これからのち、いついつまでもご利用のほどを。とにかく便利ですからね。来いと仰有ればたちどころに参ります。人間さまには、それはもう切っても切れぬ親密なおつき合いでして、特に数学とか技術とか、商取引から起居動作まで、へえ、我らあらずんば！　いえ、これは僭越至極。何せ、もともと我らを発明発見なされましたるは、他ならぬ人間さまでございますもの、たとえすげなくされたとて何んの恨みを申せましょう。奴隷の身分に甘んじましょうほどに、せいぜい可愛いがってくださりませ。誤差という誤ちはときたまいたしますが、目につくたいていのことは危なげなくやってのけますからご安心ください。ご主人たる人間さま、この通り、忠誠を誓いますでございます、ハイ。」
ソクラテス「いや、素直で、謙虚。不憫じゃ、と言ってやりたいところだが、どうかね、プラトン、◯は、水平空間妄想や、垂直時間妄想から、少しは自由になりかけたように見えるかね？」
プラトン「◯はともかくといたしまして、どうやら、あ奴ら、お互いに言い争いを始めたらしゅうございますよ。ホラ、聞こえませせぬか？」
——だんだん声高くなってくる。
空間「お前がはっきりしないから、いけないいんだぞ。」
時間「それは、こっちの言い分だ。」
空間「俺はともかく、お前はもともと断絶というのに無縁ではないか。それでこそお前の真骨頂だろうが。俺は切ろうと思えば切れるが、お前をいったいどんなナイフで切るのか。」
時間「いや、駄目だ。デモクリトスまではよかったが、ソクラテスにかかっちゃ通用しないよ。貴様が『虚』を一種の『有』と認めてなんら抵抗しなかったからこういうことになったんだぞ。『瞬間』といえども『枠』扱いにされるに決まっている。だって、切れないとならば、なぜ、時《じ》とか日《にち》とか年《ねん》とか区切るのか？　と反問されたら、答えようがないじゃないか。」
空間「ソクラテスはしたたかすぎるから、ま、あと回しにして、プラトンならまだ乳臭い子供だ。どうだ、見ろ、あ奴の顔。若いくせに三本も皺立ててやがる。きっと俺さまらに何を言われるかと、おっかなびくびくしてやがる面体《めんてい》だ。なんとでもごまかせるぞ。うっふっふっふ。」
時間「おい、しっ！　プラトン《（やっ）》に聞こえるぞ。ソクラテスは少々もーろくして耳がかすんでるけどな。」
空間「なぁーに。聞こえよがしにわざと声高《こわだか》にして、奴《やつ》を引っぱり出そうとの、俺のこん胆さ。このままじっとすっこんでちゃ宇宙空間の権威《めいよ》にかかわる。お前も意地を出せ。永遠さまの名にかけて。」
時間「共同戦線か。それは困る。だから君、いや貴様は頼りないんだ。なぜって、時空は重なるって

『秘密』を、プラトン奴は、うすうす感ずいてやがる気配がする。ソクラテスの秘蔵っ子《でし》というではないか。青二才だとなめてかかると、返り討ちに会うかも知れんぞ。なにせ、師弟もろとも、名うての真実妄者というではないか。」
空間「そこが、つけ目だ！　真実なんてそうたやすくわかってたまるもんか。老師《せんせい》といっても、なぁーに、大した代物《しろもの》じゃない。もうすぐにも二本とも棺桶に脛《すね》つっ込もうってくせして、『無知の知』だなんて、すっ呆《とぼ》けてうそぶいてやがる。どうにもあの爺《じじ》いは虫が好かん。俺様のおかげで空気《いき》を吸ってるってのに、いけしゃあしゃあとふんぞりかえって。大それた身の程知らずではないか。奴はプラトンをそそのかして、俺から枠を、チョイとだけ取りはらっただけだ。その逆手を使えばよい。枠は外しても中味は残る、そいつを餌にすりゃ引っ掛かるさ。」
時間「うまく、いくかな？　何しろ奴は言葉の秘密もつかんでるって噂だからな。とにかく憎っらしい爺こつったらありゃあしない。」
空間「言葉の秘密か？　とどのつまりはそうだろうよ、人間さま、だからな！　しかし、びくびくするな。どうせ、言葉の向こうは、『？《わからん》』だからな。そうなりゃ結局、相討ちさ。見ろよ、言葉に愛想つかして、今では、『、、』の、『。。』の、『◎◎』の、『××』のと、バイキンだか妖怪だか、身元のわからん奴をつかまえて右往左往している。そこにつけ込んで、まずはプラトンをやっつけっちまえ、あ奴は『、、』を俺の中味だと錯覚してやがる。それに、どうやら、『寄生虫』ってのを、お前の『。。』として当てがってるフシがあるとは思わぬか？」
時間「なるほどね、そういや、ピンとくるところ、なきにしもあらずだな。」

空間「とにかく、俺とお前が仲違いしていては、始まらん。各個撃破でいこう。的は一つだ。こっちは鉄の玉二発だ、勝ち目は明らかではないか。」
時間「さも、自信ありげだが、策はあるのかい？　そのかくし玉の二発ってのは？」
空間「あるさ！　俺のは運動。お前のは、ホラ、『変化』だ！」
時間「うん。——だが、ちょいとそれだけでは心細い。も一つ、決め手があるぞ！」
空間「何だ、それは？」
時間「『本質論』さ！」
空間「！　さすがだ。よし、それで行け！」

プラトン「あきらめのわるい奴らだな。何をボソボソほざいてるんだ？」
時間「ちょいとこっちをお向き、プラトン。」
プラトン「やに、改まって、何だね？」
時間「ではお尋ねするが、あんたはどうやら、時間と時刻を取っ違えていやしないかね。」
プラトン「本質は時間で、外形は時刻と言いたいのかね。」
時間「そうだ、その通りさ、返答してもらおうか？」
プラトン「返答ずみではないのかね？」
時間「ごまかす気か！　時刻はなるほど砂や水や太陽を借りた。しかし、あんたはわしの本質はつかんでいないのだ。」

プラトン「いいかね。錯覚してもらっては困るよ。君は時刻でなければわれわれに何にもつかましちゃくれないじゃないか。君は君自身のことだから、本質だろうと外形だろうと構やしないだろうが、こっちは君の正体を探すほうだからね。さあ、なんなら『本質』とやらを手応えのあるように出してはくれまいか。いったい、時間よ、君は、どこに、どうやっているのかね。あるのかないのか。見えもしないのに、よくしゃべれたもんだね！　おしゃべりなら、君じゃなくて、君がおんぶされている空間どのから、刻々、日にち毎日、聞いたり見たりさせられているんでね。もし、人間の言葉で通じないなら、このリンゴ君に、そっとその本質とやらを見せるなり聞かせるなりしてはくれまいか。時刻はありがたいよ、今まで以上にこれからもお世話になるからお礼も言うよ。でも、お礼を言うのは時刻さんに、つまり、空間の枠さんに、それも、必要なときだけ言うのであって、時間本質に申し上げるのではない。そんなんもん、あってもなくてもちっとも不便は感じないからね。それにねえ、人間はなんともはや欲の深いくせに愚か者で、せっかく、発明発見した時刻さまから日がな一日中追っ立てられて、おかげで疲労困憊してる始末なんだ。草や虫や豚が羨ましいよ。かれらは発明も発見もしなかった代わりに、君に追っ立てられて明日を煩らうこともないみたいだからね。」

ソクラテス「そこで止めてはいかん、プラトン。もうちょっとつけ加えてあげるんだな。『もし、君がほんとうにあるのなら、なんとしてでもつかまってはくれまいか。われわれにとってそれに優る無上のよろこびあこがれ慕いもとめられるお方こそ、誰あろう、君の本質さまとやら、その方の名を『不老長寿』さんとお呼びするのだから』となー。」

時間「なにを！　頼みも頼まれもせんのに、ひょいと横からしゃしゃり出て。この爺めー。あんたを相手にしてるんじゃない。相手はプラトンだ。よけい者はとっととすっ込んでもらおう。」
ソクラテス「おや、凄い見幕だな。姿が見えんのがお愛嬌だが。プラトン、君が遠慮することなんかないぞ。相手が相手なら、歯には歯を、だ。」
時間「まだほざいてやがる。ふん、だ。とにかくだ、プラトン。あんたはわしをつかまえ損なっているが、わしはあんたをつかまえているんだぜ。赤ん坊からなぜ大人になったのかね。人は生まれ老い死ぬのだ。その生き証人が、れっきと、ほれ！　ここにチャンといるではないか。あんたじゃない、この老いぼれソクラテスだ！　この哀れな皺枯れ顔《(ぶり)》を見るがよい。いいかい、プラトン、子供にでも言い聞かせるようにいちいち説明しなくちゃいけないのかね。聞け、耳の穴開いて。わしこそ万物の生滅を一手《ひとて》に握る支配者だ。時刻なんぞあんたらが勝手にわしに押し被せた仮面だ。わしの正真の名は『変化』だ。🍎よ、お気の毒だが君ももう腐りかけている。刻々腐りつつあるのだ。プラトン、増長するでない！　確実にあんたも老いに近づき、やがてこの老醜《おいぼれ》ソクラテスのあとを追うことになる。」
プラトン「ご親切はありがたいが、しかし赤ん坊は大きくなってやがて老いて死ぬ。🍎もだんだん腐って崩れるだろう。それらをひっくるめて変化というのだね。では、赤ん坊が死産で生まれたらどうなるのかね。プラトンが自殺したら老いなくて済むわけだ。何がいったい大きくなるのかね？　何がいったい崩れるのかね？　え？　物体《モノ》がそうなるわけだ。君の親しい仲間、『空間』が運動してそうなるのだ。『運動』に寄生し上乗《うわの》りしているのが、君のいう『変化』の正体だよ！　君の出る幕は、これで、降りた。空間とかわりたまえ、運動がなければ変化もないわけだ！」

時間「驚いたね、手の内を見透かされるとは。」

空間「驚くことない！　ではプラトン、なるほど、俺の中味は運動だ。しかし、俺は右にも左にも、もちろん上にも下にも、自由自在に運動する。ひとときもじっとしちゃいない。ヘラクレイトスが証言した通りだ。さすがにヘラクレイトスは君より利口だよ。揚げ足取られるようなヘボ役者とは格が違うもんなあ。同じ川に二度と入ることは俺にだって出来ゃしない。つまりだ。赤ん坊は大人になる。しかし大人は赤ん坊にはならないのだ。老人は死ぬ。殺せばプラトンも死ぬわけだ。だが、死は生には戻らない。ソクラテスだって魂を持ち出さなくては、どんなヘリクツもこね回すわけにはいかんだろ。◯はソクラテスよりもお利口にできていて、おそらくヘリクツなしにこのことを正直に認めるだろう。つまり、いまさら、腐ったあとで腐らない元に戻ろうなんて望みも信じもしちゃいまい。だからと言うべきか、むしろと言ったほうが正確か、◯は縦横十字どころか十重《とえ》二十重《はたえ》に囲まれていても、案外ケロッとしていられるのである。窮屈だろうとか、不自由でござんしょとか、要らんお節介せぬがよかろう。そんなことより、聞け、プラトン。運動は自在だ。しかし、変化は遡源を許さない。それが鉄則だ。「、、」が運動というのなら、俺も甘んじよう。だが枠は人間が決めたのであって俺さまが決めたのではない。その意味では、極小があろうとなかろうと俺に関係はない。枠も尺度も単位もあんたらが勝手に発明したのにすぎない。まさに言葉の秘密だ。よいか、プラトン、無限こそ、「、、」の正体だ。極小も極大もコトバという枠にすぎん。そのコトバの向こうにあるものこそが俺なんだよ。だから俺の名を『宇宙』あるいは『王者』というのだ。さ、『時間』。今度はそなたの番だ。この生意気で知ったかぶりする青二才奴を叩きのめしてやるがいい！」

時間「おっと合点、引き受けた。青瓢箪がつけ髭生やした恰好しやがって。やいこら、プラトン、表に出てこい。耳を洗って聞くがよい。『そして』とか『それから』とかいう頓馬はわしの字引にゃ入っていない。わしが宣告しさえすれば、それこそ眼にもとまらぬ速さで物は動き出す。腐ってもくさるな、。そなただけではない。万物変化《(流転)》の鉄則、生滅という宿命、やがて、ものみなすべてが飛散して消え果てるときがくる。始めと終わり。これこそは『ある』ための条件。始めの前、終わりの後、を問う愚かさを笑え。その向うには、『？』《(わからん)》しかない、空間が言った通りだ。その本元こそが俺さまなのだ。ついでに、プラトン、そなたに言って聞かせよう。『、、』とか『。。』とかいって、この俺さまが、さも、その『。。』とやらと親戚関係《ずきあい》しているなんて妄念を起こすなよ。『。。』はお前たち生命とやらと親族か否かはともかくとして、もともと、そんな奴の顔、見たことないわ。ほんとのとこを言ってあげようか。枠なんぞ眼にもくれなくて、そいつで括《くく》ろうが括るまいが痛くも痒くもないのが俺さまさ。空間はどうやら『、、』に甘んじたらしいが、オレサマは断乎《だんこ》として甘んじないぞ。なぜって、あいつは四方八方にやたらと手を広げるばっかしが能で、けじめをつけるという点がいかにもアイマイだ。その点、俺は厳しいぞ。一方通行しか許さん！　とにかく、言っちゃわるいが、空間《(やつ)》は俺さまのせいぜい弟分だ。」

空間「オイ、おい。俺《おれ》さまと儂《ワシ》とのケジメを忘れちゃ困るじゃないか！」

時間「えっ？　おや！」

空間「客人とソクラスが睨みを利かせてるぞ。足元すくわれる失言は禁物だ。」

時間「ソクラスじゃない、ソクラテスだろ。」

空間・時間「うっふ、うっふっふ、奴らに聞こえたら、ご褒美ものさ。うっふふふ、ふ。」
時間「わしらもお互いさまに永い永いおつき合いだからね。だからお互い胸のうちはわかっているさ。だからといって呆《ぼ》けちゃ台なし。言うだけのことは言わしてもらうぞ。君、ヘラクレイトスを引っ張り出したまではよいが、変化は遡源を許さんなんてプラトンに説教しながら、なんと！　元に戻らんというのはこのわしの我が輩の専売特許『一方通行』ということを忘れとるか、あるいは横取りしているとしか思えん。何かと我が輩を出し抜こうというのがあんたの、いやあ奴《空間》の生まれつきの癖さ。ま、それはそれと捨て置いて、もちっとましなお説教がありそうなもんだ。こんなふうにな。——そうお前《人間》さんがたとことごとに睨み合うばっかりが善しとは、実は俺さま、じゃなくわしも思ってやしない。『、、』も『。。』も、ま、いいだろう。人間《あんたら》はしつこい動物だから。とことんまで追っかけて、きっと何千年か経ったなら、原子の奥も掘り尽くし、空の涯まで見極めることだって、ひょっとすればできるかもしれぬ。『、、』の探求というのが目指すところがそうだろう。『。。』だって同じさね。『、、』ほどにはつかまえやすくはないにしても、望みを捨ててはなるまいて。それこそ、人間どころか世界を驚倒せしむるに足る未曽有の発見になるだろう、と、ソクラテスも予感しているらしいから。そりゃ爺さんの言う通りだ。『ある』のなら、『、、』も『。。』も『ある』はずだからね。いずれにしたところで、『、、』を追求するのも大切だろうが、結局、『。。』を追跡しないでは、『、、』は解けまい。ながいこと、そこんところの平凡なかんどころを忘却していたのに、ハッと一番に気がついたというのは、さすが、ソクラテスだな。それが叶ったなら、人間は生命を造ることだって可能になるわけだ。しかし、容易ではあるまい。何しろ、感覚というやつをまずは作って、そいつを知覚に培養し、さらに思惟にまで育てなくちゃならんのだから。家を建てたり、道具を栫《こしら》えたりするくらいの細工仕事では、とても、とてもの騒ぎじゃない。何千年かかるか、何万年かかるか、その不可の可、可の不可を繰り返し繰り返し思い悩んで、もう今日明日お棺の迎えがくるのも忘れ、爺さん、焦《じ》れてるんじゃないか？　プラトン。なんとか慰めてあげたらどうかね。もっと時間を大切になすったらいかがでしょう、ソクラテス先生、とかなんとか言ってさ。」

空間「えらい長丁場だったな。ご苦労さま、と言いたいところだが、ちょい待った。わるいが、おそらくお前さんのご親切はソクラテスには届くまいよ。プラトンなんぞにわかるはずもあるまい。なぜって、俺にさえわからん。全くの独断妄念《（魔法）》だからね。プラトン、いいか、こいつの毒気に酔わされてはなるまいぞ。くどくど説明せんでも理由は明白である。わしが、いや、俺が居らんでこ奴は居ると思い込んでいる。これ以上の思い違いがあろうか？　天上《てんじょう》にも天下《てんげ》にも！　ゆめ、忘れるでないぞ。俺が、『、、』も『。。』もつくったのだ。俺が宇宙だ！」

プラトン「いやはや、ソクラテス、これぞ『無』という深淵の扉でしょうか？」

ソクラテス「先を急ぐな、プラトン。ぼくがしばらく代わってあげよう。時間も空間も、まだそこらをうろちょろしてるらしいから。

　時間よ。君は、時刻、変化、非遡及、三つが合流して宿命の大河を万物に刻み、初めならぬ始めから終わりならぬ了《お》わりへと流れゆく。君の名は永劫、またその名を無窮または永遠。

　空間よ。君こそは誰よりも深く誰よりも広い理解者にして演出家、または名優。時間をそっくり横取りしながら、ひょいと負けたふりしていつも勝ち誇る無敵の将軍。君の名は、まさしく、宇宙。またの名を無限とも。
とも、ども、いとふさわしきかぎり。
ところで、時間と空間よ。君らはどうして仲違いするのか。ぼくは、それが解せないのだ。
◯を見ないか。かれの始めも終わりも、かれの頬っぺたの紅《べに》も甘酸っぱさも、みな、君らふたりの和解のなか、そのあんたらのふところ、そこに生まれ育ち果てるのを。草も虫も獣も人も、いや一粒の砂すらその例に洩れることはない。かれらの身になってみたらどうか？　若やぐのも老いるのも、くるしむのもよろこぶのも、実は！　君と君！　君らふたりが躍り跳ね、泣き、笑うのだ。かれら万物は君らふたりの道化役《ピエロ》。」
プラトン「さあ、どうだ。わかったか。合致だ。」
時間・空間「しかし、プラトン。われらふたりがそれを受け容れるにしても、どちらから、どちらへ、手をさしのべ、どちらがどちらと合致するのか？　時間が空間へか。空間が時間にか。運動が変化にか。変化が運動へか。永劫が宇宙にか。宇宙が永劫へか。」
ソクラテス「プラトンでは無理だ。ぼくが答えよう。君らはすでに合致している。どちらも『？』《わからぬ》でしか自らを主張し得ないから。したがって、和解も充分だ。『？』にコトバはないのだから。実は？《そいつ》を明かすのが、ぼくらの役目。」
プラトン「なんと！　なんと！　ふたつとも消えてなくなった！」
ソクラテス「なくなってはおらぬ。◯の中でまだ双子喧嘩《きょうだいげんか》している、困ったもんだ。」
エレアからの客人「決着をつけなくちゃなるまい。では、プラトン、空間の申し子を『運動』、時間のそれを『変化』とし、ふたりに対話させるから、よく噛みしめて聞きとりなされ。」
運動「僕がどこへ動こうと、君はぴったりついてくるのだね、変化よ。」
変化「むしろ、ぼくが現れるとき、君はぼくの全下働き《ぜんしたばたら》の役目を果たすのだ。」
運動「では、僕が右に動くとき君も右へ、僕が左へ動くときは左へ君も。その他、いかなる方向へも、無条件にそうではないか。」
変化「そうだ。」
運動「では、君は全く僕と同一ではないか。」
変化「いや、君がいかに自在に動こうとも君自身は君自身だけで、ぼくをことさら配慮することはない。ところが、ぼくは遡及は絶対にしないのだ。君の流れを一方にだけ規制してでなければ姿を現さない。」
運動「さ！　勝負あった。僕が右へ動くとき君は右へ動くのであって左へ動くのではない。僕が左へ動くとき君は左へ動くのであって右へ動くのではない。君が現れようと現れまいと僕は自由であり、僕が自由なら君も自由であり、君だけが遡及しないのではなく僕も遡及しないのだ。人間が僕と君をわざとあるいは故意でないなら無理に引き離したのである。」
変化「なるほど！　ぼくと君はコトバの双生子というわけ。」
運動「実はひとり子なのにねえ！」
エレアからの客人「さあ、諸君、空間と時間とは、こうして、完全な和解に達し、無事、雲散霧消しましたとさ。」
🍎がまず笑った。
つられて、みんなが、アハハハと、舞台も割れんばかりの大笑い。で、幕。
――永、長とお退屈さまでした。

さあいよいよだよ、待たせたね。
クレオンブロトス。クリトンが大へんご苦労なさって、ソクラテスのたっての所望に応えるべく奔走されたのだ。
① 君はアテナイには居なかった。
② クリトンほか、シミアスやケベスらが侍ったいわゆるパイドンのあの席にぼくも居なかった。いなかった理由こそ、かのお別れの言葉にいたる、つまり獄中の㊙の夜半から未明にかけての、師とぼくとの、あ、そうだ、奇しくも、君に次いで親しき友たる獄吏クリブロトスを交えての、さ、今となってはなんと言ったらいいだろう、厳《きび》しくもおごそかな、まさしくソクラテスの饗宴であった。
③ クリブロトスについてはすぐ触れる。
④ かずかずのお話があったけれど、なかでも、イ、🍎についてのお話はすごかった。次いで、ロ、はじめ「別れのおことば」はぼくの全生涯を正に決定づけるものとなったのである。それは、もう、語ったところだね。
では、始めるよ。

一 仕事

ソクラテス「さ、掛けたまえ、プラトン。よく来てくれたね。さて、どこから始めよう。ま、ひと通りのことは君が知っていることばかりだし、とり立ててぼくが新しいことを云々するがほどのものはなんにもないんだが、そろそろこの世においとませねばならんことほぼ確実になったから、心おきなく、胸のつかえを吐き出しておきたい気分に駆り立てられてな。相手を君にえらんだわけだ。迷惑だろうが、しばしの時をぼくと一緒に過ごしてくれたまえ」

プラトン「なにを仰有います。ソクラテス。他の先輩や同僚をさしおいて私なぞが。ありがたさと怖《こわ》さで爪の先まで凍てつく思いです。」

ソクラテス「カミシモを脱ぎなさい。おおかた、このぼくにではなく、パルメニデスとかなんとかの名前に、肩を窮屈にしているのではないかね、大したもんじゃないよ、あんなの。だって、先生《パルメニデス》の糞《くそ》が宝石みたいに輝《ひか》ったり、媚薬のように香ったりでもするというのかね。相手をなめてかかってはもちろんいかんが、相手にぞっこん一辺倒というのも間違いのもとだよ。どんな間違いかというと、そこにある当の実像パルメニデスではなく、あんたプラトン描くパルメニデス像とやり取りするこっけいな破目になってしまうということだ。さしあたりそのパルメニデスでもよいが、彼が『それは一定の不変かつ静止して不動である』と言うとき主張されているのは、『絶対』という概念。ところがヘラクレイトスがすぐ文句をつけるのだ。そして、ぼくから言わしてもらうなら、二人とも名ばかりの絶対主義者なのである。名ばかりのと言うのは両者とも『存在』を欠落する過ちを犯しているという意味でね。絶対なんて言葉にカミシモを着せてありがたがったり畏れかしこんでばかりいたんじゃ『絶対』は絶対に現れっこないのは確か。だって、あるがまましかないではないか。強いて言えば『あるがまま』を観ることが、世界を識ることと全く同じことなのだ。ま、こんな風に語り出していくとついぼくがぼくの意に反して、理屈っぽくしかめっ面してる格好になってしまうから本意ではない。とは言いながら無くて七癖、十人十色、ぼくについては君がよく知っての通りだから多少のわがままは大目に見てもらうことにして、さて、あるがままにはおよそ三つの『あるがまま』がある。

その一つは当たり前のあるがまま。もっとも幸福《(おめでたい)》な種族はそれをそのまま亨《う》けて生《た》つ。たとえ疑いがあっても突き詰めようとはしない。不条理にさらされてもあきらめる。なぜなら彼らを彼らたらしめる基準は『利得《(わが身がかわいい)》』だけなのだから。ひとのみならず、おそらく虫や獣や草木にいたるまで。

その二つ目はあるがままの当たり前、のなかに、敢えて当たり前を『空間』に探る。空間こそは当たり前のあるがままなのである。彼らはそれを絶対とした。パルメニデスがタレス以下の連中を飛《と》んだのはそのせいだ。即ち、不動の空間が変化して『ある』のは『時間』がゆえなく空間に蔽いかぶさり割り込んでくるからだ、と主張した。もともと時間は彼にとって余計ものなのである。

その三つ目は絶対を『時間』と同視した。ヘラクレイトスだ。彼はあるがままの当たり前のなかに運動のゆるぎない『ゆるぎ』を視てとった。その道理こそは「ロゴス」である、と。

一つ目はさておき、二つ目三つ目とも言葉の契機をつかんでいる功績はともに賞賛に値する。即ち、空間は時間によって記述され時間は空間によって記述されるのであるから。

それらのあるがままの観察について、もう少し砕いてかいつまめばこういうことになる。

少なくとも二つの系譜がある。

タレスは水と言ったが工事にかまけて水なんて絵空事だった。アナクシマンドロスは、ト・アペイロン《（無限定者）》などと高尚なこと言ったが、とどのつまりは、わが大地をば天なる球体に対し三対一比の幅と深さの円筒だなどと。アナクシメネスは空気と言ったがわずかに呼吸の大切さを注意しただけだ。ピタゴラスはまさしく数《すう》の王者だが、下手に宗教に凝りおまけに正義は4霊魂は6などと吐《ぬ》かした。パルメニデスは有で運動に蓋をしてしまったし、ヘラクレイトスは火でロゴスをごまかした。デモクリトスは物の原子と魂《（霊）》の原子を雑婚《ざっこん》させたし、アナクサゴラスは種子とヌースをくっつけた。これら一連の系譜は『抽象』と『具体』の混血《（どっちもつかず）》のために、名目だけ『アルケー《（根元）》』の手を借りただけで『存在』からすれば1／2《（失格）》だ。

もう一つの系譜がある。それはホメロスとヘシオドスからソフォクレスやアリストファネスにいたる流れだ。ここに語られるものは明らかに人間の生活である。具体性にかけては生々しいが、その特性は『人間的、あまりにも人間的』であるために『アルケー』も『神々』もほとんど全くその本質を忘却している。それは『存在』からして1／2どころか1／100にも達しない。

いいかね、プラトン、ぼくはこう思うのだ。

世界が水であろうが、はたまた空気であろうが火であろうが、実はどうでもよい。というのは、水びたしだったら魚だけは別として陸《おか》で暮らすやつはみな溺れてしまったろうし、空気だけ吸って生き延びるってのは雲の上の仙人くらいの者。まして火だらけだったら焼けて灰になるだけの話ではないか。ところで、権力とか屈従とか愛とか憎しみ、嫉妬や利害といったものは切実この上ないものであって避けるわけにはいかぬ。だから実際問題として、タレスの系譜よりもホメロスの系譜のほうが人間には密着してきたわけだ。だが、両方とも大前提が、片や『アルケー』、片や『神』なのだ。

いいか。プラトン。ここをよく見極める必要があるのだ。

ぼくから言わしむれば、アルケーと神は一体のものだ。なぜって、そもそも何ものであれ『存在《あ》』るものをあらしめるのは文字通り大前提。それは一であり、二であることは決してあり得ないから。アナクサゴラスのヌースに、ぼくは烈しく期待した。そして完全に絶望したのは君が既にぼくから聞いての通りだ。

そこで、ぼくは君に、こういう課題を与えたいのだ。いいか。

『世界をつくったのが神であられるならば、世界が何であるかを明かすのは人間の仕事ではない。タレス以下、多くの知者たちが、その仕事を敢えて為《な》そうとしたとすれば明らかにその企ては、所詮、無駄であろう』

さあ、どうかね、プラトン。

おや、あの響きは獄吏の音だ。厳しいね、じゃまた、この次に、な。」

2　クリブロトス

プラトン「あいつはただ者ではありません。」

ソクラテス「あ奴って、クリブロトスのことか？　今夜の段取りを決めてくれたのも、そのあ奴のお蔭ではないか。君がかんぐらんでも、ちゃんとクリトンから聞いている。なかなか律義な男らしい。

身元も細かく調べてあるそうだ。」
プラトン「──だって、ありがたがってばかりいますと。またとんでもない罠に嵌まってしまいます。あいつはアニュトス一派のまわし者かもしれません。だって、そう学《がく》もありそうには思えませんのに、先夜の話のふしぶしを、まるで盗み聞きしてたみたいに私に尋ねたりなんかしたんです。アナクサゴラスのヌースって、いったいアナクサゴラスの種子とどんなひっかかりがあるのか、なんて。──壁に耳あり、です。警戒をゆるめないでください。」
ソクラテス「ご親切はありがたく承わっておこう。それはそれとして、さて、あの晩から四夜《よんや》経《た》つが何か一歩でもつき進んで考えたことがあるのかね?」
プラトン「はい。またお叱りを受けるかもしれませんが。私にはこれといって新しい発想も浮かび上がってはまいりません、師《あなた》から教わりました条々はこうこうしかじかだと、頭の中でくり返すばかりです。いっそ、タレスの系譜ではなく、ホメロスの系譜に鞍替えしたほうがよさそうです。アリストファネスみたいな気転は利きませんが、アイスキュロスやソフォクレスの手の内くらいなら、自分にも真似ができはしないか、なんて。」
ソクラテス「喜劇の才も悲劇の才も根は一つ、人間の機微をうかがい知らねばできない相談だ。しかも、大事なことは、その奥で自然の機微を知らなきゃね。そんな妙な色気を出さんでも、君はテアイテトスみたいな数学の才があるとぼくは踏んでいたがね。」
プラトン「とんでもありません。私は数学よりか医術のほうに魅かれます。」
ソクラテス「ではアルクマイオンの系統か。」

プラトン「だめです。既にコスのヒッポクラテスがいます。」
ソクラテス「では、君はどちらつかずの駄目男になってしまうではないか。」
プラトン「はい。どうせだめなら、ソクラテスお付きのダメオトコになったら、本望です。」
ソクラテス「うんー、これは参った。よかろう、プラトン。それではついでに、もう一人の駄目男を紹介してみよう。君にも、何がしかの参考になるやもしれんからね。実は、こういう次第だ。」

「——で、プラトンは、今夜は駄目というのかね？」

「ええ。そう毎夜毎晩というわけには参りません。わたしの身にもなってみてください。それにしても、プラトンって若いのは育ちが育ちでなんとも世間知らずの坊っちゃまですね。わたくし奴《め》をいったい何様《なにさま》だと心得ているんでしょうか。まるでそこらの付き合い仲間だと心得違いをしてやがるらしいんですよ。ひどく馴れ馴れしい口を叩くかと思うと、反面、わたしを監獄の番卒だって、いかにもお高くとまって、天井からこちとらを見下げたふうな眼しやがって睨《ね》め下ろすんですよ。小生意気な青二才でがす。」

「ま、ぼくにとっては可愛いい奴だから、なんとか至らんところは我慢してやってくれたまえ。では、クリトンは、昼は来るかね？」

「ハイ、あの方なら、もう、わたしが気を配らなくても、公式に正々堂々表門からいつでもお入りになれる、ただ一人のお方です。」

「そうか、それでは、あの爺さんの来るのを待つしかないな。今夜も独り寝か。……——君、なんで、そんな眼付きして。え？　ベソかいてるみたいじゃないか。刑吏たる者、囚人を睨みつけて、え、もっと角張った顔してないとお役がつとまらんのではないか。」

「先生、それはちと、お情けない。先生ほどの、何でもお見透しの利きなさるお方が、その――。」

「その？　何かね？」

「その、わたくし奴の――。」

「わたくしめの、何かね？」

「――。」

「――うーん、生来、愚鈍な性《たち》でね。自分のことだから誰よりぼくが知っている。なぜって、ぼくは、専門家だから、な。」

「？」

「悲しいかな、君のほうが、このぼくよりうんとうんと専門家なんだもん、とてもじゃないが、君の、」

「この、胸ん内《ち》を！」

「ははーん、君の胸の内《うち》どころか、胸毛一本だって見とおしがつくもんか。その点、君は世界一の専門家ではないか。」

「？　――？――！

　先生！　いや、ソクラテス、あんたがアテナイに名だたる知者か。聞いて呆れらあー。ソクラテスと言えば、猫もネズミも耳をそば立てる、と評判の。あなたが、いや！　あんたが、こともあろうに、わたしのような無学文盲を見くびって、専門家だなんどと冗談を通り越して、お笑い草、いんやペンペン草のお愛嬌にもならんわい！

わたしはすっかり改宗します。すっかり、すっきり。ええ、ソクラテス信者なんて、これっきり、今夜限りでご免こうむりますぞ。明日明けたら、アニュトスさま万々歳だ。裁判はなるほど公正だった。あなた、いやあんたの空威張りとお芝居っ気だらだらの、ソフィスト顔負けのごね弁たっぷりの！　離れて見りゃ偉そうに見えても、面と、じかに息をば嗅《か》いでみりゃ、なんのこたあない、ただのじじい。それもアテナイ広場の表玄関で演《や》るなんて、猿芝居、もいいとこ、ちゃんちゃらおこがましいや。あんたは田舎回りのドサ役者だ。」

「これは、これは名言《めいセリフ》だ。全く同感の至りだよ。」

「？」

「あのな、昔のこと、プロタゴラスが偉そうな顔してたから、力をこめて、いやというほど奴の尻っぺたをつねってやったんだ。奴は、何と言ったと思う？」

「？」

「――あ痛《いた》、た、と飛び上がらんばかりに大声で喚いたよ。」

「――？」

「プロタゴラスは偉い奴か？　それとも下《くだ》らん奴か？」

「――そりゃもう、学《がく》にかけてはアテナイきっての。いやそのソクラテスを除けば、いや、それが、その！　いえ、その？　いったい、それとこれと？　何をとぼけたことを仰有るんです！　この上、

この上、まだ、突飛なこと言って、わたしを嬲《なぶ》りごろしにでもしようって魂《こん》たんですか！」

「嬲り殺しにされるのは、君ではなく、当のプロタゴラスだ。この、正真正銘のぼくはそれに値するからよいとして、君が尊敬するアニュトス、それにかの大政治家ペリクレス、いや、それと名だたる賢人、偉人、学者、みな君にかかったら嬲り殺しに遭うだろう。」

「――？　――なにを、チンプンカンプンな、おとぼけもいい加減にしてください！」

「ま、聞きたまえ、偉い奴は痛くても痛いとは言わない者のことかね、どうだ、君。」

「？」

「偉い奴は偉さの肩書を外せば、ただの人だよ。痛いのに痛いと言わない奴は、他人の面前だけを取りつくろってヤセ我慢している偽善者か、それとも神経を損ねた病人かのどちらか。前者はいずれお里が知れるし、後者は健康並《ひとな》みではない病人《おかた》だから、まずは二人ともそれだけでは偉い人とは言えないだろうね。」

「――。」

「――君。ぼくが言ったんじゃないよ。ホラ、君が言ったことをちょいと芝居のセリフみたいに言い回しただけだよ。君、君は今さっき、こう言ったではないか。離れて見ていたから偉そうに見えたけれど、面《めん》とじかに鼻息を嗅《か》いだら臭《くさ》いだけのこった、と。君がいかに自分の無学文盲ぶりを強調したって、今言ったことを忘れるなんて、そんな阿呆とはぼくには見えないが、どうかね？」

「ハァ――？」

「ぼくの鼻は見かけ通りの団子で獅子っ鼻でおまけにその穴も特大ときている。それに歯ぐきも汚ない。滅多にゆすがないからね、吐き出す水がもったいなくて。加えてゼニが不自由なんでロクなもんは食っとらん。歯くそ鼻くそ目くそ《(ヤニ)》ひん混ぜて吐く息だ。尻《した》から出るやつだけじゃないんだよ、臭いってのは。だが、臭《にお》いは程度の差で、千両役者のもドサ回りのヘボ役者のでも本質《(臭さ)》には変わりはない。その点差別したら、差別する奴のほうがこっけいだとは思わないかね？」

「ハイ、その点は、ハイ、わかりました。」

「君はなぜ自分を無学文盲と見くびるのかね？　先輩でも同僚でもよいが、君より余計に物事を知っている者がいるからという理由でかね？　それとも、とても及びつかないほどの博い豊かな知識を持っているというて賞賛される、つまり偉い学者がいて、それにはいくらじたばたしたって追いつきっこないからというので、すっかりあきらめて半分はやけっぱちになっているせいで自分を卑下するのかね？」

「別にやたらと自分で自分を卑下しているつもりはありません。小さい時分にはこれでも、人一倍物おぼえがいい子だと褒められたこともあります。また、両親も大そうわたしの将来には期待をよせていました。でも、なにせ貧乏で、思うようには勉強出来ないのです、何しろ、先生に就くには先立つものが要ります。偉い先生ほど授業料も高いのです。お手本を求めるにも金がかかります。」

「なるほど、金を出さなくちゃ大事なものが手に入らないとはね、学問も腐り果てたもんだ。だからソフィスト連中にろくな奴は居らん。だがな、卑下する奴が大勢いるから奴らはますます増長するんだ。ま、そんなことどうでもよい。もっと大事なことがある。ヒッポクラテスって男を知っているかね？」

「ハイ。知ってるどころではありません。親父もおふくろも診てもらったことがあると言ってました。今では当世一番の名医というので、すっかりしきいが高くなってなんて噂ですが。」

「彼の弟子にでもなってたらよかったのにな。なんでまた刑吏の道をえらんだのかね？ いや、これも職業の一つだ。とやかく言ってはいかん。ただ、刑吏というのは、いつも相手を見下ろしておらにゃならん。何しろ、通常、囚人はひとかどの罪人《悪党》ということになっているのだからな。だから逆に、上を見ておべっか使ったり媚びたり、不必要なほど偉い奴への色眼鏡じみた習性が着きやすいとみて不思議ではないかもしれぬ。君への皮肉やたしなめではない。おそらく、君はぼくの見るところ、どうも、今の職になりたくてなったのではないらしく思われるが、どうかな。」

「なりたくなくて、なりとうなくてしかたがないのに、なりました。両親を早く安心させ、生計を立てるためです。」

「わかる、物わかりは鈍いほうだが、それくらいの見通しなら、多少は利くつもりだ。」

「──先生──。」

「どうでもいいことはそっちのけにして、大事なことだけ話そう。

ヒッポクラテスは当代きっての名医だ。間違いない、とぼくも認めている。しかし、彼が偉いのは診断《みたて》や処方《くすり》が他の医者よりすぐれているからというだけの理由からではない。本当の偉さがあって医者、というのなら百発百中、彼は患者を完治《いや》してはじめてそう言える。医術そのものがその段階まで達するのには、おそらく百年千年、いや万年でも足るまいよ。なぜって、人間そもそも死すべき者である限りはね。彼が偉いのはほかでもない。自分がもっとも下手《へた》くその医者だと自覚しているからだ。

え？　これを君の卑下と、いや一般《せけん》の卑下とくらべてみたまえ。君ならすぐその違いがわかるだろう。一般に言われている卑下とは、卑屈と道義だ。心しなさい。決してそれは褒めたものではない。しかし、もう一つの卑下、つまり、足らなさの自覚は、これこそ宝石より値打ちのある光を出すかもしれない不思議なやつだよ。それを君に証明してみせようか。」

「――。」

「君は、金がないからお手本が買えないとさっき言ったが、ヒッポクラテスは何と言うたと思うかね？　少しばかり、それにまつわる問答を紹介してみよう。退屈したならソッポ向きたまえ。彼はいきなりぼくにこう言ったんだよ。ぼくが何もそんな質問してもいないのにだ。」

ヒッポクラテス「いくらお金を出してもお手本は買えないのです。」

ソクラテス《ぼく》「君にはアルクマイオンという大先生がいるではないか。その道にかけては随一のお手本ではないか。」

ヒッポクラテス「そのアルクマイオンから叱られたのです。いえ、その大先生の一《いち》の弟子からです。」

ソクラテス「何て叱られたのだ？」

ヒッポクラテス「お手本は買うもんじゃない。なぜって、君自身を君が買うなんて言ったら世間は吹き出す前に眼をパチクリするだろう。ところが医術は世間とはちと勝手がちがっていてね。それがおかしいどころか、当たり前だと、ピンとこなくちゃまず医者を志す資格に欠ける、なぜって、考えてもごらん、どんな名医がいるとしても、君ほど君のからだを知っている者がいるのかね？　わたしは君の先生だと呼ばれているが、わたしが君のからだについてどれだけ君よりも知っているというのかね。クシャミ、一つで証明できちまう。少なくとも君のクシャミを予測することはわたしには出来っこないが君には出来る。つまりクシャミの原因についてはわたしは君の先生ほどの知識をもっているかもしれんが、クシャミ自体の現象は君の持ち物であってわたしの持ち物ではない。医学を志すとは人のからだを知りつくし病を癒すということであれば、そのお手本はまず君自身のからだということだ。そこから出発しなければならない。そうであればほんとは世間の丸反対であって、患者が医者にお金を払うのではなく、逆に医者が患者にお金を払ってこそ、真の医学は達成されるということになりはしないか。だって君一身で万病を患うことができるかね？　いろんな病気をいろんな患者さんから教えられ学ぶのがお医者さんのお医者さんたる面目ではないのかね。つまり、肝心の君自身を除いては患者が一人一人、君の教科書、お手本なんだよ。君が患者からお金をもらって、なんぼ精進勉強しようったって進展おぼつかない。君が患者にお金払ってでもするのが真の医学の研究というものだ。――と、こうたしなめられたのです。」

「以上の通りだ。ソッポ向かなかったところを見ると？　少しは意味がわかってくれるのかね、君。医術なんてもんだけに限らず、ほんとうの学問というものは金で買うものでも買えるものでもない。つまりヒッポクラテスのように、いくら金を出しても買えないもの、それがまず自分という商品でない身体《しんたい》の大切さであり、この例えからすぐわかるように、大切なものの第一は金で買えない『汝自ら』なのだ。そして、このことは直ちに次のことの理解につながるのではないか。――どんな学者よりもどんな医学の大家よりも、おそらくぼくが推論するところによればだが、いかなる賢者聖者よりも、君自身の理解についてなら君自身に及ぶ者はいない。なぜなら、君がビクッとするみぞおちの具合と感覚《かんじ》がいかなる名医の診断《みたて》によって君以上にはかり得るか？　君のささやかなよろこび、あるいは悲しみについて、いかなる学者が百ヶ一も見透かし得るか。さらに言うなら、君の心の奥なる願いの、あるいは悩みのひとかけらの救いを、聖者賢者がお説教や教典の言葉《（文字）》で満たし得たか、どうか？

——だから、君は君に関してほかならぬ世界一の専門家だとぼくは言ったのだ。」

「ハイ。」

「したがって、ぼくも、ぼくはぼくにかかわってなら世界一の専門家だと心得ている。だから、どんな偉い学者だって怖がることはない。どんな品格のあるお方だって、相手が人間である限りおじおじすることはない。王者も乞食も仮面だ。所詮は端《はた》が勝手に品定めするひとときの線香花火にすぎん。死ねば《（消えれば）》骨か灰。学者ぶってる奴がいたら、そいつがずい分と前に言ったこと為《な》したことを調べて面と目の前に突き出し、現に言っていること為《な》していることとをくらべて見せたまえ。ほとんどが、そう物覚えのいいやつじゃないから、きっと細かいところじゃ前と後との辻つまが合わなくなって大半はボロを出すだろう。それでもしぶとく残るやつがあったら、百科辞典（もの知り帳）をそっと袖の下にかくして、そいつに議論を挑みなさい。いいかね、世の中すべてを識ろうとしたら大へんな項目だ。いかなる大学者といえどもすべてに通ずるというわけにはいかない。おそらく彼の専門分野でさえ、特異な一微細項について食い下がったならさすがの彼とて兜を脱ぐだろう。その時、見得を切って、今話したヒッポクラテスに引っかけ、

『たった一つ、あなたはあなたに関して専門家であるのは世界一だ』と皮肉ってやるがいい。そこでもし彼が、

『あ、その通りだ』と、君に頭を下げたなら、君、そ奴《やつ》は本物だ。実は、あの『あ痛《いた》、た』と言ったプロタゴラスはその本物の学者の一人だったよ。彼は決してひとさまの前で威張らなかったからね。痛いときには痛いのがほんとうだということをよく弁《わきま》えていたからね。」

「わかりましたぁ!!」

「——わかったら次のことがもっと大切だということがわからなければ、なんにもならないよ。」

「いえ、ソクラテス(先生)、もう、充分です。わたくし奴を弟子にしてください。わたしはこれでもたった一つ取柄があります。あるつもりです。ちょっと申し上げたと思いますが、記憶にかけては、うぬぼれかもしれませんが、そんじょそこらのどなたにもヒケは取らない自信があります。今夜のお教え、一言の目こぼれもなしに、プラトンに伝えましょう。わかりましたと申しましても、浅っぽいわたしの理解と教養では、とても及びつかない深さなのは、はばかりながら、うすうす承知の上でございますゆえ、とにかくそこんところはプラトンに任せるといたしまして、お言葉通り一言一句も違わぬよう伝えるつもりです。」

「そんなことでは駄目だ。それでは次のもっと大事なことがわからずじまいになるではないか。それでは元のもくあみではないか。」

「でも、わたくしに、それ以上の、そんな、大それた——。」

「それを卑下と言うのだ。」

でも、では、その、次の大事なものとは？」

「大それたことなんかじゃ決してない。いともたやすいことではないか。」

「？」

「だって君は世界一の専門家ではないか。」

「そ、それは、その？――そんな。」

「世界一というのは、『他に誰もいない』ということではないか。」

「――。」

「では、君でしかわからないものを、誰が、いったい、知ったり、暴《あば》いたりできると思うのかね？」

「――。」

「君にしか、出来ないではないか。」

「！？！」


――「どうかね、ちと永話になったが、少しは参考になったかね、プラトン。おや、噂をすれば影とやら。あれはクリブロトスの跫音《あしおと》だ。今夜はこれまで、だな――。」

3　🍎について
ソクラテス「プラトンと仲直りしたんだって？　それはけっこうなことだ。しかし、あまり狎《な》れ狎れしくしないほうがよかろう。節度というものもある。それに、昼間、あんなにしつこくぼくに付きまとうのは止したまえ、君の身の危険を思うからだ。プラトンでもクリトンでも、とにかくぼくらの仲間内と触れ合うときには、職務柄を弁えてキチンとした応待をしなくてはいかん、たとえ誰かがぼくの脱獄について企てをはかろうと、その点でなら君に直接本人たるぼくが保証しておく。ぼくにはそんなすすめに乗るなんてこと決してあり得ないということだ。

さて、プラトンは、まだか。なに？　今夜は、話に加えてくれって？　あの話？　ふふふ、執念深いね。さては、まだ専門家になりきれていないと見える。

あ、きたぞ。彼《あれ》もぼくと話したくてうずうずしてるらしい。そうか。そうだな。君のためにも、あの話のつづきみたいなこと、もっと砕いて進めてみる必要がありそうだ。

や今晩は、プラトン。待っていたよ。

――「では、今夜は具体的にピントを絞ってちと深入りしてみよう。

二人ともよく聞きなさい――。」

ここに一個の🍎《リンゴ》がある。これは入牢したとき、クリトンが見舞いに持ってきてくれたやつの残り物なんだが、ごらんの通り真っ赤だがもう腐りかけている。

話の筋みちがわかり易《やす》くなるように、ここにこうやって紙に絵を描いて、矢印をつけ、🍎の横に置いておく。

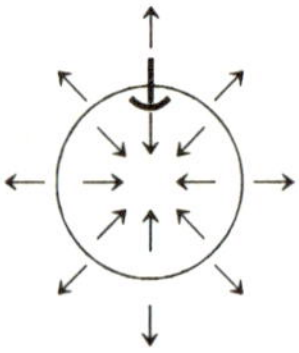

さて、
知ろうが知るまいが、役に立とうが立つまいが、望まれようが望まれまいが、一切合切そんなことには眼もくれず、無条件にすべての周りを強い、自らの存立についてはいかなる制約も蒙らないものが、もしあるとしたら、そのものによって大ていのもたもたは吹っ飛ばされてしまいはしないか。
そんな気の利いたものなんてあるはずがない、あったらお目にかけて、と君らは言うのか？
それが、あるのだ。この、○だ。もう一ぺん、よくこいつを見てくれ。
○の外に含まれもせず、また、○の中《うち》のどこかを占めないものはおよそあり得ない、——矢印の示すところの意味。
この小さな赤くて丸いものの外は無限を志向して涯《はて》を知らず、またそのなかを分割したらデモクリトスの説にもかかわらず、無いものに行きつくよりほかはない。

だのに、🍎は、ここに、ある。

実にこの小っぽけな一個の🍎は『ある』ということの宇宙模型。凡そあるものどもはいかなるものといえどもこの鋳型に洩れるものはないはずだ。もし、この小さいものをゆえなくして消滅させようとしたら瞬時に外も爆発する。なぜかと言うと、🍎はあるということにおいて一なる宇宙から疎外されることを拒否してのみ、ここに今、ある、のだから。だから、🍎は🍎以外のいかなるものとも無縁であることが出来ないのと同時に、🍎以外のあらゆるものをもってしてもこの小さなものを無視することは許されないのだ。

そうだとしたら、どちらでもよいが、君らを🍎に代入して見たまえ。君なくしていったいなにものがあるというのか。その君の稀有の座を保証して🍎はここにあるのである。もちろん、豚も石もその座にあり得るしあらねばならぬ。原理は豚も石も君も組みこんで毫《ごう》もたじろがず狂わない。つまり、存在者🍎は自らの全をもって宇宙に交わり、宇宙はその全をもって存在者🍎に充溢《じゅういつ》しているということになる。少しばかりしち難しくなるかな。敢えて言葉を打ち破るならば、🍎はリンゴと呼ばれようと呼ばれまいと、全く、梨、豚、石と同然なのだ。違うというのは、存在から存在者を、存在者から存在を引き離そうとする思考の詐術のゆえでしかない。実は🍎にとって『リンゴ』とは、全くどうでもよい呼び名であり、『リンゴ』にとって🍎とは全くこっけいな塊《かたまり》にしかすぎん。丸くて甘くて紅くて滑べっこくて酸っぱい、などなど寄せあつめて何でわたしがリンゴか、と🍎は怒るかもしれん。

試みにここに人間がある。手や足や胴や頭が、口々に、

『おれはおれだが、おれを欠いたおまえが人間だなんて、馬鹿々々しい』と。

すると相手は言い返す。

『わしが手か、手がわしか。頭がわしか、わしが頭か、まったくおまえたちはこっけいな塊どもばかしだ』と。

実のところはこうなのだ。

手も足も胴も頭も、血や肉を分かち合い、神経《すじ》と血管《すじ》とがつながりあって、骨組みに支えられ、内は臓と髄まで、表は数しれぬ毛穴で蔽われた皮膚一面まで、切れ目となく流れ結んで動く全部の力を集めて、『人間』。その人間は地上に立ち、空気を吸い水と食物にとりかこまれてこそ生きている。即ち人間は内なるものと外なるものとの途切れることなき連鎖によってこその存在者『人間』なのである。血の一滴、気の一泡、食の一かけらにかかわってのそれなのだ。

君たち。ふたたび、🍎を人に当てがって見たまえ、誰一人とて主役でない者はいない。英雄豪傑ばかりが主人公ではない。佳人美女だけではお芝居になるまい。ちと余談になるが、わが愛《いと》しのクサンティッペだって立派にヒロインたり得るのだ。世間ではひとかどの悪妻呼ばわりしているらしいが、このぼくにとってみれば、どうしてどうして天下にかけがえのない恋女房だ。器量が多少見劣りがするかもしれんが、ししっ鼻のご亭主に文句が言えた義理か。実入りの少ないろくでなし《(宿六)》からすれば、女房さまさまだ。いいかい。描きようでは嬶《かかあ》天下のドタバタ喜劇にもなるし、逆に良妻賢母のお涙頂戴にもけっこうなり得るんだ。余談だがとことわったろう？　これ以上余計な減らず口叩くこともないが、だいたい演劇とか読み物といった類をぼくが信用しないのは、🍎のゆえだ。🍎がお芝居するか？　🍎は二十四時間ぶっきら棒だ。天下無敵の大豪傑も、その豪傑たる所以を何で示すのか？　絶世の美女が悲運によって紅涙をしぼるとしても、その肝心かなめのかんどころは、彼また彼女の二十四時間のなかの何時《なんどき》たるがゆえか。一日の大半は食うことと寝ることと呼吸《いき》をすることで費やされてしまう。もし二十四時間そのままに写し出して見なさい。いかなる名作名演も退屈という一枚のレッテルを貼られるだけで直ちにお払い箱。見向きもされなくなるだろう。だって、ヒーローもヒロインも、二十四時のあいだには、尾籠《びろう》な話だが、脱糞も放尿も、口にははばかられるが閨房の秘事も、なくては叶わぬ。余談はここで打ち止めにするが、真のドラマは人間だけのものではない。ドラマというなら、草にも虫にも獣たちにもいかばかり熾烈にくりひろげられてあることだろう。小石とてもまた結晶と崩壊の主人公なんだからね。山水の美しさかつは荒廃、豪雪と洪水、雷鳴と噴火、輝く星々の移ろい、これらすべて巨大な自然の名優たちが天と地を舞台に繰りひろげる壮大な舞いと踊りの競演ではないか。

それら、ありとしあるもの万物が互いに分けもつ信号、その信号を掲げてそれぞれがそれぞれの歴史と未来に沿って流れるのであろう。

万物それぞれの、その信号をよりどころにして遡れば、生命《いのち》あるものとなきものとの本源たる湖に達するのかもしれないね。やや、開き直ってみようか。もはや億劫の忘却の彼方は幻想をさえ閉ざしている。初めに何があったか。われわれの伝承と神話、知者どもの系譜を辿るかぎり、それがもし『混沌《カオス》』なら『存在』の開闢史はそこから流れてきたったと言わなければならないだろう。

浜辺の一粒《(すな)》、君はその始源の暗号を秘めた使者。

可憐な一本の草。

野を駆ける獣。
空飛ぶ鳥よ。
君たちが風と戯れるひびき、それはみんな本源からのメッセージではないか。
そして、
人間であるがゆえにあまりにも人間的な、
愚さもまた賢さも、
醜さや、美しささえ
かの湖の底から今もって噴き上げてくる
宇宙のゆらぎではなかろうか。
プラトンにクリプロトス。
——この腐りかけて甘酸っぱい芳香を放つこの🍎に、ぼくはそれらを嗅ぐのだ。」

4　再び🍎について

——今夜はいきなり、一変して。
ソクラテス「さ、プラトン、別な角度から🍎を見てみよう。🍎だ。」
プラトン「?」
ソクラテス「黙ってては、わからん。」
プラトン「何を言えばいいですか?」

ソクラテス「ぼくも君も何を今追っかけてるのかね。」
プラトン「――🍎ですか？」
ソクラテス「――。」
プラトン「リンゴでしょう⁇」
ソクラテス「言ってみなさい。」
プラトン「リンゴとは何であるか。」
ソクラテス「よし！
――さて、君は🍎を知っているか？」
プラトン「知っているなら仰々しく何であるかなどと問題を立てたりはいたしません。」
ソクラテス「では、知らないからたずねるというわけだね。」
プラトン「そうに決まっています。」
ソクラテス「子供を呼んできたまえ、そして果物屋に🍎を買いにやらせなさい。――？　子供じゃダメかね？」
プラトン「そんなことありません。駄賃がわりに🍎一つやると言えば一目散に役目を果たすでしょう。」
ソクラテス「なら、子供でも🍎は何であるか、知ってることになる。」
プラトン「え？　そりゃ当たり前の話です。」
ソクラテス「ところが、当たり前ではないのだ。」

プラトン「？」
ソクラテス「🍎が役に立つかどうかなら🍎が何であるか、なんて問うことはどうでもよいことではないか。」
プラトン「はい、それはそうです。」
ソクラテス「だから、🍎はリンゴでもアップルでも、名前はどうでもかまわんことになる。」
プラトン「——。」
ソクラテス「コトバだけならすべての問答は屁の粕みたいなもんだ。」
プラトン「——。」
ソクラテス「🍎とは何であるかと問う限り、全く別の問題にぶつかっているという自覚と、それに対応するだけの『実』がなければなるまい。」
プラトン「はい。」
ソクラテス「では、改めて、🍎とは何であるか？　少なくとも🍎について君は何を目指しているのかね？」
プラトン「改めて、そう上段に構えられますと——。」
ソクラテス「それだ！　いいかね、プラトン。『とは何であるか』について、今日まで、あまりに大上段にふりかぶられすぎてきたのだよ。」
プラトン「？」
ソクラテス「🍎の代わりに、自然、と置きかえたまえ。」

プラトン「はい。自然とは何であるか。」
ソクラテス「答、ではなく。まず、眼の前にあるもの、である。」
プラトン「はい。」
ソクラテス「それだけなら、子供ので足りる。」
プラトン「――。」
ソクラテス「その次、大人の問いは？」
プラトン「当然、その裏にあって、現象を惹起するところの、原理、みたいな。」
ソクラテス「難しい言葉使わんでよろしい。そいつは眼に見えるものか？」
プラトン「いいえ、決して見えません。」
ソクラテス「見えないやつをどうして探し当てる？」
プラトン「――。」
ソクラテス「かりに探し当てたって、眼に見えないやつを何とコトバするか？」
プラトン「――。」
ソクラテス「だから、昔の人（知者）は大上段にふりかぶったのだ。」
プラトン「！」
ソクラテス「わかったか。」
プラトン「水だと言ったのです！　空気だと言ったのです。」
ソクラテス「みんながそれで納得したか？」

プラトン「だから、ト・アペイロン（無限定者）なんてものが！」
ソクラテス「とどのつまり、アルケー（根元）ということになってしまったのだ。」
プラトン「すごいものに行きついたのですね！」
ソクラテス「すごいもんか。アルケーってやつ、どこにどういう恰好して鎮座《おひるね》ましますのか。🍎より水より質《たち》がわるい、なぜって触りもできんではないか。」
プラトン「――。」
ソクラテス「アルケーにいったい何が欠けているのか、いたのか？」
プラトン「――？」
ソクラテス「わからんのか。ムリもない。パルメニデスに次いでぞっこんの君が先生ピタゴラスでさえ、この点については半分無知だったらしいからね。」
プラトン「――？」
ソクラテス「そのピュタゴラスについて言えばだ。🍎、つまり、子供のお使いでは気が済まなかったわけ。わかるだろ？　単に、水とか空気《かぜ》ではね。彼はアナクシマンドロスのト・アペイロンに眼をつけたらしい。いいかね。この🍎が卓《テーブル》に載《の》ってるだろ？　眼に見えるものは🍎と卓《テーブル》だ。ところが、どっこい、それだけじゃない。🍎は卓の上に載ってこそあるのだ。このとき、🍎と卓との『かかわり』。わかるだろ？　眼に見えないがそれなしにあり得ないもの、つまり『関係』に、思いをいたしたのだ。」
プラトン「わかります！　関係規定即ち『数』です。」

ソクラテス「その通りだ。数がすべてのものの本質であると彼は宣言した。そしてもう一歩進めて、それを眼に見えるものと眼に見えないものとの中間に位するとと定義づけたんだ。発意はなかなかのものだ。ただ、この時、忘れられ、置去りにされたものがある。

さきほど、ピュタゴラスが『思いをいたした』とぼくが言ったろう？ 思いをいたすのは大いにけっこう。これなしではとにかく、『人間』はじまらんからね。かんじんなのは、いいかね、プラトン、いろんなものが『思い』の的の中につかまえられて大いに役に立ったのはよいとして、それを成し遂げた力《ちから》、『思い』自体はいったい何もの？ どこにどう『ある』のか。こいつには思いいたらなかったのだ！」

プラトン「⁉」

ソクラテス「それを難しく考えても失敗するし、かといって、なおざりにしたら、重大な過ちを犯すことになる。わかるか、プラトン。こいつをつかまえるのがぼくの眼目だ。この一点と引っ換えっこに全ソクラテスを真理の女神に供儀《おそなえ》して本望だとぼくが君に言ったことだけは、他のぼくのお喋舌り《しゃべり》全部忘れても決して忘れてくれるな。」

プラトン「！」

ソクラテス「ぼくだって、正直、兜を脱ぐよ、こいつにゃあ。難しくならざるを得ないのだ。例の、それ、しかつめらしい典型的な言葉『哲学《フィロソフィー》』。どうやらピュタゴラスの造語らしい。知を愛するということらしいが、少々、間が抜けているコトバといった感じはしないかね。知があり知を目あてにするなら知がそのまま哲学であればいいではないか。知にいたるすじみちと知そのものとをごっちゃにしてるみたいで、ぼくは釈然としない。ややこしく繰り返したくもないが、ぼくは『存在』というのが『真』つまり『知』のすべてだと信じている、だから、いいかね、ってのはそれを探るための子供の一歩。そこから始めなくちゃと考えているわけだよ。——退屈したかね。退屈したら、ぼくだってこのことについちゃあ七十年があいだ退屈しっ放しでね、われとわが身を持て余してるってわけだよ。」

プラトン「——。」

ソクラテス「二人とも、何も言わんなら、ますます退屈するではないか。」

クリブロトス「こちとらとしましては、あの、退屈はしませんが、何が何やら、とんとわかりま、」

ソクラテス「では、もちょいと面白い話にもっていくとするか。」

ソクラテス「パルメニデスが生きているうちに、ちと文句を言ってやりたかったが、今からでも遅くはない。君たちがいるんだから。」

プラトン・クリブロトス「？　何を突然、仰有るのやら——。」

ソクラテス「何を二人でぶつぶつ口ん中で泡を吹いとるのかね？　その先生《パルメニデス》、こう言ったんだ。——あるものはあり、あらぬものはあらぬ、と、ね。おかしいとは思わないか？」

クリブロトス「ハイ、おかしいです。」

プラトン「なぜでしょうか？　私にはちっともおかしくなんかありませんが。」

ソクラテス「クリブロトスにはすぐわかるらしいのに、プラトン、君にはさっぱりわからんと見える。

では、クリブロトスはそっちに控えていてもらって、プラトン、君と勝負だ。
――では、「矛盾」という言葉があるが、これは、あって、ない、ということを言うらしい。」
プラトン「そうです。」
ソクラテス「おかしいではないか。」
プラトン「なぜですか？」
ソクラテス「矛と盾とあって何がつじつまが合わないのか、ぼくにはわからない。」
プラトン「？」
ソクラテス「表と裏があって、何か悪いか？」
プラトン「いいとか、悪いとか――。」
ソクラテス「どんな不都合があるのか、そのことで。」
プラトン「別に――。」
ソクラテス「表を引っくり返せば、表になるか裏になるか？」
プラトン「？」
ソクラテス「では、裏を引っくり返せば、どうなるの？」
プラトン「――。」
ソクラテス「矛があるから盾があるのではないか。」
プラトン「その通りです。」
ソクラテス「盾があるから矛があるのも当たり前ではないか。」

プラトン「全く。」
ソクラテス「矛盾とはいったいなんのことを意味するのか？　両方ともあるべくしてあるものを、片方だけならなんのへんてつもないのに、二つ食っ付けた途端に摩訶不思議、あり得ないものという意味になる。これこそ言葉の魔術というものだ。パルメニデスが余計なものを半分でっち上げる結果になった所以だ。」
プラトン「驚きました。」
ソクラテス「驚くことはない。あるものはあり、あらぬものはあらぬ、このうち、前の句だけでよいのであって、あとの文句は消したまえ。その前半分が肝心であって、あとの奴は何とか早く、けりをつけようではないか。」
プラトン「どこから、どうやって手をつけてよいのかわかりません、とにかく問題は『無』です。」
ソクラテス「む、無とは、ないということではないか。」
プラトン「その通りです。」
ソクラテス「無とは何かと問うことがそもそもおかしいのではないか？」
プラトン「しかし、『無い』という言葉がある限り、何かを意味しているはずです。」
ソクラテス「それなら、『何』は『無い』のだから、『無い』が『ある』ことになるではないか。」
プラトン「それこそ、矛盾です。あって、ないのですから。」
ソクラテス「そら、君の口からそう出たぞ。では、あるとどうして言えるのか？　ないものを。」
プラトン「ないをないと言うからには、ないというあり方で、ないがあるということになります。」

ソクラテス「では、ない、はあるのか、ないのか？」
プラトン「ないはないが、『無い』という言葉がある限り、ないという意味はあります。」
ソクラテス「ないもののどんな意味を『無い』というのかね？」
プラトン「ないものはない、ただそれだけです。」
ソクラテス「では、あるものはあるだけでよいではないか。」
プラトン「でも、結局、無駄な繰り返しだったというだけで、なんの得るところもなかったのですから、パルメニデスを半分修正したからといって、どうでもよかったことにしかならないようです。」
ソクラテス「そうではない。たいへんな意味があったのだ。なぜかというと、いいかね、ぼくに答えて見てくれたまえ。点とは何か？」
プラトン「幾何学の定義では部分のないものです。」
ソクラテス「線とは？」
プラトン「点が並んで長さになるもので、幅がないものです。」
ソクラテス「そこでだ、🍎でも何でもいいが、それと、それを取り巻くものとの境目はどうなっているのかね？」
プラトン「幾何学の図形でしたら、◯《円》における周りの曲線ですみます。線も点も定義によって大きさも幅もないものだからです。」
ソクラテス「幾何学はどうして、ないものをあるとして平気でいられるのかね？　それはそれとして、🍎の場合はどうか、ときいているのだ。」

プラトン「🍎と空気との境目ということになります。」
ソクラテス「境というのは🍎の方にあるのか、空気の方にあるのか、それとも両方にあるのか？」
プラトン「どれか一方にあるとは言えませんし、また、ないとも言えませんし、両方にあるとしたら二つの境目があることになってしまいます。」
ソクラテス「どれかに決めることは出来ないのか？」
プラトン「決められません。」
ソクラテス「では、境はないということになるのか？」
プラトン「いえ、あるはずです。」
ソクラテス「あるものをあると言えないのか？」
プラトン「あるにはあるが、あり方がはっきりしないということです。」
ソクラテス「では、あるものはあるではないか。」
プラトン「？」
ソクラテス「ないものはないのではないか。」
プラトン「？」
ソクラテス「では、あるものはあるだけでよいことになる。」
プラトン「？」
ソクラテス「『ないものはない』というのは全く必要がない結果になったのだ。」
プラトン「それではあり方が消えっちまったことになります。」

ソクラテス「境というのはあり方ではないのか。」
プラトン「その通りです。」
ソクラテス「再び、それはあるのかないのか。」
プラトン「あります。」
ソクラテス「ではと空気とどちらにそれはあるのか？」
プラトン「どちらにもあります」
ソクラテス「では二つあるのか？」
プラトン「――。」
ソクラテス「さあ、答えが出来ないのか？」
プラトン「元に戻っただけです。」
ソクラテス「戻った途端にまた逆に進んでしまうではないか。」
プラトン「どうも、仕方がありません。」
ソクラテス「なぜ、そこを、一歩、抜けないのか。」
プラトン「どうにも、抜け出せません。」
ソクラテス「だから、ゼノンの術中にはまってしまうのだ。」
プラトン「どうしたら抜け出せるのでしょう？」
ソクラテス「言葉を棄てることだ。」
プラトン「具体的に仰有って下さい。」

ソクラテス「『飛んでる矢は止まっている』とうそぶくゼノンに向かって、こう言え、『よし、そんなら、崖から谷に飛んで見ろ』とな。」
プラトン「！」
ソクラテス「境を捨てたら、何が残るか？　🍎に。」
プラトン「？　それはもう、はっきりしています。🍎と空気です。」
ソクラテス「それでいいではないか。」
プラトン「――！」
ソクラテス「わかったかね、石になれ、ということだ。」
プラトン「――言葉にとらわれるな。ということでした！」
クリブロトス「その、先生、ゼノンとやらを、もう一度！」
ソクラテス「ふふふふ。ちっとも棄ててはいないではないか。二人とも。」
クリブロトス・プラトン「ううーっ！」

5　三度《たび》、🍎とは何であるか

とにかく、二人して、仰向けにひっくり返らんばかりであった。それでもクリブロトスのほうが私よりも沈着だったことは疑いない。プラトンよ、石はわかるつもりだが、そのゼノンってのは何んのこった？　と。やっとのこと私が平静を取り戻して門を出るとき、彼は教えてくれと例によってしつこく私に追いすがったからである。

　ざっとゼノンの背理について彼に説明したが、驚くほどの早さで彼はゼノンのパラドクスの要所を理解したらしいのだ。つまりその深遠なるヘリクツのおよそなんたるかを。

　私はそれ以上は彼にまとわりつかれずにいわば厄逃がれはしたものの、一難去ってまた一難、いやそれはほや、私だけのことではなく、彼クリプロトスにとっても、つまり二人して大難とも言うべき課題であった。それもそのはず、私も彼も、一《ひと》かけらどころかほとんどと言うほうがぴったり、◯の正体について、皆目見当がついていないということであった。

　クリプロトスは、まるで私の助手みたいな恰好になってしまいつつあった。そういう言い方は私の傲慢であり、何よりも彼への侮辱と受け取られかねぬ。しかし、彼は哲学めいた用語をほとんど知らない上に、古来の知者や賢者、大詩人といわれる人たちの名前をこれまで一人も知らなかった。ペリクレスと刑務所関係の役人を除けば、彼には興味も、必要もなかったのである。だがことを覚え出したら早い。その上、実に正確だ。そのうち、ゼノンにかこつけて、アキレスの話もしてやろう。彼のもの覚えの早さはまさにアキレスの韋駄天ぶりに匹敵するよと褒め上げてやることも忘れまい。

　悲しいかな。もうしばらくは、師のお相手は不肖プラトンがつとめるよりほかはない。とにかく、私がハラハラするくらい、彼は張り切っている。面会の制限時刻を、場合によっては現在の一刻から半刻かもう一刻分延長するよう身体《からだ》を張って頑張ると言う。彼の一存で果たして大丈夫だろうか、いささか心配である。

いずれにしても、そうと覚悟して、さあ、今夜は、○の正真正銘の実体に迫らなければならない。
刑吏兼速記係《かかり》さん、いざ、よろしく頼んます。

師の洞察力の深さ広さ鋭さは、いつもながらとはいえ、驚嘆の他はない。
○の未解決の問題について、師はじゅんじゅんと次のようにお話しなされたのである

ソクラテス「君たちは、言葉を捨てるということによほどの衝撃を受けたものと見える。しかしその捨てた奴をまた拾い上げて使わにゃならんとは、悲劇を通り越して喜劇だな。ならいっそのこと、言葉に向かって開き直ろうではないか。さ、クリブロトス、君も仲間に入りたまえ。」
クリブロトス「ただの聞き役、いえ、見張り役です。どうぞ師弟《おふたり》ともどもご安心なさって、多少声を荒げられても愚輩《わたくしめ》がこの場にいる限り大船に乗られたつもりで結構です。」
プラトン「僕が察するに、言葉に開き直るとソクラテスが仰有るのは、何を喋舌っても、自前の好き勝手でいいという意味だと思うよ。それに、僕らはお互い一年生○なんだから、先生に遠慮気兼ねしたらむしろ進歩《(上達)》の妨げになる。」
ソクラテス「先生をそんなに高く見積もるもんじゃない。君たちが一年生なら、ぼくはさしあたり幼稚園児か。なにしろ、いつも道に迷ってばかりいて、つい立ちすくんでしまうのだ。一刻《ひととき》二刻《ふたとき》じゃない。ときにはまる一日も棒になったきりでな。君たちは二人とも、それほどの愚鈍さで自分に呆れるほどのことはあるまいが、ぼくときたら、眼に入るもの、耳にひびくものだけでは、行き道や帰り道

を定めるのにためらって、どうしてよいかわからなくなることしばしばなのだ。つまり、われわれは感覚と知覚に入るものだけで日常を判断し評価し行為しているが、実は日常を構成して動いているのは、感覚の枠に入らないものの力に圧倒的に多くを依存しているのではないか、と疑うことから離れることができないせいだと思うんだ。」

クリブロトス「ほら、もう難しくなった。」

プラトン「シッ。」

ソクラテス「二人でこそこそ、なにをテテンゴしているのかね。え、まず、全く当たり前のことではないか。空気が見えないって？　お日さまが庇《ひさし》で影をつくっているそのちょいとした境目を見てごらん。ゴミが舞い乱れてうじょうじょしてるだろ。気が付かずに平気でそいつも吸い込んでいるんだ。先だってヒッポクラテスに教わって、驚いた仕末だ。あの塵のなかに熱病の虫がうようよしてるとしたら、ろくろく露地も歩けんじゃないか。実はねえレウキッポスは日向ぼっこしてて、あの光線の中のゴミ屑からヒントを得て原子の発想《（おもいつき）》をしたんだなあ、ハハーンなるほどと思い当たったんだよ。

そんなことどうでもいいが。一般的に言ってな、◯《丸》の中に、「ゝ」があってな、例えばこんなふうだ。◯ゝ。ほら、思い出すだろ、◯̓の矢印を、空を見上げたら納得がいく、青しかないあの涯《はて》の涯にはいったい何があるんだろう？　夜になって、キラキラする星がわずかに大きな大きな暗闇をちっちゃく指さしているだけ、涯を考えただけで頭がへんにはならないか。頭を切りかえようと身ぶるいすれば、どうだ！　眼の前に小生意気な奴がふんぞり返っている。◯̓だ。こやつの奥の奥、いったい、どうなってるというのだ？　デモクリトスがちゃちなこと言いふらしてるらしいが、問題にならん。もうそれ以上分割出来んもの（原子《アトム》）だなんて、師匠《レウキッポス》の思いつきから一歩も出とらん。子供騙しもいいとこ。その分割出来んもんはいったい何でできてんの？　失礼だがクリブロトス、君ならすぐ文句をつけるだろう。」

クリブロトス「ハイ、わしを子供扱いするのもいい加減にしろ、とデモクリトスの胸板めがけて突っ込んでやります。」

ソクラテス「うん！　では、プラトン、君は突っ込めるか？　――黙ってにやにやしているところを見ると、さては、突っ込む前に、そんな当たり前の質問なんて、子供ではあるまいし馬鹿々しくて、とたかを括ってるんじゃないか。」

プラトン「――。」

ソクラテス「いいかね。こんなどうでもいい無駄話はさておくとして、言葉を捨てる破目になって、え、ぼくら三人、これから先が問題なんだろ？　おいそれと早合点して言葉と縁を切るわけにもいかんわれらにとって、さしあたり、あるというのは単純にはまず自分の眼の前に見えるものはあるし、眼に見えないものは少なくともあるとは言わない、と、こう決めようか。眼だけじゃ具合が悪いな。じかの感覚と言っておこう。匂い、味、音についてもね。

そうなれば、ぼくらが知っているものは世界の中のほんの僅かなものに限られることになる。眼に見えないように小さなもの、耳に届かないようにかすかな音、舌にも鼻にもそれとわからない弱い味や臭い。

ほれ、ヒッポクラテスの『露路の虫《バイキン》』。見えはしないが、そいつらを仰山《ぎょうさん》、しかも朝から晩まで胸ん中に吸い込んでいるんだ。考えてもごらん。黴菌が熱病になって現れるということは何を示しているのかね？　見える粗大なものの何億倍の見えないものこそが、実際はわれわれの日常の現象を動かすところの力になっているのではないか。今、ぼくらにとってここから汲み取らねばならない大切なものから眼を逸《そ》らさないよう注意しなければならない、と、そう思うのだ、ぼくは。」
プラトン「わかります。子供の問いどころか、学問の素直なはじめの問いです。」
クリブロトス「こちとらにはとんとわかりません。ただ、そう仰有られるお言葉を一字一句洩れないように叩き込むだけでございます。」
ソクラテス「そうではない。逆だ。プラトンはわかりそうにない。クリブロトス、君は少しはわかりかけているようだ。だがしかし、叩き込むだけなら、プラトンよりもっと悪くなるおそれがあるぞ。ソクラテスを教科書《テキスト》にしてたら、ソクラテスは悪い意味で石みたいに固まってしまい、かんじんなクリブロトスの生《なま》の耳にはコトバがふさがれてしまうことになるからだ。」
クリブロトス・プラトン「はい——。」
ソクラテス「プラトンにはこれ以上、このことについては言わんでもいいだろう。クリブロトスがプラトンより少しはわかりかけていると言ったのはほかでもない、こういうことだ。二人とも自分の胸に手を当てて聞きなさい。プラトンはまだ何もわかっていないくせに、わかりますと言った、だから落第だ。クリブロトスは、とんと、とけんそんしたのはあまり褒めたもんじゃない、というのは卑下のいやらしさがまだ臭っているからだ。だが、素直にわかりませんと言ったのは合格点だ。なぜって、問題を提出《だ》したぼくが実はその点何もまだわかっておらんからだ。いいか。このところが大事なんだよ。われわれ三人とも実はわかってないということだ。」
クリブロトス・プラトン「——？——。」
ソクラテス「わからん奴がわからんというのをどう説明するんだろう？　され得るだろう？　とわからん連中の筆頭たるぼくがまず怪訝に思うのだ。だが、敢えて試みよう。ほら、みんな、今夜の初め、捨てた奴をまた拾わにゃならん喜悲劇と謝って、言葉に開き直る旨、『真理』の女神にざんげ申し上げておいたからな。」
クリブロトス・プラトン「——。」
ソクラテス「プラトンが、ちょいとしゃれたことを言ったね、さっき。言葉に開き直るというのは、何を喋舌っても自前の好き勝手でよい、という意味さ、ってね。プラトンに甘えて、では、ぼくもぼくの自前で喋舌って見ようかね、一つ二つ。

覚えているかね、はじめ、ぼくは君たちに🍎についてこういう勝手なことを言った。『無条件にすべての周りを強《し》い、自らの存立についてはいかなる制約も蒙らないもの、——それが、🍎だ』と。

さあ、どうだ？　よくよく考えて見ると、その逆がほんとう《（真相）》らしい。

🍎は、実は、🍎たるために、周りのすべてから、自らの存立を保証されてこその、いわば、お蔭さま🍎ではなかったのか？　なぜなら、ほら、理屈なしに境目はとっ払《ぱら》われて、ただあるがままの🍎と空気になってしまったではないか。🍎も空気も一体であるなら、ことさらに内とか外とかの強制も制約もないということになるからだ。

またぼくは、『ある』ということについての万象🍎一つ一つのかかわりを示唆したつもりで、🍎が🍎同士、『信号』を分け持つということにも触れたはずだ。その信号なるものは、今はまだ明らかではないが、必ず百年か千年かの後には明らかにされるだろう。だって、それをあの始源の湖に求めかつ認めるならば、今日、ぼくらに基底的に基本的に流れており、それはまた、これからのち、人は人、豚は豚、虫や草もそれなりに伝えられ、それに支配もされるだろうから。

しかし、このことは『存在』にからむから、ぼくにとってはもちろん、時代にとっても、とてもじゃないが、まだまだ後世に委ねなければなるまい。ただ、ぼくなりの、それこそ破天荒のアイデア《(発想)》は、プラトン、言ってみても理解はされない。どころか、君にさえ、おそろしくて言えないというのが、正真、正直なところだ。」

それより、どうかね、クリブロトス、まだいいのかね？　こんなにしていて。」

クリブロトス「ハイ、ハイ、けっこうです。まだあと半刻は、大丈夫です！」

ソクラテス「そうか、それではもう一つ、今夜、どうでも捨ておけぬ大切なこと。尋ねるも愚か、それは、尊厳であるべきはずの🍎の座が、逆悪の座としても占め得るか！　との君たちの強い疑義、もちろん、ぼくをもっとも当惑させ、自悶《(くるしめ)》させる問題だ。

これを解明するためには、『人間』という🍎を底ぐるみ覗いて見なければなるまい。実はぐるみとはいかないが、ほんの一覗《ひとのぞ》き。

ぼくら、三人が、それぞれの役所《やくどころ》だよ。登場人物はさし当たり四人だが、数にはこだわらない。ぼくら一人一人がどの役にも当てはまり、どの役もこなさねばならぬからだ。だから、プラトンなら、もうピンとくるだろう。🍎一般、普遍的🍎、それが問題だ。

　さあ、耳を貸したまえ。


――『無実で死刑になることがあり得るとしたら、こんなおそろしいことが、またとありましょうか』と、やさしい弁護人は涙ながらに訴えた。

『殺《や》っていて、無罪になったとすれば、もっとおそろしい』と、きびしく告発人は反論した。

『疑わしきは　罰せず』と、裁判官はいかめしい顔付きで言い渡した。

被告《ほんにん》は、なにも言わなかった。誰よりも真実を知っているのに――。


わかるだろう、君たち。一番おそろしいのは、なんであるか。


ここまで。これで終わり。そうだろ？

おおかたの、これまでの帰結は、形式的にも、理論的にさえも、ここで停止した。事実の不明と証言の不信との間を堂々巡りするだけにとどまった。メスをその先一歩も進めなかったからだ。プラトン、それに、クリブロトス。今夜はさあ、このメスの進め方について、おそろしさを追求して見ようではないか。

　まず第一に、この裁判の構図は被告を中心（焦点）にして展開されている。したがって弁護人の弁論が、あるいは告発人の告発が、事実に合致しているか、外れているか、が問題ではない。なぜなら事実は一つしかないわけだから、したがって裁判官の裁決がどうであれ、それも本質的に問題とはならない。なぜって無罪を宣告して、事実が黒であれ、有罪を判決して事実が白であれ、単なる誤判という結果しか生まないからである。理屈は子供でもわかるだろう。もし事実殺《や》っていたとすれば、間違っていたのは弁護人と裁判官であり、もし事実がそうでなかったらもちろん誤りは裁判官と告発人である。だが、問題はそこにはないことは初めに注意した通りだ。かんじんなのは被告本人が殺ったか殺らなかったかなのである。

だから第二に、この焦点は、殺っていなかった被告がホッとする点ではない。ホッとして当たり前ではないか。殺っていないのに罰されるいわれはないのだから。

ゆえに、第三に、殺っていたくせに殺らなかったと言い張りつづけ、ついに証拠不充分で、無罪になったときホッとした。その同じホッとしたほくそ笑みが焦点なのである。それがぞっとするほどおそろしい！

プラトンにクリブロトス、ここで『止どまるんじゃない』というのがこれからの問題なのだ。

一応常識的には完結したかに見えるこの構図にはいくつかの欠陥がある。

まず、初めに、この図式が一人だけをクローズアップしていること。即ち被告だけを焦点扱いすれば足りるのか。言い換えれば被告人だけが人間なのか。おそろしいのは被告ではなく『人間』なのである。明白に、弁護人も告発人も、もちろん裁判官も同列ではないか。やさしい、きびしい、いかめしい、三人三者の仮面はつけていても彼らが決して被告人と同じ立場に立つことはないというしいかなる保証もない。つまり三者とも人間種族の一員であることを見逃してはならない。

第二に、この構図は、もっとも正しい場合でも全員一致のそれではなく、誰かが正しくないということになる。これも見易《やす》い道理であろう。弁護人が正しかった場合には告発人が正しくなく、告発人が正しかった場合には弁護人も裁判官も、もちろん被告も正しくはない。しかも、際立って問題なのは、図の枠組みのいわば総元締であり総括責任者である裁判官が、必ずしもその名にふさわしい権威と尊厳を持たないということである。例えば証拠不充分という場合には、黒白の判定をしないという点で、そのあいまいな不明さはその権威にとって充分ではなく、白にしろ黒にしろ、その判定が事実に反していたときは不明どころかその尊厳を全く傷つけ、判定が事実と合致していたとしても結果論としてでしかないという場合は、たまたま正しいのはたまたま正しくないのと同様、単なる予断にはいずれも一〇〇％の保証は与えられないからである。このことは次の第三の指摘からしても、ゆゆしいおそろしさになるはずだ。

　だがその前に、これだけのことはしめくくっておかねばならない。

　つまり、われわれ人間🍎は底を剝《む》けばきれいというよりむしろきたないといったほうが当たるようなふし節《ぶし》がある。その端的な現れが🍎同士の不信である。不信こそ、今述べた裁判モデルの核心であった。つまり、殺っていながら殺らないと言い通して、無罪をかち取った殺人者が獄門から出て、誰もいなくなったとき、思わずニタリと笑ったそのほくそ笑みのおそろしさ。そのおそろしさの性《さが》はひとり被告だけの、つまり、一個の🍎のものではないということ。もともと、この🍎に不信という味（性質）が無かったら、『裁き』は🍎の世界にはあり得ないのである。」

クリプロトス「🍎が一皮剝《む》けました！」

プラトン「人間が一皮剝けたのだ。」
ソクラテス「今度は、🍎の芯まで刳《く》り貫《ぬ》く番だ。」

6　更に、🍎とは何であるか

残念ながら、クリブロトスにも時間という厳しい制約の半刻《はんとき》の壁を破る力はなかった。かくして、いかなる豪華な饗宴にもまさるわれらが三人の秘密の宴は、翌日のクリトンの工作によっても如何ともしがたく、間《あいだ》、二日おいて、やっと今夜、果たされることになった。今しがた、今夜は特別、二刻《ふたとき》は請け合うとのよろこばしい報せが入った。

回り道は止そう、端的に、と、――これからが第三のおそろしさだよと仰有って。さて。

ソクラテス「クリブロトス、君は🍎が一皮剝けたと叫び、プラトンは人間が一皮剝けたのだと言った。その通りだが、果たしてニッと笑ったいやらしい奴の根っこが、君たちにもひそんでいるという警告だと受け留められただろうか？　しかも、ことは単純ではない。告発人も弁護人も、裁判官すら、被告によって買収されるおそれさえ残っているのだよ。

何はともあれ、くだくだと説明がましく述べるまでもないことだが、こ奴《いつ》はとてつもなく複雑怪奇な奴で一筋縄ではいかん🍎だよ。一口で要約すれば、人間というのはウソが吐《つ》ける特異な性質を持っていて、おまけに、ほれ、ひと目見てわかるだろ。泣いてたかと思ったらケラケラと笑ってのける動物だ。難しく言えば、虚仮《こけ》不実《ふじつ》、まことあることなし。なんとなれば、もしこの世が悲しいならば生まれたときから死ぬまで、もしもこの世が楽しいのならこれまた生まれたときから死ぬまで、悲しいならば泣きっ通し、楽しいならば飛んで踊って暮らそうものを。こんな該当者《もん》一人もおらんじゃないか。

いいかね、君たち。

真実を探求するには、鉄よりも固く、氷よりも冷たい厳しさが要るということを忘れてはならぬ。だからぼくは、「今度は、🍎の芯まで刳り貫く番だ」と言ったのだ。

端的に言おう。ぼくらは、人間だからといって人間をかばえばよいというものではない。むしろ、逆だ。いつか言っただろ。覚えているかね、二人とも。あるがままを直視しなければ真実は見つからないということだ。一皮剝いただけでは不充分。🍎の芯を刳り貫くとはそういう意味だ。わかるかい。わかるだろ？　🍎にはいく種《とおり》もあってね、人間🍎だけではないんだよ。そこをつかまえ、そこから始めないと、ほんとうの🍎の芯には迫れないのである。

豚は豚を裁くか？

虫の世界に虫の掟があるとしても、そもそも彼らの世界には争いはあっても、裁判沙汰のあろうはずもない。

なぜなのか。

答えは簡単だ。

お互い不信もなければ、かといって美徳もないからである。愚鈍といえばそれまでだ。くらべて、利口だとしても、それによって人間が失う代償はあまりにも大きい。代償とは苦悩の別名だ、だからついさっきの、あのようないやらしくもおそろしい人間〇どもの法廷がくりひろげられるのである。

もともと生きるということが生きとし生ける者のすべての願いならば、みんなにとって根っこの目安となるのは『わが身が可愛いい』ということではないか。食べて育つという共通性の根っこ。環境《まわり》が違えば違ったで違う分だけ違った食べ方生き方をして永い永い年月を経て千種万様の、つまりは豚〇、虫〇、草〇になったのではないか、もちろん人間〇もその例に洩れるものではないであろう。

さあ、そこで大事なことがある。

もとは一本だった天地の大きな流れが、いつか、二つに枝分かれしたというのだ。即ち本能と知能という名の分岐点。成り行きからすれば明らかに本能が先達《せんだつ》であり、知能が後釜《あとがま》のはずが、見る見るうちに逆転した。知っての通り、知能が本能を押し除けて覇を唱えはじめた。公正ならば、知能も本能も共存してあるし、あるべきだというのが一番穏当なところだろうが、ぼくの言い方が少し逆説めいてひびくのか。ま、聞いてくれ、二人とも。

虫や豚も生きてゆく資格があるのだから人もその資格から洩れることはないだろう、とぼくが言ったら、馬鹿者どもが、ぼくの真意を誤解するくらいならまだいいとして、てんで理解もしないというのは何としたことか。

すぐに批難するのだ。え？　なんだって？　順逆転倒ではないか。人だけではなく、虫だって、と言うならわかるが、虫でさえ生きる況んや人をやとは狂気の沙汰ではないか、と。

何を勘違いしてるんだ。まるで人間のあとになって虫や草が生じたんだみたいに。奴ら皆滑稽な石頭なんだ。相手になりたくないがむかっ腹の虫が収まらんのでぼくは反論する。反論したって分かりっこないだろうけれどね。

本能には善悪も美醜もない。何をしようと譴責を受けることも罪に問われることもない。ただ生きるままに生きればそれで足りる。裁く者と裁かれる者もないということだ。それで存在を全うすればそれでいいではないか。なんでそれに文句をつけるのか。

実は知能が生きるための知恵というのであれば、その知能は草でも虫でも持っている。なにも人間だけの専売特許《もの》ではない。今問題にしているのは人間の知能ということである。人間にくっついたために知能が犯した傲慢の数々を知りも疑いもしないということを取り上げているのである。即ち、人間が、人間だけが、なんで人間でないものを押し除けて存在する権利があるのかと問うというより問われているのである。知能が存在するということは人間のためだけではない、生けるものが生きるために存在するのであってみれば、その理解はいとも簡単明瞭でなければならない。にもかかわらず、知能は人間と不可分一体だと錯覚しているのが人間種族なのだ。もともと人間ほど愚かな動物はいないのだ。身体と知能が実は次元を異にしているとうすうす知りながら、頭に知能があると思い込んでいる。頭なら虫にも豚にもあるではないか。すると、人間のと虫のとは違うだの、豚とくらべるなんてとんでもないなぞと、調べもしないで勝手なことばかり主張している。頭に知能が詰まっているなんて、そんな阿呆なことがあるものか。エンペドクレスみたいな輩《やから》がつまらん空想をもてあそぶか、お頭《つむ》の足りない早とちり連中がそんな下らんことを言う。お頭《つむ》が足りない奴とはお頭《つむ》に詰《つ》めすぎてる奴と同断なのだ。証拠に、何か為《し》ようとすれば全身隅々まで動くではないか。動くかぎりは知能が隅々まで行き届いているからではないか。ただそれだけのことを素直に受け取っておけばよいものを、小賢しくいじくり回す。というのも実は、人間の欲望《エゴ》が主因だ。エゴなら、すべてがエゴである。その、わが身可愛いさは再びくり返すまでもなかろう。エゴを独りでに横取りしようとするからへんなことになるのだ。いや既になってしまったのである。いまさらどうしようもないと言ってしまえばそれまでだが、それでおしまいではなんとも情けない話だ。なぜならそれではますます、人間という奴は救いがたい🍎になり下がってしまうからだ。

　繰り返すようだが、エゴは生きとし生けるものすべての根っこである。どうだろう。プラトン、このことは確認できるか？」

プラトン「はい。公正であることが至上でありますならば、草とて虫とて人とてみんな一線に並んで生存のスタートを切って然るべきです。」

ソクラテス「うん、ならば、虫が草を食べても、虫がなんら非難されるべきではなく、人が虫を踏み殺しても、なんの慙愧を感ずる必要もないことになる。逆に、草が自らを守るために毒を含み、そのため虫が死んでも、草になんの罪とががあるはずもなく、黴菌という虫が人にとりついて人が熱病で斃れたとして、虫に特段の咎《とが》はなく、もちろん人がそのせいで虫を罰する権利を獲得し得ることにはならないことになる。そしたら、その成り行きはどうなるのか？」
プラトン「まず想像されますのは、弱肉強食の世界でありましょう。」
ソクラテス「その通り、それで何か不都合なことがあるのか？」
プラトン「でも、現に、人間がこの世界では最高にして最大の勢力をもって自然界に君臨しているのは間違いありません。しかも、草や木は野や山一面緑に映えて繁っております。羊たちや豚や牛や馬、飼い馴らされているとはいえ、人の手に保護されてたくさんが平和に暮らしています。ちょいと人里離れると森や林、空にさえ、野生の鳥や獣たちが飛び跳ねておりますし、蟻やうじ虫、蛇ももぐらも共存しています。弱肉強食とはいえ、いつの間にか、全体としては、そう取り立てて不都合なことはなく、むしろ調和を保っているとは言えないでしょうか？」
ソクラテス「では、弱肉強食でなくなったのか？」
プラトン「いえ、そう申しているのではありません。」
ソクラテス「では、一部修正というわけか？」
プラトン「――その、結果として、今日《こんにち》――。」
ソクラテス「修正でも、結果でもいいが。誰が修正したのか？」
プラトン「?」
ソクラテス「誰が結果したのか？」
プラトン「――？　そのォ――。」
ソクラテス「はっきり言えないのか？」

プラトン「――。」
ソクラテス「緑に映えている草や木は人間に褒められたくて美しいというのか？」
プラトン「――。」
ソクラテス「羊や牛や馬や豚は何のために飼い馴らされているのか？」
プラトン「――。」
ソクラテス「はっきり答えられるくせに、プラトン！　君は、なぜ答えないのか、答えられないのか、答えにくいのか？」
プラトン「――！　？――。」
ソクラテス「野生の鳥や獣、蟻やうじ虫、蛇でももぐらでも何様《さま》でもよいが、彼らはおのおの、自分たちの眼で見かつ動いているのではないか？」
プラトン「――。」
ソクラテス「人は人の眼で見たり為《な》したりするのではないか？」
プラトン「はい。」
ソクラテス「だったら、世界は一つしかないが、みんなが、それぞれ固有の世界を持って生きているということにならないか？」
プラトン「その通りです。」
ソクラテス「の芯に少しは近づいたような気がするが、どうであろう？」
プラトン「はい、恐れ入ります。」

ソクラテス「恐縮することはない。君が答えを渋ったのは、君が人間だったからだ。むりもない。人間誰しも人間であるからには人間びいきする。それが性《さが》だが、人間だけの性ではない。だから、弱肉強食も調和も人間🍎のコトバであって、すべての🍎にとって実は両者は同じものになるのだ。なぜなら、コトバを越えて時を超えて、エゴつまりわが身が可愛いいのは事実だからである。また、くりかえそう。

人間🍎は人間の眼で世界を見る。だったら、豚🍎は豚の眼で、虫🍎は虫の眼で、世界を見ているだろう。

いいかね、二人とも、似たことは、他の知者にくらべては滅多に悪口の言いにくい、いうなればぼくの尊敬するただ一人の師と仰ぐ、クセノファネスなる人物がこう言っているのだ。

『牛や馬やライオンが手を持ち、あるいは人間たちのように、彼らの手で以《もっ》て絵を描いたり、作品を仕上げたり出来れば、馬は馬に、牛は牛に似た神々の姿を描き、また像を作ることになろう』と。

これは、プラトン、極めて重大なことだ。

たとえ、倫理や道徳、法や宗教、あるいは芸術、それらが価値を持つとしても、それは人間の世界に限って正しいとか善いとか美しいとかされるものであって、他のもろもろの🍎の世界に通用はしないと言うのが正しいのではないか。自然という世界の一断面を受け持つ限りにおいて、人間にとって人間の価値が云々されることは、同じことが人間の外のものたちそれぞれにとっても同一の理でなければならないはずだからである。

重大だというのは、プラトン、クリプロトスもそのままに聞け。

倫理というのは人間たちの間では、正確には道徳と言う。

人間だけではなく、すべての生きとし生けるものの間にあり、あるべきものを、倫理と言うのであり、言うべきであり、言わねばならぬ。

驚くでない。道徳なんぞチャチなもんだ。

プラトン、わかるか？

クセノファネスの警句を反芻しなさい。

弱肉強食の域を出ない規範にすぎないからである。人間🍎よりも人間外🍎の世界でこそ、それぞれの道徳はそれぞれの域内で典型的に実践されるのである。

くらべて、倫理は、すべての🍎の規範である。なぜなら、これぞ、弱肉強食を越えて調和をもたらすものであるからだ。

保証するものは「何」か。

プラトン、よいか。

クセノファネスは、あの、牛、馬、ライオンのあとで何と言ったと思うか、

『？《(なに)》』は一つ、と言ったのだ。

もちろん、『？《なに》』とは『神』である。

神《かみ》、神《がみ》、ではなく『神』を目指さなければならない。

プラトンにクリブロトス。

わかってもわからなくても、
これが、ぼくのいう🍎だ。

あとは君たちが今すぐ探さなければならない。ぼくにはもう空気が保証されていないのだから。クリブトロス、まだ、刻《とき》は、よいのか？

そうか。それはありがたい。ぼくにとって一秒一秒が喋舌り得《どく》というもんだ。だから名残りおしくて空気が一層おいしいのだよ。儲け得なら少々愚痴でもこぼしてみようか。

世間ではぼくのことを、自然から人間を引き戻した。なんて怪《け》しからんことを言う奴がいるそうだが、とんでもないお門違いだ。ぼくほど現世に汲々たる者、つまりこの世に未練がましい奴はほかにいないと言うのなら当たらずとも遠からじの感じがするが、そのことが何で自然を放ったらかして人間一辺倒になる所以であるのか、全くその発想や連想の仕方がとんちんかんに映って仕方がない。

多分、ぼくが常々洩らすところの『ただ生きるのではなく、よりよく生きるのが人間の生き方だ』というのを早とちりか勘違いかしてのことらしい。だが、思っても見たまえ。ただ生きるというだけで、多くの人たちがどんなにあくせく、あるいは不条理に苦労が深いことだろう。生きる、それだけで、それはたいへんなことなのだ。とにかく生きてこそ、よりよくを目指せるのであって、生きるための最低限の保証《（オマンマ）》なくて、よくとかよりよくとか言っても始まらんではないか。また、よいとか、ましてよりよくとかいうのは人が人の領域《（道徳）》だけにこだわってのことなら、狭きにすぎて、よきなる本当のよし《(倫理)》にはつながらない由《よし》、いささか触れたはず。君たちは理解してくれるだろう。だから、🍎をぼくなりに考え廻《めぐ》らしてみたというわけだ。

そして、というか、しかも、といったがいいか、こういうことも考慮に入れるべきだとぼくは思うよ。つまり、生きるというのが第一歩でもあり、第一義でもあるからには、生きるのは何のためかと問うのは、果たしてわれわれ人間だけだろうか？　もし人間だけだとしたら、世界は人間だけのためにあるという結論が出たってちっともおかしいことはないことになる。だって、草も木も虫も鳥も獣だってみんな人間のためだけに造られたということになるだろうから。そうだとしたら、いったい雷が鳴ったり、地震や暴風雨が何のためにあるのか、全くもって余計で、余計どころか百害あって一利もない。なのに悠々と天地をとどろかしてまかり通るのだ。かりに一利あったとしても、利害は人間のみに降りかかるのではないとすれば、もう明らかではないか。自然は虫にも草にも獣にも、特別人間さまと選り好みの差別はなさらぬもの。それら万物の創り主が『混沌』であろうが『？』つまり『神』であられようが、創られたものにとって一言の文句も奉るわけにはまいらぬではないか。

ぼくはこよなく人間の世界に愛着をもつが自然への帰巣（趨）ははるかに上回る。なぜならぼくは一個の🍎、朽ちて行きつくところは自然よりほかにはないからである。」

クレオンブロトス、実はこれでおしまいではないんだよ、怖ろしい恐ろしいお話はこれからいよいよ本番が始まるのだ。そうだよ、そうだよ、君と一緒でなければ、とても、とてもじゃないが聞けるもんか、聞けるものじゃない。聞けない！　――ああ、ぼくは息が詰まりそうだ。

どうぞ、君、ぼくの手を、いや、ぼくのここんところ、そうだ、胸の芯だ、手を当ててくれ、いや、そうじゃない、撫でてくれ、さすっておくれ、クレオンブロトス！

どうしたというんだろう？

ぼくは、君か？

いや、君はぼくだ。

そう仰有ったぞ。

たしかに、——わかるか、わかるね。

ほら、あのお言葉だ。あの意味が。

君もぼくもあの方も皆もいっしょなのだ　——『ぼくはいつでも生きている』。

そして、ぼくは暗誦して繰り返すのだ、あのお別れのお言葉を、毎日——。

ソクラテス「さあ、夜が明けた。

君、恋々《れんれん》としたもうな、クリブロトスの、あれは跫音だ。彼ら（クリトンと獄吏）を罪におとしてはならぬ。ぼくらのために、してはならぬことをしてくれたのだから。ぼくらはお礼とお詫びを言わねばならない。思えばクロノスの世は幸せであった。神を信じないひとは一人もいなかったから。はや憩いの宿を喪い、寄るべない魂の彷徨をつづけなければならぬわれら、せめてひとときの相逢うたことをよろこぼうではないか。別れは惜しくともぼくらはみんな宇宙のなかの旅人だ。別れもまた愉しからずや。なんとなればみんな友達だから。いいかね、魂とて、石や草、虫や獣たちと同じところから生まれ、同じように存在し、同じところへ行くよりほかはない。君がもし、ぼくを理解してくれるなら、解いても解けぬ昏迷の宇宙こそ、ありとしあるものの故郷であることを認めるだろう。君の嘆きもぼくの悲しみも、いいかプラトン、存在の嘆きであり悲しみなのだ。同じく、よろこびもまた、君が聞いてのとおり、ぼくはなんにも知らず、これといって何一つ教えることもなかったが、生涯を賭して今、やっとわかりかけたような気がしている。学問というのは実は自然という存在が自らを解き明かそうとつとめていることなのだ。だから、水だと言ったのはタレスではない。火だと言ったのもヘラクレイトスではない。その他すべての説みんな、自然が彼らをして語らしめたのだ。ぼくのおしゃべりとて、同じ。人間のぎこちない言葉に託するよりほかなかったことを、ないことを、当の自然はどんなに歯がゆい思いをして見てき見ていることだろう。むしろ自然はより安んじて獣たちや草や虫たちに自らを語らしめているのではないか。ごらん、ひょっとすると、音にも、光にすら無心な石こそ自然のほんとうの言葉を語っているやもしれぬ。なにしろ彼《石》こそいちばん最初に混沌《カオス》から生まれたらしいからね。時間や空間と一緒に、石についてはずいぶんと考えをめぐらしたんだがねえ。君にはとうとう語らずじまいになった。これから先、君の一つの課題でもある、じっくり研究したまえ。

あ、おはよう、改めて、クリブロトス。いろいろと気遣ってくれてありがとう。見たまえ、お見かけ通りだよ。若いくせにこの男《プラトン》ときたら未練がましゅう泣いたりなんかして、こんな有様なのだ。お約束の時刻だね。さあ、そっとこの男を裏門から出してくれたまえ。

なんだって？　気兼ねなしにこのままでいいんだって？　——なぜなのだ？　——馬鹿なこと言うんじゃない。そんなことになったら、賄いをしたクリトンも含めてぼくら四人ともども一蓮托生だよ。

ぼくやクリトンはもう老《とし》だから今日が終わりでも慌てることはないけれど、君たちは二人とも若い。若いということをあだやおろそかにしてはいけない。いのちは君たちだけのものではない。もっと大きなもののなかの一部なのだ。自分が何者か、それもわからないで、君たちは君たちを生かしてあるものを裏切ってはならない。君たちを生かしているものは君たちにたいへんな期待と願いをこめて、今、君たちをあらしめているのだ。

君たち二人とも、まだぼくにききたいことがあるだろうし、実はぼくのほうでも言いたいことはたくさん残っている。クリトンが昨日別れる際に、明日、つまり今日、なにか一言みんなのために最後の話をしてくれぬかとしきりに頼んで帰った。ぼくはいまさらとは思ったが、引き受けることにした。最後というなら『魂』こそがふさわしいだろう。

しかしながら、ぼくは魂が何であるか、ちっとも知らないのだ。プラトン、君が今さっきまでぼくから聞いてのとおりにね。ただ知らないというだけではなく、ほんとうを言えば、ぼくは、魂があるということを信じてさえいないのだ。しかも、ぼくは、それについて語ろうと思っている。なんと、たわけた無頼漢《ならずもの》だとは思わないか、このソクラテスという奴は。

いいか、君たち、ぼくはたわけたならず者だが、たわけさせるのは、ぼく、ではなく、ぼくをしゃべらせる奴《やつ》なのだ。しかも、そ奴《いつ》こそぼくをあらしめているところの、ぼくにとってかけがえのない『もの』なのである。だれしもが頬ずりして泣きたいほど大切な愛《いと》おしい『存在《もの》』なのだ。

さあ、これでわかってくれただろうね、二人とも。

別れとか、最後だとか言ったけれど、そんなもんありゃしない。

『今』というのを、じっくり落ち着いてつかまえて見たまえ。
あって、ない、なくて、あるのだ。
――ぼくはいつでも生きている。」

【著者プロフィール】
泉　　才（いずみ かしこ）
大正5年　熊本県生まれ。
　　　　　哲学研究家。

私のプラトン

2003年6月15日　初版第1刷発行

著　者　泉　　才
発行者　瓜谷 綱延
発行所　株式会社文芸社
〒160-0022　東京都新宿区新宿1－10－1
電話　03-5369-3060（編集）
　　　03-5369-2299（販売）
振替　00190-8-728265

印刷所　図書印刷株式会社

ISBN4-8355-5532-5 C0095